WALTER SATTERTHWAIT

Eine Blume in der Wüste

EIN JOSHUA-CROFT-KRIMI

AUS DEM AMERIKANISCHEN
VON
WERNER SCHMITZ

D1933652

HAFFMANS VERLAG

Die Originalausgabe
»A Flower in the Desert«
erschien 1992 bei St. Martin's Press, New York.
Copyright © 1992 by Walter Satterthwait

Dieses Buch ist meiner Tochter Jennifer gewidmet

Deutsche Erstausgabe

Veröffentlicht als
Haffmans-Kriminalroman Nr. 110, Sommer 1999
Umschlagbild von Nikolaus Heidelbach

Alle deutschsprachigen Rechte vorbehalten
Copyright © 1999 by Haffmans Verlag AG Zürich
Gesamtherstellung: Ebner Ulm
ISBN 3 251 30110 1

Es gibt einen Glauben, der hauptsächlich auf Überzeugung beruht. Diese Art von Glauben verlangt nach entschiedenen Grundsätzen, aus denen sich Zielvorstellungen und Prioritäten ableiten lassen. Und es gibt einen Glauben, der hauptsächlich auf Vertrauen beruht. Diese Art von Glauben zählt auf die Führung durch eine einende Allmacht, die jeden Augenblick belebt, alle Grenzen aufhebt, uns alle zu einer Gemeinschaft bindet und sich uns in jeder Begebenheit zuwendet. Glaube als Überzeugung findet es sinnvoll zu fragen, wie wir das, was uns begegnet, zur Erreichung unserer (oder Gottes) Ziele verwenden können; die Gegenwart muß der Zukunft geopfert werden. Glaube als Vertrauen erwartet, daß die von uns erhoffte Zukunft sich aus einer erfüllten Gegenwart ergeben wird; diese Einstellung, die jedes Geschöpf und jede Situation, die uns begegnen, nur als Mittel zum Zweck oder aber als Hindernis betrachtet, das es zu beseitigen gilt, zersetzt die historisch einmalige befreiende Energie, die jedem Menschen und jeder Gemeinschaft verliehen ist.

Jim Corbett

TEIL I

I

Das Wetter wußte in diesem Oktober selber nicht, was es mit sich anfangen sollte. An manchen Tagen gab es sich trostlos grau und nachdenklich. Bleiern grübelten oben die Wolken, die Bäuche schlapp auf die Gipfel der Sangre de Cristo Mountains gelagert; eisige Windstöße wirbelten steife schwarze Blätter durch die Straßen. Die Menschen hüllten sich in Parkas und Schals, und wenn sie einander auf der Plaza und auf den Bürgersteigen begegneten, ließen sie die Schultern hochgezogen, die Hände in den Taschen, und bliesen sich mit starrem Lächeln und zusammengebissenen Zähnen gehetzte Dampfwölkchen in die Gesichter.

An anderen Tagen tat das Wetter frech und aalglatt. Dann war die Luft warm, sie funkelte und perlte geradezu. Nur wenige Wolken zogen über den stramm blauen Himmel, flatterten strahlend weiß von den Bergrücken wie das Halstuch eines Piloten. Berauscht von der Sonne, standen die Menschen in Sommerhosen und Sommerröcken umher und lächelten dankbar und ein wenig schuldbewußt wie Kinder, die ihren Eltern einen Streich gespielt hatten. Sie leckten an Eiskugeln und tranken Limo und sprachen wortreich von dem wunderbaren Klima, und manchmal konnte man ihren Stimmen anhören, wie stolz sie auf die Weisheit ihrer Entscheidung waren, sich hier niederzulassen. Santa Fe, oben auf einem Wüstenplateau gelegen, war auf seine Weise so etwas wie eine Insel; und wir sonnten uns auf unsere

Weise im beschränkten Standesdünkel von Inselbewohnern.

Vor einigen Wochen hatte es Schnee gegeben. Hier in der Stadt nicht viel, nur wenige zaghafte Flocken, die rasch wieder schmolzen. Aber von meinem Büro aus konnte ich, die Füße auf dem Fensterbrett, ihn da oben auf dem sonnigen Ski-Areal liegen sehen; wie feiner weißer Puderzucker ließ er die Konturen des Bodens scharf hervortreten. Ich genehmigte mir eine Limo, einen Dr. Pepper, und fragte mich wie so oft, wie es Rita wohl gehen mochte.

Als jemand an die Tür klopfte, durchzuckte mich leichte Verärgerung: Tagträume sollten nicht gestört werden. Aber mit Tagträumen kann man nicht seine Miete bezahlen, und so schwang ich die Füße vom Fensterbrett, drehte mich um, stellte die Limodose neben den Stuhl auf den Boden und rief: »Herein.«

Er trat ein, das heißt, er öffnete die Tür, schob sich hindurch und stieß sie lässig und ohne hinzusehen wieder hinter sich zu, als habe er diese Tür schon sein Leben lang so hinter sich zugemacht. Er war Mitte Vierzig, ziemlich groß, vielleicht zwei Fingerbreit größer als ich, kam also mit seinen schwarzen Cowboystiefeln auf etwa einsneunzig. Er trug eine tadellos gebügelte graue Reithose, ein sauberes schwarzes Seidenhemd mit Druckknöpfen und eine graue Wildlederjacke, die so weich aussah, als ob man sie sich aufs Brot schmieren könnte. Er hatte schmale Hüften und breite Schultern und besaß die physische Selbstsicherheit eines Bankdirektors, der einen schwarzen Gürtel in Karate hat. Sein dichtes schwarzes Haar war leicht gewellt, seine großen braunen Augen glänzten, und sein Lächeln war lebhaft und offen und wahrscheinlich versichert. Er sah aus wie der typische Hollywoodschwarm. Und genau so sollte er auch aussehen, da er genau das war.

»Mr. Croft?« sagte er, und seine Stimme hatte denselben klangvollen Bariton, der schon ein paarmal aus dem Lautsprecher meines Fernsehers gerollt war.

»Ja.«

»Roy Alonzo.« Die Vorstellung war überflüssig, und er wußte es. Daher wohl sein Lächeln, wie von Mann zu Mann, als er anmutig, mit ausgestreckter Hand, durch den Raum auf mich zuschritt. Er erreichte sein Ziel auf der anderen Seite des Schreibtischs, ich stand auf, und wir gaben uns über den Tisch hinweg die Hände. Ich nahm den schwachen Duft von etwas wahr, das man auf der Madison Avenue vermutlich als belebend oder männlich bezeichnen würde. »Ich weiß, daß ich keinen Termin habe«, sagte er, »aber vielleicht schenken Sie mir trotzdem ein paar Minuten Ihrer Zeit.«

»Selbstverständlich«, erwiderte ich. »Nehmen Sie Platz.«

Er trat zurück, ließ sich anmutig in einen der beiden Klientensessel sinken, zog anmutig den Hosenstoff überm Knie etwas nach oben, lehnte sich zurück und schlug anmutig die Beine übereinander, den rechten Knöchel aufs linke Knie. Die Hosenaufschläge rutschten an den Stiefelschäften weit genug empor, daß die kunstvolle Handstickerei auf dem geschmeidigen Leder sichtbar wurde.

Ich setzte mich wieder. Meine Reaktion auf diese Film- und Fernsehstars ist vielleicht ein wenig eigenartig. Wir bekommen in Santa Fe eine Menge davon zu sehen; sie haben sich hier niedergelassen, weil ihnen unser Sauerstoff lieber ist als die bunte Mischung Krebserreger von Los Angeles. Begegne ich ihnen, kommt es mir immer so vor, als seien sie irgendwie realer, wesenhafter als ich selbst. Nun saß ich Roy Alonzo gegenüber und hatte den Eindruck, er, bis dahin nur eine winzige Gestalt auf der Kathodenstrahlröhre, sei dreidimensional und lebendig, ich selbst hingegen plötzlich zu einem bloßen Bild geworden, das schwarzweiß und zweidimensional auf einer flachen Leinwand flackerte. Ich glaube, ich fand das ziemlich lästig.

Alonzo, die Arme anmutig auf den Sessellehnen, blickte im Zimmer umher und lächelte aufs neue, diesmal schmerzlich und selbstironisch. »Ich sollte es nicht zugeben«, sagte er, »aber das ist das erste Mal, daß ich das Büro eines echten Privatdetektivs sehe.«

Ich lächelte zurück. »Ist es anders als das Büro in ›Valdez!‹?« »Valdez!« hieß die Krimiserie, in der er einen Detektiv gespielt hatte. Einmal die Woche hatte er sich als Rick Valdez mit bloßen Fäusten einen Weg durch Scharen von Gangstern und haufenweise Werbeblöcke gebahnt und nebenher wichtige Hinweise und untröstliche Mädchen mit attraktiven Pferdegebissen aufgelesen.

Sein Lächeln verzog sich zu einem Grinsen. »Nein. Das hier ist viel sauberer.«

»Wir haben ja auch erst Montag.«

Er ließ ein klangvolles Baritonlachen hören, das mir als Reaktion auf meine Bemerkung etwas zu laut und etwas zu lang vorkam. Vielleicht war er nervös. Oder versuchte den Anschein zu erwecken, daß er nervös sei. Schauspieler können das.

Wieder sah er sich im Büro um, die großen braunen Augen nachdenklich zusammengekniffen.

Ich sagte: »Was kann ich für Sie tun, Mr. Alonzo?«

Er wandte sich mir zu, wieder mit neuem Lächeln. Diesmal war es freundlich und gewinnend. Offenbar stand ihm eine breite Palette von Lächeln zur Verfügung. Bis er ging, würde ich sie womöglich alle zu sehen bekommen. »Ein Freund hat mir Ihren Namen genannt«, sagte er.

»Um welchen Freund handelt es sich?«

Er schüttelte den Kopf. »Spielt keine Rolle. Jemand,

auf dessen Urteil ich vertrauen kann. Er hat gesagt, Sie seien ehrlich und zuverlässig.«

Ich nickte. Hätte ich einer solchen Einschätzung etwa widersprechen sollen?

»Er hat auch gesagt, Sie seien verschwiegen.«

»Hat er auch was von mutig, anständig und zuvorkommend gesagt?«

Wieder lachte er, und wieder wirkte es ein wenig gezwungen. Das Lachen verklang; er rieb sich grübelnd mit den Fingerspitzen am breiten Kinn und sah mich an, die Augen zusammengekniffen, die Stirn aufrichtig gefurcht. Die Präliminarien waren offenbar abgeschlossen, jetzt ging es zur Sache. »Mr. Croft, Sie haben von meiner Frau gehört? Meiner Ex-Frau?«

»Nein«, sagte ich. »Was sollte ich von ihr gehört haben?«

Er schien verwirrt. »Sie wissen nichts von der Scheidung? Von der Gerichtsverhandlung?«

Ich schüttelte den Kopf.

»Hat doch in allen Zeitungen gestanden«, sagte er. »*People* hat eine Titelgeschichte gebracht.«

Ich zuckte die Schultern. »Mein Abo ist abgelaufen.«

Er sah mich kurz an, ausdruckslos, und überraschte mich wieder mit einem neuen Lachen. Diesmal klang es schon echter. »Ist das nicht typisch?« sagte er und streckte die Hände aus, Handflächen nach oben. »Promi sieht sich mal wieder als Zentrum des Universums!« Dem Wort *Promi* gab er einen leicht spöttischen Effekt. Für einen Augenblick schien er real, ungekünstelt und spontan, und er war mir fast sympathisch. Dann aber griff er sich hinter den Kopf, kratzte sich im Nacken und lächelte verschämt, genau wie früher Jimmy Stewart. »Ich kann nur sagen, wenn man in L.A. in der Scheiße steckt, kommt es einem vor, als ob die ganze Welt darüber Bescheid wüßte.«

Ich zuckte die Schultern. »Uns hier draußen in der Wildnis entgeht da schon mal was.«

»Seien Sie froh.«

»Ich nehme aber an, Sie werden's mir erzählen«, sagte ich.

Er nickte. Holte tief Luft und atmete aus. »Richtig«, sagte er. Nickte noch einmal. »Richtig. Meine Frau Melissa und ich haben uns vor zwei Jahren scheiden lassen. Keine gütliche Scheidung. Melissa wollte alles. Das Haus, das Auto, sämtliche Aktien und Wertpapiere. Alles. Und unsere Tochter Winona wollte sie auch.«

Ich nickte neutral. Darin bin ich mit den Jahren ziemlich gut geworden.

»Na ja, ihre Anwälte haben mit meinen Anwälten gesprochen, und da ihre etwas blutgieriger waren als meine, hat Melissa so ziemlich alles bekommen. Einschließlich Winona.«

»Sprachen Sie nicht von einer Gerichtsverhandlung?«

Er schüttelte den Kopf. »Da noch nicht«, sagte er. »Wir haben uns erst mal so geeinigt. Das ist in jeder Beziehung einfacher. Ich bekam Besuchsrecht für die Wochenenden. Habe Winona freitags nach der Schule abgeholt und sonntags morgens zum Haus – das jetzt Melissa gehört – zurückgebracht.«

Ich nickte.

»Voriges Jahr lernte ich jemand anderen kennen. Shana Eberle. Nicht aus meiner Branche – sie ist Modedesignerin. Umwerfende Frau. Klug und humorvoll und einfühlsam – wirklich ein bemerkenswerter Mensch. Und sie war völlig vernarrt in Winona. Und Winona hat sie angebetet. Die zwei sind wunderbar miteinander ausgekommen.« Er lächelte, irgendwie affektiert wehmütig. »Manchmal bin ich fast eifersüchtig geworden.«

Ich lächelte zurück, mein Standardlächeln, und nickte noch ein bißchen.

Er holte wieder tief Luft. »Auf jeden Fall«, sagte er, »ist Melissa eifersüchtig geworden. Eines Sonntagabends ruft sie mich an und sagt, ich soll mich von Shana trennen – ›von dieser dreckigen Hure‹, hat sie gesagt –, oder ich würde Winona niemals wiedersehen.«

Ich nickte.

»Na ja«, sagte er, »das hat mir natürlich gestunken. Woher nimmt sie das Recht, mir mein Leben vorzuschreiben? Wir sind geschieden. Wir können beide tun und lassen, was wir wollen. Jeder von uns hat das Recht, sich einen neuen Partner zu suchen.« Sein Bariton war zum Tenor geworden.

»Das alles haben Sie Melissa erklärt«, sagte ich.

»Allerdings.« Er lächelte schmerzlich. »Das alles habe ich Melissa erklärt. Aber sie wollte keine Vernunft annehmen. Hat mich am Telefon angeschrien. Gezetert, geflucht. Völlig hysterisch.«

»Warum hat sie so heftig auf diese Frau reagiert?«

»Es ging nicht um diese Frau, nicht speziell um Shana. Es hätte auch jede andere sein können. Melissa will einfach nicht, daß ich mich mit irgendeiner anderen einlasse.«

»Warum?«

Er zog die Augenbrauen hoch und hielt mir wieder die Handflächen hin. »So ist sie nun mal. Wenn *sie* mich nicht haben kann, dann soll mich auch keine andere haben können.«

»Sie ist also auf Sie und Eberle eifersüchtig, nicht auf Winona und Eberle.«

Er nickte. »Korrekt.«

»War sie auch schon vor der Scheidung eifersüchtig?«

Er nickte. »Das war eins der vielen Probleme in unserer Ehe. Eins der Hauptprobleme.«

»Haben Sie ihr Grund zur Eifersucht gegeben?«

»Gründe hatte sie nicht nötig. Das lag einfach in ihrer Art.«

Was natürlich keine Antwort auf meine Frage war. »Wer hat die Scheidung eingereicht?«

»Sie. Aber das spielt keine Rolle. Jedenfalls nicht für Melissa. Damit gibt sie sich nicht zufrieden. Es reicht ihr nicht, daß sie mir das Haus, die meisten Wertpapiere und alles andere abgenommen hat. Sie will, daß es mir schlecht geht. Allein und unglücklich soll ich sein.«

Ich nickte. »Also. Sie haben sich geweigert, sich von Eberle zu trennen. Was dann?«

»Anrufe. Die ganze Woche. Tag für Tag. Hysterische Anrufe. Scheußliche Anrufe. Entweder ich trenne mich von dieser Hure, oder es wird mir noch mal leid tun. Und dann, als ich am nächsten Freitag meine Tochter abholen will, behauptet Melissa, Winona sei krank. Sie dürfe nicht aus dem Haus. Ich sage, ich kann mich genauso gut um Winona kümmern wie sie, aber sie will sie nicht gehen lassen. Läßt mich nicht mal zu ihr ins Zimmer.«

»Und wie haben Sie darauf reagiert?«

»Ich habe meinen Anwalt benachrichtigt. Er sagte, ich soll mich nicht aufregen, er werde sich darum kümmern. Und am Montag ist Melissa mit ihrem Anwalt zur Polizei gegangen und hat mich wegen Mißbrauchs meiner Tochter angezeigt.«

»Mißbrauch«, sagte ich.

Er verzog grimmig den Mund. »Sexuell mißbraucht. Ich. Meine eigene Tochter.«

Ich nickte wieder. Neutral.

Er beugte sich zu mir vor. »Haben Sie eine Vorstellung, wie man sich fühlt, wenn einem von einem anderen – von seiner verfluchten Ex-Frau – so etwas vorgeworfen wird?«

»Nein«, sagte ich.

»Man fühlt sich beschissen. Absolut beschissen. Da ist eine Frau, mit der ich zusammengelebt habe, die ich geliebt habe, die von meinem Geld gelebt hat, auch zu diesem Zeitpunkt noch, und die bringt es fertig, mir so etwas anzutun. Einfach grauenhaft.«

Er wirkte vollkommen natürlich auf mich. Aber dafür werden Schauspieler schließlich bezahlt, daß sie echt wirken. »Wie alt ist Winona?« fragte ich.

Er zuckte zusammen. »Sie ist im Juli sechs geworden. Als Melissa damit angefangen hat, war sie fünf.«

Ich nickte wieder. »Doch, ich habe davon gelesen. Hat mich aber nicht besonders interessiert.« Es hatte mich überhaupt nicht interessiert. Ich lese selten etwas über Prominente, und Artikel über Kindesmißbrauch nie.

»Fünf Jahre alt, Mr. Croft. Können Sie sich vorstellen, was eine solche Beschuldigung einer Fünfjährigen antun kann?«

»Nein«, sagte ich. Und ich wollte es auch gar nicht wissen.

»Es war furchtbar«, sagte er. »Melissa hat auf Entzug meines Besuchsrechts geklagt, und ich habe mit einer Klage wegen Verleumdung gekontert. Das zog sich über Monate hin. Anwälte, Ärzte, Sozialarbeiter, Richter. Der reinste Zirkus. Ein Albtraum. Und die arme Winona immer mitten drin. Am Ende hat der Berufungsrichter die Klage abgewiesen, weil nichts auf einen Mißbrauch hinweisen würde. Wie denn auch – es hat ja nie ein Mißbrauch stattgefunden. Jedenfalls ist Melissa anschließend für ein paar Tage nach Südamerika gereist, um ihre Wunden zu lecken. Dann hat sie Winona abgeholt, und die beiden sind verschwunden.«

»Verschwunden?«

»Wie vom Erdboden verschluckt. Seitdem hat kein Mensch die beiden mehr gesehen.«

»Wann war das?«

»Mitte August. Am 17. August. Sobald wir wußten, was Melissa vorhatte, haben mein Anwalt und ich einen privaten Ermittler eingeschaltet, der sie aufspüren sollte. Es ist ihm nicht gelungen.«

»Und warum kommen Sie zu mir? Und warum jetzt?«

»Melissa hatte eine Schwester in L.A. Cathryn Bigelow. Vorige Woche wurde Cathryn getötet. Ermordet. Ich habe in New York davon erfahren und mußte rüberfliegen. Bei der Untersuchung ihrer Wohnung hat die Polizei eine Postkarte von Melissa gefunden. Poststempel Albuquerque. Sie wissen doch, daß alle Briefe aus Santa Fe den Poststempel Albuquerque haben?«

Ich nickte. »Aber die aus Albuquerque auch.«

»Natürlich. Aber wir haben ein Haus hier in Santa Fe. Hatten ein Haus. Jetzt gehört es mir, das war Teil unserer Einigung. Ein kleines Haus, draußen in La Tierra. Aber Melissa hat Bekannte hier in der Stadt. Freunde, Vertraute. In Albuquerque kennt sie jedenfalls nicht so viele Leute. Sie war hier, in Santa Fe. Ich bin mir sicher. Und es kann sein, daß sie immer noch hier ist.«

»War sie nach der Scheidung mal in Santa Fe?«

»Ja. Mehrmals. Und zwar in The Cloisters.« Eine teure Ferienranch nördlich der Stadt. »Aber dort habe ich schon nachgefragt, niemand hat sie gesehen.«

»Gehen wir noch einmal ein wenig zurück. Sie sagten, ihre Schwester wurde ermordet?«

»Erwürgt.« Er schüttelte den Kopf. »Schreckliche Sache. Eine echte Tragödie. Ich habe Cathryn immer gern gehabt. Ein ganz reizendes Mädchen, die reinste Unschuld.«

»Wer hat sie getötet?«

»Irgendein Einbrecher. Ein Irrer, sagt die Polizei. Man hat ihn noch nicht gefaßt.«

»Gibt es einen Verdächtigen?«

Er schüttelte den Kopf. »Ich glaube nicht.«

»Haben Sie diese Postkarte gesehen?«

»Ja. Hinten war ein Bild von Taos Pueblo drauf.«

»Und das Datum des Poststempels?«

»23. September.«

»Und was stand auf der Karte?«

»Nur eine Zeile. ›Die Blume in der Wüste lebt.‹ Darunter ihre Unterschrift. Melissa.«

»Die Blume in der Wüste lebt? Hat das irgendeine besondere Bedeutung?«

»Nicht daß ich wüßte.« Er zuckte die Schultern. »Wahrscheinlich irgendwas Privates zwischen Cathryn und Melissa.«

Ich nickte. »Und was soll ich nun für Sie tun, Mr. Alonzo?«

Er runzelte die Stirn. »Aber das liegt doch wohl auf der Hand. Ich möchte, daß Sie Melissa und Winona finden und mir meine Tochter zurückholen.«

Ich schüttelte den Kopf. »Bedaure«, sagte ich. »Das kann ich nicht.«

II

»Du bist ein Snob, Joshua.«

»Der Kerl war ein echter Kotzbrocken, Rita.«

»Ende der Beweisaufnahme«, sagte sie.

Wir beide saßen auf dem Sofa in Ritas Wohnzimmer und tranken Tee. Von dort aus konnten wir durch die Terrassen-Glastür nach Westen sehen, wo die Sonne sich auf ihrem Weg zu den fernen Hängen der Jemez Mountains in einen prallen reifen Pfirsich verwandelte.

Ich sagte: »Er hat in der ganzen Zeit, vom Eintritt ins Büro bis zu seinem Abgang, nichts als Theater gespielt. Eine Rolle verkörpert. Genaugenommen drei oder vier Rollen.«

»Vielleicht hat er gespürt, mit was für einem harten

Kritiker er es zu tun hatte. Vielleicht hat er dich mit seiner Virtuosität blenden wollen.«

Sie trug einen langen, fließenden, marineblauen Rock und eine blaßblaue Satinbluse, die einen reizenden Kontrast zu ihrer glatten dunklen Haut und ihrer rabenschwarzen Mähne bildete. Den Rollstuhl, in dem sie die letzten drei Jahre verbracht hatte, brauchte sie nicht mehr. An seiner Stelle stand jetzt, neben dem Sofa, eine chromglänzende Krücke. Offenbar fiel es Rita schwer, oder es war ihr peinlich, damit umzugehen: In meiner Gegenwart benutzte sie sie jedenfalls nie. Immer wenn ich ins Haus kam, saß sie bereits auf dem Sofa, und wenn ich ging, saß sie immer noch dort.

»Erstens«, sagte ich, »hat er es so dargestellt, als ob seine Ex-Frau ihn bei der Scheidung ausgeplündert hätte. Aber in Kalifornien wird nach dem Prinzip der Gütergemeinschaft verfahren, genau wie in New Mexico. Entweder hat er also die Hälfte ihres gemeinsamen Besitzes behalten, oder er hat ihr das alles freiwillig überlassen. In letzterem Fall muß sie etwas gegen ihn in der Hand gehabt haben.«

»Er hat dir doch gesagt, er habe ein Haus hier in Santa Fe.«

»Ja, und seiner Beschreibung nach kam es mir vor wie eine kleine alte Hütte neben der Eisenbahn. In La Tierra, Rita. Aber in La Tierra gibt es keine Eisenbahn. Das läßt kein Bebauungsplan zu.«

Sie lächelte mich über ihre Teetasse hinweg an. Ihr Lächeln spielte sich nicht nur auf ihren Lippen ab. Sondern auch in ihren großen schwarzen Augen und unter der glatten Haut ihres Gesichts, die davon aufleuchtete; zu schweigen von der gespannten Leere, die es in meiner Brust entstehen ließ. »Joshua, kein Bebauungsplan verbietet ihm zu versuchen, dein Mitgefühl zu erwecken.«

»Und mir verbietet nichts, es ihm zu versagen.«

Sie nahm einen Schluck Tee und lächelte wieder. »Hättest du dich Alonzo gegenüber auch so feindselig benommen, wenn er nicht diesen Fernsehdetektiv gespielt hätte?«

»Ich war nicht feindselig. Im Gegenteil. Ich war höflich. Respektvoll. Absolut professionell.«

»Und wieso hat er dir dann die Nase einschlagen wollen?«

Ich zuckte die Schultern. »Machogehabe, nehme ich an.«

»Seins oder deins?«

Ich nahm ein Schlückchen Tee. Lapsang souchong. »Willst du die Geschichte zu Ende hören oder nicht?«

»Doch, unbedingt«, sagte sie.

Roy Alonzo hatte ein ziemlich finsteres Gesicht gemacht, als ich ihm sagte, daß ich nichts für ihn tun könne. »Was wollen Sie damit sagen?« fragte er.

»Daß ich die Agentur nicht in einen Fall von Kindesmißbrauch hineinziehen will. Solche Fälle sind unangenehm und werden nur immer unangenehmer, und am Ende kommt man doch nicht hinter die Wahrheit. Die klinischen Befunde, falls es überhaupt welche gibt, sind niemals eindeutig – der erste Arzt sagt ja, der zweite Arzt sagt nein. Die Aussagen des Kindes sind mit Zweifel zu genießen. Und das gilt natürlich erst recht für die Aussagen der Eltern. Beider Eltern.«

»Das ist doch alles nebensächlich! Ich möchte nur, daß Sie meine Tochter finden.«

Ich schüttelte den Kopf. »Bedaure, Mr. Alonzo. Ich werde diesen Fall nicht übernehmen.«

»Sie werden den Fall nicht übernehmen«, wiederholte er tonlos.

»Korrekt. Wenn Sie wollen, nenne ich Ihnen einen guten Privatermittler hier am Ort, jemand, der die Sache mit Vergnügen übernehmen wird.«

»Jemand, der nicht solche Skrupel hat wie Sie, wollen Sie sagen.«

»Mit Skrupeln hat das nichts zu tun.«

Er beugte sich auf dem Sessel ein wenig vor. »Hören Sie mir zu«, sagte er. »Vor etwas mehr als einem Jahr war ich der Größte. Ich hatte eine Spitzenserie bei einem großen Sender laufen – der einzige Latino in der Geschichte des Fernsehens, der jemals zur Hauptsendezeit erfolgreich war. Ihnen mag das ja vollkommen schnuppe sein, aber ich selbst war ziemlich stolz darauf. Und ich sollte bei einem aufwendigen Spielfilm mitmachen. War schon fest beschlossen. Todsichere Sache, alles bis ins Kleinste geregelt, Videorechte, Kabelrechte und so weiter. Ich rede von zwei bis drei Millionen Dollar, vorsichtig geschätzt. Und heute habe ich gar nichts mehr. Ich habe vor Gericht bewiesen, daß ich Winona niemals angerührt habe, jedenfalls nicht so, und jeder weiß, daß Melissa sich das alles aus den Fingern gesaugt hat, aber meine Karriere war ruiniert. Plötzlich war ich ein Aussätziger. Die Serie wurde abgesetzt, die Geldgeber zogen sich aus dem Filmprojekt zurück. Natürlich habe ich mich dagegen gewehrt, und dabei ist praktisch mein ganzes Geld für Anwälte draufgegangen. Mein ganzes Leben ist auf den Kopf gestellt. Jetzt habe ich nur noch meine Tochter, und die ist verschwunden.«

»Ich verstehe, Mr. Alonzo.«

»Haben Sie Kinder?«

»Nein.«

»Dann verstehen Sie einen Scheißdreck.« Wieder sah er mich finster an, schüttelte den Kopf und lehnte sich zurück. »Na schön. Also bitte. Vergessen Sie, daß ich das gesagt habe.« Er holte tief Luft. Und sprach dann mit ruhiger Stimme und offener Miene weiter. »Ich will meine Tochter zurückhaben. Ich will meiner Ex-Frau nicht weh tun, ich will nicht einmal Rache. Ich will nur meine Tochter zurückhaben.«

»Wie gesagt, ich nenne Ihnen gern den Namen eines fähigen Privatermittlers hier am Ort.«

Er nickte, seine Augen zogen sich leicht zusammen. »Erklären Sie mir, warum Sie keine Sorgerechtsfälle übernehmen wollen.«

»Das habe ich bereits getan.«

»Versuchen Sie's noch einmal.«

»Weil ich auf der Seite des Guten stehen will, und weil ich bei einem Fall wie diesem nicht entscheiden kann, welche Seite das ist.«

»Hören Sie mir zu, Mr. Croft«, sagte er ruhig und ernst. »Ich gebe Ihnen mein Wort, daß ich meine Tochter nicht mißbraucht habe. Ich schwöre bei Gott, daß ich sie niemals angerührt habe.«

Auch das klang vollkommen überzeugend. Aber wie hätte es sich auch anders anhören sollen? Wie George Burns einmal gesagt hat: Aufrichtigkeit ist das Wichtigste – wer die vortäuschen kann, hat's geschafft.

»Bedaure«, sagte ich.

Er beugte sich wieder nach vorn. Er nickte. »Also«, sagte er, »mit anderen Worten, Sie nennen mich einen Lügner.«

»Mit anderen Worten«, sagte ich, »ich werde diesen Fall nicht übernehmen.«

Seine Miene verschloß sich plötzlich wie die von Rick Valdez in der Fernsehserie, wenn ihm klar wurde, daß er innerhalb der nächsten fünf Minuten Sendezeit mit einer Horde Gangster aneinandergeraten würde. Er stand auf, entfernte sich vom Sessel und ging in Positur. »Na schön«, sagte er. Er hob die Hände und schnipste mit den Fingern. »Komm doch.«

Ich lehnte mich zurück und lächelte ihn an. Teils aus echter Belustigung, teils aber wohl auch, um ihn zu reizen. Nicht nur Fernsehschnüffler können sich als Arschlöcher aufspielen. »Mr. Alonzo, mir scheint doch,

Sie hatten bereits genug Anwälte und Gerichtsauftritte. Sind Sie sicher, daß Sie Ihre Zeit nun auch noch mit einem Prozeß wegen Körperverletzung vergeuden wollen?«

Er zeigte mir eine neue Variante seines Lächelns, diesmal höhnisch nach einer Seite verzogen. »So machen Sie das also, Croft? Verstecken sich hinter Ihren Anwälten?«

»Wenn's geht.«

Er stemmte die Hände in die Hüften und bog den Kopf ein wenig nach hinten, um desto besser auf mich herabsehen zu können. »Und ich habe gehört, Sie seien ein *Mann*.«

Ich nickte. »Das kann ich Ihnen schriftlich beweisen.«

»Auf mich wirken Sie eher wie eine dämliche Jungfrau.«

»Das könnte uns beide in ernsthafte Schwierigkeiten bringen.«

Sein Lächeln verschwand, seine Augen wurden schmale Schlitze. Er beugte sich vor und stützte sich mit gespreizten Fingern auf den Rand meines Schreibtischs. »Ich bin noch nicht mit Ihnen fertig, Croft.« Leise und drohend, die Stimme, die die Zuhälter, Dealer und Gauner aus »Valdez!« vor Furcht hatte erzittern lassen. »Ich kenne Leute in dieser Stadt. Ich kenne eine Menge Leute. Mächtige Leute. Einflußreiche Leute. Ich kann Ihnen das Leben sehr unangenehm machen.«

»Das ist Ihnen bereits gelungen«, sagte ich. Manche Leute bringen mich einfach in Hochform, auch wenn sie es gar nicht wollen.

Er packte mich über den Tisch hinweg am Hemd. Als ich seine Hand wegschlug, kippte er beinahe auf die Schreibunterlage. Keine große Sache; wenn einer sich so weit vorbeugt, verliert er das Gleichgewicht.

Während er sich hochrappelte und wieder aufrichtete, sagte ich: »Denken Sie an meine Anwälte.«

Er strich sich die Jackettaufschläge zurecht, reckte die Schultern und holte tief Luft. »Wir sehen uns noch, Croft.«

Ich nickte. »Ich freue mich schon darauf.«

Er drehte sich um, stapfte durchs Zimmer, riß die Tür auf, schritt hindurch und knallte sie hinter sich zu wie Kirk Douglas in *Zwei rechnen ab.* Oder vielleicht wie Gregory Peck in *Duell in der Sonne*. Manchmal kommt man nicht mehr ganz mit. Auf jeden Fall war es ein toller Abgang.

Rita schüttelte mit traurigem Lächeln den Kopf. »Joshua«, sagte sie, »wirst du eigentlich nie erwachsen?«

Ich lächelte. »Wohl kaum, Rita. Die Pubertät macht mir einfach zu viel Spaß.«

»Eine Pubertät, die zuweilen recht widerwärtig ausfällt.«

»Herrje«, sagte ich. »*Er* hat angefangen.«

Sie schüttelte den Kopf. »Manchmal denke ich, dieses Bedürfnis, sich als Klugscheißer zu produzieren, muß doch ziemlich lästig sein.«

Ich nickte. »Schon möglich. Wahrscheinlich wär's besser gewesen, wenn ich mich mit ihm geprügelt hätte. Ihm ein paar von seinen Millionen-Dollar-Zahnkronen rausgehauen hätte. Dann könnten jetzt *seine* Anwälte was von Körperverletzung zetern.«

»Da gab's doch bestimmt noch eine andere Möglichkeit. Was anderes als ihn zusammenzuschlagen.«

»Du meinst, ich hätte ihn erschießen sollen?«

»Vielleicht hättest du ein bißchen diplomatischer sein können.«

»Mit Diplomatie ist bei dem nichts auszurichten, Rita.«

Sie nahm einen Schluck Tee. »Und er ist vermutlich nicht der einzige.«

Ich lächelte. »Ach, Rita. Du spielst Handball mit meinem Herzen.«

Wir unterhielten uns noch ein Weilchen, aber da es um Geschäftliches ging und in letzter Zeit nicht viel losgewesen war, waren wir bald fertig. Bevor ich ging, fragte ich sie wie immer nach dem Stand der Dinge.

Sie wußte, was ich damit meinte, und wie immer reagierte sie auf meine Frage mit einem Lächeln. »Bestens«, sagte sie.

»Und wann können wir dann mal wieder zur Plaza?« Rita hatte ihr Grundstück noch nicht verlassen, seit sie aus dem Krankenhaus gekommen war, wo die Ärzte ihr eine Kugel vom Kaliber .38 aus der Wirbelsäule geholt hatten. Seit drei Jahren erklärte sie mir nun schon, in der Stadt werde sie sich erst wieder blicken lassen, wenn sie gehen könne.

»Bald«, sagte sie. Wie immer.

Mit der mir eigenen Reife und Subtilität nahm ich ihr das übel. Zum einen, weil ich davon lebte, Antworten auf Fragen zu erhalten, und von ihr keine erhielt. Zum anderen, nehme ich an, weil sie mit ihrer Verweigerung einer Antwort nicht gerade dazu beitrug, meine Sorgen hinsichtlich ihrer Genesung zu beschwichtigen. Gelähmt war sie auf mich angewiesen. Würde sie, wenn ihre Beine wieder funktionierten, sie dazu benutzen, aus meinem Leben zu verschwinden?

Das waren verheimlichte, egoistische, idiotische Sorgen, und ich fand es nicht besonders angenehm, sie in meinem Innern wuchern zu sehen. Aber Selbsterkenntnis führt nur selten zu Selbstachtung.

»Sag mir Bescheid«, bat ich sie.

»Mach ich, Joshua.«

Es war gegen halb acht, als ich ging. Ich fuhr zu Furr's Imbiß im De Vargas Mall, schob mir ein fritiertes Steak mit Bratkartoffeln und gemischtem Salat hinter die Kiemen, besorgte mir bei Albertson's einen Sechserpack Pacifico und fuhr nach Hause.

Dort las ich die *New York Times* vom Vortag und zog mir das gute mexikanische Bier rein, als es kurz nach neun an die Tür klopfte.

Ich legte die Zeitung auf den Couchtisch, stand auf, ging durchs Zimmer und machte die Außenbeleuchtung an. Früher, vor Jahren, hatte ich mir nie etwas dabei gedacht und die Tür aufgemacht, ohne vorher groß durch den Spion zu sehen. Aber ein paar unangenehme Überraschungen hatten mich eines Besseren belehrt. Jetzt zeigte mir ein Blick durch das Loch zwei Männer, verzerrt von der Fischaugenlinse, die Körper in die Länge gezogen, die Gesichter knollig aufgedunsen. Einen von ihnen kannte ich, den anderen nicht. Der, den ich nicht kannte, war um die sechzig, klein, schlank und weißhaarig. Der andere war Roy Alonzo.

Einen Augenblick lang überlegte ich, ob ich ins Schlafzimmer zurückschleichen und die Smith & Wesson aus dem Schuhkarton hinten im Schrank holen sollte. Alonzo und ich waren nicht im Guten auseinandergegangen. Womöglich war er mit seinem Freund hier aufgetaucht, um mir Kummer zu bereiten.

Aber Alonzo hatte mich schon am Nachmittag nicht sonderlich eingeschüchtert, und der kleine Weißhaarige sah mir auch nicht gerade bedrohlich aus. Ich selbst, mit Bier und Steak in der Wampe, stellte für die beiden wahrscheinlich auch keine große Bedrohung dar, nahm aber an, daß ich, wenn es zum Schlimmsten käme, locker mit ihnen fertigwerden könnte.

Ich machte die Tür auf.

Kaum sah ich den Älteren unmittelbar vor mir, erkannte ich ihn wieder – und wußte, daß er eine beträchtliche Bedrohung darstellte. Er hieß Norman Montoya. Vor ein, zwei Jahren hatte ich einmal mit ihm zu tun gehabt. Wenn man der Staats- und Bundespolizei glauben konnte, war er für die meisten Straftaten im Norden von New Mexico verantwortlich, von Sachbeschädigung bis hin zu Drogenhandel und Mord.

Bei unserem letzten Zusammentreffen hatte er in Dampf gehüllt lässig in seinem Whirlpool gehockt. Jetzt trug er einen eleganten Kaschmirmantel, offen, und darunter einen grauen Dreiteiler mit so feinen Nadelstreifen, daß ich sie mir vielleicht auch nur einbildete. Dazu schwarze Straßenschuhe, spiegelblank poliert. Die Schuhe gefielen mir. Die meisten Männer in New Mexico trugen zu offiziellen Anlässen Cowboystiefel. Norman Montoya, dessen Familie hier seit der Zeit der Konquistadoren lebte, trug Straßenschuhe.

Er nickte mir zu. »Guten Abend, Mr. Croft. Freut mich, Sie mal wiederzusehen.« Er wandte sich an Roy Alonzo. »Bitte, sagen Sie's ihm.«

Alonzo runzelte die Stirn. Er hob die Hände, eine Geste, die gleichzeitig flehend und abwehrend wirkte. »Na schön. Also. Ich war heute nachmittag nicht ganz bei mir. Ich bitte um Entschuldigung.«

»Sehr gut«, sagte Norman Montoya wie zu einem halbwegs anstelligen, aber nicht besonders klugen Kind. »Und jetzt warten Sie bitte im Wagen.«

Alonzo nahm die Entlassung ganz gut auf, jedenfalls besser, als ich sie aufgenommen hätte. Nur ein Blinzeln, ein Nicken, dann schob er die Hände in die Taschen seiner grauen Reithose, drehte sich um und stakste die Treppe hinunter.

»Darf ich reinkommen?« fragte Norman Montoya.

III

Als Norman Montoya mein Wohnzimmer betrat, erbot ich mich, seinen Mantel zu nehmen.

»Danke, Mr. Croft«, sagte er, »aber den behalte ich an.« Er lächelte. »Alten Knochen wird niemals warm.«

Ich nickte. »Nehmen Sie Platz.«

Er setzte sich in den Sessel. Ich mich aufs Sofa ihm gegenüber.

»Er ist mein Neffe«, sagte Norman Montoya. Seine Stimme war noch so rauchig, wie ich sie in Erinnerung hatte. »Der Sohn meiner ältesten Schwester.«

»Roy Alonzo ist Ihr Neffe?«

Wieder lächelte er. »Auch Fernsehschauspieler müssen Verwandte haben, Mr. Croft.«

Mag sein, aber normalerweise ist ihr Onkel nicht der Latino-Pate von New Mexico.

»Und Sie verstehen«, sagte Norman Montoya, »daß man sich für die Familie schon mal ein wenig einmischt.«

»Und wie«, fragte ich, »haben Sie sich das vorgestellt?«

»Ich habe es bereits getan. Ich habe Roy den Rat gegeben, sich an Sie zu wenden.«

»Warum gerade an mich?«

»Weil Sie, als wir uns vor einiger Zeit kennenlernten, einen seriösen Eindruck auf mich gemacht haben.«

»Seriös.«

»Ja.« Er lächelte. »Trotz einer vielleicht etwas unglücklichen Schwäche für kindischen Humor.«

Ich nickte. »Da würde Ihnen Mrs. Mondragón vermutlich zustimmen.«

Wieder ein Lächeln. »Mrs. Mondragón besitzt ein recht feines Gespür.«

Ich nickte. »Allerdings. Aber sagen Sie, Mr. Montoya, was genau kann ich für Sie tun?«

Er zuckte fast unmerklich die Schultern. »Das liegt

doch wohl auf der Hand. Ich möchte, daß Sie Ihre Weigerung, bei der Suche nach der Tochter meines Neffen mitzuwirken, noch einmal überdenken.«

»Hat Ihr Neffe Ihnen gesagt, warum ich mich weigere?«

»Ja. Und Ihre Begründung ist ausgezeichnet.« Über sein Gesicht zuckte ein Ausdruck von Widerwillen. Von der leicht gekrümmten Nase abgesehen, waren seine Züge gleichmäßig, fein gebaut und aristokratisch. Er hätte gut einen römischen Kaiser abgegeben. Oder zumindest einen gut aussehenden. »Eine Situation wie diese ist außerordentlich unangenehm. Für alle Beteiligten. Aber, Mr. Croft, wer darunter am meisten leidet, gleichgültig, wie die Wahrheit aussehen mag, ist in jedem Fall das Kind. In diesem Fall ist das Kind die Enkelin meiner Schwester. Und nur um dieses Kind geht es mir bei der Sache.«

»Dafür habe ich Verständnis, Mr. Montoya, aber –«

Er hob die rechte Hand. Wie alles andere an ihm war sie klein, aber wohlgeformt. »Bitte, Mr. Croft. Lassen Sie mich ausreden. Ich schlage Ihnen folgendes vor. Ich schlage vor, Sie betrachten nicht meinen Neffen, sondern mich als Ihren Klienten. Ich schlage vor, Sie stellen Nachforschungen über das Verschwinden seiner Frau und seines Kindes an und versuchen ferner herauszufinden, wie es sich mit dieser anderen Sache verhält. Falls Ihre Ermittlungen ergeben, daß mein Neffe sich tatsächlich« – wieder zuckte er leicht mit den Schultern – »an seiner Tochter vergangen hat, wäre ich dankbar, wenn Sie es mir mitteilen würden. Ich gebe Ihnen mein Wort, daß es nie wieder zu einer solchen Untat kommen würde.«

»Die kalifornischen Gerichte haben ihn freigesprochen.«

Er nickte. »Zu Recht, will ich hoffen.« Er zeigte sein leises Lächeln. »Aber gestatten Sie mir, daß ich nicht allzuviel auf Gerichtsentscheidungen gebe. Speziell in Kalifornien.« Ich kenne niemand in New Mexico, der dem kalifornischen Staat besonders großen Respekt bezeigen würde.

Ich sagte: »Sie halten ihn also für fähig, seine Tochter mißbraucht zu haben?«

Er sah mich nachdenklich an. Schließlich sagte er: »Habe ich Ihnen gegenüber nicht einmal erwähnt, daß ich Buddhist bin, Mr. Croft?«

»Ja, das haben Sie.« In seiner riesigen Villa, oben auf einem Hügel im Norden; da hatten wir beide in seinem großen Whirlpool gesessen, vor einer doppelverglasten Wand mit Blick auf ein steiles, nebelverhangenes Flußtal. Das Tal gehörte ihm.

»Als Buddhist«, sagte er, »glaube ich, daß niemand von uns böse ist. Wir alle sind letzten Endes ein Teil desselben Ganzen – nennen Sie es, wie Sie wollen – Gott, Ich, Buddha-Natur. Dennoch gibt es böse Taten in der Welt. Böse Verhaltensmuster. Und Unwissenheit, Unbeherrschtheit oder Habgier kann jeden von uns dazu verleiten, diesen Verhaltensmustern zu folgen.«

Ich nickte. »Ist das ein Ja?«

Er lächelte. »Ja, Mr. Croft. Ich glaube, daß er dazu fähig sein könnte. Aber ob er wirklich schuldig ist? Ich bin geneigt, das zu verneinen.«

»Na schön«, sagte ich. »Mal sehen, ob ich noch mitkomme. Sie möchten, daß ich Roy Alonzos Frau und Tochter aufspüre, oder es jedenfalls versuche. Außerdem soll ich möglichst herausfinden, ob Alonzo das Mädchen mißbraucht hat. Wenn er es getan hat, soll ich es Ihnen sagen, damit Sie ihn daran hindern können, es noch einmal zu tun. Wie wollen Sie das machen?«

Wieder ein Lächeln. »Ich vernehme Argwohn in Ihrer Stimme. Glauben Sie, ich würde mich dazu gewalttätiger Mittel bedienen?«

»Mr. Montoya«, sagte ich, »ich kenne Sie gut genug, um zu wissen, daß Sie ein Mann mit festen Überzeugungen sind. Ich kenne Sie nicht gut genug, um zu wissen, wie diese Überzeugungen genau aussehen.« Ich dachte: *Na bitte, Rita, wenn das nicht diplomatisch war?*

Norman Montoya stieß ein unbekümmertes Lachen aus, etwas komplizierter als ein Kichern, aber alles andere als ein schallendes Gelächter. »Gut sehen die aus«, sagte er, »die können sich vor jedem Gericht im Staat New Mexico sehen lassen, glauben Sie mir.«

Das war offenbar eine Probe für den Humor eines Latino-Paten. Meine erste. Ich war nicht direkt überwältigt, aber mir kam der Gedanke, daß ich jetzt vielleicht lächeln sollte.

Norman Montoya lächelte nickend zurück. »Aha, Sie sind also nachsichtig mit einem alten Mann, Mr. Croft. Ich danke Ihnen für Ihre Freundlichkeit.« Wieder lächelte er, diesmal mit funkelnden Augen. Ich hatte oft genug von funkelnden Augen gelesen, aber bis dahin noch nie welche gesehen. »Aber, ja«, sagte er, »um Ihre Frage zu beantworten. Angenommen, in der Vergangenheit habe ein Mißbrauch stattgefunden, wie würde ich das in Zukunft verhindern? Erstens, indem ich für Mutter und Tochter sorgen würde. Es würde ihnen an nichts fehlen. Und zweitens, indem ich meinem Neffen empfehlen würde, die beiden erst nach Abschluß einer psychotherapeutischen Behandlung wiederzusehen.«

»Empfehlen?« sagte ich.

»Mit Nachdruck empfehlen«, sagte er. »Gewalt wird dazu nicht nötig sein. Meine Empfehlungen, bilde ich mir ein, haben für Roy durchaus ein gewisses Gewicht.«

Ich nickte. »Sie sagen, Sie wollen für Mutter und Tochter ›sorgen‹. Was genau meinen Sie damit?«

»Daß ich sie finanziell versorgen werde.«

»Zu wessen Bedingungen?«

Er lächelte. »Ich stelle keine Bedingungen, Mr. Croft. Es geht mir ausschließlich um das Wohlergehen meiner Großnichte.«

»Ihre Unterstützung wäre demnach zeitlich unbegrenzt, unabhängig davon, wo oder wie Mrs. Alonzo ihr Leben zu verbringen wünscht?«

»Ganz recht.«

»*Wenn* ich herausfinde, daß Roy Alonzo das Mädchen mißbraucht hat. Ich meine, selbst wenn er es getan hat, wird es ihm wohl kaum nachzuweisen sein. Vor Gericht, meine ich.«

Er nickte. »Darüber bin ich mir im klaren. Ich würde Ihrem Rat folgen, wie auch immer der aussehen mag.«

»Damit legen Sie mir eine furchtbare Verantwortung auf die Schultern.«

Wieder nickte er. »Auf meine auch.«

»Sie sind so etwas wahrscheinlich gewohnt.«

»Wir alle müssen gelegentlich Verantwortung übernehmen, Mr. Croft.«

»Im allgemeinen ziehe ich es vor, mir die Verantwortung, die ich übernehmen soll, selbst auszusuchen.«

»Das können Sie hier ja auch. Es steht Ihnen vollkommen frei, dieses Angebot und die damit verbundene Verantwortung von sich zu weisen.«

Ich lächelte. »Und niemand nimmt irgend etwas übel.«

Wieder lächelte er zurück. »Und niemand nimmt irgend etwas übel. Sie wären mir keine große Hilfe, wenn Sie unter Druck arbeiten würden. Wenn Sie lieber nicht einsteigen wollen, werde ich mich, natürlich mit Bedauern, nach jemand anderem umsehen.«

Ich nickte. »Angenommen, ich steige ein und gewinne den Eindruck, daß Ihr Neffe das Mädchen nicht mißbraucht hat?«

»Davon gehe ich ja selbstverständlich erst mal aus, wie gesagt. In diesem Fall werde ich mich, wenn Sie Mrs.

Alonzo und das Kind aufgespürt haben, als Vermittler betätigen und versuchen, eine Vereinbarung herbeizuführen, die sowohl Roy als auch seine Frau akzeptieren können.«

»Auch das ist den Gerichten nicht gelungen.«

»Aber viele Leute nehmen vor Gericht eine Haltung ein, von der sie sich dann nicht mehr zurückziehen können, jedenfalls nicht öffentlich. Ich weiß, daß Roy jetzt kompromißbereiter ist als damals. Vielleicht gilt das ja auch für seine ehemalige Frau.«

»Vielleicht. Vielleicht auch nicht.«

»Das werden wir erst wissen, Mr. Croft, wenn wir die Frau gefunden haben, nicht wahr. Aber während wir hier so zwanglos darüber plaudern, sind Mutter und Tochter womöglich in großer Gefahr.«

»Haben Sie einen bestimmten Grund zu der Annahme, daß sie in Gefahr sein könnten?«

Er zuckte die Schultern. »Eine alleinstehende Frau und ein kleines Mädchen? Die untergetaucht sind? Die verzweifelt versuchen, sich dem Arm des Gesetzes zu entziehen? Was könnte wahrscheinlicher sein, als daß sie sich in Gefahr befinden?«

Ich nickte. »Ich werde noch einmal über die Angelegenheit nachdenken. Ich könnte den Fall unter zwei Bedingungen übernehmen. Erstens, daß Mrs. Mondragón einverstanden ist. Zweitens, daß ich, wenn ich Mrs. Alonzo finde, *falls* ich sie finde, ihren Aufenthaltsort nicht zu verraten brauche. Weder Ihnen noch sonst jemandem. Ich werde Kontakt mit ihr aufnehmen, ich werde Ihr Angebot unterbreiten. Ich werde, wie Sie es genannt haben, als Vermittler agieren. Entscheidet sie sich, darauf einzugehen, in Ordnung. Entscheidet sie sich dagegen, ist die Aktion vorbei. Ich ziehe mich zurück. Und Sie ebenfalls.«

Er spitzte nachdenklich die Lippen, doch wieder bemerkte ich dieses Funkeln in seinen Augen. »Wenn es Ihnen gelingt, sie zu finden, was soll mich daran hindern, jemand anderen anzuheuern, der Sie beide findet?«

Ich lächelte. »Der Ehrenkodex des Westens?«

Norman Montoya kicherte. Seine Augen funkelten noch immer, er lächelte mich an wie ein schmächtiger spanischer Nikolaus. »Genügt es Ihnen, Mr. Croft, wenn ich Ihnen mein Wort darauf gebe?«

»Ist Ihr Wort denn etwas wert?« Wenn man so etwas zu jemandem wie Norman Montoya sagt, sagt man es, auch wenn er in Nikolaus-Stimmung ist, mit einem Lächeln.

Noch immer zwinkernd, noch immer lächelnd, sagte er: »Wenn ich Ihnen sage: Ja – wie wollen Sie wissen, daß ich nicht lüge?«

»Was weiß ich. Vielleicht sollte ich doch nicht noch einmal über die Angelegenheit nachdenken.«

»Wollen Sie damit etwa sagen, Mr. Croft« – er lächelte –, »daß Sie, auch wenn ich Ihnen mein Wort gebe und Sie das akzeptieren, keine Vorkehrungen dagegen treffen würden, daß ich Sie belogen haben könnte?«

Ich lächelte. Wir beide lächelten an diesem Abend ganz schön oft. Zwei alte Cowboys, die einander anstrahlten.

»Nein«, sagte ich. »Das will ich damit nicht sagen.«

»Sehr gut.« Er nickte beifällig. »Und ich gebe Ihnen wahrhaftig mein Wort. Mein Wort, das können Sie mühelos in Erfahrung bringen, ist durchaus etwas wert. Und ich akzeptiere Ihre Bedingungen. Wenn sie sich weigert, mit Roy zu verhandeln, werde ich keine weiteren Versuche unternehmen, mit ihr in Verbindung zu treten. Solange Sie ihr nur klarmachen, daß ich, ob sie mit Roy verhandelt oder nicht, auf jeden Fall ihr und ihrer Tochter meine Unterstützung anbiete.«

Ich nickte.

»Können wir dann jetzt über Ihre Bezahlung reden?«

»Erst nachdem ich mit Mrs. Mondragón gesprochen habe.«

»Und wann wird das sein?«

»Ist Alonzo noch draußen?«

»Ja. In seinem Wagen. Wir sind jeder für sich gekommen.«

»Wird er die von uns ausgehandelten Bedingungen akzeptieren?«

»Ja.«

Ich nickte. »Dann rufe ich sie jetzt an.«

Er stand auf. »Tun Sie das, Mr. Croft. Ich danke Ihnen. Ich werde draußen auf Ihre Antwort warten.«

»Joshua«, sagte Rita am Telefon, »du hast gesagt, daß du einen solchen Fall niemals übernehmen würdest.«

»Ich glaube, wir könnten uns hier nützlich machen. Und was den Schutz des Mädchens angeht, ist doch offenbar alles ziemlich abgesichert.«

»Kann man Norman Montoya vertrauen?«

»Ehrlich gesagt, das weiß ich nicht«, sagte ich. »Aber wenn ich das Mädchen und seine Mutter finden kann, werde ich wohl auch sicherstellen können, daß ich dabei keinerlei Spuren hinterlasse, die irgend jemand aufnehmen könnte.«

»Weil du so ein reines Herz hast?«

»Weil ich so ein kluges Herz habe.«

»Na ja, für alle Fälle werde ich Paul einen speziell für Mr. Montoya bestimmten Vertrag aufsetzen lassen.« Paul Gallegos war unser Anwalt.

»Danke für das Vertrauensvotum«, sagte ich. »Auch Paul kann Montoya nicht vertraglich untersagen, einen anderen Ermittler einzuschalten.«

»Richtig, aber wenn Montoya etwas daran liegt, als ein Mann zu gelten, der zu seinem Wort steht, und wenn er sein Wort schriftlich gegeben hat, dann bricht er es vielleicht nicht so schnell.«

»Gut, man kann's ja mal versuchen.«

»Danke für das Vertrauensvotum.«

IV

Tausende Meter unter uns entrollten sich langsam die versengten Ebenen des westlichen New Mexico. Kegelförmige Hügel, die aussahen wie sandstrahlbearbeitete Reste uralter Vulkane, erhoben sich hier und da aus dieser Ödnis und warfen geduckte, bucklige Schatten im schrägen Licht des frühen Morgens. Von den Hängen schlängelten sich Wasserläufe, liefen im Flachen auseinander und verbanden sich zu filigranen hellbraunen Deltas, die jetzt knochentrocken waren, aber immerhin an die Regengüsse des Frühjahrs erinnerten, die ebenso plötzlich kamen, wie sie wieder verschwanden. Vor uns, klein wie ein Spatz und exakt mit unserer Geschwindigkeit, glitt das schwarze Phantom eines Flugzeugs über den kahlen, khakifarbenen Erdboden.

Ich war erst vor fünfzehn Minuten in Albuquerque abgeflogen, saß entspannt im dick gepolsterten Sitz der ersten Klasse, ein Glas frischgepreßten Orangensaft in der Hand, und schon fing ich an zu bedauern, daß ich den Fall übernommen hatte.

Zum einen habe ich Los Angeles noch nie ausstehen können. Die Stadt ist mir immer etwa so verlockend und nahrhaft erschienen wie eine billige Hochzeitstorte.

Zum anderen hatte ich etwas gegen Mißbrauch von Kindern, ob sexuell oder sonstwie. Als ich anfing, mit Rita zu arbeiten, war es meine, nicht ihre Idee gewesen, uns niemals auf derartige Fälle einzulassen. Das hatte unter anderem mit ihrer Vielschichtigkeit zu tun – wie ich Alonzo gesagt hatte, hielt ich es für unwahrscheinlich, daß irgendein Außenstehender jemals herausfinden könnte, was sich innerhalb einer Familie wirklich abspielte.

Aber es gab noch einen weiteren Grund. Man kann nicht am Ende des 20. Jahrhunderts leben, ohne sich darüber im klaren zu sein, daß die Menschen zu Grausamkeiten fähig sind, bei denen es jeder Hyäne hochkommen würde. Kein Tier auf der Welt bringt den Wahnsinn fertig, den wir einander blind und fröhlich zufügen: Vergewaltiger, Rassisten, Serienmörder, Ideologen, völkermordende Irre. Aber nichts, keine andere Bestialität quält mich so sehr wie die, unter der Kinder nur allzuoft von ihren Eltern zu leiden haben. Dies ist das schlimmste Verbrechen, ein Verrat an der Liebe durch die Macht, und ich denke nicht gern darüber nach. Feige, wie ich im Grunde bin, tue ich lieber so, als gäbe es das gar nicht. Und jetzt hoffte ich, vermutlich ebenso sehr meinet- wie seinetwegen, daß Roy Alonzo unschuldig war.

Am Abend zuvor, als er mit seinem Onkel bei mir im Wohnzimmer saß, war ich wieder von seiner Unschuld überzeugt. Nachdem ich die beiden gefragt hatte, ob ich ihnen etwas anbieten dürfe, einen Drink, einen Kaffee, und beide abgelehnt hatten, hatte Alonzo zu mir gesagt: »Bitte, Croft, ich meine es ehrlich. Ich habe mich heute nachmittag wie ein Arschloch benommen.«

Ich nickte zustimmend, weil ich vollkommen seiner Meinung war. »Ja, sicher«, sagte ich, »so was kommt öfter mal vor. Mir selbst geht es manchmal auch nicht besser.«

»Und ich möchte Ihnen sagen, wie sehr ich es zu schätzen weiß, daß Sie es sich anders überlegt haben und Mel nun doch suchen wollen.«

Mir fiel zweierlei auf. Daß er seine Frau jetzt Mel nannte, nicht mehr Melissa. Und daß er seine ernste Rede nicht unterbrochen hatte, um auf meine Antwort zu reagieren oder sie auch nur zur Kenntnis zu nehmen. Er spielte immer noch eine Rolle, er las immer noch Text ab. Was nicht unbedingt bedeutete, daß er log. Vielleicht war es einfach so, daß er die Wahrheit nicht anders ausdrükken konnte.

»Mr. Alonzo«, sagte ich. »Mein Auftraggeber ist Mr. Montoya, ist Ihnen das klar?«

»Sicher, sicher. Vollkommen klar.«

»Ihm werde ich Bericht erstatten, niemand anderem. Wenn Sie wissen wollen, wie ich mit dem Fall vorankomme, müssen Sie sich an ihn wenden. Sind wir uns da einig?«

»Absolut einverstanden. Ich wollte Ihnen nur sagen, wie froh ich bin, daß Sie uns helfen wollen.«

»Danke.« Ich nahm mein Notizbuch und den Kugelschreiber vom Couchtisch. »Als erstes brauche ich«, sagte ich zu Alonzo, »eine Liste Ihrer Freunde und Verwandten.«

»Leute von hier oder in L.A.?«

»Fangen wir mit Los Angeles an.«

Und auch ich fing mit Los Angeles an. Am Dienstag nachmittag, nach Umsteigen in Phoenix und einer weiteren Flugstunde, war ich da. Das Gefühl von Bedauern, das ich während des Flugs empfunden hatte, verließ mich auch nach der Landung nicht. LAX, der internationale Flughafen von Los Angeles, hat die Größe einer ausgewachsenen Stadt, und das hektische Treiben der Passagiere weckte in mir augenblicklich Heimweh nach der kargen Stille von New Mexico. In Los Angeles hat man immerzu Sehnsucht nach irgendwo anders. Nach fast jedem anderen Ort.

Bei Hertz tauschte ich meine Unterschrift und einen Blick auf meine Kreditkarte gegen einen 91er Geo und ein gelangweiltes Lächeln der rothaarigen Schalterdame, die womöglich oder sogar sehr wahrscheinlich in irgendeinem Provinznest einmal zur Miss Zitrone oder Miss Diesel gewählt worden war. Die strömen hier aus dem ganzen Land zusammen, diese erstaunlich schönen jungen Frauen, und nicht selten schlagen sie jahrelang mit den Flügeln ans Fliegengitter und hoffen verzweifelt, daß es sich öffne und sie in dieses verlockend helle Licht flattern lasse. Nur wenige von ihnen schaffen es.

Der Hertz-Bus brachte mich zum Parkplatz, wo ein Auto auf mich wartete. Über einem abscheulich kahlen Gewerbegebiet mit Möbeldiscountern und Autowerkstätten spannte sich ein leicht stumpfer chromgelber Himmel. An den Rändern war er schmutzig gebräunt wie eine alte Zeitung, die gleich in Flammen aufgeht. Es war heiß, und die Luft roch, als sei sie durch zu viele Lungen und zu viele Motoren gegangen.

Daß Los Angeles den Weltuntergang vorwegnimmt, ist längst ein Klischee, aber Klischees gibt es nicht ohne Grund. In irgendeiner Zukunft, wenn alle Bäume verbrannt und alle Tiere gestorben sind, werden wir Humanoiden eines Tages unter einem rauchig gelben Himmel Schlange stehen und die Mitteilung erhalten, daß wir unsere Ration Steinkohlenteerderivate heute nicht bekommen werden, weil der Steinkohlenteer ausgegangen sei.

Unter solchen optimistischen Gedanken rollte ich auf dem San Diego Freeway Stoßstange an Stoßstange mit neunzig Stundenkilometern in Richtung Norden und bog schließlich auf den Sunset ein. Ich fuhr an der UCLA vorbei und durch Beverly Hills, wo schattige, selbstzufriedene Anwesen sich hinter Bäumen versteckten, die Gärten überwuchert mit Bougainvillea, Jasmin und Rosen. Dann war ich in Hollywood, ringsum nichts als Drugstores und Hamburgerbuden und Ramschläden, und diese Gebäude sahen aus, als wäre jedes einzelne von einem anderen wahnsinnigen Architekten entworfen worden. Dann kamen maurische Schlösser und venezianische Paläste und mediterrane Villen, eine unheimliche Landschaft aus schlappen Palmen und grellbunten Reklametafeln. Nur die Reklametafeln wirkten real.

Ed Norman hatte seine Geschäftsräume verlegt, seit ich das letzte Mal in Los Angeles war. Sein neues Büro lag an der Gower und belegte die gesamte oberste Etage eines zwölfstöckigen Gebäudes. Ich fuhr mit dem Aufzug in die zwölfte und trat in den Empfangsbereich. Wurde begrüßt von einer silbrigen Leinentapete und silbrigen Florteppichen. Hinter einem schwarzlackierten Schreibtisch saß eine schöne blonde Empfangsdame mit phantastisch gebräunter Haut – ihrem Akzent nach eine ehemalige Miss Kentucky – und ließ sich meinen Namen nennen. Nachdem sie schweigend vermerkt hatte, daß er zu niemandem im Business gehörte, sprach sie ihn in ein Telefon und sagte mir dann mit gelangweiltem Lächeln, ich solle zur Tür am Ende des Korridors gehen. Ich dankte ihr. Sie schenkte mir ein weiteres gelangweiltes Lächeln und wandte sich wieder der Arbeit an ihrem Drehbuch zu.

Ich ging den Flur hinunter. Gut möglich, daß hinter den Türen, an denen ich vorbeikam, Ermittler Zeugen verhörten und Hinweisen nachgingen, aber wenn dem so war, dann taten sie es jedenfalls lautlos. Das einzige Geräusch war ein sehr schwaches, kaum hörbares Hintergrundbrummen, ähnlich dem Sirren von Neonröhren.

Am Ende des Flurs befand sich eine Tür, darauf in Schulterhöhe eine Messingtafel. EDWARD W. NORMAN, stand da. Und DIREKTOR. Ich klopfte an, etwas summte, ich schob die Tür auf und trat in ein kleines Vorzimmer. Wieder die silbrigen Tapeten, der silbrige Florteppich. Links ein graues Sofa und ein schwarzlackierter Couchtisch, auf dem verschiedene Ausgaben von *Newsweek* und dem *U.S. News & World Report* ausgebreitet waren. Rechts, wieder hinter einem schwarzlackierten Schreibtisch, saß eine Brünette in grauem Rock und weißer Bluse. Eine braungebrannte, außerordentlich gutgebaute junge Frau, die aus meinem Blickwinkel nur aus Profilen zusammengesetzt schien. Ihr Lächeln war entschieden besser als alle anderen, die mir bisher an diesem Tag gewährt worden waren. Es war strahlend und offen und von keinerlei Langeweile getrübt. Noch etwas mehr von diesem Lächeln, und ich wäre gezwungen, ihr, wenn auch widerstrebend, zu sagen, daß mein Herz bereits einer anderen versprochen sei. Mit leiser, angenehmer Stimme teilte sie mir mit, daß Mr. Norman mich erwarte und ich gleich zu ihm reingehen könne. Im Vorbeigehen sah ich noch, daß sie grüne Augen hatte. Ich öffnete die Tür zum Büro.

Weiße Leinentapeten, weißer Florteppich. Der Schreibtisch, weißlackiert, war nicht ganz so groß wie ein Kabinenkreuzer. Auch Ed Norman nicht, der sich dahinter erhob und lächelnd und mit ausgestreckter Hand darum herumschritt. Hinter dem Schreibtisch, eingerahmt in das riesige Panoramafenster, stand das Capitol Records Building, eins der Denkmäler, die L.A. dem guten amerikanischen Geschmack zu Ehren errichtet hatte.

Ed Norman, ein Schwarzer von über einsneunzig, hatte eine geradezu unheimliche Ähnlichkeit mit dem jungen Harry Belafonte. Der jetzige Harry Belafonte hat ebenfalls eine unheimliche Ähnlichkeit mit dem jungen Harry Belafonte, aber Eds Ähnlichkeit war noch unheimlicher – vielleicht weil Ed einen guten halben Meter breiter in den Schultern war. Heute steckten diese Schultern in einem tadellosen grauen Anzug aus tropentauglichem Material von so elegantem Schnitt, als sei er ein Produkt der Gentechnologie.

Er drückte mir die Hand. »Na, wie geht's dir, Joshua?«

»Danke, gut«, sagte ich. »Ich sehe schon, dir geht's ja zur Zeit richtig dreckig.« Ich sah mich in dem Zimmer um. »Wenn du Hilfe brauchst, eine Schulter, an der du dich ausweinen kannst, einen Zehner bis nächsten Donnerstag, sag mir nur Bescheid.«

Er lächelte. »Alles nur Fassade. Lametta und Schönfärberei, wie alles in dieser Stadt. Und was macht Rita?«

»Der geht's gut. Doch, doch. Weißt du schon, daß sie den Rollstuhl nicht mehr braucht?«

Er grinste. »Ja.« Er schüttelte den Kopf. »Mann, freut mich wirklich. Du glaubst ja nicht, wie froh ich war, als ich das gehört habe.«

Ich nickte. »Und ich erst.«

»Willst du was trinken? Kaffee? Tee? Oder was Stärkeres?«

»Tee. Danke.«

Er beugte sich nach hinten über den Schreibtisch, drückte einen Knopf an seinem Telefon und sagte: »Bonnie, könnten Sie uns bitte eine Kanne Tee bringen?« Er drückte den Knopf noch einmal, nahm einen Aktendekkel vom Tisch und drehte sich wieder zu mir um. »Setz dich doch.« Er wies mit dem Kopf auf das lange weiße Sofa.

Wir nahmen darauf Platz, er lehnte sich zurück, legte die Füße auf den Couchtisch und zog ein Päckchen Marlboro aus der Hemdtasche. »Du rauchst noch nicht wieder?« fragte er mich.

»Seit sieben Jahren.«

»Aber du machst keine Szene, wenn ich mir eine anstecke?«

Ich zuckte die Schultern. »Dein Büro. Deine Lunge.«

Er schob sich grinsend eine Zigarette zwischen die Lippen und warf das Päckchen auf den Tisch. »Du bist wenigstens nicht so ein neubekehrter Nichtraucher. Von denen gibt's hier in der Stadt eine ganze Menge.« Er fuhr mit der Hand in die Rocktasche, zog ein goldenes Dunhill-Feuerzeug hervor, ließ es aufflammen, zündete die Zigarette an und steckte das Ding wieder in die Tasche. Dann nahm er einen so langen und tiefen Zug, daß er garantiert Nikotinflecken in den Socken bekam. Ich empfand die gemischten Gefühle des ehemaligen Rauchers, Verachtung und Neid.

»Also«, sagte er, Rauch ausstoßend. Er schlug die Akte auf seinem Schoß auf. »Das hier habe ich seit deinem Anruf heute morgen zusammenstellen können. Nicht sehr viel, aber für den Anfang sollte es reichen.« Er nahm einen Computerausdruck aus der Mappe, die Bögen hingen noch aneinander, die gelochten Randstreifen waren noch nicht entfernt. Er sah mich an. »Ich muß noch was wissen. Heute früh habe ich nicht danach gefragt, weil ich vor der ersten Tasse Kaffee noch nicht ganz bei mir bin. Aber warum hat Rita die Recherche nicht selbst erledigt?« Er saugte an seiner Zigarette.

»Die Recherche?«

»Die Datenbankrecherche.« Eine dicke Rauchwolke ausatmend, hielt er mir den Computerausdruck hin. »Das ganze Zeug hier.«

»Ich habe sie nicht darum gebeten. Ich dachte, daß du viel näher an der Quelle bist und leichter an diese Sachen rankommst.«

Er zeigte ein tolerantes Lächeln. Ein tolerantes Lächeln kann ich gut erkennen, weil Rita mich allzuoft damit beglückt. Er beugte sich vor und schnipste die Zigarettenasche in einen runden Onyx-Aschenbecher. »Joshua, das meiste, was hier steht, stammt aus Datenbanken, die von jedem Punkt der Welt aus zugänglich sind. Und Rita ist eine der besten Online-Ermittler in der ganzen Branche. Sie bekommt ständig per Modem Anfragen von mir. Ich kenne drei oder vier andere Ermittler, die ohne sie aufgeschmissen wären. Sie besorgt einfach alles –

Vor- und Nachbeurteilungen von Bilanzen, Informationen über Konzerne und Aktiengesellschaften, Prozeßakten sämtlicher Gerichte. Ich könnte auch einen meiner Leute damit beauftragen, aber Rita ist schneller und besser. Sie saust zwischen den Gateways herum wie auf Rollschuhen.« Er zog an seiner Zigarette.

»Gateways?« sagte ich und kam mir langsam vor wie ein Idiot.

»Die Zugänge zum Netz. DIALOG. BSR. CompuServe. Damit hat man Zugriff auf fünf- bis sechshundert Datenbanken.« Er runzelte die Stirn. »Sprichst du denn mit Rita nie über so was?«

»Rita arbeitet mit Computern«, sagte ich. »Ich fang die Gangster in Seitenstraßen und schlage sie zusammen.«

Er sah mich an. Ich konnte nicht direkt sagen, was sich unter der Oberfläche seines ansehnlichen schwarzen Gesichts abspielte, hatte aber das Gefühl, daß es so etwas wie Verblüffung, vielleicht sogar etwas wie Mitleid sein mochte.

Inzwischen war meine Verwandlung in einen Idioten ziemlich abgeschlossen. Daß Rita an Computern herumspielte, wußte ich seit Jahren. *Herumspielen*, so hatte ich das jedenfalls interpretiert. Ich hatte auch gewußt, daß sie gelegentlich anderen Agenturen beim Recherchieren half, mir aber gedacht, daß sie dazu mit nur einer einzigen Datenbank Kontakt aufnahm. Aber daß sie derart weiträumig und häufig arbeitete, hatte ich nicht einmal geahnt.

Meine erste Reaktion darauf war, daß ich mich fragte, warum sie mir nie davon erzählt hatte. Die zweite Reaktion war eine Variante der ersten, eine Variante, die von einer plötzlichen, schweren Attacke meines in letzter Zeit aufgekommenen Unbehagens ausgelöst wurde: Warum hatte sie Geheimnisse vor mir?

Ich wies mit einer Kopfbewegung auf den Computerausdruck in Ed Normans Hand. »Also, was haben wir da jetzt?«

Ed war taktvoll genug, so zu tun, als sei nichts geschehen. »Okay«, sagte er energisch. Er sah auf das Papier. »Roy Alonzo. Geboren 1946 in Carlsbad, New Mexico. Dort die Schule besucht. Annehmbare Noten, nichts Besonderes. Interesse am Theater. Football gespielt, erste Mannschaft. Unauffällig, keine Festnahmen. '65 zum Reed College in Oregon. Stipendium. Hauptfach Schauspielkunst. Auch hier annehmbare Noten, aber nichts Besonderes. Unauffällig, keine Festnahmen. Ist eine Zeitlang mit irgendeiner Theatergruppe herumgezogen.« Er blickte auf. »Noch mehr davon, oder soll ich gleich zu den guten Sachen kommen?«

»Was für gute Sachen?« Ob sie aus der Agentur aussteigen und nur noch diese Computerrecherchen machen wollte?

»1978«, sagte Ed, »gab es das Gerücht, er wäre wegen Verführung Minderjähriger beinahe in den Bau gekommen. Das Mädchen war fünfzehn. Ihre Eltern bekamen eine Abfindung und ließen die Sache fallen. So heißt es jedenfalls.«

»Wie verläßlich ist dieses Gerücht?« Warum sonst sollte sie mir verheimlichen, was sie machte?

Vergiß das jetzt mal, sagte ich mir.

Ed hob die breiten Schultern. »Zu einer Festnahme kam es nicht, auch nicht zu einer Anzeige. Alonzo lebte inzwischen hier in L.A., und seine Karriere kam allmählich in Schwung. Und wenn man den Fan-Zeitschriften glauben kann, war er auch ein ausgemachter Weiberheld.«

»Und ob ich das glaube.« Wie konnte sie Ed Norman – und mindestens drei oder vier andere Ermittler – Dinge über sich wissen lassen, die ich nicht wußte?

Er lächelte. »Nach allem, was ich von meiner Quelle weiß, habe ich den Eindruck, es gab da tatsächlich ein junges Mädchen, das aber nicht wie fünfzehn ausgesehen hat. Eins dieser frühreifen kleinen Biester, Körper dreiundzwanzig und Seele fünfundvierzig. Angenommen, da ist wirklich was passiert, war die ganze Sache vielleicht eingefädelt. Entweder von ihr oder von ihren Eltern. Dem Gerücht zufolge waren die Eltern jedenfalls völlig zufrieden, als sie das Geld bekamen.«

»Das ist ein weiser Vater, der sein Kind kennt.« Vergiß es. Konzentrier dich auf den Fall.

Er nickte. »Ich glaube, das hab ich mal irgendwo gelesen.« Ed war einmal Englischlehrer an einem kleinen College in New England gewesen.

Ich lächelte. Wahrscheinlich etwas matt. »Was hast du sonst noch?«

In diesem Augenblick klopfte jemand an die Tür. Ed rief »Herein«, und die Tür ging auf. Ein Teewagen rollte ins Zimmer, gefolgt von der jungen Frau aus dem Vorzimmer. Ich stand auf, als sie das Wägelchen ans Sofa schob. Sie war größer, als ich gedacht hatte, und in dem nüchternen Rock und der züchtigen weißen Bluse sah sie schärfer aus, als irgend jemand aussehen dürfte. Ich fragte mich, ob sie vor irgendwem Geheimnisse hatte.

»Joshua«, sagte Ed, der grinsend vom Sofa zu uns aufsah, »das ist meine Mitarbeiterin Bonnie Nostromo. Bonnie, Joshua Croft.«

Wieder zeigte sie dieses bemerkenswerte Lächeln. Dann machte sie kehrt, ging zur Tür zurück und hindurch und machte sie hinter sich zu. Das Wort *gehen* ist aber eigentlich ein viel zu prosaischer Ausdruck, der die Pneumatik und Mechanik ihrer Bewegungen nur höchst unzulänglich beschreibt.

Ed hatte grinsend zugesehen, wie ich ihr nachgesehen hatte.

»Attraktive Frau«, sagte ich und kam mir plötzlich vor wie ein lüsterner alter Mann auf einer Parkbank.

Er nickte. »Ein Freund von mir – natürlich ein unverbesserlicher Sexist – hat einmal von ihr gesagt, wenn man einen Körper wie den ihren sähe, sei man stolz, ein Säugetier zu sein.«

»Und auch stolz, ein Zweifüßer zu sein. Aber sag mal, wo nimmst du eigentlich solche Frauen für deine Sexisten her?«

Er lächelte. »Sie hat einen IQ von 160. Viel zu gut, um als Sekretärin zu arbeiten – sie ist nur für diese Woche eingesprungen, um mir einen Gefallen zu tun. Sie gehört zu den besten Observierern, die ich habe. Noch ein Jahr, und sie hat ihre Lizenz. Und noch mal ein, zwei Jahre, und sie macht wahrscheinlich ihre eigene Agentur auf.«

»Hat sie eine ältere Schwester? Eine, deren IQ besser zu meinem paßt? Mehr so im zweistelligen Bereich?«

Ed zog die linke Augenbraue hoch. Das hat mich schon immer gestört, wahrscheinlich weil ich selbst es nicht konnte. »Bist du denn etwa noch zu haben, Joshua?« Er kannte Rita und mich schon ziemlich lange.

»Nein«, gab ich zu. »Eigentlich nicht.« Ich holte tief Luft und wies auf den Computerausdruck. »Also. Was gibt es sonst noch über Roy?«

»Jedenfalls keine schmutzige Wäsche mehr. Den ganzen Rest kennst du praktisch schon. '87 die Scheidung von Melissa Bigelow Alonzo. '89 die Schlammschlacht vor Gericht, als sie ihn des sexuellen Mißbrauchs bezichtigt und er die Sache abstreitet.«

»Er wurde für nicht schuldig befunden.«

»Sein Arzt war der Jury sympathisch.«

»Sympathischer als ihrer, willst du sagen.«

»Richtig.«

»Du hältst ihn für schuldig?«

Er zuckte die Schultern. »Das läßt sich unmöglich feststellen.«

Ich wies auf die Aktenmappe. »Sind da auch die Gerichtsprotokolle drin?«

Er schüttelte den Kopf. »Presseberichte. *L.A. Times.* Die Protokolle können wir besorgen, falls du sie brauchst.«

»Warten wir damit noch. Erzähl mir lieber was von Melissa Alonzo.«

V

»Melissa Alonzo«, sagte Sergeant Bradley; er lehnte in seinem Drehsessel, die Finger behaglich unter der Wölbung seines Bauches verschränkt. Er schüttelte den Kopf. »Für die bin ich nicht zuständig. Wie ich schon Ihrem Spezi Norman geraten habe, versuchen Sie's mal bei der Vermißten-Abteilung. Oder beim FBI.«

»Warum beim FBI?« fragte ich. »Was haben die damit zu tun? Es geht nicht um Entführung. Sie war der gesetzliche Vormund der Tochter.«

»He«, sagte Bradley und ließ mich seine fleischigen Handflächen sehen. »Halten Sie mich vielleicht für den Pressesprecher? Das müssen Sie die schon selber fragen.« Es klang ziemlich ironisch, wie er das sagte.

Wie so viele bei der Mordkommission war Bradley im Lauf der Jahre fett und fetter geworden. Das Übergewicht kommt von den hastig heruntergeschlungenen Cheeseburgern und Tacos und Pizzas, gelegentlich auch vom Schnaps, mit dem manche von ihnen die Erinnerung an den Grund für ihre Hast wegzuspülen versuchen.

Anders als die meisten von der Mordkommission, von Meyer Meyer und Kojak einmal abgesehen, hatte Bradley eine vollständige Glatze. Die glänzende Haut seines dikken runden Schädels war hier und da eingedellt, als wären

Kugeln davon abgeprallt. Der Schädel und auch sonst alles war ungebräunt. Bradley war der erste Mensch in Los Angeles, der nicht so aussah, als ob er seine Nachmittage mit Sonnenbaden am Strand verbrächte.

Ed Norman hatte mir gesagt, Bradley sei ein harter Bulle, aber fair.

»Hört sich an«, hatte ich gesagt, »wie die Hure mit dem goldenen Herzen.«

Ed hatte gelächelt und dann etwas Zigarettenrauch in den Raum geblasen. »In dieser Stadt fängt jeder irgendwann an, sich so darzustellen, wie er es auf der Leinwand vorgeführt bekommt.«

»Na wunderbar«, hatte ich gesagt. »Dann krieg ich's also mit einem Ekel in Farbe zu tun. Zunächst werden wir uns nicht ausstehen können, aber am Ende der zweiten Spule werden wir widerwillig Respekt voreinander entwickelt haben.«

»Glaub ich kaum«, hatte Ed gesagt. »Wahrscheinlich werdet ihr euch dann immer noch nicht ausstehen können.«

Bis jetzt sah ich keinen Grund, an Normans Voraussage zu zweifeln. Seit zehn Minuten saß ich Bradley in seinem winzigen Zimmer im LAPD gegenüber und hatte noch nichts aus ihm herausgebracht.

Ich fragte ihn: »Können Sie mir etwas über den Mord an der Schwester sagen?«

»Die *Times* gibt's in der Bibliothek. Und überhaupt. Ich denke, Sie suchen Melissa Alonzo. Wieso wollen Sie dann was über ihre Schwester wissen?«

»Die eine Schwester verschwindet, und ein paar Monate später wird die andere Schwester ermordet. Ich halte es für möglich, daß es da einen Zusammenhang gibt.«

Er kicherte, daß sein dicker Bauch, der in ein zu enges gelbes Polyesterhemd gezwängt war, auf und nieder schwappte. »Wer sind Sie? Mannix?«

Ich lächelte gefällig. Ich spürte, wie meine Mundwinkel daran arbeiteten. »Sergeant, ich verlange keine Auskünfte über Ihre Ermittlungen. Es geht mir nur darum, Mrs. Alonzo und ihre Tochter ausfindig zu machen. Vielleicht gibt es da keinen Zusammenhang. Aber falls es doch einen gibt, und falls ich sie finde, könnte sie Ihnen womöglich Informationen liefern, die Ihnen weiterhelfen.«

Bradley schüttelte grinsend den Kopf. »Mann. Sie sind ja noch schlimmer als Norman. Haben Sie etwa auch am College unterrichtet?«

»Hauswirtschaft.«

Er kicherte. Senkte den Blick auf die Schreibtischplatte, zuckte die Schultern, sah wieder zu mir auf. »Na, was soll's. Auf eine halbe Stunde kommt es auch nicht an. Aber zuerst wollen wir die Regeln festlegen.«

Ich nickte. »Nur zu.«

»Ihre Lizenz für New Mexico können Sie sich hier an den Hut stecken. Für uns sind Sie bloß ein Bürger wie jeder andere. Beschwert sich irgend jemand, daß Sie ihn belästigt haben, sind Sie raus aus dem Spiel.«

Ich nickte. »Damit kann ich leben.«

»Wenn Sie irgendwen observieren, melden Sie es uns. Vorher. Bevor Sie damit anfangen. Falls nicht, und wir kriegen es mit, nehmen wir Sie hoch. Und Sie können sich drauf verlassen, Freund, daß wir es mitkriegen.«

Ich nickte.

»Und wenn Sie was herausfinden, irgendeine winzige Kleinigkeit, die auf die Mordsache Bigelow hinweist, machen Sie mir Mitteilung davon, bevor Sie irgend etwas anderes unternehmen.«

Ich nickte. »Sollte ich was erfahren, sage ich Ihnen Bescheid.«

»Denn andernfalls, mein Freund, wird es Ihnen außerordentlich leid tun.«

Jetzt übertreibt er's langsam mit den Drohungen, dachte ich, unterließ es aber, darauf einzugehen. Er steckte das Gelände ab, markierte die Grenzen seines Reviers. Ich sagte: »Ich habe verstanden, Sergeant.«

»Das will ich hoffen.« Er lehnte sich auf dem Drehstuhl zurück und verschränkte die Hände im Nacken. Hector Ramirez, ein Freund von mir in Santa Fe und ebenfalls Polizist, saß oft genauso da. Vielleicht hatten die beiden das gleiche Handbuch gelesen. »Also«, sagte er. »Was wollen Sie wissen?«

Ich zückte Notizbuch und Kugelschreiber. »Cathryn Bigelow. Wann wurde sie getötet?«

»Vorige Woche. Am 2. Oktober. Mittwoch.«

»Uhrzeit?«

»Der Coroner schätzt, zwischen acht und neun Uhr morgens.«

»Wann wurde die Leiche entdeckt?«

»Gegen zwölf. Sie ist nicht zur Arbeit erschienen, nicht ans Telefon gegangen. Eine Freundin aus der Bibliothek fährt rüber, um nachzusehen, was mit ihr los ist. Da hat Bigelow gearbeitet, in der Bibliothek. Die Freundin sieht die Leiche durchs Küchenfenster und ruft uns an.«

»Sie wurde erwürgt.«

Bradley nickte.

»Und gefoltert.« Das hatte ich von Ed Norman.

Bradley nickte.

»Wie genau?«

»*Genau*?« äffte Bradley mich nach. »Wollen Sie sich an diesem Schweinkram aufgeilen?«

»Handelt es sich um sexuelle Folter, wie man sie von einem Psychopathen erwarten könnte? Oder um eine Folter, die sie zum Reden bringen sollte?«

Bradley lächelte säuerlich. »Damit sie verrät, wo sich ihre Schwester, Melissa Alonzo, gegenwärtig aufhält?«

»Zum Beispiel.«

»Alonzo ist vor zwei Monaten verschwunden. Warum hätte der Kerl, wer auch immer das war, so lange warten sollen?«

»War es sexuelle Folter, Sergeant?«

Er schüttelte den Kopf. »Nein.« Dann grinste er mich böse an. »Sie wollen Einzelheiten?«

»Nein. Aber wenn es Ihnen nichts ausmacht, sollte ich sie mir vielleicht doch lieber anhören.«

»Er hat sie geschlagen. Dann hat er sie gefesselt. Auf einen Küchenstuhl. Hände, Füße, Oberkörper. Mit einem Spülhandtuch geknebelt. Dann hat er ihr mit einer Zange die Fingernägel bearbeitet.« Er sprach völlig tonlos und beobachtete, ob und wie ich reagierte.

Ich sagte: »Hat sie geredet?«

Er zuckte die Schultern. »Ein paar Fingernägel waren noch dran.«

»Womit hat er sie erwürgt?«

»Wahrscheinlich mit einem Gürtel.«

»Der nicht am Tatort gefunden wurde?«

Er schüttelte den Kopf.

Der Mörder hatte sich also, nachdem er sie damit erstickt hatte, den Gürtel seelenruhig wieder um den Bauch geschnallt. Reizend.

»Aber es wurde eine Postkarte gefunden«, sagte ich. »Von ihrer Schwester, gestempelt in Albuquerque am 24. September.«

Er nickte.

»Haben Sie die hier?« fragte ich.

»In der Asservatenkammer.«

»›Die Blume in der Wüste lebt.‹ Sagt Ihnen das was?«

Er schüttelte den Kopf.

»Und mehr stand nicht auf der Karte?«

Er nickte. »Das und ihre Unterschrift. Melissa.«

»Irgendwelche anderen Spuren? Fingerabdrücke? Fasern?«

Bradley grinste. »Gott, Sie sind ja ein echter Sherlock Holmes.«

»Und? War da was?«

»Das ist vertraulich.«

»Na schön. Zählt Melissa Alonzo zu den Verdächtigen?«

»Jeder ist verdächtig, bis er das Gegenteil beweist.« Die meisten Polizisten halten das für einen ungeschriebenen Zusatz zur Verfassung der Vereinigten Staaten.

»Sie fahnden also nach ihr?«

»Ich nicht.«

»Wer dann?«

»Reden Sie mit dem FBI. Der Mann heißt Stamworth.«

»Ich verstehe immer noch nicht, warum das FBI den Fall übernommen hat.«

Er zuckte die Schultern. »Reden Sie mit Stamworth.«

»Sie glauben doch nicht wirklich, daß Melissa Alonzo ihre Schwester gefesselt und ihr die Fingernägel ausgerissen hat?«

Er zuckte die Schultern. »Möglich ist alles.«

»Und, was glauben Sie?«

Er schüttelte den Kopf.

»Also, was glauben Sie? Wer könnte das gewesen sein?«

»Ein Verrückter.«

»Warum die Fingernägel? Warum sollte ein Verrückter sie zum Reden bringen wollen?«

Wieder ein Schulterzucken. »Wer kennt sich schon mit Verrückten aus. Letzten Monat hatten wir einen hier, der hat seine Vermieterin mit dem Hammer bearbeitet, weil sie Todesstrahlen gegen ihn ausgesandt hat. Mit ihrer Mikrowelle.«

»Was ist mit Bigelows Bekannten? Hatte sie einen Freund? Familie?«

»Keine Bekannten, kein Freund. Hat als Bibliothekarin in Brentwood gearbeitet. Ist niemals ausgegangen. Hat überhaupt nichts gemacht. Stubenhockerin.«

»Wie alt war sie?«

»Vierunddreißig.«

»Und die Familie?«

Er lächelte. »Sie meinen, Mom und Dad haben sie massakriert, weil sie am Wochenende nicht angerufen hat? Und überhaupt. Ich frage noch einmal: Was nützt Ihnen das alles auf der Suche nach Melissa Alonzo?«

»Keine Ahnung. Wissen Sie was über eine Frau namens Edie Carpenter?«

Er grinste. »Ich habe von ihrem Mann gehört. Kennen Sie die Geschichte?«

Ich kannte sie von Ed Norman, aber Sergeant Bradley war gerade so gut drauf. Zeit, ein paar zarte Bande zu knüpfen. Ich schüttelte den Kopf.

»Drehbuchautor«, sagte er und nahm die Arme herunter, um sie auf die Stuhllehnen zu legen. »Erfolgreich. Geld wie Heu. Edie ist Schauspielerin, aber bloß zweite Wahl, wird schon nach einer Viertelstunde von einem Rieseninsekt gefressen. Jedenfalls heiratet Carpenter sie. Zwei Tage später beschließt er sich umzubringen.« Er grinste, zuckte die Schultern. »Vielleicht war Edie einfach zuviel für ihn. Für alle Fälle hatte er so ein Faxgerät, mit dem man ein Fax automatisch an mehrere Leute schicken kann, nacheinander natürlich. Er schreibt also seinen Abschiedsbrief, Das war's, Sayonara, Ich hau jetzt ab, schiebt den Brief in das Gerät und sagt dem Ding, schick das an alle, die ich kenne. Ungefähr dreißig Leute. Die engsten Freunde, ja? Dann geht er in die Bibliothek und steckt sich seinen Colt in den Mund.« Er schüttelte grinsend den Kopf.

Ich lächelte. Und wieder spürte ich, wie meine Gesichtsmuskeln das Lächeln festhielten. »Wo war Edie zu diesem Zeitpunkt?«

Wieder dieses Grinsen. »Beim Unterricht mit ihrem Tennisprofi. Horizontal.«

»Eine Ehe, die im Himmel geschlossen wurde.«

»Sie sagen es.«

»Und die Leute, die dieses Fax bekommen haben? Hat einer von denen versucht, ihn zu erreichen?«

Noch ein Grinsen. »Um drei Uhr nachmittags? In L.A.? Die waren alle beim Essen.«

Ich zwang mich wieder zu einem Lächeln. »Kein Zusammenhang zwischen Edie und Cathryn Bigelow?«

Er schüttelte den Kopf. »Sie wollen mit Edie reden?«

»Sie war mit Melissa Alonzo befreundet?«

Er fuhr sich grinsend mit der Hand über den glänzenden verbeulten Schädel. »Richten Sie ihr eine Frage von mir aus.«

»Die da lautet?«

»Ob sie das Faxgerät behalten hat.«

Unterwegs auf dem gewundenen Laurel Canyon Boulevard zwischen Ulmen und Eukalyptusbäumen ging ich noch einmal durch, was Ed Norman mir über Melissa Alonzo erzählt hatte. Das war besser, als noch einmal durchzugehen, was er mir von Rita erzählt hatte. Und was Rita mir von sich nicht erzählt hatte.

Melissa stammte, hatte Ed gesagt, aus einer alteingesessenen, wohlhabenden Familie. In Los Angeles sind alteingesessene, wohlhabende Familien etwa zweihundert Jahre jünger als die alteingesessenen, wohlhabenden Familien im Osten, andererseits läuft hier sowieso alles schneller. Ihr Großvater, John Bigelow, hatte das Vermögen angehäuft und hauptsächlich in Grundbesitz angelegt, und ihr Vater Calvin hatte es noch vermehrt. Calvin, der Immobilien in L.A. und im San Fernando Valley besaß, betätigte sich aber nicht nur in der Maklerbranche, sondern war zusätzlich in eine Baufirma und ein oder zwei Banken eingestiegen.

Seine Tochter Melissa ging 1972 von der Beverly Hills High School ab und absolvierte anschließend zwei Jahre auf der UCLA. 1975, mit zwanzig Jahren, heiratete sie den gut fünfundzwanzig Jahre älteren William Lester, einen Geschäftspartner ihres Vaters. Diese Ehe war zwar nicht so kurzlebig wie die von Edie Carpenter, war aber auch nicht gerade im Himmel geschlossen – Bigelow und Lester wurden nach einem Jahr geschieden. Gütlich, wie Ed Norman erklärte.

Danach lebte Melissa in einer von ihrem Vater bezahlten Eigentumswohnung in Malibu, hatte einige nichtssagende Jobs als Sekretärin, besuchte gelegentlich Vorlesungen in Politikwissenschaft und Soziologie – kurzum, wie Ed es formulierte, sie war »eine typische junge Liberale, die erst richtig lebendig wird, wenn sie eine Sache findet, für die sie kämpfen kann«. Auch Melissa fand schließlich ihre Sache, eine konfessionslose Gruppe, die sich Sanctuary nannte und sich der Unterstützung von Flüchtlingen aus Mittel- und Südamerika verschrieben hatte. Von 1979 bis zum Zeitpunkt ihres Verschwindens arbeitete sie dort als freiwillige Helferin mit, und auf einem Wohltätigkeitsessen zugunsten der Gruppe lernte sie Roy Alonzo kennen, ihren künftigen Mann.

»Sanctuary war Alonzos Steckenpferd«, hatte Ed erklärt. »Du mußt wissen, Joshua, daß die vielbeschäftigten Schauspieler und Schauspielerinnen hier in der Stadt, die großen Stars, ganz und gar nicht so seicht und oberflächlich sind, wie man vielleicht meinen sollte. Sicher, sie verpulvern Tausende von Dollars für Häuser und Ferraris und Koks, aber im Grunde ihres Herzens sind das sehr engagierte Menschen. Jeder einzelne von ihnen – jedenfalls ab einer gewissen Steuerklasse – hat seinen eigenen Wohltätigkeitsverein, wo er normalerweise als Sprecher auftritt. Die meisten dieser Vereine widmen sich dem Kampf gegen irgendeine Krankheit.«

Er zog an seiner Zigarette. »Na ja, als Alonzo schließlich Geld genug verdiente, um sich einen eigenen Verein leisten zu können, waren die richtig guten Krankheiten alle schon besetzt. Außer akuter Rhinitis war praktisch nichts mehr übrig. Weshalb Alonzo beschloß, sich für Sanctuary zu engagieren. Damit hat er sein Ansehen bei der spanischsprechenden Bevölkerung befestigt und sich die Sympathie der jungen Garde von Hollywood erworben.«

Ich fragte: »Sanctuary ist doch eher links ausgerichtet?«

Lächelnd stieß Ed Zigarettenrauch aus der Nase. »Auf eine sehr kultivierte, soziale Weise. Ein kleines Stück rechts von Greenpeace, würde ich sagen.«

»Und es hat Alonzos Karriere nicht geschadet, daß er dort mitgemacht hat?«

Wieder lächelte er. »Solange der Rubel rollt, kann man sich ohne weiteres als Linker betätigen. Oder von mir aus auch als Hexe. In dieser Stadt zählt nur, was unterm Strich steht.«

Ich erwiderte sein Lächeln. »Ich hoffe, daß ich niemals ganz so zynisch werde.«

»Dann solltest du vielleicht lieber so schnell wie möglich nach Santa Fe zurückgehen«, sagte er lächelnd.

In den folgenden Jahren, erzählte Ed, nahm Melissa an Erkundungsreisen der Gruppe in den Süden teil: Nicaragua, El Salvador, Guatemala. Sie hatte ihre Mitarbeit nach der Scheidung nicht eingestellt. Unmittelbar vor einer geplanten zweiten Reise nach El Salvador hatte das Berufungsgericht zugunsten ihres Ex-Mannes und seines Besuchsrechts entschieden. Trotzdem, zwei Tage später, am 2. August, hatte sich Melissa auf den Weg gemacht und ihre Tochter Winona bei ihrer Schwester in Brentwood gelassen. Am 17. August kehrte sie nach Los Angeles zurück und holte Winona ab; am nächsten Tag war sie verschwunden.

Ich hatte Ed gefragt: »Kontoauszüge, Kreditkarten?«

»Am 18. hat sie ihre Spar- und Girokonten aufgelöst, insgesamt rund fünftausend Dollar. Außerdem Aktien verkauft, für weitere viertausend. Plastikgeld hat sie nicht mitgenommen. Keinerlei Bewegung auf ihren Kreditkartenkonten, seit sie verschwunden ist. Paß und Führerschein hat sie auch nicht mitgenommen.«

»Und ihr Auto?«

»Hat sie am Flughafen stehenlassen. Ist mit dem Taxi nach Hause, dann mit einem anderen Taxi zu ihrer Schwester.«

»Sehr umsichtig«, sagte ich.

Ed nickte.

»Sie konnte nur neuntausend in bar zusammenkratzen?«

»Anwalts- und Gerichtskosten haben den größten Teil ihres Vermögens verschlungen.«

»Konnte sie sich nicht von ihren Eltern ein paar Rubel leihen?«

»Nach der Hochzeit mit Alonzo hat ihr Vater ihr kein Taschengeld mehr gezahlt. Und als sie Alonzo wegen sexuellen Mißbrauchs angezeigt hat, hat er sie regelrecht verstoßen.«

»Warum?«

Ed zuckte die Schultern. »Schlechte Publicity?«

»Alonzo hat mir erzählt, der von ihm angeheuerte Detektiv habe sie mit einer Frau namens Elizabeth Drewer, einer Anwältin, in Verbindung bringen können.«

Ed nickte, sog an seiner Marlboro und stieß den Rauch aus. »Was weißt du über diese Frau?«

»Alonzo bezeichnet sie als Kontaktperson zu einer Gruppe, die sich Underground Railroad nennt. Ein landesweiter Verein, der Frauen und Kindern hilft, die vor genau den Dingen weglaufen, vor denen Melissa Alonzo weggelaufen ist.«

Ed nickte abermals. »Drewer streitet das nicht ab. Gibt es aber auch nicht zu. Aber als streitbare Feministin macht sie keinen Hehl daraus, was sie von den Gerichtsurteilen zum Thema Kindesmißbrauch hält.«

»Du meinst, Melissa Alonzo könnte bei denen untergetaucht sein?«

»Durchaus möglich. Jedenfalls könnten die sie mit allem ausstatten, mit Papieren, falschem Namen, sicheren Wohnungen.«

»Scheint mir ein ziemlich unangenehmes Leben für ein armes reiches Mädchen zu sein.«

Wieder ein Schulterzucken. »Vielleicht schien ihr die Alternative noch unangenehmer.«

Das Haus, zu dem ich wollte, lag an einer Nebenstraße oben auf dem Berg. Versteckt hinter einem Ahorn- und Ulmenwäldchen, am Scheitelpunkt einer asphaltierten halbkreisförmigen Zufahrt, stand ein längliches, flaches Gebäude im spanischen Stil, das – hätte es nicht so ausgesehen, als ob die mexikanischen Tagelöhner gerade erst gestern mit dem Bau fertig geworden wären – ohne weiteres aus dem 17. Jahrhundert hätte stammen können. Ich parkte den gemieteten Chevy und folgte dem Plattenweg zu der fast zweieinhalb Meter hohen und anderthalb Meter breiten Eingangstür, Eiche massiv mit auf alt getrimmten schmiedeeisernen Verstrebungen. Keine Klingel. Mitten auf der Tür befand sich in Brusthöhe ein schmiedeeiserner Klopfer. Den hob ich an und ließ ihn fallen. Und machte mich darauf gefaßt, daß mir Zorro persönlich öffnen werde.

Aber es war nur ein Hausmädchen. Ein echtes Hausmädchen in einem echten, richtig süßen kleinen schwarzen Hausmädchenkostüm, das ziemlich viel von ihren wunderschönen Beinen sehen ließ. Sie war jung und attraktiv, hatte ein gleichmäßiges Gesicht und dichte schwarze Locken, und wie man es von Hausmädchen erwartet, war sie außerordentlich frech. Doch bei dem Lohn, den sie hier verdiente, konnte sie es sich wahrscheinlich leisten, frech zu sein. Sie legte lächelnd den Kopf zur Seite und fragte: »Ja? Kann ich Ihnen helfen?« Sie sprach ohne französischen Akzent. Was mich reichlich enttäuschte.

»Joshua Croft«, sagte ich. »Ich bin mit Mrs. Carpenter verabredet.«

»Ja«, sagte sie. Nicht der leiseste Akzent. Der neutrale, nicht regional gefärbte Tonfall einer Nachrichtensprecherin. Sie lächelte frech. »Bitte treten Sie ein.«

VI

Ich folgte ihr durch den Flur und durch ein Wohnzimmer, das so groß und so hoch war, daß man darin hätte Fußball spielen können, mit feudalen cremefarbenen Möbeln und ebensolcher Tapete. Ich sah mich nicht nach einem Faxgerät um, und mir war bewußt, daß ich mich nicht nach einem Faxgerät umsah.

Vor einer offenen Terrassentür blieb sie stehen und drehte sich zu mir um. »Mrs. Carpenter erwartet Sie am Pool.« Sie schenkte mir ein weiteres Lächeln und stolzierte frech davon. Zweifellos, um gleich wieder an ihrem Drehbuch weiterzuschreiben. Oder um ihren Börsenmakler anzurufen.

Ich trat ins Freie und gelangte auf eine Redwood-Veranda. Dort standen unter knallgelben Sonnenschirmen zwei Glastische mit Redwood-Stühlen. Links, jenseits eines Rasenstreifens, der so grün war, als hätte man ihn am Morgen frisch mit grüner Farbe angesprüht, gab es eine atemberaubende Aussicht auf die Stadt. Das heißt, atemberaubend wäre die Aussicht gewesen, hätte die Stadt – und das Meer, das angeblich ja auch da draußen sein sollte, irgendwo unterhalb der Vier-Uhr-Sonne – nicht unter einer dicken Smogglocke gelegen. Das Zeug erstreckte sich bis zum verschwommenen Horizont, rußig gelb und irgendwie bedrohlich, wie ein riesiges außerirdisches Wesen, das schlafend auf die Zeit der Fütterung wartet.

Geradeaus war die Aussicht allerdings wirklich atemberaubend. Ein strahlend blauer Swimmingpool, und davor, auf einer Redwood-Liege mit weißem Handtuch, eine schlanke Frau. Dichtes rotes Haar. Sie trug ein Bikiniunterteil, fast so breit wie ein Einmachgummi, und ansonsten trug sie nichts als eine gleichmäßig und stark gebräunte Haut. Sie hielt die linke Hand über die Augen, locker, mit weichen Fingern. Ich bewunderte die Wölbung ihres Handgelenks. Ich bewunderte alle ihre Wölbungen, und sie hatte wahrlich eine Menge davon.

Ich überquerte die Veranda, stieg die zwei Stufen zum Rasen hinunter und ging zu ihr rüber. »Mrs. Carpenter?« sagte ich.

Sie bewegte einen Arm, wandte den Kopf und besah mich langsam von oben bis unten, als versuchte sie mein Gewicht oder meine Kondition abzuschätzen. Katzenhafte Wangenknochen, dunkelgrüne Katzenaugen, ein breiter roter Mund. »Croft?« sagte sie.

Ich bejahte.

Sie wies auf einen Redwood-Stuhl. »Nehmen Sie Platz.«

Ich setzte mich.

Sie war in den Dreißigern, womöglich schon in den Vierzigern, aber sie tat etwas dagegen, und zwar mit Erfolg. Sie war bemerkenswert in Form, soweit ich sehen konnte, und im Augenblick konnte ich ziemlich weit sehen. Die Muskeln ihrer Schenkel spannten sich lang und straff unter der eingeölten braunen Haut, ihre Bauchmuskeln traten in schmalen Streifen hervor. Ein zweifellos durchtrainierter Körper. Die vielen Tennisstunden, nahm ich an.

Als sie sich aufrichtete und nach links schwenkte, um die Lehne der Liege hochzustellen, schwenkten ihre Brüste mit: Sie waren etwas zu fest, als daß sie ausschließlich aus Menschenfleisch bestehen konnten. Sie ließ sich zurücksinken und legte die Arme auf die Lehnen. Ihre Brüste starrten mich an. Ich versuchte nicht zurückzustarren.

Sie lächelte. »Was kann ich für Sie tun?«

Ich lächelte. Gewinnend. Mein Repertoire nahm ständig zu; bald konnte ich lächeln wie alle anderen in dieser Stadt. »Nun«, sagte ich, »als erstes könnten Sie mal ein Hemd anziehen.«

Sie sah auf ihre Brüste hinab, dann zu mir auf. Lächelte wieder. »Noch niemals Titten gesehen?«

»Doch, einmal«, sagte ich. »Und hab mich nie mehr davon erholt.«

Wieder musterte sie mich von oben bis unten. Vielleicht bewunderte sie mein Wrangler-Hemd, meine Levi's, meine Luchese-Stiefeletten. Sie sagte: »Sie sind doch nicht schwul?«

»Nicht mal bi.«

Wieder ein Lächeln. Dann ein Schulterzucken, bei dem ihre allzu perfekten Brüste automatisch mitwippten. »Was dann?«

»Mrs. Carpenter«, sagte ich, »Sie sind eine außerordentlich attraktive Frau. Sie achten offenbar sehr auf Ihren Körper. Das tue ich auch. Das Problem ist nur, daß mich das jetzt ein wenig ablenkt. Ich habe einen Auftrag zu erledigen. Ich soll Ihnen Fragen über Melissa Alonzo stellen, und um das zu tun, muß ich den Mund aufmachen. Aber wenn mir dabei der Geifer rausläuft, ist mir das einfach peinlich.«

Sie lachte. So sehr ich ihren Körper bewunderte, die Frau selbst war mir, bis sie jetzt lachte, eher unsympathisch gewesen. Es war ein gutes Lachen.

Sie sagte: »Nett formuliert«, als hätte ich damit einen Test bestanden. Vielleicht hatte ich das ja auch. Sie griff mit der Linken nach unten und hob eine dünne weiße Musselinbluse auf, die neben der Liege gelegen hatte. Als sie den Oberkörper streckte und sie über den Kopf zog, spannten sich wieder alle möglichen Muskeln unter ihrer strammen braunen Haut.

Mindestens eine, eher zwei Stunden täglich Arbeit mit Hanteln und Kraftmaschine. Anders konnte niemand einen solchen Körper formen und behalten.

Sie schüttelte die üppigen roten Haare zurecht, lehnte sich zurück und legte die Arme wieder neben sich. »Besser?« lächelte sie.

Nicht sehr viel. Unter dem lockeren, durchsichtigen Stoff hervor starrten mich noch immer ihre festen braunen Brustwarzen an. Aber ich nickte. »Danke.«

Sie lächelte wieder. »Gern geschehen.« Offenbar hielt sie mich für unterhaltsam. Was natürlich günstig war. Das gehörte zu meinem Plan.

»Also«, sagte sie. »Wie war das mit Melissa?«

»Haben Sie eine Ahnung, wo sie sein könnte?«

Sie zuckte die Schultern. »Nein. Was ich auch schon allen anderen gesagt habe. Sie arbeiten für Roy?«

»Nein«, sagte ich.

»Für wen?«

»Für jemand, der sich um Melissa und ihre Tochter Sorgen macht.«

Sie lächelte, diesmal leicht säuerlich. »Schon mal von Mary Chatsworth gehört?«

»Nein.«

»Eine Fernsehschauspielerin. Sehr hübsches Ding. Ich habe sie gekannt. Irgendein Irrer, ein Fan von ihr, hat einen Privatdetektiv beauftragt, sie zu finden. Als er die Adresse hatte, ist er zu ihrem Haus gefahren und hat sie erschossen. Er hat sie umgebracht.«

Ich sagte: »Kein Mensch will Melissa Alonzo erschießen.«

»Wie kann ich das wissen?«

»Sie brauchen nur in mein unschuldiges Gesicht zu sehen.«

Sie schüttelte lächelnd den Kopf.

Ich erzählte es ihr.

»Roys Onkel?« sagte sie, als ich fertig war. »Und der will wissen, ob Roy an Winona rumgefummelt hat?«

»Ja.«

»Melissa sagt, er hat es getan. Ich glaube ihr. Roy ist ein mieses Schwein.«

»Aber Sie selbst sind niemals Zeuge einer solchen Belästigung gewesen?«

»Wenn, dann hätte ich es vor Gericht gesagt.« Noch ein saures Lächeln. »Andererseits tut man so was ja auch wohl kaum vor Zeugen, wie?«

»Hatten Sie während der Verhandlungen Kontakt mit Melissa?«

Sie zuckte die Schultern. »Ab und zu, am Telefon.«

»Wann haben Sie sie das letztemal gesehen oder mit ihr gesprochen?«

»An dem Tag vor ihrer Abreise nach Südamerika.«

»Im August?«

Sie nickte.

Ich fragte: »Haben Sie sie da gesehen oder nur mit ihr gesprochen?«

»Mit ihr gesprochen.«

»In was für einer Stimmung war sie?«

»Wütend. Aufgebracht. Wer könnte ihr das zum Vorwurf machen? Das Gericht hatte Roy soeben das Besuchsrecht zugesprochen. Sie müsse Winona ohne Aufsicht zu ihm lassen. Und das war das Allerletzte, was sie gewollt hatte.«

»Sie ist trotzdem nach El Salvador gereist.«

»Die Reise war seit Monaten geplant. Melissa hat ihr soziales Engagement immer sehr ernst genommen. Mittelamerika. Verhungernde Flüchtlinge. Sie hat versucht, die Welt zu retten.« Sie zuckte die Schultern. »Sie hätte sich lieber darum kümmern sollen, sich selbst zu retten.«

»Hat sie Ihnen gegenüber angedeutet, daß sie nach der Rückkehr womöglich untertauchen würde?«

»Nein«, sagte sie und schlug langsam, lässig die langen Beine übereinander. »Das habe ich auch allen anderen gesagt.«

Ich nahm an, daß sie log. Vielleicht täuschte ich mich – das passiert mir öfter –, aber ich spürte hinter der übertrieben lässigen Bewegung ihrer Beine eine plötzliche, verborgene Spannung. Sie schottete sich ab.

»Wer hat Sie denn sonst noch befragt?« sagte ich.

»Alle. Roy. Die Polizei. Dieser affige kleine Schnüffler, den Roy geschickt hat. Die Gruppe, für die sie gearbeitet hat, Sanctuary. Sogar das FBI. Zweimal.«

»Ein Agent namens Stamworth?«

Sie nickte. »Beim zweiten Mal. Vor ein, zwei Wochen. Er war wie ein guter Schluck frisches Wasser.« Sie lächelte. »Jedenfalls hat er sich das eingebildet. Aber ich hatte gerade keinen Durst.« Wieder glitt ihr Blick an mir auf und nieder, als wollte sie andeuten, daß ihr Durst inzwischen größer geworden sein könnte.

»Stamworth hat erst kürzlich mit Ihnen gesprochen? Wann genau?«

Sie zuckte die Schultern. »Irgendwann Ende September. Das genaue Datum weiß ich nicht mehr.«

Warum hatte Stamworth sich im September nach Melissa erkundigt? »Was wollte er denn?«

Ein leichtes Stirnrunzeln. »Es ging irgendwie um illegale Einwanderer. Ich habe nicht so genau zugehört. Stamworth war mir nicht besonders sympathisch. Ziemlicher Idiot.«

»Hat Sanctuary mit illegalen Einwanderern zu tun?«

»Dafür ist der Verein ein bißchen zu schick. Aber ich weiß es wirklich nicht. Ich hab's nicht so mit diesen Weltverbesserern.« Sie lächelte. »Es entspricht nicht meinem Stil, die Welt zu verbessern.«

Ich zeigte ihr mein eigenes Lächeln, das neutrale. »Hat Melissa sich nach der Rückkehr nach Los Angeles bei Ihnen gemeldet?«

»Nein.« Und wieder nahm ich an, daß sie log.

»Wie haben Sie erfahren, daß sie verschwunden war?«

»Roy hat mich angerufen und gefragt, ob ich sie gesehen habe. Später hat die Polizei mit mir gesprochen. Dann der andere Verein. Das war die reinste Prozession.«

»Hat sie sich irgendwann später bei Ihnen gemeldet?«

»Nein.«

»Keine Anrufe, keine Briefe? Keine Postkarten?«

»Ich bekam eine Karte von ihr aus El Salvador. Ein paar Tage, nachdem sie schon wieder zurück war. Anscheinend auf dem Postweg hängengeblieben. Aus einem Ort namens Santa Isabel. Bloß das übliche. Hallo, wie geht's, bis bald.«

»Danach nichts mehr?«

»Nichts.«

»Sagt Ihnen dieser Satz irgend etwas: ›Die Blume in der Wüste lebt‹?«

Ihrer Reaktion konnte ich entnehmen, warum sie als Schauspielerin nie über die Rieseninsekten hinausgekommen war. Sie runzelte die Stirn und überlegte einen

Taktschlag zu lange, bevor sie den Kopf schüttelte und sagte: »Nein.«

Und ein guter Regisseur hätte ihr auch geraten, nicht so eine Pause zu machen, ehe sie fragte: »Was hat der zu bedeuten?«

»Ich hatte gehofft, Sie wüßten es.«

Sie schüttelte den Kopf. »Nein. Sagt mir überhaupt nichts.«

»Roy Alonzo behauptet, Melissa habe ihn wegen sexuellen Mißbrauchs angezeigt, weil sie eifersüchtig auf die Frau gewesen sei, mit der Roy sich getroffen habe.«

Wieder das saure Lächeln. »Roy ist ein blöder Schwätzer. Diese Schnepfe hat Melissa kein bißchen interessiert.«

»Von welcher Schnepfe ist hier die Rede?«

»Shana Eberle. Gott, die steigt nun wirklich mit jedem Star ins Bett.«

»Sie kennen sie?«

»Jeder in der Stadt kennt sie. Hat sie *erkannt*, im biblischen Sinn. Außer Lassie hat sie jeden hier gevögelt.« Wieder ein Lächeln. »Und bei Lassie sind wir uns auch nicht so sicher. Darüber schweigt sie sich aus.«

»Sie sagten, Melissa sei nicht eifersüchtig.«

»Eifersüchtig auf Shana Eberle?« Der breite rote Mund, die dunkelgrünen Augen zeigten Belustigung und Verachtung zu gleichen Teilen. »Sie hat das für einen Witz gehalten.«

»Ist sie denn sonst eifersüchtig?«

»Nicht mehr als die meisten.«

»Wie soll ich das verstehen?«

Ihr Gesicht spannte sich leicht verärgert. »Was hat das alles denn mit Eifersucht zu tun? Sie läßt sich von dem Drecksack scheiden, die Ehe ist vorbei, sie fängt wieder an zu leben. Und dann findet sie heraus, was ihr Ex-Mann, dieses Arschloch, Winona angetan hat. Das hat sie total fertiggemacht. Das hätte auch jeden anderen fertiggemacht. Was Roy Winona angetan hat, war *abscheulich*. Aber das eine kann ich Ihnen sagen, sie war nicht eifersüchtig auf Shana Eberle.«

»Na schön«, sagte ich. »Sie ist also keine eifersüchtige Frau.« Schloß aber aus all dem Nebel, den Edie Carpenter verbreitete, das genaue Gegenteil. Vielleicht war sie ja wirklich nicht eifersüchtig auf Shana Eberle gewesen; aber falls doch, würde ich es von Edie jedenfalls nicht erfahren. »Was für eine Frau war sie denn?«

Stirnrunzeln. »Wie meinen Sie das?«

»Wie sie war. Ich kenne sie ja nicht, Mrs. Carpenter. Ich muß mir irgendwie ein Bild von ihr machen. Ich muß wissen, was für ein Mensch sie ist. Vielleicht komme ich dann dahinter, wo sie jetzt steckt. Sie beide waren befreundet.«

»Befreundet, aber nicht besonders eng.«

»Was für ein Mensch war sie?«

»Eine Weltverbesserin. Die typische gute Samariterin. Sehr aufrichtig, sehr gutherzig und ein ganz kleines bißchen langweilig.«

Befreundet, aber nicht besonders eng.

Ich fragte: »Wie haben Sie sie kennengelernt?«

Sie lächelte. Ein kleines, selbstironisches Lächeln, mit dem sie sagte, daß sie mir etwas verheimlichte und daß es ihr nichts ausmachte, wenn ich das merkte. »Auf einer Party.«

»Was war das für eine Party?«

Sie zuckte die Schultern. »Wer erinnert sich schon an die Partys in L.A.?« Aber das Lächeln, wenn auch abgeschwächt, war immer noch da. Den Grund sollte ich offenbar erraten.

Ich sagte: »Damals war sie noch mit Roy verheiratet?«

Sie nickte.

»Haben Sie mal ihre Schwester Cathryn gesehen?«

Verächtliches Schulterzucken. »Einmal. Da war sie mit uns essen. Kleine graue Maus. Bibliothekarin.«

Sie sagte das, als sei mit diesem einen Wort das ganze Leben dieser Frau umschrieben. Die Inschrift für einen Grabstein.

Sie wurde mir wieder unsympathischer. »Sie wissen«, sagte ich, »daß sie vorige Woche ermordet wurde.«

Sie nickte. »Ich hab's gelesen. Diese Stadt ist allmählich schlimmer als Chicago in den Dreißigern.«

»Haben Cathryn und Melissa sich nahegestanden?«

»Sie waren Schwestern. Hatten gelegentlich Kontakt. Aber nahe? Ich hatte den Eindruck, daß Cathryn überhaupt niemandem nahestand.« Sie kniff die grünen Augen zusammen. »Sie glauben doch nicht, daß Cathryns Ermordung irgendwas mit Melissa zu tun hat?«

Ich sagte ihr dasselbe, was ich Bradley von der Mordkommission gesagt hatte. »Die eine Schwester verschwindet, ein paar Monate später wird die andere ermordet. Ich halte einen Zusammenhang durchaus für möglich.«

Sie wandte kurz den Blick ab, nachdenklich. Zum ersten Mal glaubte ich, daß sie mir nichts vorspielte. Dann sah sie mich kopfschüttelnd an. »In Los Angeles werden pausenlos Leute umgebracht.«

»Aber die sind nicht alle mit Melissa Alonzo verwandt.«

»Wie kann das, was Cathryn zugetoßen ist, irgend etwas mit Melissa zu tun haben?«

»Das weiß ich noch nicht. Vielleicht hat es ja auch nichts damit zu tun.«

»Bestimmt sogar«, sagte sie. »Unmöglich.« Ich gewann den Eindruck, daß ich nicht der einzige war, den sie zu überzeugen versuchte.

»Aber falls doch«, sagte ich, »könnte Melissa Alonzo in Gefahr sein. Ihre Schwester ist nicht einfach so ermordet worden. Sie wurde gefoltert. Wahrscheinlich ziemlich lange.«

Ihre Miene zeigte keine Regung. Sie wollte mir nicht glauben, sie wollte nichts davon hören. Vielleicht mußte sie, sollte Melissa tatsächlich in Gefahr sein, eine gewisse Mitschuld daran empfinden. Und deshalb durfte Melissa nicht in Gefahr sein.

Ich sagte: »Ich versuche Melissa zu helfen, Mrs. Carpenter. Sollten Sie irgend etwas darüber wissen, wo sie jetzt sein könnte, wohin sie verschwunden ist, tun Sie ihr sicher einen Gefallen, wenn Sie es mir sagen.«

Sie schüttelte den Kopf. »Wie gesagt. Ich habe nicht die geringste Ahnung.«

Ich fragte: »Was wissen Sie über Elizabeth Drewer?« Man verwirre die Befragten mit plötzlichen Themenwechseln. Verhörtechnik, Absatz 101.

Jetzt fing sie wieder an zu schauspielern. Um konzentriertes Nachdenken zu demonstrieren, legte sie eine etwas zu lange Pause ein. »Ist das nicht eine Anwältin? So eine militante Feministin?«

»Sie soll angeblich für Underground Railroad arbeiten.«

Sie demonstrierte Verblüffung.

»Das ist ein Verein, der Frauen in Melissas Lage hilft«, sagte ich. »Frauen, die ihre Kinder von ihren perversen Vätern fernhalten wollen.«

Sie nickte. »Ich habe davon gelesen. In *People*, glaube ich.«

Vielleicht sollte ich mein Abo erneuern. »Hat Melissa Ihnen gegenüber mal was davon erwähnt?«

Sie nahm die übereinandergeschlagenen Beine auseinander und zog das rechte Knie hoch. Kam jetzt die nächste Lüge?

»Nein«, sagte sie.

»Sie hat Elizabeth Drewer nie erwähnt?«

»Nein.«

»Und Sie haben keine Ahnung, wohin sie verschwunden sein könnte.«

»Das sagte ich bereits.«

»Na schön«, sagte ich. »Ich danke Ihnen, Mrs. Carpenter.«

»Edie«, sagte sie. Sie lächelte. »Haben Sie jetzt Dienstschluß?«

»Von wegen.« Ich stand auf. »Jetzt geht's erst richtig los.« Ich zog eine Visitenkarte und den Filzschreiber aus meiner Hemdtasche. Auf die Rückseite der Karte schrieb ich den Namen meines Hotels. Dann gab ich sie ihr. »Ich werde heute abend dort sein. Falls Ihnen irgend etwas einfällt, das mir bei der Suche nach Melissa helfen könnte, rufen Sie mich bitte an.«

Sie schlug lächelnd mit einem langen roten Fingernagel an die Karte. »Darf ich Ihnen wirklich keinen Drink anbieten? Oder was anderes?«

Ich ignorierte dieses *Oder-was-anderes*. Ich lächelte nur. Mein unschuldiges, vorsätzlich begriffsstutziges Lächeln. »Danke, sehr nett, aber ich habe noch eine Verabredung. Vielleicht ein andermal. Und falls Melissa sich irgendwann bei Ihnen melden sollte, könnten Sie ihr meine Nummer in Santa Fe geben?«

»Sie könnten es ganz schön weit bringen in dieser Stadt«, sagte sie lächelnd.

»Wie bitte?«

»Sie haben doch gar keine Verabredung mehr. Seit Sie hier sitzen, haben Sie kein einziges Mal auf die Uhr geschaut. Sie sind ein verdammt guter Lügner, Croft.«

Ich grinste auf sie hinunter. »Sie sind aber auch nicht schlecht, Edie.«

Sie starrte mich kurz an und lachte plötzlich laut auf. Es war immer noch ein gutes Lachen. Wieder musterte sie mich von oben bis unten. Dann mußte ich zum zweiten Mal an diesem Tag mitansehen, wie jemand nur eine Augenbraue hochziehen konnte. »Na«, sagte sie, »das bleibt abzuwarten.«

VII

Ich hatte tatsächlich eine Verabredung, aber erst um halb sieben. Eigentlich hatte ich vor, mir bis dahin noch was Kalifornisches zwischen die Zähne zu schieben – eine Abalone-Tortilla oder vielleicht eine Schnecken-Ananas-Pizza. Aber es war ein furchtbarer Verkehr, Stoßstange an Stoßstange hauchten die Autos einander frustrierte Kohlenwasserstoffseufzer zu, und ich brauchte eine geschlagene Stunde bis zum Strand. Als der Wachmann am Eingang der Malibu Colony meinen Namen auf seinem Clipboard gefunden hatte, teilte er mir mit, Mr. Arthur erwarte mich in Alonzos Haus, und erklärte mir den Weg dorthin.

Durchs offene Fenster des Chevy wehte der scharfe Geruch von Salzwasser und Tang und, selbst hier, im hintersten Winkel der uns bekannten Zivilisation, der typisch südkalifornische Gestank der Autoabgase.

Die Häuser an der Strandseite der Straße sahen fast alle gleich aus – schmal und zweigeschossig, die grauen Schindeln verwittert; manche machten den Eindruck, als seien sie von Cape Cod oder Fire Island hierher versetzt worden, und sie standen so nah zusammen, daß man seinem Nachbarn vom Fenster aus in die Margarita spucken konnte. Und alle wiesen der Straße ihr Hinterteil und blickten nach Westen, damit die Bewohner auch an der kostspieligen Aussicht auf das vom Smog vernebelte Meer teilhaben konnten. Jenseits der Häuser, dort, wo die Sonne hätte sein sollen, waberte ein apokalyptisch roter Himmel, als ob weit draußen auf dem Pazifik, unter einer fetten gelben Rauchglocke, eine Stadt in Flammen stünde.

Alonzos Haus war neuer als die meisten anderen, ein weitläufiger, modernistischer Bau aus ungleichmäßig geformten Kästen aus Zedernholz und Glas, die ein monströses hyperkinetisches Kind durcheinandergewürfelt hatte. Im Schatten des Carports parkte ein blitzblanker schwarzer Mercedes 250-SL mit aufgeklapptem Verdeck. Ich stellte den Geo daneben, stieg aus, begab mich zu der unansehnlichen Holztür und drückte auf die Klingel.

Es dauerte eine Weile, bis mir jemand aufmachte, ein Mann; er trug schwarze Lederslipper, eine leichte graue Wollhose, eine offene Weste aus demselben Stoff, ein dunkelblaues Seidenhemd mit aufgekrempelten Ärmeln und eine rotgoldene Seidenkrawatte, deren Windsorknoten gelockert und herabgezogen war – mit einem Wort, ein unkomplizierter, sachlicher Typ. Jedenfalls dem Anschein nach. Er war Anfang Dreißig, groß und sehr gut gebaut. Sein Hemd – und vermutlich auch die Weste und das fehlende Jackett – war so geschnitten, daß sich die ausgeprägte Brustmuskulatur deutlich darunter abzeichnete. Sein Haar war gewellt und vom gleichen Braun wie sein Tom-Selleck-Schnurrbart. Und braungebrannt war er auch.

»Croft?« sagte er.

Ich bestätigte es.

»Chuck Arthur.« Ohne zu lächeln, hielt er mir seine gebräunte Hand hin. Ich schüttelte sie. Er rührte sich nicht vom Fleck, bat mich nicht ins Haus. »Ich weiß gar nicht, warum ich mich darauf eingelassen habe«, sagte er.

»Vielleicht, weil Sie sich um Melissa Alonzo und ihre Tochter Sorgen machen«, sagte ich.

»Ich *mache* mir Sorgen, verdammt große Sorgen. Wenn ich nur daran denke, wie die beiden jetzt irgendwo da draußen herumirren. Aber ich weiß immer noch nicht, was es bringen soll, mit Ihnen darüber zu reden.«

»Ich bin nicht Ihr Gegner, Mr. Arthur. Wie ich Ihnen am Telefon sagte, geht es mir hauptsächlich darum, Mrs. Alonzo etwas von Mr. Montoya auszurichten.«

Er musterte mich kurz, ausdruckslos. »Na schön«, sagte er schließlich. »Kommen Sie rein.«

Wir gingen durch den Flur, an einigen geschlossenen Türen vorbei – vielleicht Lagerräume oder Sklavenunterkünfte.

Es roch nach Holzpolitur und Putzmitteln, wie in einem obskuren Museum: oft gereinigt, selten besucht. Das Echo unserer Schritte hallte uns schwach von vorn entgegen und schnitt die Stille in hohle Fragmente.

Der Flur erweiterte sich zu einem tiefer gelegenen Wohnzimmer, in dem weiße Anbaumöbel um einen großen gemauerten, ebenfalls weißen Kamin gruppiert waren. Abstrakte Gemälde, die Farben gedämpft im Dämmerlicht, hingen an den weißen Wänden. Über dem Kamin streckte sich ein riesiger Abzugstrichter aus rostfreiem Stahl zur hohen Balkendecke. Wir schritten ein paar blanke geflieste Stufen hinunter, überquerten den Backsteinboden des Wohnzimmers, erklommen einige weitere geflieste Stufen zum Terrazzoboden des Speisezimmers, passierten einen runden, weiß lackierten Holztisch, der von ebenfalls weiß lackierten Stühlen umstanden war, und gelangten durch eine offene Schiebetür in einen Wintergarten. Eine zweite, halb geöffnete Schiebetür führte auf eine Redwoodterrasse, die an der ans Haus grenzenden Seite mit zwei Ficusbäumen in großen Terracottatöpfen geschmückt war. Der Boden hier drinnen war aus Eiche, gebleicht und gewachst, aber das Mobiliar war wieder weiß: ein Metalltisch und drei Metallstühle mit weißen Kordpolstern. Über den gewölbten Rücken eines der Stühle war ein graues Jackett drapiert.

Chuck Arthur blieb kurz stehen und sah, die Hände in den Taschen, durch die Glaswand auf die schmutzig rotgelben Streifen des Abendhimmels hinaus. Wer nicht wußte, wo sie herkamen, hätte sie für schön halten können – diese sanft verwaschenen, impressionistischen Farbspiele. Es war gerade Ebbe, und nur wenige Leute, meist Pärchen in Shorts oder mit hochgekrempelten Hosen, schlenderten über den glatten braunen Sand. Draußen auf dem Wasser trieben sich ein paar Motorboote im Grau herum. Am Himmel schwebten Möwen.

»Wirklich eine ideale Zeit für einen Besuch in Los Angeles«, sagte er, ohne mich anzusehen. »So einen Smog habe ich noch nie erlebt. Sonst kommt er nie bis hierher, bis an den Strand. Normalerweise hat man hier, überall an der Küste, praktisch freie Sicht bis nach Hawaii.« Er runzelte die Stirn. »Wird jedes Jahr schlimmer.« Er versucht Zeit zu schinden, dachte ich, er will eine mögliche Konfrontation hinausschieben.

Er drehte sich um, trat an den Durchgang und drückte auf einen Knopf. Über uns flackerte eine Neonröhre, strahlte dann auf und erfüllte den Raum mit jener künstlichen Helligkeit, die, solange noch ein wenig Licht vom Himmel kommt, nur dünn und dürftig und traurig wirkt. »Nehmen Sie Platz«, sagte er.

Ich setzte mich an den Tisch, er nahm den Stuhl gegenüber, den mit dem Jackett. »Also«, sagte er. »Sie wollen zu Melissa Alonzo.«

»Richtig.«

»Und Sie sagen, Sie arbeiten nicht für ihren Ex-Mann.«

»Stimmt.«

»Diese Sache mit Alonzos Onkel. Ich hoffe, Sie nehmen's mir nicht übel, wenn ich Ihnen sage, daß ich das immer noch nicht so recht glauben kann.«

»Schon in Ordnung«, sagte ich. »Manchmal kann ich's selbst kaum glauben. Aber wie ich schon am Telefon sagte, Sie können Martin Durham in Santa Fe anrufen. Er wird Ihnen die ganze Geschichte bestätigen.«

»Ich habe ihn angerufen, und er hat's bestätigt.« Er zog ein schiefes Lächeln. »Aber vergessen Sie nicht, auch ich bin Anwalt. Ich muß nicht unbedingt alles glauben, was mir ein Kollege erzählt.«

Ich lächelte. »Auch wenn er mal Gouverneur war?«

Er lächelte zurück. »Dann erst recht.« Seine Miene wurde wieder ausdruckslos. »Sie sagten, Sie wollten als Vermittler agieren, ohne Mr. Montoya zu erzählen, wo sich Melissa aufhält. Wenn Sie sie finden – was sollte ihn hindern, Ihnen einen Schnüffler hinterherzuschicken?«

»Auf jeden Fall werde ich mich dann auch weiter um sie kümmern.«

Er dachte kurz nach, dann nickte er. »Sie meinen, wenn Sie sie gefunden haben.«

Ich nickte. »Ich werde erst Kontakt mit ihm aufnehmen, wenn ich mich wieder in angemessener Entfernung von ihr befinde.«

Ein müdes Lächeln. »Berufsethos?«

Ich zuckte die Schultern. »Ich habe Mr. Montoya gesagt, daß ich alles tun werde, um Melissas und Winonas Sicherheit zu garantieren.«

»Sie werden ihm Arbeit in Rechnung stellen, die Sie gar nicht tun werden.«

»Damit kann ich leben. Und er auch.«

Noch ein müdes Lächeln. »Haben Sie immer so wenig Skrupel, Ihre Klienten zu übervorteilen?«

»Nein, nicht immer«, sagte ich lächelnd; ich achtete jetzt sehr auf mein Lächeln. »Aber ich bin ja auch kein Anwalt.«

Er lachte. Das Lachen wirkte leicht verblüfft und nicht ganz freiwillig. »Ist das Ihre Standardmethode, die Zeugen der Verteidigung herabzusetzen? Ihren Berufsstand zu beleidigen?«

»Nur wenn ich annehme, daß es was bringt.«

Er sah mich mit nachdenklichem Lächeln an. Dann nickte er. »Also. Was kann ich für Sie tun?«

»Sie waren Melissas Rechtsbeistand bei der Scheidung und beim Sorgerechtsverfahren.«

»Ja.«

»Da haben Sie sie vermutlich recht gut kennengelernt.«

Ein leichtes Schulterzucken. »Das läßt sich bei einem solchen Fall kaum vermeiden.«

»Wie schätzen Sie sie ein?«

Er schien überrascht. »Warum fragen Sie?«

»Ich kenne die Frau nicht. Und es könnte ganz hilfreich sein, etwas über sie zu wissen, was für ein Typ sie ist.«

Wieder dieses schiefe Lächeln. »Aha. Die psychologische Methode.«

»Sicher. Als ich den Fernkurs gemacht habe, hieß es, das sei immer noch die beste Vorgehensweise, wenn man nicht gerade jemanden zusammenschlagen könne.«

Er lächelte. Wieder sah er mich nachdenklich an, und wieder besann er sich. »Melissa Alonzo«, sagte er, »ist eine der tapfersten Frauen, die ich kenne.«

Er sagte das mit einer beiläufigen Sachlichkeit, die beeindruckender und glaubhafter war als offene Begeisterung. Ich konnte einiges daraus schließen. Zum Beispiel, daß sein Engagement für Melissa über die Grenzen dessen hinausging, was in einer Beziehung zwischen Anwalt und Mandant üblich war. Daß ich folglich mit meinen Fragen vorsichtig sein mußte. Und daß ich auch seine Antworten mit Vorsicht zu genießen hatte. Und wenn er mich auch nicht vorsätzlich belügen sollte, könnte doch seine Neigung für sie, ob er nun was mit ihr hatte oder nur davon träumte, seine Wahrnehmung beeinflussen. Ich sah nach seiner linken Hand. Kein Ehering.

Durchaus möglich. Selbst Anwälte, hatte ich mal gehört, können sich aus Liebe zum Narren machen.

Privatdetektive übrigens auch, hatte ich mal gehört.

»Tapfer in welcher Beziehung?« fragte ich.

»Sie hat so ... sie hat eine wirklich bemerkenswerte innere Kraft. Sie ist – haben Sie Bilder von ihr gesehen? Sie wissen, wie sie aussieht?«

Ich nickte.

Seine Augen leuchteten jetzt, seine Züge hatten sich belebt. »So eine zierliche, schlanke Frau«, sagte er. »Sie ist Mitte Dreißig, sieht aber aus wie ein Teenager – und man denkt, Gott, ein starker Windstoß schmeißt sie um. Sie ist sehr offen, sehr unbedacht, sehr ... naiv. Erinnert irgendwie an Alice im Wunderland. Man hat bei ihr das Gefühl, daß sie überaus leicht verletzbar ist. Und das ist sie. Das *ist* sie. Sie ist sehr sensibel, und sie hat mehr als genug Schmerz und Enttäuschung erleben müssen. Aber von all diesen anderen Eigenschaften abgesehen, hat sie einen erstaunlich starken Charakter. Als das Verfahren lief, wurde sie ständig von Reportern verfolgt, ihre Familie ließ sie im Stich, und ihr Mann hat im Zeugenstand das Blaue vom Himmel runtergelogen, aber sie hat sich nicht unterkriegen lassen. Manchmal war es sehr hart für sie. Ungeheuer hart. Ein paarmal dachte ich, jetzt kippt sie um. Jetzt bricht sie auseinander. Aber jedesmal hat sie sich wieder aufgerafft und nie ihr Ziel aus den Augen verloren. Eine außergewöhnliche Frau.«

Ich nickte. Jetzt brauchte ich nicht mehr zu rätseln, wie dieser Mann zu Melissa stand. Jeder Anwalt lernt früh seine Gefühle zu verbergen. Und ein Scheidungsanwalt bekommt die Leute in ihren schlimmsten Momenten zu sehen, wenn sie am tiefsten verletzt oder am boshaftesten sind. Viele Scheidungsanwälte sind verschlossen. Bei ihm war das nicht so. Oder falls doch, hatte Melissa Alonzo es geschafft, ihn für sich zu öffnen. Und jetzt auch für mich.

»Und sie war eine wunderbare Mutter«, sagte er. »Voller Zuwendung. Ein Rückhalt. Immer für Winona da, ohne sie zu erdrücken.«

»Hat Melissa nach dem Verfahren«, fragte ich, »oder noch während es lief, jemals davon gesprochen, mit Winona weglaufen zu wollen?«

Er bedachte die Antwort sorgfältig. Schließlich sagte er, wieder ausdruckslos: »Bedaure. Das betrifft vertrauliche Mitteilungen. Die Frage kann ich nicht beantworten.« Er versucht, dachte ich, einen Weg zu finden, der sich gerade so zwischen seinem Berufsethos, dem Rest von Mißtrauen mir gegenüber und dem Bedürfnis, bei der Suche nach Melissa behilflich zu sein, hindurchwindet. Aber ihm muß bewußt gewesen sein, daß er mir mit seiner ausweichenden Antwort indirekt bestätigte, daß Melissa Gedanken an eine Flucht geäußert hatte.

Ich sagte: »Können Sie mir sagen, ob sie jemals mit Ihnen über Underground Railroad gesprochen hat, eine Organisation, die Frauen und Kindern hilft, sich zu verstecken?«

Er schüttelte den Kopf. »Bedaure. Aber das kann ich nicht beantworten.« Womit er, wenn ich ihn recht verstand, wahrscheinlich wiederum andeutete, daß Melissa mit ihm darüber gesprochen hatte.

»Hat Melissas Verschwinden Sie überrascht?«

»Ja«, sagte er – offensichtlich entspannter, weil er nun wieder offen antworten konnte. »Das hat mich sehr überrascht. Wir hatten am dreiundzwanzigsten einen Termin bei mir im Büro. Am 23. August. Am einundzwanzigsten hätte sie zurück sein sollen. Als sie nicht auftauchte, habe ich versucht, sie zu erreichen. Als mir das nicht gelang, habe ich . . . habe ich Nachforschungen angestellt. Und erfahren, daß sie verschwunden ist.«

»Sie haben nicht gewußt, daß sie vorzeitig aus El Salvador zurückkommen würde?«

»Nein.« Mit leicht finsterer Miene. Das wurmte oder schmerzte ihn immer noch.

»Haben Sie versucht, sie zu finden?« fragte ich.

»Ich kenne hier einen Privatdetektiv. Er arbeitet gelegentlich für mich. Ich habe ihn gebeten, sich darum zu kümmern.« Das sollte sich beiläufig anhören, als habe er bloß einen alten Freund um einen kleinen Gefallen gebeten. Aber wir wußten beide, daß es keine leichte Aufgabe ist, jemanden zu finden, der sich nicht finden lassen will.

»Und was hat er herausgefunden?«

»Nichts.«

»Haben Sie seit ihrem Verschwinden von ihr gehört?«

Er holte tief Luft, wie man es tut, um etwas anderes als Sauerstoffmangel in der Brust auszugleichen, und ich kannte seine Antwort bereits und wußte, daß ich ihm glaubte. »Nein«, sagte er. »Nichts.«

Er sah aus dem Fenster. Die rotgelben Schleier waren nicht mehr da. Bis auf ein schwaches Leuchten im Westen waren Himmel und Meer eine einzige stumpfgraue Fläche.

Ich fragte: »Was sagt Ihnen der Satz ›Die Blume in der Wüste lebt‹?«

»Nichts«, sprach er zum Fenster hin. Dann zu mir gewandt: »Sollte er mir was sagen?«

»Keine Ahnung. Der ist mir zugelaufen. Hat Ihnen Melissa von ihrer Mitarbeit bei Sanctuary erzählt?«

»Keine Einzelheiten. Wir haben nur allgemein darüber gesprochen. Es war ihr sehr ernst damit, diesen Leuten zu helfen.« Seine Schultern sackten nach unten, als seien sie schwerer geworden. »Wie gesagt, sie ist eine außergewöhnliche Frau.«

Er sah wieder aus dem Fenster.

»Sie selbst«, sagte ich, »haben keinerlei Zweifel, daß

Roy Alonzo schuldig ist, daß er Winona sexuell mißbraucht hat?«

Er fuhr herum, sein Gesicht war hochrot. Ich machte mich schon darauf gefaßt, daß er den Tisch beiseite schleudern und über mich herfallen würde. Aber er lehnte sich wieder zurück. »Sie haben die Gerichtsprotokolle nicht gelesen«, sagte er tonlos.

»Noch nicht.«

»Dann tun Sie es. An Roys Schuld kann es keinen Zweifel geben.«

Ich nickte. »Sie verstehen, warum ich das fragen mußte.«

Er starrte mich an, schließlich lockerten sich seine Züge, und er nickte. Dann blickte er wieder auf die bleierne See hinaus.

Ich sagte: »Haben Sie was dagegen, wenn ich mir jetzt mal das Haus ansehe?«

Er drehte sich zu mir um. Ihm gelang ein schwaches, ironisches Lächeln. »Glauben Sie, daß die Polizei sich noch nicht hier umgesehen hat? Das FBI?«

»Ein Agent namens Stamworth?«

Er nickte. »Melissa soll irgendwas mit illegalen Einwanderern zu tun gehabt haben. So ein Unsinn. Er hat das ganze Haus auf den Kopf gestellt. Die Polizei auch.«

Und du wahrscheinlich auch, dachte ich. Ich sagte: »Vielleicht haben sie das Falsche gesucht.«

Er nickte matt. Dann sagte er tonlos: »Die psychologische Methode.«

»Ja. Genau.«

»Fangen Sie an. Die Schlafzimmer sind oben. Ich warte hier.«

Oben gab es drei Schlafzimmer. Das erste mochte einmal Roy Alonzo gehört haben, falls er und Melissa getrennt geschlafen hatten. Jetzt war es offensichtlich ein Gästezimmer, so nichtssagend und unpersönlich wie ein Zimmer im Marriott. Eine weißlackierte Kommode, ein weißlackierter Nachttisch mit einer dreiarmigen Messinglampe, ein Doppelbett mit Chenille-Tagesdecke, auf dem Holzboden ein ziemlich guter Navajo-Läufer, ein leerer Schrank. An der Wand zwei gerahmte Bilder: Landschaften im Südwesten. Die Signatur lautete *Sedgewick*, ein Name, der mir unbekannt war. Eine Tür führte in ein Badezimmer, in dem es nach Blütenseife roch; die herz- und eiförmigen Stücke lagen in einem Körbchen auf dem Fensterbrett.

Ich gewann den Eindruck, daß, wer auch immer dieses Schlafzimmer und das Bad eingerichtet hatte – und ich nahm an, es war Melissa –, dies nicht gerade mit Begeisterung getan hatte. Die Räume waren zwar halbwegs wohnlich, aber auf eine funktionelle, sachliche Art, als ob sie nicht wirklich mit Gästen gerechnet habe, oder als seien ihr Gäste nicht sonderlich erwünscht gewesen.

Ich teilte das Schlafzimmer in Quadranten auf und nahm mir jeden einzelnen vor. Fand aber nichts Brauchbares. Dasselbe im Bad, ebenfalls negativ.

Im Elternschlafzimmer roch es schwach nach Jean Naté. Es hatte eine Balkendecke und wie die Veranda unten eine Fensterwand mit Blick aufs Meer. Blaßgelbe Satinvorhänge, zugezogen. Ein riesiges Bett: elegantes Messinggestell, weiße Satin-Tagesdecke. Auf dem Boden zwei weiße Flokatis. Eine mächtige Eichenkommode. Darauf, dem Bett gegenüber, ein Farbfernseher mit 21-Zoll-Bildschirm, ein Videorecorder, eine große Schmuckschatulle, ein Foto im Silberrahmen. Offenbar von einem Berufsfotografen aufgenommen; es zeigte ein Baby, vermutlich Winona, das fröhlich in die Kamera gluckste. Ansonsten keine weiteren Fotos. Kein Roy Alonzo, keine grinsenden Freundinnen, keine strahlenden Großeltern.

An der Wand überm Bett hing eine weitere Südwest-Landschaft, ebenfalls mit *Sedgewick* signiert, diesmal ein Panoramablick auf Monument Valley. Ein bißchen kitschig, dachte ich, aber technisch gar nicht übel. John Wayne hätt's gefallen. Links vom Fernseher hingen noch zwei Gemälde. Sie waren kleiner, etwa fünfzehn mal fünfundzwanzig Zentimeter, und zeigten beide den Blick durch eine Tür in ein Zimmer, das eine ein Salon, das andere eine Küche. Das Licht, wie es auf den glatten Kacheln und Holzflächen schimmerte, erinnerte an Vermeer, und die Bilder selbst, detailreich gemalt und von stiller Eleganz, hatten etwas leicht Beunruhigendes, als seien die Räume von lächelnden, zur Zeit unsichtbaren Geistern bewohnt. Signatur: *D. Polk.*

Die Bilder und die gelben Vorhänge waren die einzigen Farbtupfer in dem Zimmer. Alles andere war weiß oder so gut wie weiß, eintönig, was dem Raum eine sachliche, beinahe sterile Atmosphäre gab. Als ob Melissa befürchtet habe, mit Blau, Rot oder Braun, mit Pünktchen, Karos oder Streifen etwas von sich preiszugeben.

Ich durchsuchte das Zimmer, danach das Ankleidezimmer und das Bad, in dem sich ein versenkter Whirlpool befand, so groß, daß man einen Buick drin hätte waschen können. Ganz unten in einer Kommodenschublade fand ich ein Paar Handschellen. Nettes Spielzeug. Ich fragte mich, was die Polizisten bei der Hausdurchsuchung daraus geschlossen hatten. Ich fragte mich, was ich daraus schließen sollte.

Andere SM-Utensilien waren nicht vorhanden: keine Reitgerten, keine Halsfesseln, keine Zwingen, keine Klammern, keine glänzenden Lederriemen. Möglich, daß die Ermittler das Zeug mitgenommen hatten. Aber hätten sie dann nicht auch die Handschellen mitgenommen?

Ich nahm mir die mit Samt ausgeschlagene Schmuckschatulle vor; sie enthielt hauptsächlich Modeschmuck,

Straß und Vergoldetes, aber an einigen der jetzt leeren Schlitze im Samt waren noch Abdrücke zu erkennen: einige Ringe und Ohrringe fehlten demnach. Vielleicht hatte Melissa sie mitgenommen, um sie zu versetzen. Vielleicht hatte sie jemand geklaut. Die Polizisten. Stamworth. Chuck Arthur. Was wußte ich.

Ich wußte so gut wie nichts.

Nichts deutete darauf hin, daß ein Mann, irgendein Mann, jemals dieses Zimmer betreten hatte. Ich fand nichts Schriftliches von Melissa Alonzo, das auf ihren gegenwärtigen Aufenthalt hingewiesen hätte.

Das letzte Schlafzimmer war überraschend anders als das ganze übrige Haus: eine schier schwindelerregende Farborgie. Die Wände waren rosa gestrichen, mit einer lavendelfarbenen Zierleiste unter der Decke, und über und über beklebt mit lachenden Comicfiguren: Teddybären, Hasen, Schlümpfe und die komplette Disneytruppe. Rote Vorhänge mit großen schwarzen Punkten, wie Marienkäfer. Viele bunte kleine Läufer auf dem Boden. Und überall Stofftiere: Sie saßen und lagen und lümmelten sich an den Wänden, auf der knallgelben Tagesdecke und in den blauen Plastikregalen.

Ich sah mich um, fand aber auch diesmal nichts. Ich setzte mich aufs Bett und nahm einen braunen Hasen in die Hand. Wirkte ziemlich alt, älter als das Spielzeug einer Sechsjährigen, der Plüsch war stellenweise bis aufs Gewebe abgewetzt, die langen Ohren ganz schlapp. Vielleicht hatte er früher Melissa gehört.

Ich blickte umher. Ein heiteres, fröhliches Zimmer – ein glückliches Zimmer. Ich fragte mich, ob Melissa, die das übrige Haus mit solcher Zurückhaltung eingerichtet hatte, die ihre Schwäche für Farben und Muster verleugnet hatte, als ob sie etwas zu verbergen habe, plötzlich so etwas wie Befreiung gefühlt haben mochte, als sie das Zimmer ihrer Tochter ausstaffierte.

Ich sah dem Hasen in die glänzend braunen Glasaugen. Er wußte die Antwort auch nicht. Oder falls doch, verriet er sie mir nicht.

VIII

Als ich wieder nach unten kam, saß Arthur immer noch da und starrte aufs Meer hinaus, das jetzt unsichtbar in der Finsternis lag. Sein Gesicht, das sich im Fenster spiegelte, zeigte keinen Ausdruck.

Er sah zu mir hoch, beobachtete schweigend, wie ich um die Bar ging, das Licht anmachte und in die Küche trat. Das ganze Kochspielzeug war da – und einiges mehr: Gasherd und Backofen von Restaurantqualität, Mikrowelle, Mixer, Rührgerät, reihenweise Messer, Keramiktöpfe mit Sortimenten von Metallspachteln und Holzlöffeln, eine Gefriertruhe, die eine Seite gefüllt mit noch unzubereiteten Bratenstücken, Steaks, Schnitzeln, Schinken und Fischen, die andere halb gefüllt mit sorgfältig in Alufolie gewickelten und beschrifteten Resten: Schmorbraten, Coq au vin, Schwein in Ingwersauce. Die Schränke waren vollgepackt mit teurem Geschirr und einer imposanten Gewürz- und Kräutersammlung. Jemand hatte alles Leichtverderbliche aus dem Kühlschrank geholt, aber auch so enthielt er noch eine Unmenge von Tuben und Flaschen: grüne Chilitunke, Blaubeermarmelade, Mayonnaise, drei Sorten Importsenf, Currypaste, Mangopickels, Limonenchutney.

Aus all dem zog ich den Schluß, daß Melissa eine gute Köchin sein mußte. Sie oder Winona. Oder daß die beiden eine solche angestellt hatten.

Am Ende der Bar stand ein Anrufbeantworter neben einem schnurlosen Telefon und seiner Basis. Das Display zeigte an: keine Nachrichten angekommen, was bedeutete, daß irgend jemand irgendwann abgehört hatte, was auch immer auf dem Band gewesen sein mochte. Aber die meisten dieser Maschinen löschen die jüngsten Nachrichten erst, wenn eine neue ankommt. Ich drückte auf den Knopf. Stille – jemand schwieg, nachdem er die Durchsage gehört hatte; dann ein Piepton. Wieder Stille, dann drei Pieptöne, die mir sagten, daß jetzt nichts mehr käme.

Ich fummelte an dem Gerät herum, bis ich den Knopf gefunden hatte, der die Ansage wiedergab. Ich drückte ihn. Eine Frauenstimme, tonlos, kein Akzent, nannte die Telefonnummer und bat den Anrufer, eine Nachricht zu hinterlassen.

Vermutlich Melissas Stimme. Melissa selbst war irgendwo anders, aber hier in Malibu begrüßte ihre körperlose Stimme noch immer mechanisch die Anrufer.

Die Stimme sagte mir nichts über ihre Besitzerin. Das hatte ich auch nicht erwartet; die meisten Leute sind ein wenig verkrampft, wenn sie den Spruch für ihren Anrufbeantworter aufnehmen.

Als das Band zurückgespult war, öffnete ich das Gerät, fingerte die winzige Kassette heraus und trug sie um die Bar herum auf die Veranda.

Chuck Arthur sagte: »Gott, hat mich das erschreckt. Plötzlich Melissas Stimme vom Band zu hören.«

»Hat die Polizei, als sie hier war«, sagte ich, »irgend etwas aus dem Haus mitgenommen?«

Er schüttelte den Kopf. »Nein. Nichts.«

»Und Stamworth?«

»Nein.«

»Sonst jemand, soweit Sie wissen? Sie selbst?«

»Ich? Wo denken Sie hin? Nein, niemand.«

Ich nickte. »Sie haben nicht zufällig einen Minikassettenrecorder?«

Er runzelte die Stirn. »Doch. Im Auto.«

Darauf hätte ich wetten können. Auch, daß er ein Handy hatte. Und einen Laptop. Vielleicht hatten er und Rita per Modem verkehrt.

»Könnten Sie den holen?« fragte ich.

»Wozu?«

Ich hielt ihm die Kassette hin. »Nachdem man die Nachrichten abgehört hat, spult der Beantworter das Band an den Anfang zurück. Kommen neue Nachrichten, werden damit die früheren gelöscht. Aber wenn es mehr alte als neue Nachrichten gibt, sind noch einige der alten da, weil sie noch nicht gelöscht sind. Das Gerät spielt sie nicht ab, weil es nur die Nachrichten abspielt, die seit dem letzten Abhören eingegangen sind. Aber sie sind noch da.«

Er sah die Kassette an. »Und Sie meinen, das bringt was, sich das anzuhören?«

»Das werden wir sehen.«

Als ich die Kassette in Chuck Arthurs Minirecorder eingelegt und auf Start gedrückt hatte, hörten wir beide erst einmal wieder Melissas Ansage. Ich beobachtete Arthur über den Tisch hinweg. Er starrte die Maschine an, die Unterlippe zwischen den Zähnen, den Kopf in leichter Schräglage. Am Ende der Ansage nahm er den Recorder plötzlich hoch und drückte auf Stop.

Ich sah ihn an. »Was gibt's?«

»Das ist ein eindeutiger Eingriff in die Privatsphäre.« Er hielt den Recorder fest in der Hand – seine gebräunten Knöchel waren weiß. Der Mund unter seinem Schnurrbart war verkniffen.

»Sie sind ihr Anwalt«, sagte ich.

»Ja, aber Sie nicht.«

»Ich bitte Sie, Arthur. Wir wollen doch beide dasselbe. Uns beiden liegt daran, Melissa und Winona vor Gefahren zu schützen. Die Polizei kann sie nicht finden, das FBI kann sie nicht finden. Ihr Privatdetektiv konnte sie nicht finden. Ist er nicht darauf gekommen, sich das Band anzuhören?«

Stirnrunzeln.

»Nein«, sagte ich, »er ist nicht drauf gekommen. Also sind wir beide schon ein Stückchen weiter.« Ihn zum Partner machen.

»Die Polizei muß es sich angehört haben.«

»Vielleicht. Vielleicht auch nicht – ich kann mir nicht denken, daß es denen besonders wichtig ist, Melissa aufzuspüren. Waren Sie dabei, als Stamworth das Haus durchsucht hat?«

Er nickte. »Er hat den Beantworter abgehört. Ich habe ihn beobachtet. Aber er hat das Band nicht herausgenommen.«

Elfmeter gegen Stamworth. Fünfmeter. Wegen Dummheit.

»Wann war das?« fragte ich.

»Vor zwei Wochen. Er sagte, er ermittle gegen Melissa im Zusammenhang mit illegalen Einwanderern.«

»Vorige Woche wurde Melissas Schwester ermordet. Haben Sie das gewußt?«

»Ja.«

»Sind Sie der Frau mal begegnet?«

Er runzelte die Stirn, wahrscheinlich fragte er sich, worauf ich damit hinauswollte. »Einmal. Bei Gericht. Hinterher. Ganz kurz. Ich hatte den Eindruck, sie glaubte, sie hätte besser nicht kommen sollen. Sie war nervös. Machte sich Sorgen, daß jemand sie in Melissas Nähe sehen könnte.«

»Jemand?«

Schulterzucken. »Die Presse. Und von dort hätten es dann ihre Eltern erfahren. Melissa war das schwarze Schaf der Familie. Ihr Vater ist ein sturer Bock. Er hatte

Melissa enterbt, und der Prozeß hat ihn noch wütender gemacht. Cathryn sollte nicht in Kontakt mit ihr treten.«

»Hat Cathryn mal Kontakt mit Ihnen aufgenommen, Ihnen gesagt, daß sie von Melissa gehört habe?«

»Nein.« Er sah mich an, seine Augen wurden schmale Schlitze. »Sie unterstellen, daß Melissa auf irgendeine Weise mit Cathryns Tod zu tun hat.«

»Sonst scheint niemand diese Vermutung zu hegen. Und vielleicht liege ich ja falsch. Aber wenn ich nun recht hätte? Kämen Sie dann nicht auf die Idee, daß auch Melissa und Winona in Gefahr sein könnten?«

Er schwieg. Er starrte den Recorder an, den er immer noch in der Hand hielt.

»Hören Sie«, sagte ich. »Ich bin in meinem Job nicht schlecht. Mir stehen zwar nicht die Mittel der Polizei oder des FBI zur Verfügung, aber dafür behindert mich auch keine Bürokratie. Und ich bin ein sturer Hund. Ich werde Melissa finden, und ich werde auch ohne Ihre Hilfe dafür sorgen, daß es ihr und ihrer Tochter gut geht. Aber wenn Sie mir helfen, finde ich sie vielleicht ein bißchen schneller.«

Eine gute Rede, zumal ich mir selbst das meiste davon glaubte.

Arthur offenbar auch. Er holte mal wieder tief Luft und runzelte die Stirn, dann beugte er sich wortlos vor, stellte das Gerät auf den Tisch und drückte auf Start.

Zunächst hörten wir, was wir zuvor gehört hatten – die zwei leeren Stellen auf dem Band, wo jemand, oder zwei Jemande, nach Melissas Ansage aufgelegt hatte. Danach ein schwaches metallisches Klicken und, von Pieptönen abgetrennt, noch drei Schweigesekunden. Wieder das schwache Klicken, dann eine Männerstimme, die mir bekannt vorkam:

». . . später mit Ihnen besprechen. Bye.«

Ich drückte auf Stop. »Sind Sie das?« fragte ich Arthur. »War das Ihr Anruf?«

»Ja.«

»Können Sie noch feststellen, wann das was?«

Er schüttelte den Kopf. »Wenn ich an ihren Anrufbeantworter geraten bin, habe ich praktisch immer dasselbe hinterlassen. Ist das wichtig?«

Ich zuckte die Schultern. »Wer weiß? Wann haben Sie ihr das letzte Mal was aufs Band gesprochen?«

»Am dreiundzwanzigsten«, sagte er. »An dem Tag, als sie zu mir ins Büro kommen sollte.«

Ich drückte auf Start. Ein Piepton, danach eine Frauenstimme: *»Mel? Hallo, hier ist Deirdre. Ruf mich an, wenn du mal kannst.«*

Ich stellte das Gerät aus. »Kennen Sie eine Deirdre?« fragte ich.

Er schüttelte den Kopf.

Ich drückte auf Start. Wieder ein Piepton, dann eine andere Frau, eine Spanierin, hektisch und zitternd, womöglich vor Angst. *»Hier spricht Juanita. Ich hab's gerade erfahren, Melissa. Ruf mich gleich zurück.«*

Ich stoppte das Gerät und sah Arthur an. »Juanita? Kennen Sie die?«

Er schüttelte stirnrunzelnd den Kopf. »War das Spanisch?«

»Ja.« Ich übersetzte es ihm.

Er schien noch immer verwirrt. »Glauben Sie, daß sie Angst hatte?«

»Möglich. Schwer zu sagen. Hat jemand Melissas Anrufbeantworter abgehört, als sie in El Salvador war?«

»Das weiß ich nicht. Eine Frau hat sich ums Haus gekümmert, aber ich weiß nicht, was sie mit ihr vereinbart hat.«

»Wissen Sie den Namen dieser Frau?«

»Nicht aus dem Kopf. Es war ein spanischer Name.

Nicht Juanita. Kann ich aber nachsehen. Meine Sekretärin stellt die Schecks für sie aus.«

»Sie bezahlen Melissas Rechnungen?«

»Nur vorübergehend«, sagte er etwas abweisend. »Ich begleiche ihre Auslagen.«

»Auf ihre Bitte?«

»Irgendwer mußte sich doch darum kümmern. Wenn sie zurückkommt, kann sie's zurückzahlen.«

Ich nickte. Der Strom war nicht abgestellt, also bezahlte er den vermutlich auch. Und wahrscheinlich eine Art Verwaltungsgebühr an die Colony, damit Melissa da keine Schwierigkeiten bekam. Natürlich wußte er, daß kein Gesetz ihn verpflichtete, irgend etwas für sie zu bezahlen, und daß Melissa ebensowenig verpflichtet war, ihm etwas zu erstatten, wenn sie zurückkam. Falls sie zurückkam.

»Diese Putzfrau kommt immer noch?« fragte ich.

»Einmal die Woche.«

»Könnten Sie Verbindung mit ihr aufnehmen? Herausfinden, ob sie den Anrufbeantworter abhört, beziehungsweise, ob sie ihn abgehört hat, als Melissa in El Salvador war?«

Er nickte. »Ich ruf sie heut abend an.«

»Danke.« Ich drückte auf Start. Wir hörten einen Piepton, dann einen tiefen, wütend knurrenden Schauspielerbariton: *»Wo zum Teufel steckst du, Melissa?«*

Ich stellte den Recorder aus. »Das ist Roy Alonzo.«

Arthur nickte.

»Diese Pieptöne«, sagte ich, »trennen jeweils einzelne Nachrichten innerhalb einer Gruppe. Das Klicken wiederum trennt die Gruppen voneinander ab. Auf jedes Klicken folgt eine frühere Gruppe.«

»Dann müßte das hier vom dreiundzwanzigsten sein. Da haben Alonzo und ich immer noch versucht, sie hier zu erreichen.«

»Ja.« Ich drückte auf den Knopf. Wieder ein Piepton,

und dann: *»Melissa, bist du wieder zurück? Hier spricht deine Mutter. Ruf mich an, Kleine, bitte.«*

Piepton, Pause, Piepton, dann das metallische Klicken. Dann:

»Ruf mich an, Kleine.« Wieder Melissas Mutter.

Ein Piepton. Dann: *»Hallo, Mel. Hier spricht Deirdre. Hab eben deine Nachricht gehört. Ich bin wieder zu Hause. Ich bleib den ganzen Abend hier, also ruf mich an, wenn du kannst.«* Ein Piepton. Dann: *»Melissa, hier spricht Chuck Arthur. Könnten Sie mich irgendwann morgen vormittag anrufen? Ich möchte vor der Verhandlung noch mit Ihnen reden. Bye.«*

Ich stellte den Recorder aus. »Können Sie sich erinnern, wann Sie diese Nachricht hinterlassen haben?«

»Da muß es«, sagte er, »entweder um die Scheidung oder um den Prozeß wegen Kindesmißbrauch gegangen sein.«

»Wenn Sie ihr was aufs Band gesprochen haben, wie haben Sie sich da gemeldet? Mit Chuck oder mit Chuck Arthur?«

»Chuck Arthur.« Er runzelte die Stirn. »Falls Sie einen falschen Eindruck bekommen haben sollten: Die Beziehung zwischen Melissa und mir war rein geschäftlicher Natur.«

Auch wenn er's noch so gern anders gehabt hätte. Ich nickte. Ich drückte auf Start. Ein Piepton. Dann schrillte Roy Alonzos Stimme aus dem winzigen Lautsprecher, in höherer Tonlage und schmerzlich verzerrt:

»Wie kannst du mir das antun, *Mel? Wie kannst du* mir *das antun, wie kannst du das* Winona *antun? Wie kannst du nur solche Lügen verbreiten?«*

IX

»Und was hat Arthur dazu gesagt?« fragte mich Rita am Telefon.

»Er schien nicht sehr beunruhigt«, sagte ich. »Er hat darauf hingewiesen, daß Alonzo Schauspieler sei. Und daß man nicht genau feststellen könne, zu welchem Zeitpunkt er das aufs Band gesprochen habe. Vielleicht habe Roy das ganz am Anfang dieser Geschichte gesagt, als er noch glaubte, Melissa überzeugen zu können, daß sie unrecht habe.«

»Und was meinst du?«

»Ob Roy seine Tochter mißbraucht hat? Das kann ich noch nicht beurteilen, Rita. Bis jetzt habe ich praktisch nur mit Leuten gesprochen, die auf Melissas Seite sind.«

»Arthur will sich also wegen dieser Putzfrau noch mal bei dir melden? Die Melissas Nachrichten womöglich notiert hat?«

»Das hat er bereits getan. Heute abend. Sie hat den Anrufbeantworter zweimal abgehört, sagt sie. Einmal am fünften, einmal am fünfzehnten. Keine Nachrichten. Offenbar haben alle gewußt, daß Melissa nicht im Lande war. Die Frau, eine Carlotta Garcia, kommt übrigens immer noch einmal die Woche zum Putzen, und seit August sind keine Nachrichten mehr eingegangen.«

»War Melissa noch mal in ihrem Haus, bevor sie aus Los Angeles verschwunden ist?«

»Scheint so. Arthur hat einen Schlosser geholt, der ihm das Haus aufgemacht hat. Die Polizei war auch dabei. Sie hatte einen Haufen Kleider in den Schrank gelegt. Die Putzfrau sagt, daß die am fünfzehnten noch nicht da lagen. Wahrscheinlich hat Melissa sich ein paar neue Kleider geholt und ist dann abgereist.«

»War irgendwas auf dem Anrufbeantworter, als Arthur und die Polizei ins Haus gegangen sind?«

»Nein. Sagt Arthur jedenfalls.«

»Demnach dürfte Melissa das Gerät abgehört haben, als sie am siebzehnten aus El Salvador zurückkam. Arthur hat recht. Die Anrufe von ihm und Deirdre und Juanita stammten vom 23. August.«

»So sieht es aus.«

»Und inzwischen war Melissa verschwunden.«

»Richtig.«

»Du wirst Deirdre und Juanita aufspüren müssen.«

»Schöner Mist.«

»Das schaffst du schon. Hast du ihre Telefonprotokolle für August überprüft?«

»Arthur hat die Rechnungen. Er faxt sie mir morgen ins Büro.«

»Wir sollten uns ein Privatfax zulegen, Joshua.«

»Stimmt. Darüber reden wir später.« Dann würden wir vielleicht auch über ein paar andere Dinge reden.

»Das sagst du immer, Joshua.«

»Bin halt ein Gewohnheitstier.«

»Besonders wenn's um schlechte Angewohnheiten geht.«

»Aber trotzdem charmant.«

»Was hast du heut abend vor?«

»Einfach auf dem Bett liegen und mich nach dir sehnen.«

»Klingt ja sehr produktiv.«

»Das Bett ist ausgezeichnet, Rita. Wie wär's, wenn du herkommst und es dir mal ansiehst? Vielleicht entdeckst du darin wertvolle Hinweise. Vielleicht entdeckst du darin mich.«

»Ich glaub's ja, das Bett ist bestimmt wunderbar. Zu schade, daß du jetzt wieder raus mußt, weil du in einer halben Stunde einen Termin mit Ed Norman hast.«

»Ach. Du hast also mit Ed gesprochen.« Daß sie mit ihm gesprochen hatte, bestätigte nur, was ich jetzt dachte, was ich den ganzen Tag über Rita und ihre Geheimnisse gedacht hatte.

»Nur kurz«, sagte sie. »Er hat bloß guten Tag gesagt.«

»Wenn du schon weißt, daß ich ihn treffe, warum fragst du dann, was ich heute abend vorhabe?«

Ich konnte das Lächeln in ihrer Stimme hören. »Nur um zu testen, wie's mit deiner Erfindungsgabe steht. Und wann sprichst du mit Elizabeth Drewer?« Typisch Rita, denkt immer nur ans Geschäft.

»Morgen vormittag.«

»Gut. Mit wem triffst du dich sonst noch?«

»Mit einem gewissen Hatfield. Der Mann ist Vorsitzender der Gruppe, für die Melissa sich engagiert hat. Sanctuary. Und mit Melissas Eltern, falls ich die erreichen kann. Sie haben nicht auf meine Anrufe reagiert.«

»Du hast immer noch vor, morgen abend zurückzufliegen?«

»Falls sich nicht noch was ergeben sollte.«

»Im Augenblick hast du jedenfalls das Gefühl, daß diese Underground Railroad irgendwie an Melissas Verschwinden beteiligt ist.«

»Ja, den Eindruck habe ich bei meinen Gesprächen mit Carpenter und Arthur gewonnen. Sie wollte Alonzo nicht in die Nähe ihrer Tochter kommen lassen, und das könnte ihr als der einzige Ausweg erschienen sein.«

»Es gibt noch eine andere Möglichkeit.«

Die gab es für Rita immer. »Und welche?«

»Wir gehen immer davon aus, daß sie vor Roy Alonzo davonläuft. Aber kurz vor ihrem Verschwinden war sie in El Salvador. Die politischen Verhältnisse da sind ziemlich unsicher. Vielleicht ist ihr da unten was zugestoßen. Und vielleicht ist sie *davor* auf der Flucht. Du hast gesagt, Arthur war erstaunt, als sie so plötzlich, ohne ihm was zu sagen, verschwunden war. Wenn du recht hast, wenn Melissa bereits mit ihm über die Railroad gesprochen hatte, warum hätte sie dann nicht mit ihm reden sollen, bevor sie deren Hilfe in Anspruch nahm?«

»Keine Ahnung.«

»Und warum ist sie vorzeitig aus El Salvador zurückgekommen?«

»Was weiß ich.«

»Hast du nicht gesagt, Carpenter habe von irgendwo in El Salvador eine Karte bekommen?«

»Aus Santa Isabel.«

»Santa Isabel. Das werde ich überprüfen.«

»In der Datenbank?«

»Ja.«

»Na dann«, sagte ich, »viel Glück.« Ich wollte nicht allzu überzeugt klingen. Ich glaubte nicht, daß Rita etwas Wichtiges herausfinden würde, ganz gleich, wie gut sie sich durch die Datennetze bewegen konnte. Vielleicht wollte ich auch nicht, daß sie etwas fand.

»Danke«, sagte sie. Auch sie klang nicht sonderlich überzeugt. »Wir sehen uns am Donnerstag. Grüß Ed von mir.«

Ich wollte noch fragen, warum sie mir nie erzählt hatte, daß sie ein international bekanntes Computergenie war. Ich wollte noch fragen, ob sie vorhabe, aus der Agentur auszusteigen und eine eigene aufzumachen.

Ich ließ es sein. »Mach ich«, sagte ich, und »bis dann«, und legte auf.

Ich bekam keine Chance, Ed Norman von Rita zu grüßen. Er tauchte nicht auf. Ich wartete zwanzig Minuten unten in der Bar und versuchte nicht mitzuhören, was die Leute an den Nachbartischen weitläufig über Pakete und Produkte und Julia und Warren zu debattieren hatten. Ich schlürfte meinen Jack Daniel's und fragte mich, wie viele von diesen Geschäften real und wie viele pure Hirngespinste waren. In einer Stadt, die auf Hirngespinsten gebaut war, konnte man das wahrscheinlich unmöglich sagen. Ich bezweifelte sogar, daß diese gebräunten Kerle in ihren Armani-Jacketts von ihrer eigenen Existenz so ganz überzeugt waren.

Dann schmollte ich ein bißchen. Ob Rita aus der Agentur aussteigen würde? Nachdem wir so lange Zeit zusammengearbeitet hatten? Nach all dem, was wir einander bedeutet hatten? Oder jedenfalls nach all dem, was sie mir bedeutet hatte?

Ich, jedenfalls ein Teil von mir, hielt es für unwahrscheinlich, daß Rita gehen würde. Relativ unwahrscheinlich. Nicht sehr wahrscheinlich. Aber die Möglichkeit bestand, und Selbstmitleid speist sich aus jeder verfügbaren Quelle. Ich war gerade im schönsten Grübeln, als mich plötzlich eine Frau ansprach: »Mr. Croft?«

Ich hob den Blick, dann stand ich auf. Zuerst erkannte ich sie nicht. Dunkles Haar, blaue Augen, atemberaubend. Sie trug ein kurzes rotes Kleid, eng und glänzend wie eine Apfelschale.

»Bonnie Nostromo«, sagte sie lächelnd. »Wir haben uns heute in Eds Büro gesehen.«

»Aber natürlich. Schön, Sie wiederzusehen. Nehmen Sie Platz.«

In der Linken eine kleine rote Handtasche, ließ sie sich mit einer einzigen fließenden Bewegung auf dem Stuhl mir gegenüber nieder – keine schlechte Leistung, wenn man ihr Kleid bedenkt.

Als ob sie meine Gedanken läse, schenkte sie mir, als ich mich setzte, ihr bemerkenswertes Lächeln und sagte: »So was trage ich sonst nicht, wenn ich in solch eine Bar gehe. Ich war gerade beschäftigt, als Ed mir Bescheid sagte. Er mußte schnell nach La Jolla, ein Notfall, und er hat Sie nicht erreichen können.«

Ich hatte fast den ganzen Abend am Telefon verbracht,

erst mit dem Versuch, Melissas Eltern zu erreichen, dann mit Rita.

Ich sagte: »Statt dessen hat Ed also Sie geschickt?« Ein Profidetektiv ist dazu ausgebildet, solche verblüffenden Erkenntnisse zu äußern.

Sie nickte. »Ich habe einige der Informationen, nach denen Sie verlangt haben. Edie Carpenter, Underground Railroad, Elizabeth Drewer.«

Rechts neben mir materialisierte sich eine Kellnerin. »Was darf ich der Dame bringen?«

Leicht enttäuscht bemerkte ich, daß Bonnie Nostromo die Kellnerin ebenso natürlich anlächelte wie vorhin mich. Sie nahm Soda mit Limone. Kein Designerwasser, registrierte ich, und fühlte mich undeutlich und sinnlos besser. Ich nahm noch einen Jack Daniel's.

Als die Kellnerin gegangen war, machte Bonnie die Handtasche auf, zog ein paar gefaltete Bögen heraus und strich sie glatt. »Können Sie Kurzschrift lesen?« fragte sie.

Ich schüttelte den Kopf. »Ich habe manchmal schon Schwierigkeiten mit normal Geschriebenem.«

Sie lächelte. Mir fiel auf, daß sie am vierten Finger der linken Hand keinen Ring trug. »Dann lese ich vor«, sagte sie. »Was zuerst? Carpenter?«

»Nur zu.« Ihre Brüste, fest und rund unter dem straffen roten Stoff, waren mit ziemlicher Sicherheit noch nie von einem Chirurgen berührt worden. Außer etwa von einem, der gerade keinen Dienst hatte; und dann zweifellos begeistert und mit einem enormen Glücksgefühl.

»Wollen Sie alles hören?« fragte sie. »Herkunft? Karriere?«

»Nur wenn es sich irgendwie auf Melissa Alonzo bezieht.«

»Also die schmutzige Wäsche.«

»Meine Leidenschaft. Ich hab zu Hause einen ganzen Berg davon.«

Sie lächelte. »Ich kenne das Gefühl. Man weiß nie, was man darunter alles finden kann. Stimmt's?«

»Fest steht nur, daß es fast niemals Gold ist.«

Noch ein Lächeln. Ihre oberen Schneidezähne standen ein wenig vor, sehr attraktiv, genau wie bei dieser Darstellerin in »Valdez!«. Ich fragte mich, ob sie einen Freund hatte. Hatten Frauen heutzutage überhaupt noch Freunde, oder nur noch gute Bekannte? Und hatten sie vor denen Geheimnisse? »Hier gibt's kein Gold«, sagte sie. »Die Carpenter hat's mit Partnertausch, leicht pervers, verkehrt in SM-Kreisen und so.«

»Bitte etwas genauer.«

»Leder. Peitschen. Privatpartys. Gebieterinnen. Herren, Sklaven. Der übliche traurige Unsinn.«

Ich erinnerte mich an das Lächeln, mit dem Edie Carpenter mir erzählt hatte, sie habe Melissa auf einer Party kennengelernt. Ich erinnerte mich an die Handschellen, die ich in Melissa Alonzos Kommode gefunden hatte.

Ich sagte: »Das übliche?«

»Hier bei uns ist das nichts Ungewöhnliches. L.A. La-la-Land. Hier ist alles und jedes möglich. Diese Leute, Carpenters Spielgenossen, das sind alles Reiche. Oberste Obermittelklasse, jugendlich bis mittelalt. Haben alle Spielzeuge, die sie sich je gewünscht haben, und fühlen sich immer noch unausgefüllt. Manche versuchen die Leere auszufüllen, indem sie ihre sexuellen Komplexe ausleben. Treffen sich, veranstalten Partys, schlüpfen in jede Rolle, die sie anmacht.«

Die Kellnerin brachte unsere Drinks, und ich sagte ihr, sie solle sie auf meine Rechnung schreiben. Sie war einverstanden.

Als sie weg war, fragte ich Bonnie: »Und Carpenter hat so was organisiert?«

»Gelegentlich, dem Vernehmen nach. Manchmal nimmt sie auch nur teil.«

»Und welche Rolle macht Carpenter an?«

Sie nippte an ihrem Wasser. »Gebieterin. Domina.«

Ich nickte. »Leder steht ihr sicher gut.« Ohne alles stand ihr jedenfalls ausgezeichnet. Das gleiche nahm ich auch von Bonnie Nostromo an. »Gibt es irgend etwas, das Melisssa Alonzo mit diesen Soireen in Verbindung bringt?«

»Nichts Eindeutiges. Alles nur Gerüchte, Mr. Croft. In dieser Stadt dreht sich alles um Gerüchte. Und vieles davon ist unbegründet.«

»Joshua, bitte. Sonst komme ich mir vor wie Oberobermittelalt.«

Wieder dieses Lächeln. »Joshua.«

Vielleicht sollte ich sie auf mein Zimmer einladen. Da könnten wir das alles ungestört diskutieren. Und ich könnte ihr ein paar feinere Details der Ermittlungsarbeit erklären.

»*Nichts Eindeutiges:* Was heißt das?« fragte ich.

»Alte Geschichten. Aus zweiter Hand, aus dritter Hand. Daß Roy und Melissa Alonzo da manchmal aufgetaucht sein sollen.«

»Als Teilnehmer?«

»Wenn ich nicht irre, ist man da mehr oder weniger zur Teilnahme gezwungen. Wer selbst mitmacht, wird wohl kaum irgendwelche Einzelheiten über die anderen Teilnehmer ausplaudern.«

»Weil dann die anderen über einen selbst auch was ausplaudern könnten.«

Sie nickte. »Aber, wie gesagt, das alles ist aus zweiter und dritter Hand.«

»Wissen wir, welche Rollen Roy und Melissa bevorzugt haben?«

»Roy war diesen Gerüchten zufolge der Dominante. Melissa die Unterwürfige.«

»Sind das Fachausdrücke?«

»Das sind die Ausdrücke dieser Leute. Sadist und Masochist sagt man nicht mehr.«

Ich nickte. »Okay. Erzählen Sie mir von Underground Railroad.«

Sie erzählte mir, daß die Verantwortlichen dieser Organisation vorsichtige und kluge Leute seien. Wenn eine Frau mit ihrem Kind Hilfe suchte – manchmal auch ein Mann mit seinem Kind –, werde der Kontakt zunächst über eine Mittelsperson hergestellt. Bei der es sich in Melissa Alonzos Fall ohne weiteres um Elizabeth Drewer habe handeln können. Die Organisation verlange überzeugende Beweise, daß ein sexueller Mißbrauch stattgefunden habe. Seien diese erbracht, und vorausgesetzt, die Frau habe alle juristischen Mittel zum Schutz des Kindes erschöpft, erhalte sie Instruktionen, wie sie spurlos von der Bildfläche verschwinden könne. Wohin. Und wie sie dorthin käme: oft mit dem Bus, manchmal in einem Privatwagen mit Fahrer, einem »Begleiter«, der für das Netzwerk arbeite.

Nach dem, was Bonnie in Erfahrung gebracht hatte, gab es vier locker strukturierte, aber eng verbundene Netzwerke, eins im Nordwesten, eins im Nordosten und zwei im Süden.

Während sie sprach, betrachtete ich Bonnie Nostromos Gesicht, ihre blauen Augen, ihre lebhafte, intelligente Miene.

Ich fragte mich, ob sie je daran gedacht hatte, von Los Angeles wegzugehen. Zum Beispiel je daran gedacht hatte, sich in einer anheimelnden kleinen Stadt im Südwesten niederzulassen . . .

»Manchmal«, sagte sie, »kommt es vor, daß Mutter und Kind sich kreuz und quer durchs ganze Land bewegen, von einem sicheren Haus zum andern. Von Boise in Idaho nach Las Vegas, von dort nach Rockford in Illinois und weiter nach New Orleans oder wohin auch immer, bis sie endlich einen festen Platz gefunden haben.«

»Wozu dieses Hin und Her?«

»Weil das Netzwerk nicht in allen Bundesstaaten sichere Häuser hat.«

»Diese Leute, die Railroad, besorgen die auch Papiere? Ausweise?«

»In der Regel schon. Geburtsurkunden. Entweder direkt gefälscht, oder aus öffentlich zugänglichen Quellen.«

»Das heißt, sie suchen auf Friedhöfen nach Namen mit passenden Geburtsdaten.«

Sie nickte. »Und mit den Geburtsurkunden kommen sie an Führerscheine und Sozialversicherungsnummern.«

Also die klassische Methode, falsche Papiere zu besorgen. »Und wer steckt dahinter? Wer organisiert das alles?«

Sie nippte an ihrem Wasser. »Das scheint niemand zu wissen«, sagte sie. »Vermutlich vier bis fünf Leute. Elizabeth Drewer könnte eine davon sein.«

»Wer verwaltet die sicheren Häuser?«

Sie zuckte die Schultern. »Die nennen sich ›Schlüsselmeister‹. Einige davon sind offenbar alte Revoluzzer aus den Sechzigern. Andere engagieren sich für die Rechte von Kindern. Oder es sind irgendwelche sympathisierenden Familien, wo die Frau oder der Mann als Kind selbst sexuell mißbraucht wurden.«

»Und wo haben wir diese Informationen her?«

»Aus Datenbanken. Zeitschriftenartikeln.«

»People?«

Sie lächelte. »Unter anderem.«

Morgen würde ich den Scheck zur Post bringen.

»Okay«, sagte ich. »Elizabeth Drewer?«

»Sie ist eine der engagiertesten Fürsprecher der Railroad hier in Kalifornien. Oder jedenfalls hier in Los Angeles. Und wie gesagt, sie könnte zu den Organisatoren gehören. Sind natürlich nur Gerüchte. Aber bis jetzt hat ihr das FBI nichts nachweisen können. Sie ist äußerst clever. Ed sagt, daß Sie morgen mit ihr sprechen werden?«

Ich nickte.

Sie sagte: »Ich rate Ihnen, versuchen Sie nicht, sie reinzulegen. Die Frau ist nicht nur clever, sondern auch knallhart.«

»Ich bin die Harmlosigkeit in Person«, sagte ich. Und dann fragte ich sie harmlos: »Möchten Sie noch ein Wasser?« Vielleicht stieg ihr der Sprudel zu Kopf, und ich könnte sie mir über die Schulter werfen und in meinen Bau schleppen.

Sie schüttelte den Kopf. »Nein danke. Ich muß los. Ich bin schon seit über einer Stunde verabredet.«

Aha.

Ich sagte: »Nur noch eins. Ist Ihnen bei Ihren Nachforschungen zufällig der Name Deirdre begegnet? Oder eine Frau namens Juanita?«

Sie schüttelte den Kopf. »Nein. Sind die beiden wichtig?«

»Das weiß ich noch nicht.«

»Nein. Leider nicht.« Sie faltete die Papiere wieder zusammen, die sie während der ganzen Zeit kein einziges Mal angesehen hatte, und schob sie lächelnd in ihre Handtasche zurück. »Es war nett, mit Ihnen zu reden. Ob Sie mir wohl einen großen Gefallen tun könnten?«

»Und der wäre?«

»Könnten Sie Rita, Mrs. Mondragón, von mir ausrichten, wie sehr ich ihre Arbeit bewundere? Wir haben uns am Telefon und online unterhalten, aber ich hatte nie eine Gelegenheit, ihr zu sagen, daß ich sie einfach phantastisch finde.«

Wunderbar. Ich nickte. »Ich werd's ihr sagen«, sagte ich.

X

Ich lag auf dem Bett und starrte das Foto an, das Roy Alonzo mir in Sante Fe gegeben hatte.

Es zeigte eine Frau in Jeans und Sweatshirt und Laufschuhen; sie lehnte an einer niedrigen Lehmziegelmauer, im Hintergrund bräunliche Hügel mit Pinien und Lärchen. Der Himmel war blau, wie meist in New Mexico. Die Frau blinzelte in die Sonne, ihre Arme hatte sie unter den Brüsten verschränkt, die Beine übereinander geschlagen; sie stand, die Hüfte zur Seite gebogen, etwas verkrampft, als ob es ihr peinlich wäre, fotografiert zu werden. Ihr feines, mattblondes Haar fiel ihr glatt auf die Schultern, und Chuck Arthur hatte recht, damit wirkte sie tatsächlich wie eine Gestalt aus Alice im Wunderland. Wie ihre Haltung, war auch ihr Lächeln ein wenig verkrampft. Als die Aufnahme gemacht wurde, war sie fünfunddreißig, sah aber wesentlich jünger aus. Vielleicht weil ihre Verkrampftheit, ihre Verlegenheit, sie so schüchtern, so verletzlich und irgendwie verloren erscheinen ließ.

Melissa Alonzo.

Und jetzt war sie tatsächlich verloren gegangen.

Wo bist du, Melissa? Vielleicht gerade in einem Bus, du und Winona, auf einem harten Sitz aneinander gekauert, auf einem langen, leeren Highway durch die Dunkelheit jagend? Vermißt du deinen Whirlpool? Deine Küchengeräte? Deine Handschellen? Deinen Seelenfrieden?

Ob Winona ihren Hasen vermißte?

Und wer bist du? Ein armes kleines reiches Mädchen? Eine politisch engagierte Aktivistin? Eine Mutter, die darum kämpft, ihre Tochter vor einem perversen Vater zu retten? Eine Gattin, getrieben von Eifersucht und Bosheit? Eine gelangweilte Hausfrau aus Hollywood, die sich gern mal eine Runde SM genehmigt?

All die Informationsschnipsel, die ich gesammelt hatte – nichts davon durch Tatsachen erhärtet, von einem hübschen Haus und einem Paar Handschellen abgesehen –, ließen sich nicht zu einem Individuum zusammenfügen. Unmöglich. Und schon gar nicht paßten sie zu der jungen Frau, die dort, unter der strahlenden Sonne von New Mexico, so verlegen an dieser Mauer lehnte.

Ich starrte noch immer das Foto an, als jemand an die Tür meines Hotelzimmers klopfte.

Ich sah auf die Uhr. Fünf nach zwölf. Also fünf nach eins in Santa Fe.

Bonnie Nostromo? Von meinem Charme überwältigt, hatte sie ihre Verabredung sausen lassen?

Ich schwang mich vom Bett und schritt durchs Zimmer. Es gab keinen Spion in der Tür, aber soweit ich wußte, hatte ich mir in Los Angeles noch keine Feinde gemacht.

Ohne zu fragen, wer da sei, machte ich auf.

Der Mann war groß und breitschultrig, er trug ein hellgelbes Hemd, eine Countess-Mara-Krawatte und einen dunkelgrauen Dreiteiler, der wahrscheinlich mehrere tausend Seidenraupen sehr stolz oder sehr kaputt gemacht hatte. Der Rock war so exquisit geschnitten, daß man die schwache Ausbeulung unter der linken Schulter schlechthin nicht bemerken konnte. So einen Anzug konnte ich mir nur leisten, wenn Rita und ich einen außergewöhnlich guten Monat durchlebt hatten und mein Vermieter bei der Miete mal ein Auge zudrückte.

Sein eckiges, ansehnlich zerfurchtes Gesicht endete in einem energischen Kinn mit markanter Spalte. Seine Augen waren braun und entschlossen. Sein Haar war dunkelbraun und lockig. Und er war prächtig gebräunt. Allmählich glaubte ich, daß jeder, der in L.A. arbeitete, ein gescheiterter Schauspieler war, und daß noch keiner von ihnen je etwas von Hautkrebs gehört hatte.

Er lächelte höflich und sagte: »Mr. Croft?«
»Ja.«
»Jim Stamworth. FBI. Darf ich reinkommen?«
Ich sah auf meine Uhr, um seine Reaktion zu testen.
Wieder das höfliche Lächeln. »Nur ein paar Fragen. Dauert nicht lange.«
Ich nickte. »Kommen Sie rein.«
Er kam herein, und ich zeigte auf die zwei Polsterstühle am Fenster. Er schritt durchs Zimmer und nahm Platz, zog sachte die Hose an den Knien hoch und schlug die Beine übereinander, den linken Knöchel aufs rechte Knie. Schimmernde Seidenstrümpfe, passend zum Anzug. Elegante schwarze Lederschuhe, wahrscheinlich aus Italien.
Ich setzte mich auf den anderen Stuhl, streckte die Beine aus und schlug die Knöchel übereinander. Meine Schuhe hatte ich ausgezogen, als ich ins Zimmer gekommen war. Ich hatte weiße Baumwollsocken an, wahrscheinlich aus Taiwan.
Ich sagte: »Was kann ich für Sie tun?«
Und noch mal das höfliche Lächeln. »Wie wir hören, versuchen Sie den Aufenthalt von Mrs. Melissa Alonzo zu ermitteln.«
»Wir?« fragte ich.
»Das FBI.«
»Könnten Sie sich bitte ausweisen, Mr. Stamworth?«
Höfliches Lächeln. »Selbstverständlich.« Er griff in die Innentasche seines Jacketts, zog eine exquisite schwarze Brieftasche hervor, schlug sie auf und gab sie mir. Seine Hände waren vorzüglich manikürt.
Das Foto auf dem Ausweis sah ihm ähnlich, war aber nicht ganz so ansehnlich zerfurcht. Nichts in der Welt konnte so ansehnlich zerfurcht aussehen. Ich gab ihm die Brieftasche zurück, und er steckte sie wieder ein. Ich fragte: »Warum ist das FBI an Mrs. Alonzo interessiert?«

Und noch ein höfliches Lächeln. »Aus zwei Gründen. Eins unserer Teams versucht sie ausfindig zu machen, weil sie, als sie sich mit ihrer Tochter ohne Erlaubnis aus Los Angeles entfernt hat, gegen eine gerichtliche Anordnung verstoßen hat. Und weil sie dabei die Staatsgrenze überschritten hat, ist das FBI für den Fall zuständig geworden. Ich selbst jedoch verfolge ein anderes Interesse.«

»Ich höre.«

»Wir haben Grund zu der Annahme«, sagte er, »daß Mrs. Alonzo uns bei aktuellen Ermittlungen in Sachen illegaler Einwanderungsbewegungen in die Vereinigten Staaten helfen könnte.«

»Helfen? Inwiefern?«

»Uns liegen Hinweise vor, die darauf schließen lassen, daß Mrs. Alonzo durch ihre Beziehungen zu einer gewissen politischen Organisation wertvolle Informationen hinsichtlich solcher Aktivitäten besitzen könnte.« Das höfliche Lächeln war ihm immer noch nicht vergangen. Und die höflichen Ausflüchte auch nicht. »Mr. Croft, gestatten Sie, daß nun ich für eine Weile die Fragen stelle?«

»Sicher«, sagte ich. »Von welcher gewissen politischen Organisation reden Sie?«

Er schüttelte fast unmerklich den Kopf, lächelte aber noch immer. »Jetzt bin ich dran, glaube ich.«

Ich zuckte die Schultern. »Dann fragen Sie.«

»Von wem haben Sie den Auftrag, Mrs. Alonzo zu suchen?«

»Bedaure«, sagte ich. »Aber darüber darf ich nicht sprechen.« Ich weiß nicht, warum ich es ihm nicht gesagt habe; schließlich hatte ich es allen anderen erzählt, und wenn er es wirklich wissen wollte, konnte er es ohne große Umstände herausfinden. Wahrscheinlich war ich einfach nur bescheuert.

Ihm gelang noch ein höfliches Lächeln, aber langsam schien ihm der Vorrat auszugehen. »Mr. Croft«, sagte er,

»weder Landes- noch Bundesgesetze gewähren einem Privatermittler das Recht auf Verschwiegenheit.«

»Es sei denn, er arbeitet auf Rechnung eines Anwalts.«

»Name?«

»Martin Durham in Santa Fe.« Knapp vierundzwanzig Stunden zuvor, als Norman Montoya bei mir zu Hause war, hatte er kurz vor dem Abschied den Anwalt angerufen und ihm mitgeteilt, daß ich jetzt formal für ihn, Durham, arbeiten würde. Es ihm mitgeteilt. Und Martin Durham, ehemaliger Senator, ehemaliger Gouverneur und einer der teuersten und einflußreichsten Anwälte von New Mexico, hatte sich auf der Stelle einverstanden erklärt. Ich sagte: »Ich fürchte, Sie werden sich an Mr. Durham wenden müssen.«

Stamworth verblüffte mich, denn er zauberte, offenbar aus einem Notvorrat, noch ein höfliches Lächeln hervor. Dann zog er ein exquisites Notizbüchlein und einen Montblanc-Kugelschreiber aus der Hemdtasche. Er klappte das Büchlein auf und schrieb etwas hinein. Vermutlich Durhams Namen. Oder daß er sich mal wieder die Schuhe polieren lassen könnte.

Er sah mich an, und sein ansehnliches Gesicht furchte sich bedenklich. »Mr. Croft«, sagte er. »Wollen wir offen sein?«

»Nur zu.«

»Mrs. Alonzos Flucht aus Kalifornien als solche interessiert mich nicht. Mir geht es ausschließlich um unsere Ermittlungen in Sachen illegaler Einwanderer. Sollte Mrs. Alonzo bereit sein, in dieser Angelegenheit mit uns zusammenzuarbeiten, könnte ich ihr zusichern, daß wir unsererseits bereit wären, ihre Flucht aus Kalifornien ... zu ignorieren, wenn ich so sagen darf. Und ihr womöglich beim Aufbau eines neuen Lebens behilflich zu sein.«

»Sie würden ihr ein Geschäft vorschlagen.«

Er lächelte breit, offenbar zufrieden mit meiner raschen Auffassungsgabe. Seine Zähne waren sehr weiß. »Korrekt«, sagte er. »Aber um das zu arrangieren, müssen wir natürlich mit Mrs. Alonzo Verbindung aufnehmen.«

»Und das haben Sie bis jetzt noch nicht getan.«

»Stimmt. Wir haben Sie überprüft, Mr. Croft, Sie und Mrs. Mondragón. Nach den uns vorliegenden Informationen betreiben Sie beide ja offenbar eine vorbildliche Privatagentur. Und Sie als Ermittler machen einen recht intelligenten und zielstrebigen Eindruck. Ich hoffe auf Ihre Bereitschaft, mit uns zu kooperieren.«

»Sie wollen mir ein Geschäft vorschlagen.«

Wieder ein zufriedenes Lächeln. Wir zwei verstanden uns. »Es kann nichts schaden«, sagte er, »beim FBI ein paar Freunde zu haben.«

Das war das Zuckerbrot. Ich fragte mich, wie lange er brauchen würde, um die Peitsche hervorzuholen.

»Und selbstverständlich«, sagte er lächelnd, »wäre es von Übel, *keine* Freunde beim FBI zu haben.«

Da war sie schon. Peitsche ist Peitsche, auch wenn sie in Samt gewickelt ist.

»Darf ich was fragen?« sagte ich.

»Ja?«

»Sind Sie Wirtschaftsprüfer oder Jurist?« Das FBI rekrutierte ausschließlich Wirtschaftsprüfer und Anwälte.

Er lächelte. »Jurist.«

Das überraschte mich nicht. Wirtschaftsprüfer verfügen im allgemeinen nicht über einen solchen Vorrat an höflichem Lächeln.

Ich sagte: »Um wen handelt es sich bei diesen illegalen Einwanderern, hinter denen Sie her sind?«

Noch ein Lächeln. »Wenn ich Sie zitieren darf, Mr. Croft: Darüber darf ich nicht sprechen.«

»Na schön«, sagte ich. Ich war müde. Ich stand auf. »Es war mir ein Vergnügen, mit Ihnen zu reden, Mr.

Stamworth. Vielleicht können wir das mal irgendwann fortsetzen.«

»Setzen Sie sich, Croft«, sagte er. Der Vorrat war aufgebraucht. Seine Stimme klang schroff.

Ich lächelte. »Haben Sie was Schriftliches? Einen Hausdurchsuchungsbefehl? Einen Haftbefehl? Irgendwas in der Art?«

»Kann ich ohne weiteres besorgen.«

»Auf welcher Grundlage? Was wird mir vorgeworfen?«

»Da fällt mir schon was ein.«

»Wünsche viel Erfolg. Aber bis dahin lassen Sie mich in Ruhe. Ich will jetzt schlafen. Gute Nacht.«

Er blieb sitzen, betrachtete eine Zeitlang den Teppich und sah dann wieder zu mir auf. »Wir sollten nicht gleich mit Mißtönen beginnen«, sagte er. »Ich wäre Ihnen sehr verbunden, wenn Sie mir noch einige Minuten gewähren könnten. Glauben Sie mir, Sie werden davon nicht weniger profitieren als ich.«

Das bezweifelte ich, aber ich setzte mich trotzdem wieder hin.

Er musterte mich ein Weilchen, dann sagte er: »Ich nehme an, in Ihrer Vorstellung sind FBI-Agenten so eine Art SA-Männer, die zu nächtlicher Stunde über die Familien verängstigter, halbverhungerter Wanderarbeiter herfallen und sie verschleppen.«

»Ich habe überhaupt keine Vorstellung von FBI-Agenten.«

Nur den Verdacht, daß mein Besucher es darauf anlegte, mir eine Falle zu stellen.

»In früheren Zeiten«, sagte er, »mag das so gewesen sein. Aber wir haben uns geändert. Wir haben uns gebessert. Wir – jedenfalls die meisten von uns – halten uns an die Vorschriften. Wir glauben nicht mehr daran, daß der Zweck die Mittel heiligt.«

Ich lächelte. »Erwähnten Sie nicht vorhin etwas Schriftliches, das Sie jederzeit besorgen könnten?«

Sein höfliches Lächeln tauchte wieder auf. »Ich bedaure das. Im Eifer des Gefechts rutscht einem schon mal eine unglückliche Formulierung heraus.«

Er musterte mich noch ein wenig, seine ansehnlichen Züge wirkten nachdenklich. Schließlich sagte er: »Ich will es mit Ihnen riskieren, Mr. Croft.«

»Prima«, sagte ich.

Er ignorierte den Sarkasmus, falls er ihn überhaupt mitbekommen hatte. »Aber Sie müssen mir versprechen, daß Sie nichts von dem, was ich Ihnen gleich sagen werde, an Dritte weitergeben.«

»Das kann ich nicht versprechen. Mrs. Mondragón muß alles erfahren, was ich weiß.«

»Ausgenommen Mrs. Mondragón.«

»In Ordnung.«

Er nickte. »Sendero Luminoso ist Ihnen ein Begriff?«

»Der leuchtende Pfad«, sagte ich. »Terroristen. Beziehungsweise Guerillas, oder Freiheitskämpfer, je nach Standpunkt. Peru?«

»Peru. Und egal, wie diese Leute sich nennen, es sind Terroristen, schlicht und einfach. Wir haben Grund zu der Annahme – und ich rede von handfesten Beweisen, nicht von Vermutungen –, daß der Leuchtende Pfad einen Kader von Terroristen in die Vereinigten Staaten eingeschleust hat, und zwar unter der Maske illegaler Einwanderer aus Salvador und Guatemala, wobei sie sich die verschiedenen Untergrundorganisationen zunutze machen, die solche Leute unterstützen.«

»Und was will der Leuchtende Pfad mit seinem Kader in den Vereinigten Staaten?«

Er schüttelte den Kopf. »Bedaure, Mr. Croft, bedaure aufrichtig, aber das fällt in den Bereich der nationalen Sicherheit. Ich sage nur soviel: Nach dem uns vorliegenden

Beweismaterial stellen diese Leute eine unmittelbare und sehr reale Bedrohung für uns dar.«

»Sie glauben also, Melissa Alonzo sei in terroristische Aktivitäten verwickelt.«

»Ja, aber vermutlich ohne es zu wissen. Wir haben keinen Grund zu der Annahme, daß Mrs. Alonzo mit diesen Leuten sympathisiert. Wir gehen davon aus, daß sie über deren wahre Absichten und Hintergründe in Unkenntnis ist. Wir glauben lediglich, daß sie uns etwas über ihren Aufenthalt sagen könnte.«

»Und was kann ich dabei tun?«

»Wir wären Ihnen sehr dankbar, wenn Sie sich entschließen könnten, Mrs. Alonzo von diesem Sachverhalt zu informieren. Vorausgesetzt, es gelingt Ihnen tatsächlich, Kontakt mit ihr aufzunehmen. Wenn Sie sie überreden können, mit uns in Verbindung zu treten, werden Sie Mrs. Alonzo und sich selbst einen großen Dienst erweisen.«

Ich nickte. »Okay«, sagte ich. »Ich werd's mir überlegen.«

Und wieder lächelte er höflich. Er griff in die Rocktasche, zog noch einmal die Brieftasche heraus, entnahm ihr eine Visitenkarte und gab sie mir. »Unter dieser Nummer bin ich jederzeit erreichbar, Tag und Nacht. Wenn Sie Mrs. Alonzo gefunden haben, bitten Sie sie, mich anzurufen.«

Ich nickte unverbindlich.

Er stand auf. »Danke, daß Sie mir zugehört haben, Mr. Croft.«

Er hielt mir die Hand hin; ich schüttelte sie und fragte: »Was ist mit Cathryn Bigelow?«

Er runzelte die Stirn. »Was soll mit ihr sein?«

»Hat ihr Tod irgend etwas mit Melissas Verschwinden zu tun?«

Noch ein Stirnrunzeln. »Wie kommen Sie darauf? Soweit wir wissen, vermutet die Polizei, daß es sich um die Tat eines Geisteskranken handelt.«

»Vermuten Sie das auch?«

»Darüber habe ich noch nie nachgedacht. Die beiden Dinge haben nichts miteinander zu tun.«

Ich nickte.

»Also«, sagte er. »Ich hoffe, wir hören von Ihnen. Oder von Mrs. Alonzo.«

»Wir werden sehen.«

Für den Fall, daß ich es schon wieder vergessen hatte, zeigte er mir noch einmal sein höfliches Lächeln. »Ja, das werden wir«, sagte er.

Als er gegangen war, legte ich mich aufs Bett und besah mir seine Karte. Teures, schweres Papier, gebrochen weiß, schwarzer Prägedruck. *James B. Stamworth, Special Agent, Federal Bureau of Investigation.* Die Telefonnummer hatte die Vorwahl 213, also Stadtgebiet Los Angeles.

Wie Stamworth selbst, schien auch die Karte ein wenig zu teuer. Maßgeschneiderte Seidenanzüge und Montblanc-Kugelschreiber konnte man sich vom Gehalt eines FBI-Agenten nicht leisten. Vielleicht war er ein finanziell unabhängiger junger Schnösel, der sich aus purem Jux entschlossen hatte, gegen das Verbrechen zu kämpfen. Schließlich wimmelte es beim FBI ja von finanziell unabhängigen jungen Schnöseln in Seidenanzügen.

Aber die Zweifel blieben. Auch das Schulterholster kam mir spanisch vor. Ein Freund in Santa Fe, ein Waffennarr, der so was verfolgte, hatte mir mal erzählt, zur Zeit seien beim FBI Hüftholster in Mode, vorzugsweise bestückt mit der Smith & Wesson Kaliber .38, oder, wenn's mal heißer zugeht, mit der Smith 9-Millimeter-Automatik. Die Ausbeulung in Stamworths Maßanzug wies auf etwas Größeres hin. Eine Glock vielleicht. Oder eine Scud-Rakete.

Und ich sah einfach nicht ein, warum das FBI mit zwei

verschiedenen operativen Einheiten nach einer einzigen Frau suchen sollte. Nach einer Frau, die doch schließlich wohl kaum eine Ma Barker war.

Und die Sache mit dem Leuchtenden Pfad wirkte auf mich wie eine Geschichte, die die Brüder Grimm mal eben zwischen Tür und Angel zusammengekleistert hatten. Soweit ich wußte, waren die Leute vom Leuchtenden Pfad zur Zeit allzusehr damit beschäftigt, die peruanische Wirtschaft zu ruinieren, als daß sie sich damit abgeben konnten, Terrorismus oder irgendwas anderes nach Nordamerika zu exportieren.

Aber wenn Stamworth nicht vom FBI war, für wen arbeitete er dann? Und wie hatte er es geschafft, mich so schnell aufzuspüren?

Sergeant Bradford von der Mordkommission Los Angeles wußte, wo ich war. Aber Bradford – falls er Stamworth die FBI-Geschichte überhaupt abgekauft haben sollte – hatte nicht gerade den Eindruck gemacht, als sei er sonderlich geneigt, mit dem FBI zu kooperieren.

Auch Edie Carpenter wußte, wo ich war; aber warum hätte sie das Stamworth sagen sollen? Das gleiche galt für Chuck Arthur.

Stamworth hatte behauptet, er habe – sie hätten – mich und Rita überprüft. Womöglich eine Lüge. Aber wenn nicht, konnte man daraus schließen, daß irgendeine Organisation hinter ihm stand.

Tatsächlich? Vielleicht war er ja auch so ein Computerfreak wie Rita.

Auf jeden Fall hatte ich den Eindruck, daß Stamworth mit einiger Wahrscheinlichkeit nicht das war, wofür er sich ausgab.

Aber selbst wenn er nicht vom FBI war, konnte er durchaus für irgendeine andere obskure Regierungsabteilung arbeiten, und das würde bedeuten, daß er vielleicht schon längst das Hoteltelefon angezapft hatte.

XI

Elizabeth Drewer sah exakt so aus wie das, wofür sie sich und wofür vermutlich auch die Zeitschrift *People* sie ausgab. Anfang Vierzig, das graumelierte Haar kurz und lokkig, marineblaues Kostüm, mattblaue Bluse, dazu ein rotblaues Halstuch von Hermès: der Inbegriff, nahezu das Stereotyp der harten, tüchtigen Rechtsanwältin. Gebräunt war sie nicht, aber vielleicht war das nicht einmal in L.A. für harte, tüchtige Rechtsanwältinnen obligatorisch.

Ihr Gesicht war hager, die Nase schmal und spitz, die Lippen dünn. Es war ein Gesicht, das, wenn Leben hineinkam, durchaus attraktiv sein mochte; aber so reserviert, wie es jetzt war, wirkte es verhärmt und abweisend. Sie war groß und knochig, erfüllt von Mißtrauen und nervöser Energie, und ihren Körper hielt und bewegte sie wie einen ärgerlichen, aber notwendigen Apparat, in den sie am Morgen wie in eine Rüstung gestiegen war. Vielleicht kletterte sie, wenn sie nach Hause kam, wieder aus dem Ding heraus, und jäh befreit von der Last des Fleischs, flatterte ihr kluger, rastloser Geist munter durch die Räumlichkeiten.

Als ich ihr am Mittwoch vormittag gegenübersaß, blickten mich ihre braunen Augen unfreundlich über den Schreibtisch hin an, der übersät war mit Computerausdrucken, juristischen Texten und Bergen von Aktenordnern. Der Rest des Büros war tadellos aufgeräumt, aber das war keine besondere Leistung, denn dieser Rest bestand nur aus Bücherregalen, in denen meterweise Gesetzestexte standen. Ein kleines Fenster bot Aussicht auf einen kleinen Hof, in dem eine einzige mutlose Palme einer grauen Kiesfläche Schatten spendete. Es war das Büro einer Frau, die, womöglich, weil sie sich nichts daraus machte, noch keine großen finanziellen Erfolge gehabt hatte.

»Diesen Quatsch«, sagte sie, als ich meine Erklärung, warum ich bei ihr eingedrungen war, beendet hatte, »können wir uns sparen.« Sie lehnte in ihrem Drehsessel, hielt einen gelben Bic-Kuli zwischen Daumen und Zeigefinger der rechten Hand und klapperte damit auf der Schreibtischkante herum wie ein Rockdrummer auf Speed. »Erstens, selbst *wenn* Melissa Alonzo sich bei mir gemeldet hätte, und wozu ich keinerlei Kommentar abgebe, liegt es in der Natur des Verhältnisses zwischen Anwalt und Klient, daß jede Diskussion darüber ausgeschlossen ist. Was *ausgeschlossen* bedeutet, ist Ihnen klar?«

Ich lächelte freundlich: »Wenn Sie's mir buchstabieren.«

»Zweitens«, sagte sie, »kann ich Privatdetektive nicht leiden. Ich hatte zu viele schlimme Erfahrungen damit.«

Wieder lächelte ich freundlich. Nur fiel es mir diesmal ein wenig schwerer. »Mrs. Drewer –«

»Miss«, sagte sie, ohne bei ihrer Trommelei aus dem Takt zu geraten.

»Miss Drewer.« Selbstverständlich. »Ich habe diesen Fall nur übernommen, weil mir schien, daß Mrs. Alonzo« – sie runzelte die Stirn, ich lächelte reumütig und fluchte innerlich über denjenigen, der dieses häßliche Wort erfunden hatte – »*Miss* Alonzo in Gefahr sein könnte. Ihre Schwester wurde letzte Woche getötet. Möglicherweise besteht ein Zusammenhang zwischen dem Tod ihrer Schwester und Miss Alonzos Verschwinden.«

»Können Sie diese Behauptung durch irgendwelche Beweise untermauern?«

»Nein. Aber es ist keine Behauptung. Die einzige Behauptung dabei ist die, daß ich die Möglichkeit nicht ausschließen kann.«

»Ich halte das für sehr unwahrscheinlich. Melissa

Alonzo ist vor fast zwei Monaten verschwunden.« Sie klöppelte noch immer auf dem Schreibtisch herum. »Sie arbeiten für Roy Alonzo«, sagte sie, ohne Fragezeichen.

»Nein«, sagte ich.

Ihre schmalen Lippen verzogen sich zu einem mehr als nur höhnischen Lächeln, das andeuten sollte, sie sei in diesem Punkt, und wahrscheinlich auch sonst in den meisten Punkten, besser informiert als ich. »Ach ja?« sagte sie. »Für wen denn, wenn ich bitten darf?«

Wenn ich *fragen* darf, hätte ich sie beinahe korrigiert. Ich ließ es sein. Wir hätten einander den ganzen Tag korrigieren können. »Für seinen Onkel.« Ich erklärte ihr die Vereinbarung, die ich mit Norman Montoya getroffen hatte.

»Und Sie erwarten, daß ich Ihnen das abnehme?« sagte sie. Das überhebliche Lächeln lag noch immer auf ihren Lippen.

Allmählich kam mir der Verdacht, Elizabeth Drewer und ich würden nie dazu kommen, mädchenhafte Vertraulichkeiten auszutauschen. »Was ich erwarte und was ich hoffe, sind zwei verschiedene Dinge«, sagte ich. »Ich hatte gehofft, daß Sie im Zweifel für den Angeklagten entscheiden würden.«

»Im Zweifel für den Angeklagten entscheiden«, wiederholte sie mit solcher Verbitterung, daß sich die Worte an den Rändern aufrollten. »Das hat der Richter im Fall Alonzo auch getan. Wissen Sie, was Roy Alonzo seiner fünf Jahre alten Tochter angetan hat?«

»Ich weiß nur, wovon er freigesprochen wurde.«

»Wenn Sie die Gerichtsprotokolle gelesen haben, müßten Sie wissen, daß die Beweislage absolut eindeutig war.« Sie hielt den Kuli jetzt wie ein Schreibgerät, nicht wie einen Trommelstock, drehte ihn hin und her und stach ihn plötzlich in ihren Tischkalender. »Winona hat ausgesagt, daß ihr Vater sie zur Fellatio gezwungen hat.«

Wieder stach sie auf den Kalender ein. »Winonas Hymen war zerrissen.« Noch ein Stich. »Der Gutachter hat Vernarbungen am Rektum festgestellt.«

Ich zuckte unwillkürlich zusammen. »Und wie kam das Gericht zu dem Beschluß, daß kein Mißbrauch stattgefunden habe?«

Sie machte den Kuli wieder zum Trommelstock und klapperte weiter. »Weil der Richter so etwas einfach nicht für möglich gehalten hat. Weil kein Vater, kein aufrechter Bürger, zu etwas derart Schrecklichem imstande sein könne. Und weil es eben – trotz der unstreitigen Beweislage – unmöglich war, wurde Roy Alonzo das Recht zugesprochen, seine Tochter besuchen zu dürfen.«

»Es hat doch sicher widersprüchliche ärztliche Gutachten gegeben.«

»O ja, selbstverständlich. Alonzo hat zwei von ihm bezahlte Ärzte vor dem Richter aufmarschieren lassen. Gekaufte Helfer.« Wieder dieses verbitterte Lächeln. »Typen wie Sie.«

»Miss Drewer«, sagte ich. »Ich weiß, Sie sind überzeugt davon, daß Roy Alonzo seine Tochter sexuell mißbraucht hat. Und nach allem, was ich weiß, haben Sie recht. Aber einmal angenommen, Sie irren sich. Angenommen, Melissa Alonzo habe sich das alles aus Wut oder Bosheit nur ausgedacht.«

»Das medizinische Beweismaterial kann sie sich nicht ausgedacht haben.«

»Das medizinische Beweismaterial läßt verschiedene Interpretationen zu. Nehmen wir ferner an, der Prozeß, den Melissa mit ihrer Anschuldigung in Gang gebracht hatte, habe sich verselbständigt und es ihr am Ende unmöglich gemacht, die Vorwürfe zurückzunehmen. Angenommen, sie sei da in etwas hineingeraten, das sie gar nicht beabsichtigt habe. Angenommen, Roy Alonzo ist unschuldig.«

Sie hatte mich zwar ausreden lassen, aber nur höchst unwillig. Weiter auf den Schreibtisch klopfend, sagte sie scharf: »Ich gebe mich nicht mit Annahmen ab.«

»Wenn Roy Alonzo unschuldig ist«, sagte ich, »wenn er seine Tochter nicht mißbraucht hat, dann wurde hier ein Vater ohne jeden Grund von seinem Kind getrennt. Und sein Kind wird im Land umhergeschleppt, muß wie ein Flüchtling leben, hat Angst, wenn es an der Haustür klingelt, hat Angst, ans Telefon zu gehen. Die Kleine ist sechs Jahre alt. Wenn Roy Alonzo unschuldig ist – und selbst wenn er's nicht ist –, darf man einer Sechsjährigen ein solches Leben zumuten?«

Sie musterte mich, immer noch klopfend: »Wie kommen Sie darauf, daß das Mädchen wie ein Flüchtling lebt?«

»Ich nehme an, daß sie und ihre Mutter irgendwo im Schutz der Underground Railroad leben.«

»Mir scheint, mehr als Annahmen und Unterstellungen haben Sie nicht zu bieten.«

»Soweit ich weiß, sind die Verantwortlichen bei der Railroad anständige und engagierte Menschen. Sie glauben aufrichtig, daß sie das Richtige tun. Und so wird es auch in den meisten Fällen sein. Aber auch sie sind nur Menschen. Auch sie können Fehler machen.«

»Was auch immer Sie da gehört haben mögen«, sagte sie, »ich kann nicht für die Underground Railroad sprechen. Aber soweit *ich* weiß, prüfen diese Leute ihre Fälle außerordentlich gründlich. Und wenn sie Melissa Alonzo helfen, ist das bestimmt kein Fehler. Ich habe selten einen so eindeutigen Fall von sexuellem Mißbrauch gehabt wie diesen.«

»Sie haben selbst gesagt, daß immerhin zwei Ärzte anderer Meinung waren.«

»Ich habe auch gesagt, daß sie gekauft waren.«

»Aber wenn die Railroad ein –«

Sie hörte auf zu klopfen. Sie beugte sich vor und blitzte mich an. »Schluß jetzt. Ich bin als Kind selbst mißbraucht worden. Das Schwein, mit dem ich verheiratet war, hat meine Tochter mißbraucht, als sie drei Jahre alt war. Das läuft immer so – mißbrauchte Kinder werden entweder zu Tätern, oder sie heiraten einen Täter. Gut, nicht immer, aber oft genug. Zu oft. Auf jeden Fall kenne ich die psychischen Schäden, die sexueller Mißbrauch bewirken kann, aus *persönlicher* Erfahrung. Und wenn es nach mir ginge, wenn *ich* dabei mitreden könnte, wem die Railroad helfen soll, und wenn auch nur die entfernteste Möglichkeit bestünde, daß das fragliche Kind einem Mißbrauch ausgesetzt gewesen sein könnte, würde ich sagen: Helft ihr! Trennt sie von ihrem Vater. *Augenblicklich.* Alles, selbst das Leben eines Flüchtlings, ist besser als das. Sogar besser als die bloße *Möglichkeit.* Und, offen gesagt, wenn es nach mir ginge, müßte jeder Mann, der des sexuellen Mißbrauchs überführt wurde, von Rechts wegen kastriert werden.«

Ich machte den Mund auf, um etwas zu sagen, aber sie war noch nicht fertig. Sie hielt ihr Plädoyer, und ich war bloß ein Mitglied der Jury.

»Und im Fall Winona Alonzo«, fuhr sie fort, »besteht nicht der leiseste Zweifel, daß sie sexuell mißbraucht wurde.« Sie lehnte sich zurück und verschränkte die Arme unter den Brüsten. Danke für Ihre Aufmerksamkeit, meine Damen und Herren.

Ich nickte. Es wurde Zeit, die Richtung zu wechseln. »Wenn Mutter und Kind sich einmal im Schutz der Railroad befinden«, fragte ich, »kann dann noch irgend jemand Kontakt mit ihnen aufnehmen?«

Sie hob steif die Schultern, ihre Rüstung saß fest. »Warum fragen Sie *mich* das?«

»Weil ich annehme, daß Sie Verbindungen zur Railroad haben.«

»Schon wieder eine Annahme«, sagte sie tonlos.

»Hören Sie, Miss Drewer, was auch immer Sie denken mögen, ich bin auf Ihrer Seite.« Das hatte ich in letzter Zeit ziemlich oft gesagt. »Ich versuche Melissa und Winona Alonzo zu helfen. Formulieren wir es mal hypothetisch. *Wenn* die Railroad eine Frau und ihr Kind verstecken *würde*, gäbe es dann irgendeine Möglichkeit, Kontakt mit ihnen aufzunehmen?«

Wieder hob sie die Schultern. »Vielleicht.«

Ich griff in die Tasche meines Blazers und zog den Umschlag mit dem Brief heraus, den ich kurz zuvor am Schreibtisch meines Hotelzimmers geschrieben hatte. Ich beugte mich vor, legte den Umschlag vor sie hin und lehnte mich wieder zurück. »Dieser Brief ist für Melissa Alonzo bestimmt. Er beschreibt, was Norman Montoya für sie zu unternehmen bereit ist. Der Umschlag ist offen, Sie dürfen den Brief gerne lesen. Sie finden darin auch Telefonnummer und Anschrift meiner Kanzlei in Santa Fe. Und meine Privatnummer. Melissa kann mich dort jederzeit anrufen. Falls ich nicht da sein sollte, kann sie mir was aufs Band sprechen.«

»Wenn ich darauf eingehe«, sagte sie, »könnte dies darauf schließen lassen, daß ich jemandem Beihilfe zur Flucht leiste.«

»Dann lassen Sie's«, sagte ich. »Lassen Sie den Brief auf Ihrem Schreibtisch liegen. Vielleicht kommt Melissa Alonzo ja zufällig einmal vorbei und holt ihn ab.«

Sie blickte mit ausdrucksloser Miene auf den Umschlag und rührte sich nicht.

Ich fragte: »Hat Melissa jemals von einer Frau namens Deirdre gesprochen? Oder von einer Frau namens Juanita?«

Sie lächelte säuerlich. »Wie gesagt. Selbst wenn Miss Alonzo Kontakt mit mir aufgenommen hätte, wäre dies immer noch eine vertrauliche Angelegenheit.«

Ich stand auf. »Danke, daß Sie mir zugehört haben, Miss Drewer.«

Sie sah zu mir auf. »Sie werden sie nicht finden.«

»Ich werde sie finden«, sagte ich. Aber ich sagte es nicht, weil ich wirklich daran glaubte, sondern aus dem spontanen kindischen Bedürfnis heraus, die brüchige Rüstung zu durchbohren, hinter der sie sich versteckte.

Es gelang mir nicht. Sie blieb einfach sitzen und lächelte mich an, ließ mich ihr dünnes, überhebliches Lächeln sehen.

Ich ging.

Da Calvin Bigelow, Melissas Vater, auf keinen meiner Anrufe seit gestern reagiert hatte, beschloß ich ihn persönlich aufzusuchen. Bigelows Maklerbüro lag in Century City, am anderen Ende der Stadt. Ich nahm den Santa Monica Boulevard, mein Miet-Chevy gesellte sich schüchtern zur schicken Konkurrenz – Rolls-Royce, Jaguar und Mercedes, vor allem letztere: gesetzte Limousinen und sportliche Kabrios. Gelegentlich rauschte auch mal ein Ferrari vorbei. Ferraris hatte man in Sante Fe noch nie gesehen. Die Art von Leuten, die in L.A. Ferrari fahren, legen sich, wenn sie nach Santa Fe kommen, einen Range Rover zu, um ihren Pioniergeist zu demonstrieren.

Heute hatte sich eine Brise vom Meer in die Stadt verirrt und den Smog vertrieben. Es roch draußen immer noch abgestanden, als sei die Luft aus irgendeinem riesigen unterirdischen Tank heraufgepumpt worden, aber der Himmel war strahlend blau, und die Fenster der Wolkenkratzer funkelten wie Diamanten. Oder mindestens wie Bergkristall. In Los Angeles, dachte ich bei mir, müßte es sich nicht übel leben lassen, falls es einem gefiel, unter vielen hohen Gebäuden und vielen gebräunten Menschen zu leben.

Calvin Bigelows Büro befand sich in einem dieser hohen Gebäude, in der obersten Etage, und seine Sekretärin war einer dieser gebräunten Menschen. Mitte Zwanzig, eine vorschriftsmäßige Schönheit: Sie trug eine weiße Rüschenbluse, eine kleine schwarze Fliege, mattblondes Haar und eine Designerbrille, deren Bügel auf dem Weg vom Rahmen zum Ohr einen Abstecher zu ihren spitzen Wangenknochen machten. Die Gläser waren vermutlich ungeschliffen, ein Requisit, mit dem sie anzeigen wollte, daß sie eine Sekretärin war und kein Napfkuchen.

Vielleicht hatte Ed Norman recht. Vielleicht wurde in L.A. jeder zum Zyniker. Vielleicht war ich nach meiner Begegnung mit Elizabeth Drewer auch einfach nur ein wenig sauer.

Ich nannte ihr meinen Namen und bat, Mr. Bigelow sprechen zu dürfen. Sie war höflich, aber unschlüssig, trotz der Krawatte, die ich mir unten in der Marmorlobby umgebunden hatte. Insgesamt besaß ich drei Krawatten: Diese war aus roter Seide, und es ärgerte mich, daß sie nicht vor Bewunderung vom Boden abhob.

Die Füße fest auf dem Boden unter ihrem großen Danish-Modern-Schreibtisch, erklärte sie mir, Mr. Bigelow sei zur Zeit beschäftigt und empfange niemanden, der keinen Termin habe. Ich schlug ihr vor, ihm Bescheid zu sagen, daß ich da sei; ich würde solange warten. Dann setzte ich mich auf eine lange graue Tweedcouch und nahm mir eine Ausgabe von *National Geographic*. Es war die klassische Ausgabe von September 1986. Ich las den Artikel über die Pazifikinsel Nauru, wo enorme Guanovorkommen den Einwohnern eins der weltweit höchsten Pro-Kopf-Einkommen bescherten – womit die Insel wenigstens etwas mit Los Angeles gemeinsam hatte –, und als mich das alles gerade zu fesseln begann, teilte mir die Sekretärin mit, daß Mr. Bigelow mich jetzt empfangen könne.

Nauru und Guano würden warten müssen.

XII

Calvin Bigelows Büro war doppelt so groß wie das von Ed Norman. An zwei dunkel paneelierten Wänden hingen gerahmte Gemälde von Schiffen, die mit geblähten Segeln durch die Wogen schnitten, und gerahmte Fotos von Erfolgsmenschen, die sich grinsend die Hände schüttelten. Erfolgsmenschen taten das offenbar ziemlich oft. Die anderen beiden Wände waren aus leicht getöntem Glas und boten eine reizende Aussicht auf die getönten Fenster eines anderen hohen Bauwerks. In dem Winkel, den die zwei Glaswände bildeten, thronte ein gewaltiger ovaler Schreibtisch aus Teak oder Mahagoni, und dahinter, im Gegenlicht als Silhouette, thronte Calvin Bigelow.

Er blieb sitzen, als ich den viertelstündigen Fußmarsch über den elfenbeingelben Teppich zurücklegte. Er blieb sitzen, als ich den Schreibtisch erreichte. Die Arme auf der Tischplatte, die Finger verschränkt, sah er zu mir auf und sagte: »Ich habe Sie vorgelassen, damit wir das hinter uns bringen können. Sie haben drei Minuten.« Er wies mit dem Kopf auf einen Sessel rechts von mir. »Setzen Sie sich«, sagte er.

Ich setzte mich und bewunderte das maßstabsgetreue Schiffsmodell auf seinem Schreibtisch. Es war eine Segeljacht, eine Ketsch, ein schönes Boot, das tief im Wasser lag und wie ein Säbel durch die Wellen pflügte.

»Mr. Bigelow«, fing ich an.

»Sie haben am Telefon gesagt, Sie wünschen Auskunft über meine Tochter«, sagte er. »Ich habe keine Tochter. Ich habe meine einzige Tochter vorige Woche verloren. Ein scheußlicher, brutaler, nutzloser Tod. Von Melissa Alonzo weiß ich nichts. Ich besitze keine Informationen über diese Frau und wünsche auch keine zu erlangen. Das dürfte Ihnen genügen. Falls nicht, werden Sie anderswo fragen müssen.«

Aus der Nähe, bei besseren Lichtverhältnissen, sah ich ihn deutlicher. Er war über sechzig, kompakt gebaut, und hatte einen spitzen Haaransatz, von dem aus der wellige weiße Schopf nach hinten gekämmt war. Sein Gesicht war dunkel, aber eher von gesunder Röte, nicht die übliche kalifornische Sonnenbräune; der kräftige Teint eines Mannees, der am Ruder seiner Jacht dem Walten von Wind und Gischt und Sonne ausgesetzt ist. Oder der schon mittags drei Martinis trinkt. Die Tränensäcke unter seinen nußbraunen Augen und die Äderchen auf dem Nasenrücken ließen auf letzteres schließen. Aber zweifellos war er einmal ein gutaussehender Mann gewesen, und noch jetzt machte er einen imposanten Eindruck.

»Mr. Bigelow«, sagte ich. »Ich begreife Ihren Schmerz über den Tod Ihrer Tochter. Ich bedaure aufrichtig, Sie zu so einem Zeitpunkt belästigen zu müssen. Aber ich halte es für möglich, daß zwischen dem Tod Ihrer Tochter Cathryn und Melissas Verschwinden ein Zusammenhang besteht.«

Er nahm die Finger auseinander und legte die Hände auf die Schreibtischkante. Die Rötung seines Gesichts hatte zugenommen. »Das ist absoluter, kompletter Unsinn. Cathryn wurde von einem Irren getötet. Einem Geisteskranken. Wie kommen Sie auf die ungeheuerliche Vermutung, daß das irgend etwas mit Melissa zu tun haben könnte?«

»Sie hat offenkundig mit Melissa in Kontakt gestanden.«

»Nein, Melissa hat in Kontakt mit *Cathryn* gestanden. Hat ihr eine Postkarte geschickt. Cathryn hätte nie mit ihr Kontakt aufgenommen. Niemals. Sie hat Melissa gekannt, sie hat gewußt, was für ein Leben sie führt.«

»Was für ein Leben denn?«

»Ein lasterhaftes, verdorbenes Leben.« Er wollte noch

etwas sagen, sah dann aber auf seine goldene Kapitäns-Rolex. »Ihre Zeit ist um«, erklärte er.

»Mr. Bigelow, was Sie von Ihrer Tochter halten, mag ja durchaus berechtigt sein. Aber denken Sie denn gar nicht an Ihre Enkelin?«

Er hieb mit dem Daumen auf einen Knopf an seinem Schreibtisch. Dann sah er mich mit unbewegter Miene an. »Ich sagte es bereits. Ich weiß nichts von Melissa Alonzo und will nichts von ihr wissen. Und das gilt auch für ihre Familie.«

»Es geht um ein sechsjähriges Mädchen, Mr. Bigelow. Ein sechsjähriges Mädchen kann nicht für das Leben seiner Mutter verantwortlich gemacht werden. Sie können doch nicht einfach –«

Er ließ die Hand auf die Tischplatte krachen. »*Sie* haben mir nicht zu sagen, was ich *kann* und was ich *nicht* kann! Das brauche ich mir von einem schmutzigen Schnüffler in Cowboystiefeln nicht bieten zu lassen! Verschwinden Sie, Sie –« Er drehte sich zur Tür und zeigte mit dem Daumen in meine Richtung. »*Bringt ihn hier raus*«, knurrte er.

Ich drehte mich um.

Ich hatte sie nicht reinkommen hören. Die beiden trugen elegante Khakiuniformen. Vermutlich aus Italien. Der eine war ein dicker Riese mit Hängeschultern, der Bauch quoll ihm wie ein Sack über den Gürtel. Der andere war klein und drahtig und bewegte sich sehr anmutig auf den Zehenspitzen. Er hatte einen Schlagstock, mit dem er sich lässig auf die linke Handfläche klopfte. Er lächelte und sah mich gierig an.

»Also, Meister«, sagte er lächelnd, als er über den Teppich auf mich zuschwebte, »jetzt sagen wir artig auf Wiedersehen und machen uns auf die Socken.«

Ich stand auf und griff in meinen Blazer. Der kurzgewachsene Bodyguard blieb stehen, sein Lächeln verschwand. Er blinzelte nervös – weder er noch sein Kumpan waren bewaffnet. Ich zückte eine Visitenkarte und legte sie vor Bigelow auf den Schreibtisch. »Falls Sie es sich anders überlegen«, sagte ich.

Ohne mich oder die Karte anzusehen, befahl Bigelow den Wächtern: »Schmeißt ihn raus.«

Jetzt machte der Kleinere einen Fehler. Vielleicht nahm er mir übel, daß ich ihm Angst eingejagt und dies auch bemerkt hatte. Vielleicht hatte er, wie Bigelow, etwas gegen meine Cowboystiefel. Wie auch immer, jedenfalls packte er mit der Linken meinen linken Arm und hob den Schlagstock in seiner Rechten.

Der Tag war schlecht für mich gelaufen, erst mit Elizabeth Drewer und jetzt mit Bigelow und seinen Komikern, und meine Laune war nicht die allerbeste. Als er zugriff, nutzte ich den Schwung seiner Bewegung und brachte ihn aus dem Gleichgewicht, dann rammte ich ihm den Handballen unters Kinn. Seine Zähne klappten zu, sein Blick wurde leer. Er ließ den Schlagstock sinken.

Ich wandte mich dem Dicken zu, dem gerade erst aufging, daß nicht alles nach Plan verlief. Er streckte die Arme nach mir aus, als wollte er mich an sich drücken. Ich schlug mit aller Kraft zu und traf ihn direkt unterm Brustbein. Man zielt nicht auf die Oberfläche, auf Haut oder Fleisch – man zielt auf das Rückgrat. Er knickte japsend ein, die Arme sackten runter und umklammerten seinen Bauch.

Ich wandte mich dem Kleineren zu. Er kam gerade wieder zu sich, schüttelte den Kopf, versuchte mich in den Blick zu bekommen und hob den Schlagstock. Ich setzte ihm eine ziemlich gute Linke ans Kinn, worauf er zwei Schritte nach hinten taumelte und sich setzte. Der Schlagstock sprang einmal vom Teppich hoch und blieb dann liegen.

Ich sah Bigelow an. Er hatte den Telefonhörer am Ohr

und tippte hektisch auf der Tastatur herum. Sein rotes Gesicht war noch ein bißchen dunkler geworden.

»Schönen Tag noch«, sagte ich und ging.

Im Aufzug, der mich stoßfrei nach unten brachte, sah ich nach, ob noch alle Knöchel meiner linken Hand an ihrem Platz waren. Es schien so.

Mit mir fuhr eine Frau: graues Kostüm, schwarz getöntes Haar, Augenbrauen wie Joan Crawford, Kinnpartie wie Broderick Crawford. Sie musterte mich kurz und rückte dann etwas von mir weg in Richtung Tür. Vielleicht lag es an meinem seltsamen Grinsen.

In manchen Situationen muß man seine Aggressionen einfach physisch abreagieren. Das ist sehr befriedigend. Besonders wenn man hinterher noch aufrecht stehen kann. Wenn ich nicht irre, hat Rocky Marciano als erster diese Beobachtung gemacht.

Rita freilich findet diese Einstellung kindisch. Wozu ich nur sagen kann, daß noch niemand Rocky Marciano als kindisch bezeichnet hat.

Dann saß ich im Chevy – die Krawatte hatte ich mir vom Hals gerissen und auf den Beifahrersitz gelegt – und überlegte, was mir noch zu tun blieb. Wenn Bigelow die Polizei gerufen und mich wegen Verunreinigung seines Büros mit Bodyguards angezeigt hatte, blieb mir nicht mehr sehr viel zu tun. Sergeant Bradley hatte es sicher ernst gemeint, als er bemerkte, wenn ihm zu Ohren käme, daß ich seine Bürger belästige, werde er mich bitten müssen, die Stadt der Engel zu verlassen.

Aber es hatte wenig Sinn, sich darüber Sorgen zu machen. Entweder hatte Bigelow die Polizei gerufen oder nicht. Entweder würde die Polizei mich hochnehmen oder nicht. Ebensogut konnte ich einfach weitermachen, als ob noch alles in Butter wäre.

Um fünf hatte ich eine Verabredung mit Charles Hatfield, dem Leiter der Sanctuary-Filiale in L.A. Jetzt war es halb eins. Ich hatte Zeit, etwas essen zu gehen – vielleicht mal einen dieser Tofuburger zu probieren, von denen ich gelesen hatte. Anschließend konnte ich nach Beverly Hills fahren und versuchen, etwas mehr über Melissa Alonzo in Erfahrung zu bringen.

In Beverly Hills angekommen, hatte ich Sodbrennen und war schlechtgelaunt und müde. Sodbrennen, weil der Burrito, den ich verspeist hatte, jetzt mich verspeiste. Schlechtgelaunt und müde, weil der Adrenalinstoß, der mich in Bigelows Büro überschwemmt hatte, längst aus meinem Körper gewichen war. Außerdem tat mir die linke Hand weh.

Das Haus lag hinter einer hohen Feldsteinmauer versteckt, aber es war eins der wenigen an der geschwungenen, schattigen Straße, bei denen das Tor in der Mauer nicht unter Strom stand. Ich folgte der gewundenen Einfahrt, vorbei an einem hügeligen Rasen, der nur unwesentlich kleiner war als der Nationalfriedhof in Arlington, und parkte neben einem langen schwarzen Mercedes Diesel, der einen hübschen Leichenwagen abgegeben hätte. Das Haus war wie die Mauer aus Stein, ein gewaltiger Bau, der von oben bis unten in Efeu gehüllt war, so grün und glänzend, daß er vermutlich einmal die Woche gebohnert wurde.

Ich habe nie begriffen, warum zwei Menschen mehr als ein paar Zimmer zum Leben brauchen. Ein Wohnzimmer, zwei Schlafzimmer, eine Kammer für die Bowling-Pokale, vielleicht noch ein Gästezimmer für den Papst, wenn er mal für ein Wochenende vorbeikam. Dieses Haus – das aussah, als sei es Stein für Stein von einem mittelalterlichen Gut in Frankreich hierherverfrachtet worden – hatte mindestens fünfzehn bis zwanzig Zimmer. Vielleicht brauchte der Besitzer so viel Platz für sein Ego. Oder für seine Gäste. Und deren Egos.

Als ich zur Haustür trottete, glaubte ich zu bemerken, wie jemand von einem der Flügelfenster rechts von mir zurücktrat: eine blitzschnelle Bewegung, bei der es sich auch um die Reflexion eines vorbeifliegenden Vogels gehandelt haben mochte. Durchaus möglich.

Ich läutete, und gleich darauf öffnete mir eine Latino-Frau die Tür: etwa fünfzig Jahre alt, fett, grauhaarig, legeres Hauskleid mit geblümter Schürze. Sie lächelte mich an. »Ja?«

»Mein Name ist Joshua Croft«, sagte ich. »Ich bin Ermittler, behördlich zugelassen in New Mexico. Wenn Mrs. Bigelow zu sprechen ist, würde ich gern mit ihr über ihre Tochter reden.«

Trauer verdrängte das Lächeln. »Eine schreckliche Tragödie. Mrs. Bigelow ist immer noch ganz außer sich.«

»Ich verstehe. Und ich bitte für die Störung um Entschuldigung. Ich werde sie nicht lange behelligen.«

Sie sah mich nachdenklich an und kam zu einem Entschluß. »Also gut«, sagte sie. Vielleicht gefielen ihr meine Cowboystiefel. »Warten Sie hier bitte. Ich gehe fragen.«

Ich wartete, und wenig später kam die Frau zurück. Sie nickte mir zu. »Folgen Sie bitte«, sagte sie, und ich folgte ihr durch ein dunkles Foyer, um eine Ecke, durch ein weitläufiges Wohnzimmer, das mit gestelztem antiken Mobiliar geschmückt war, wie es französische Könige und wohlhabende ältere Frisöre zu bevorzugen pflegen, dann ein paar Teppichstufen hinunter, wieder um eine Ecke und in einen großen, lichtdurchfluteten Raum.

Hier drin war die Luft etwas dicker, ein schwerer Blütenduft hing darin, wie in einem Gewächshaus oder einer Leichenhalle. An den Flügelfenstern hingen weiße Spitzenvorhänge. Die Wände waren in Weiß, der Deckenstuck in Wedgwoodblau gehalten, das Eichenparkett lag teilweise unter einem cremefarbenen Perserteppich. Eigentlich ein geräumiges Zimmer, aber vollgestopft mit den gleichen dunklen, staksigen Möbeln wie das Wohnzimmer, und buchstäblich überall – in den Regalen, auf den Kommoden und Tischen – standen kleine Tierfiguren aus Porzellan: Hasen, Welpen, Katzen, Rehe, Giraffen, Nilpferde und Schimpansen, alle mit großen, allerliebsten Augen und breitem, allerliebsten Lächeln. Jedes für sich allein genommen hätte vielleicht einen sympathischen oder jedenfalls harmlosen Eindruck gemacht. Aber in dieser Massierung wirkten sie wie eine Invasionstruppe.

In der hinteren Ecke eines gelben Zweiersofas saß eine zierliche Frau. Sie trug einen schwarzseidenen Overall; ebenso schwarz und glänzend war das knabenhaft geschnittene Haar, das sich um ihren feingebauten Schädel schmiegte. Zart und winzig, wie sie war, konnte man sie von weitem für ein kleines Mädchen halten. Aus der Nähe jedoch sah ich die Altersflecken auf ihren grazilen Händen und die straffe, knochenblanke Haut ihrer Wangen. Sie war durchaus kunstvoll geschminkt – Rouge, Lippenstift, Eyeliner, Wimperntusche –, aber das helle Tageslicht ließ ihr Make-up nur mehr als Maske einer jungen Frau erscheinen. Auf ihre Weise kämpfte sie ebenso verzweifelt gegen Zeit und Alter wie Edie Carpenter. Nur schon viel länger.

Sie sagte: »Guten Tag, Mr. . . .?«

»Croft. Joshua Croft, Mrs. Bigelow. Guten Tag. Entschuldigen Sie, daß ich hier so hereinstürme.«

»Schon gut«, sagte sie. »Das ist schließlich Ihr Job.« Sie zeigte ein scheues, mädchenhaftes Lächeln, das auf diesem Puppengesicht reichlich deplaciert wirkte, und wies auf den Louis-XIV-Sessel gegenüber ihrem Sofa. »Nehmen Sie bitte Platz.«

Ich setzte mich und rutschte ein wenig auf dem dünnen Polster hin und her. Louis XIV muß entgegen seinem Ruf ein Stoiker gewesen sein.

»Möchten Sie einen Drink?« fragte sie aufgeräumt. »Oder vielleicht Kaffee?«

»Ein Glas Wasser bitte, wenn's keine Umstände macht.«

»Annabella, sind Sie so freundlich?« Sie hob ein Glas, das neben ihr auf dem Couchtisch gestanden hatte, und lächelte die Latino-Frau schüchtern, beinahe um Vergebung heischend an. »Und könnten Sie noch eins bringen, bitte?« Das Glas war halbvoll: Eiswürfel und eine blasse, bernsteinfarbene Flüssigkeit, Scotch, nahm ich an. Des weiteren nahm ich an, daß für sie das Glas halbleer war. Sie sprach und bewegte sich mit der übertriebenen Präzision der Alkoholikerin, die schon ein paar Drinks intus hat, aber die Fassade höflicher Nüchternheit noch bewahren will.

Aber es stand mir nicht zu, irgendein Urteil über sie zu sprechen. Sie hatte zwei Töchter verloren, die eine davon erst vorige Woche.

Als das Hausmädchen gegangen war, nahm Mrs. Bigelow einen höflichen Schluck und ließ mich wieder das mädchenhafte Lächeln sehen. »Nun. Wie kann ich Ihnen helfen, Mr. . . . Entschuldigen Sie vielmals, wie war noch Ihr Name?«

»Croft. Ich möchte wissen –«

»Croft, ja natürlich. Mein dummes Gedächtnis. Ich glaub, ich werde alt.« Sie sagte das mit einer gewissen Koketterie, als hoffte sie auf Widerspruch.

Ich zeigte mein neutrales Lächeln und sagte: »Ich möchte wissen, Mrs. Bigelow, ob Sie seit ihrem Verschwinden im letzten August etwas von Ihrer Tochter Melissa gehört haben.«

Der Drink in ihrer Rechten schwappte, als sie sich mit der Linken an die Brust fuhr. Ihre Lider zuckten, dann sah sie sich wie hilfesuchend im Zimmer um. Dann sah sie wieder mich an und sagte: »Aber ich dachte ... haben Sie Annabella nicht gesagt, es gehe Ihnen um Cathryn?«

Schon bereute ich meine vorsätzliche Zweideutigkeit vorhin an der Haustür. »Offenbar ein Mißverständnis, Mrs. Bigelow. Ich bin Ermittler, behördlich zugelassen in New Mexico. Ich habe den Auftrag, Melissa ausfindig zu machen.«

Sie nippte an ihrem Scotch, schon etwas weniger höflich. Sie neigte den Kopf zur Seite, flink wie ein Vogel. Ich fragte mich, ob sie es wohl gewesen sein könnte, deren Gestalt ich draußen am Fenster zu sehen geglaubt hatte. Und, falls sie es gewesen war: Wen oder was hatte sie erwartet? Und warum hatte sie sich so hastig zurückgezogen?

»Ermittler?« sagte sie. »Nicht von der Polizei?«

»Privatermittler.«

»Aus New Mexico?«

»Santa Fe.«

Sie lächelte verträumt. »Melissa hat immer erzählt, wie schön es dort sei.« Dann kam sie wieder zu sich, beziehungsweise zu mir. »Aber wir reden nicht über Melissa«, sagte sie. »Keiner von uns. Mit niemandem.« Sie sagte das mechanisch, wie eine Lektion, die sie vor so langer Zeit auswendig gelernt hatte, daß sie nicht mehr wußte, von wem und wozu. Aber dann – vielleicht war Neugier doch stärker als Drill – fragte sie: »Wer hat Ihnen den Auftrag gegeben? Roy?«

»Sein Onkel.« Ich erklärte ihr die Vereinbarung, die ich mit Norman Montoya getroffen hatte. »Mr. Montoya macht sich Sorgen um Melissas und Winonas Wohlergehen.«

»Aber was – ach, danke, Annabella«, sagte sie und bedachte mich mit einem komplizenhaften Seitenblick.

Die Latino-Frau, das Hausmädchen oder was sie sein mochte, hatte ein Tablett mit zwei Gläsern gebracht. Sie hielt es mir hin, ich nahm mein Wasser und dankte ihr. Mrs. Bigelow kippte den Rest ihres Drinks, stellte das Glas zierlich aufs Tablett und nahm sich den Nachschub. Wir beide schwiegen, bis die Frau das Zimmer verlassen hatte.

Dann stellte sie ihren Drink zierlich auf dem Couchtisch ab. »Mr. Croft, entschuldigen Sie, aber ich kann Ihnen leider nichts von Melissa erzählen.«

Das bezweifelte ich. Und ich dachte, eigentlich will sie, oder zumindest ein Teil von ihr will. Warum sonst hätte sie mich so angesehen, warum sonst hätte sie geschwiegen, solange die andere Frau im Zimmer war?

Aber ich konnte mich auch irren. Vielleicht gehörten komplizenhafte Blicke zum Repertoire ihrer Koketterien und hatten im übrigen nichts zu besagen.

Ich nahm einen Schluck Wasser. Da ich das Glas nirgendwo abstellen konnte, ohne eins der niedlichen Tierchen zu zerschmettern, hielt ich es auf dem Schoß. »Mrs. Bigelow«, sagte ich, »Ihre Tochter Cathryn hat kurz vor ihrem Tod eine Postkarte von Melissa bekommen. Haben auch Sie eine Karte bekommen? Oder sonst irgend etwas von ihr gehört?«

»Ich . . . Mr. Croft, Sie fragen nach privaten Dingen, nach Familienangelegenheiten. Ich kann wirklich nicht darüber reden. Vielleicht sollten Sie mit meinem Mann sprechen.« Sie senkte den Blick, ihre Lider zuckten, und wieder erinnerte sie mich an ein kleines Mädchen. Dahinter steckte natürlich Absicht – sie wollte mich mit ihrer Verletzlichkeit entwaffnen. Ich nahm an, so hatte sie sich ihr Leben lang verhalten, und jetzt tat sie es automatisch, ohne nachzudenken.

Sie strich geistesabwesend den Stoff auf ihrem Oberschenkel glatt.

»Ich habe mit Ihrem Mann gesprochen«, sagte ich. »Heute vormittag. Er war nicht sehr hilfreich.«

Sie sah zu mir auf. »Cal ist ein guter Mensch«, sagte sie abwehrend. »Ein freundlicher Mensch, sanftmütig und großzügig. Aber Melissa hat ... hat ihn so sehr enttäuscht. Wir beide haben uns solche Mühe gegeben, aber sie wollte nicht auf uns hören. Als sie Bill geheiratet hat, dachten wir, nun wird sie sich ändern.«

»Bill Lester?« Ich war an Bill Lester nicht sonderlich interessiert, aber immerhin hatte ich sie zum Reden gebracht. »Er war Teilhaber der Firma Ihres Mannes, richtig?«

Sie nickte. »Ein wunderbarer Mensch. Und völlig vernarrt in Melissa. Am Anfang hatte ich gedacht, er könnte zu alt für sie sein – sie war erst zwanzig, und Bill war fünfundvierzig. Aber Cal war überzeugt davon, daß es gutgehen würde, und eine Zeitlang schien er Recht zu behalten. Wie gut die zwei sich verstanden haben. Aber das Ende kam dann sehr schnell. Nach kaum einem Jahr war es aus.«

Sie hob ihren Drink, nahm einen Schluck und blickte weg. »Es wäre alles ganz anders gekommen, wenn es mit ihr und Bill gutgegangen wäre.« Sie seufzte. Der Seufzer klang ziemlich echt, nur ein wenig theatralisch und schülerhaft wie der eines kleinen Mädchens. Offenbar war sie eine Frau, die von ihrer Affektiertheit lebte oder sich das wenigstens einbildete; wahrscheinlich konnte sie selbst nicht mehr beurteilen, welche ihrer Äußerungen echt und welche gekünstelt waren. Mir ging es genauso.

Ich sagte: »Und was haben Sie gedacht, als sie Roy Alonzo heiratete?«

XIII

Sie wandte sich mir wieder zu. Sie sprach jetzt ohne Umschweife – entweder lag es am Alkohol, oder sie hatte einfach das Bedürfnis zu reden. »Na ja, Sie müssen wissen, wir sind uns da nicht so sicher gewesen. Wenn man so lang in dieser Stadt gelebt hat wie wir, wird man ... ein wenig mißtrauisch, was Filmleute betrifft. Insbesondere Schauspieler. Man hört ja die schrecklichsten Geschichten. Drogen, Ehebruch. Und Schlimmeres. Aber Melissa war ja so glücklich.«

Sie nahm einen Schluck. »Sogar Cal mußte zugeben, daß sie glücklich war. Wir dachten, also Cal und ich dachten, Melissa wäre endlich zur Ruhe gekommen. Hätte endlich zu sich selbst gefunden. Und als dann die süße kleine Winona kam, sah die Welt vollkommen in Ordnung aus. Eine glückliche Ehe, und dieses schöne, wunderschöne Kind. Und dann bekamen wir allmählich diese schrecklichen Geschichten zu hören ...« Sie schüttelte den Kopf, ruckhaft wie ein Vogel; es sah aus, als glaubte sie diese Geschichten immer noch nicht, oder als glaubte sie nicht einmal, daß diese Geschichten existierten.

»Was für Geschichten?« fragte ich.

»Entsetzlich«, sagte sie mit der Miene eines kleinen Mädchens, das sich gruselt. »Vollkommen widerwärtig.« Sie nahm noch einen Schluck. »Ich kann das unmöglich wiederholen, und Sie wollen bestimmt nichts davon hören. Natürlich waren das alles Märchen. *Ich* habe das immer gewußt. Aber Cal war beunruhigt, und als er Melissa damit konfrontiert hat, ist sie wütend geworden – mag sein, Cal ist vielleicht etwas zu schroff gewesen, aber so ist er nun mal. Er meint es gar nicht so, das ist einfach seine Art. Jedenfalls gab ein Wort das andere, und die beiden haben sich furchtbar gestritten. Und die beiden sind ja so stur. In der Beziehung ist Melissa ihrem Vater sehr ähnlich.«

Sie trank. »Danach, also bis sie sich endlich von Roy hat scheiden lassen, haben sie ungefähr ein Jahr lang nicht mehr miteinander gesprochen. Ich habe versucht, zwischen ihr und Cal zu vermitteln, ich wollte die beiden wieder zusammenbringen – schließlich waren wir doch eine *Familie* –, aber ...« Sie hob in vollendeter Hoffnungslosigkeit die Schultern: Was kann eine Frau schon tut?

»Nach der Scheidung haben sie wieder miteinander gesprochen?«

»Ja, sie haben sich ausgesöhnt. Ich war ja so froh. Und dann ...« Wieder senkte sie traurig den Blick, und diesmal ohne mädchenhafte Affektiertheit.

Der Whiskey begann sich auf ihre Aussprache auszuwirken: Sie nuschelte schon ein wenig, und manches *s* kam als *sch*.

Ich half ihr weiter. »Und dann hat Melissa Roy vorgeworfen, er habe Winona mißbraucht.«

»Es war *entsetzlich*«, sagte sie. Den Blick gesenkt, schüttelte sie wieder ruckhaft den Kopf. »*Entsetzlich.*«

»Ihr Mann war nicht gerade erfreut über Melissas Beschuldigung«, sagte ich.

»Cal hat sie angefleht, Roy nicht vor Gericht zu bringen. Der Skandal. Die Presse. Es war schon schlimm genug, als Melissa und Roy sich scheiden ließen. Tag und Nacht ging bei uns das Telefon, Zeitungsreporter, Fernsehreporter. Er hat ihr gesagt, er könne das auch selbst in die Hand nehmen. Aber Melissa wollte sich das nicht ausreden lassen. Nur auf diese Weise, hat sie gesagt, könne sie sicherstellen, daß Roy niemals mehr in Winonas Nähe käme.«

»Mrs. Bigelow«, sagte ich, »wissen Sie, warum Melissa diese Beschuldigung erhoben hat? Ist Ihnen irgendein besonderer Vorfall bekannt, der sie dazu gebracht haben könnte?«

Sie ließ den Kopf sinken, und ich dachte schon, sie werde nicht mehr weiterreden. Nicht aus Zurückhaltung oder Schamgefühl, sondern vom Alkohol übermannt. Doch anscheinend überlegte sie nur, ob sie es mir sagen sollte. Ich weiß nicht, was letztlich den Ausschlag gab. Vielleicht der Alkohol. Oder ihre Einsamkeit. Oder beides.

Sie hob den Kopf und sagte: »Eines Abends rief Melissa mich an. Sie war ... sie war nicht direkt hysterisch, aber ungeheuer erregt. Sie erzählte mir, sie habe Winona eben zu Bett bringen und ihr den Schlafanzug anziehen wollen. Das war an einem Montag, das heißt nach einem Wochenende, das Winona bei Roy verbracht hatte.« Sie nahm einen Schluck.

Ich wartete.

»Also – sie zog ihr den Schlafanzug an, das sagte ich bereits, nicht? –, und da hat Winona sie angesehen und ihr erzählt, sie habe mit Daddy Sex gehabt.« Sie nahm noch einen Schluck, zog wieder einmal ein mädchenhaftes Gesicht und senkte den Blick.

Ich wartete.

Sie wandte sich mir wieder zu. »Melissa sagte, sie habe nicht gewußt, was sie davon halten sollte. Zuerst hat sie natürlich gedacht, Winona sei irgendwie durcheinander, sie wisse gar nicht, was das Wort bedeute. Kinder sagen ja öfter mal was, das sie eigentlich nicht verstehen. Aber als Melissa ihr dann einen Gutenachtkuß gab, hat Winona ... hat Winona ihr die Zunge in den Mund gesteckt ... Und sie dann angelächelt. Melissa hat gesagt, das Lächeln sei absolut diabolisch gewesen. Absolut *böse*.« Wieder verzog sie das Gesicht, diesmal in echtem Schmerz, und wieder senkte sie den Blick.

Plötzlich wünschte ich mich weit weg aus diesem grotesken, beklemmenden, mit glubschäugigen Tieren vollgestopften Raum, in dem es nach Scotch und welken Blumen roch. Ich wollte nicht mehr bei dieser verletzten, bemalten Frau sitzen, die selbst eine welke Blume war; ich wollte nicht mehr hören, was ich da hörte. Ich wollte diesen Stein nicht umwälzen.

Aber fürs Umwälzen von Steinen wurde ich bezahlt.

Mrs. Bigelow sagte: »Als Cal nach Hause kam, habe ich ihm alles erzählt. Natürlich war er aufgebracht, er raste vor Zorn und fuhr sofort zu Melissa rüber. Als er zurückkam, war er noch wütender. Weil Melissa keine Vernunft annehmen wollte. Weil sie nicht einsehen wollte, daß Winona sich das wahrscheinlich nur ausgedacht habe, hat Cal gesagt. Winona war schon immer ein phantasievolles Kind, genau wie Melissa, als sie noch klein war. Cal war überzeugt davon, daß sie irgendwas im Fernsehen gesehen oder sonstwo zufällig aufgeschnappt hatte, daß sie die Geschichte einfach erfunden hatte.«

»Und was haben Sie gedacht, Mrs. Bigelow?« fragte ich.

»Ich ... ich wußte überhaupt nicht, was ich davon halten sollte. Ich weiß es immer noch nicht. Ich habe Roy wirklich gern gehabt. Ich hielt es für ausgeschlossen, daß er so etwas getan haben könnte. Daß *irgend jemand* so etwas tun könnte. Sicher, wenn man die Zeitung aufschlägt, sieht man, daß es immer und überall geschieht. Aber *Roy*?«

Sie nahm einen Schluck Scotch. »Und dann die Ärzte. Bei dem Prozeß. Der eine sagt dies, der andere das. Nichts als Widersprüche.« Sie starrte in ihr Glas, dann sah sie mich an. »Wie ist so etwas möglich, Mr. Croft? Wie *kann* ein Mensch so etwas tun?«

Wie erklärt man das Böse? Das war eine fundamentale Frage der Religion, der Psychologie und sogar der Politik; vielleicht war es *die* fundamentale Frage überhaupt.

Falls es darauf eine Antwort gab, kannte ich sie jedenfalls nicht, und das sagte ich ihr auch.

Sie schüttelte den Kopf und blickte wieder in ihr Glas.

Ich sagte: »Mrs. Bigelow, Melissa hat sich bei Ihnen gemeldet, stimmt's?«

Sie nickte, ohne aufzublicken.

»Schriftlich?« fragte ich. »Telefonisch?«

»Schriftlich«, sagte sie, die Augen immer noch auf den Schoß gerichtet. »Eine Postkarte.« Sie sah auf. »Aus New Mexico. Dieselbe Postkarte, die sie ... dieselbe, die sie Cathryn geschickt hat. Mit demselben Text, meine ich. ›Die Blume in der Wüste lebt.‹«

»Wann haben Sie die bekommen?«

»Im September. Ende September.«

»Von wann war der Stempel?«

Sie schüttelte den Kopf. »Das weiß ich nicht mehr.«

»Haben Sie sie noch?«

»Nein. Nein. Ich ... ich habe sie weggeworfen. Wenn Cal sie gefunden hätte, hätte er sich nur aufgeregt.«

»Haben Sie danach von ihr gehört?«

Sie schüttelte den Kopf, senkte den Blick und ließ sachte das Eis in ihrem Glas kreisen. Dann sah sie wieder auf. Ihre Verletzlichkeit trat jetzt deutlich hinter der geschminkten Maske hervor. »Glauben Sie, daß es ihr gutgeht, Mr. Croft?«

»Ich weiß es nicht«, sagte ich. Ich hatte nicht vor, ihr zu sagen, was ich allen anderen gesagt hatte: daß der Tod ihrer Tochter Cathryn womöglich mit Melissas Verschwinden zusammenhing. »Aber ich hoffe es. Auf jeden Fall wäre es für sie und Winona besser, wenn ich sie finden würde. Mr. Montoya wird den beiden viel besser helfen können als die, die ihnen jetzt helfen.«

»Wer *hilft* ihnen denn jetzt?«

»Da bin ich mir nicht ganz sicher. Hat sie Ihnen gegenüber einmal was von der Underground Railroad erwähnt? Von einem Netzwerk, das Frauen in Melissas Lage Hilfe anbietet?«

Sie schüttelte den Kopf, schwenkte das Eis in ihrem Glas. »Wir haben nicht viel miteinander geredet. Das heißt, bevor sie ging. Nur ab und zu mal telefoniert.« Sie stellte das Glas auf den Couchtisch, griff nach einem beigefarbenen Kästchen zwischen all den niedlichen Tierchen und drückte auf einen Knopf.

Ich fragte: »Der Text auf dieser Postkarte. Wissen Sie, was das bedeuten soll?«

»Ich dachte . . .« – sie machte eine unbestimmte Handbewegung – »ich habe das für eine Art Beruhigung gehalten, daß sie mir damit sagen wollte, daß es ihr gutgeht.«

»Hat Melissa einmal jemanden in Santa Fe erwähnt, zu dem sie gegangen sein könnte? Eine gute Freundin vielleicht?«

Sie sah jetzt aus dem Fenster, das nach vorn hinausging; ihr Blick war auf einen Punkt jenseits des Rasens gerichtet. Dann sah sie wieder mich an. »Es gab da eine Frau. Künstlerin, eine Malerin. Deirdre, glaub ich . . . Deirdre Polk. Aber die hat nicht in Santa Fe gewohnt.« Sie legte die Stirn in Falten, versuchte sich zu erinnern.

Deirdre. Ich zückte Notizbuch und Kuli und schrieb mir den Namen auf. »Wo wohnt sie, Mrs. Bigelow?«

Ihr Gesicht war vor Konzentration ganz klein. Schließlich sagte sie mit gespielter Verzweiflung, die echt zu werden drohte: »Ist das nicht furchtbar? Ich weiß es nicht mehr. Ich –« Plötzlich legte sie ein munteres leeres Lächeln auf: Das Hausmädchen war eingetreten. »Danke, Annabella.« Sie stellte ihr leeres Glas aufs Tablett, nahm sich das volle, hielt den Kopf schief und ließ auch mich ihr munteres Lächeln sehen. »Wollen Sie bestimmt nicht was anderes trinken?«

»Bestimmt nicht. Danke.«

Das Hausmädchen tappte davon.

»*Hartley*«, sagte Mrs. Bigelow unvermittelt. »Das war der Name. So hieß der Ort.«

Nördlich von Santa Fe, Richtung Taos. Ein kleiner Ort, bekannt durch die dort ansässige Künstlerkolonie. Ich notierte mir den Namen.

»Sonst noch jemand?« fragte ich.

Sie schüttelte den Kopf und nahm einen Schluck aus dem frischen Glas. Sie sah abgespannt aus, als habe das mühsame Erinnern sie erschöpft. Ihre Stimme war tonlos. »Melissa und ich, wir haben eigentlich nie über die Leute gesprochen, mit denen sie in Santa Fe verkehrt hat.«

»Hat sie mal eine Frau namens Juanita erwähnt?«

Mrs. Bigelow legte nachdenklich den Kopf zur Seite. Endlich sagte sie: »Wir hatten früher mal eine Haushälterin, die so hieß. Juanita. Aber ich glaube, die ist tot. Ja, natürlich. Wir haben ja Blumen geschickt.«

»Keine andere Juanita?«

»Nicht daß ich wüßte.«

Ich sagte: »Hat sie Ihnen erzählt, wie sie Deirdre Polk kennengelernt hat?«

Wieder die unbestimmte Handbewegung. »Bei irgendeiner Ausstellungseröffnung oder so was.«

»In Santa Fe?«

»Ich glaube, ja.«

Ich sagte: »Was ist mit der Gruppe, für die sie sich engagiert hat? Sanctuary.«

»*Die*«, sagte sie verächtlich. Sie rutschte ein wenig auf ihrem Sitz herum.

Ich fragte: »Hat sie Namen erwähnt, Namen von Leuten in dieser Gruppe?«

»Darüber haben wir praktisch nie gesprochen. Sie wußte, daß Cal und ich dagegen waren, daß sie bei diesen Leuten mitmachte.« Es gab offenbar eine Menge Dinge, über die Melissa und ihre Mutter nie gesprochen hatten.

»Und warum?« fragte ich.

Sie setzte sich aufrecht, sie nahm sich zusammen. »Verstehen Sie mich bitte nicht falsch. Ich bin überzeugt, daß viele dieser Leute nur gute Absichten haben. Melissa zum Beispiel. Wahrscheinlich sehen sie sich als romantische Gestalten, die allen Autoritäten trotzen und den Unterdrückten Beistand leisten. Aber manche von ihnen kommen mir nicht besser als gewöhnliche Verbrecher vor. Sie unterstützen illegale Einwanderer. Sie setzen sich über Recht und Ordnung hinweg. Natürlich würde Melissa bei *so* etwas nie mitmachen. Aber wir hatten das Gefühl, es sei gefährlich für sie, Mitglied einer solchen Gruppe zu sein. Gesetz ist schließlich Gesetz. Wenn wir keine Gesetze hätten, wären wir nicht besser als die Tiere.« Wieder klang es, als wiederhole sie eine vor vielen Jahren gelernte Lektion, die durch häufiges Wiederholen jeden echten oder erhofften Sinn verloren hatte.

»War Melissa oft in Santa Fe? Als sie noch mit Roy verheiratet war?«

Sie dachte kurz nach. Sie blinzelte. »Na ja, im Sommer, immer wenn Roy nicht für diese Fernsehserie arbeiten mußte. Und später, als es mit der Ehe zu Ende ging, ist sie auch öfter rausgefahren, sie und Winona. Immer wieder mal für eine Woche.«

»Und nach der Scheidung?«

»Auch noch gelegentlich.«

»Hat Sanctuary in Santa Fe ein Büro?«

»Das weiß ich wirklich nicht. Wie gesagt, wir haben über diese Leute nicht gesprochen.«

»Hat Melissa nach der Rückkehr aus El Salvador mit Ihnen gesprochen? Bevor sie verschwunden ist?«

Sie schüttelte den Kopf. »Ich habe nicht einmal gewußt, *daß* sie verschwunden war, bis Roy mich anrief und fragte, ob ich was von ihr gehört hätte.«

Wieder senkte sie den Blick.

Ich sagte: »Fällt Ihnen sonst noch jemand ein, Mrs. Bigelow? Irgendeine Freundin, mit der sie Verbindung aufgenommen haben könnte?«

Sie schüttelte langsam den Kopf. Dann sah sie auf und starrte wieder aus dem Fenster. Ich sah, daß sie weinte: leise, schamhaft, unaufdringlich. Von Wimperntusche geschwärzte Tränen liefen ihr über die straffen Wangen. Ohne mich anzusehen, sagte sie: »Wir haben in letzter Zeit nicht viel miteinander geredet.«

Jetzt kam mir der Gedanke, daß sie, wenn sie tatsächlich die Gestalt vorhin am Fenster gewesen war, vielleicht nur nach Melissa ausgeschaut hatte. Dort mit dem Glas in der Hand gestanden und auf den weiten Rasen gestarrt hatte, in der Hoffnung, daß ihre Tochter zurückkehrte. Die einzige Tochter, die ihr seit einer Woche geblieben war.

Keine beglückende Vorstellung.

Ich versicherte ihr: »Ich werde Melissa finden, Mrs. Bigelow.« Mehr gab es nicht zu sagen.

»Bitte«, sagte sie leise, noch immer aus dem Fenster starrend. Dann schloß sie die Augen, umklammerte mit beiden Händen das Glas auf ihrem Schoß, und die Tränen gruben tiefe Furchen in die Maske ihres Gesichts.

XIV

»Melissa Alonzo«, erklärte mir Charles Hatfield, »ist eine tatkräftige Frau. Überaus engagiert. Ihr Einsatz für unsere Organisation war unbezahlbar.«

Charles Hatfield war mir sympathisch; das hatte ich nicht erwartet. Nachdem ich Mrs. Bigelow in ihrem Schmerz allein gelassen hatte, glaubte ich nicht, daß mir noch irgend jemand sympathisch sein könnte. Aber der

Leiter von Sanctuary L.A. überraschte mich. Er sah nicht aus wie ein gewöhnlicher Verbrecher, aber auch das hatte ich nicht erwartet – eine Organisation wie Sanctuary würde nicht lange überleben, wenn ihre Leiter wie Straßengangster aussähen.

Er war Engländer, nicht groß, aber etwas übergewichtig, sein dichtes weißes Haar war wellig nach hinten gekämmt, und seine Ohren waren etwas größer und etwas röter als üblich. Unter seiner runden Nase saß ein gewichster weißer Schnurrbart, dessen Enden heroisch nach oben zeigten. Sein rotes Gesicht wirkte freundlich und aufrichtig – eine Kombination, die mich normalerweise nervös macht, aber bei Hatfield wurde mir bei dem Anblick wohl. Er trug ein weißes Baumwollhemd, eine Klubkrawatte, deren Knoten gelockert war, eine Tweedhose und ein Tweedjackett mit zwei Lederflicken an den Ellbogen und einem dritten an der rechten Schulter, wie er im allgemeinen dazu dienen soll, daß der Stoff darunter nicht vom Kolben der Schrotflinte abgewetzt wird, wenn man auf freche Fasanen losballert. Oder auf freche Fahnder. Ich bezweifelte, daß Hatfield jemals auf irgend etwas geschossen hatte.

Er trug Schuhe aus Korduanleder, deutlich erkennbar, weil sie auf der breiten Platte seines Mahagonischreibtischs lagen. Im Mund hatte er eine Stummelpfeife, die ihm ständig ausging; etwa alle fünf Minuten zündete er sie mit dem Flammenstrahl seines Dunhill-Feuerzeugs wieder an und stieß eine blaue Rauchwolke aus.

Ich fragte: »Haben Sie nach ihrem Verschwinden noch einmal etwas von ihr gehört?«

»Nein. Nichts.« Er saugte an der Pfeife und grinste einnehmend um den Stiel herum. »Schön wär's. Wir könnten sie jetzt gut gebrauchen. Es gibt haufenweise Arbeit.«

»Was genau hat Melissa für Sie getan, Mr. Hatfield?«

»Von allem etwas«, sagte er. »Schreibarbeiten, Registratur, was eine Sekretärin so macht. Das klingt vielleicht nicht besonders, aber ein Verein wie dieser« – er schwenkte die Pfeife, womit er das Büro ebenso bezeichnete wie Sanctuary überhaupt – »kann ohne das nicht existieren.«

Das fragliche Büro war ungefähr so groß wie das von Elizabeth Drewer, aber eingerichtet wie die Sitzecke in einem Herrenclub: roter Teppich, schwarze Ledersessel mit Messingknöpfen, gerahmte Lithographien von Irischen Settern an den dunklen Holzwänden, ein verglastes Mahagoniregal mit ledergebundenen Büchern, die vermutlich noch kein Mensch gelesen hatte.

»Und Melissa«, sagte er, »war ganz schön auf Draht. Hat nie was falsch gemacht. Nie was falsch abgelegt. Wenn ich irgendeine Akte haben wollte, brauchte ich nur zu fragen, und schon bekam ich sie.«

»Sie hat nicht als Vollzeitkraft hier gearbeitet.«

Er schwenkte verneinend die Pfeife. »Nein, nein, nein. Ein- oder zweimal die Woche. Öfter wäre mir lieber gewesen. Wir haben hier nur ehrenamtliche Mitarbeiter, und weiß der Himmel, sie alle haben das Herz am rechten Fleck, alles prächtige Leute, die schuften wie die Sklaven. Aber manche sind eben doch nur *Amateure*. Im Gegensatz zu Melissa. Die ist ein echter Profi. Die hat den Job aus dem Effeff beherrscht.«

»Was war mit ihren Reisen nach Mittelamerika?«

Er saugte lächelnd an der Pfeife. »Was soll damit gewesen sein?«

»Welchem Zweck dienten diese Fahrten?«

Die Pfeife war wieder ausgegangen. Er nahm das Feuerzeug vom Schreibtisch, ließ es aufschnappen, zündete, hielt es an den Pfeifenkopf und sog eine längliche Flamme ein. »Recherchen«, sagte er durch eine Rauchwolke an dem Pfeifenstiel vorbei. »Informationen sammeln über die Gewalthaber in El Salvador und Guatemala. Berichte aus erster Hand.« Er wedelte mit der Hand den Rauch beiseite.

Ich sah in mein Notizbuch. »Den Presseberichten zufolge wurde sie auf der Reise von drei Leuten begleitet. Bob Slavin, Terrence Courtney und Beatrice Wocynski. Wenn ich recht verstehe, hätte Melissa am 21. August mit ihnen aus San Salvador abreisen sollen. Wie haben diese Leute reagiert, als sie am siebzehnten plötzlich verschwunden war?«

»Sie haben erst am zwanzigsten erfahren, daß sie das Land verlassen hatte, also erst einen Tag bevor sie selbst abgereist sind. Melissa ist nicht wie verabredet im Hilton in San Salvador erschienen. Ein Anruf in ihrem Hotel in Santa Isabel ergab, daß sie dort am siebzehnten abgereist war. Sie hatte ihnen eine Nachricht hinterlassen. Fliege nach Hause, Privatangelegenheit.«

»Und wie haben sie reagiert?«

»Überrascht.« Er grinste um seine Pfeife herum.

»Und wie haben Sie selbst reagiert?«

Er runzelte leicht die Stirn. »Nun ja, natürlich auch überrascht. Aber ich kenne Melissa besser. Sie ist ... ein wenig sprunghaft.« Das Wort gefiel ihm offenbar. Nikkend wiederholte er: »Sprunghaft. Im Grunde war das bei ihr nichts Neues, müssen Sie wissen. Auf eigene Faust losziehen, ohne irgendwem Bescheid zu sagen. Nicht daß sie unzuverlässig wäre. Im Gegenteil. Wie gesagt, hier im Büro hat sie perfekte Arbeit geleistet.«

»Wie haben Sie reagiert, als Sie erfuhren, daß sie mit ihrer Tochter aus L.A. verschwunden ist?«

»Das hat mich beunruhigt, muß ich zugeben. Aus Salvador zu verschwinden, schön und gut; aber einfach so die Stadt zu verlassen ...« Er schüttelte traurig den Kopf. »Und dann noch mit Winona. Das sah ihr gar nicht ähnlich.« Er zog an der Pfeife.

»Wissen Sie, warum sie verschwunden ist?«

Er zuckte die Schultern. »Sie stand ja wohl ziemlich unter Druck. Der ganze Streß mit der Gerichtsverhandlung. Und dann dieser Kretin von Richter, der diesem Schwein das Besuchsrecht zugesprochen hat.«

»Für Sie ist Roy also schuldig? Er hat seine Tochter mißbraucht?«

»Ja, sicher. Sonst hätte Melissa ihn nicht beschuldigt. Sonst hätte sie Winona niemals all diesen Scheußlichkeiten ausgesetzt. Das Gerichtsverfahren, die Reporter. Furchtbar. Sie liebt die Kleine doch. Ist völlig vernarrt in sie.«

Ich nickte. »Kennen Sie Roy Alonzo?«

Er schnaubte in seinen Schnurrbart. »Das habe ich mir mal eingebildet. Habe ihn ziemlich oft gesehen. Auf Partys, bei Empfängen. Er war immerhin unser Sprecher. Ein typischer Schauspieler. Nach außen immer freundlich und charmant, innen durch und durch verdorben.«

»Jetzt ist er nicht mehr Ihr Sprecher?«

Er sah mich empört an. »Ich bitte Sie. So ein widerlicher Perverser ist wahrlich das letzte, was wir als Aushängeschild brauchen können. Ich habe die Sache sofort im Vorstand zur Sprache gebracht. Wir müssen das Schwein auf der Stelle loswerden, habe ich gesagt. Der Mann kann uns nur noch schaden. Der muß weg.«

»Aber wenn Roy nun unschuldig wäre? Wenn Melissa irgendeine Bemerkung Winonas mißverstanden hätte?«

»Unsinn. Wie gesagt, Melissa hätte das niemals durchgezogen, wenn sie nicht absolut sicher gewesen wäre. Und es gab ja auch ärztliche Gutachten. Roy war nicht unschuldig.« Er zuckte die Schultern. »Im übrigen hat das letztlich auch keine Rolle gespielt. Es ging um unser Image. Image ist in dieser Stadt das wichtigste. Schon der geringste Verdacht kann tödlich sein. Er war als unser Repräsentant nicht mehr tragbar. So einfach ist das.«

Ich nickte. »In einem Punkt sehe ich noch nicht ganz klar.«

Seine Augenbrauen – beide – wölbten sich erwartungsvoll.

»Aus welchem Grund war Melissa in Santa Isabel?« fragte ich.

»Um ein bißchen auszuspannen«, sagte er. »Santa Isabel liegt an der Küste. Ein ruhiges Fleckchen, Palmen, Sand, Strohhütten. Die vier hatten ihren Auftrag da unten so gut wie abgeschlossen. Interviews und so weiter. Terry und Bob sind nach Costa Rica geflogen, Melissa ist mit einem Mietwagen nach Santa Isabel gefahren. Beatrice ist in San Salvador geblieben.«

»Ist in Santa Isabel irgend etwas vorgefallen, als Melissa dort war? Irgend etwas, das man als Bedrohung bezeichnen könnte?«

Der Mund unter seinem kunstvollen Schnurrbart verzog sich zu einem breiten Grinsen. »Sand im Cocktail. Das ist so ziemlich das schlimmste, was einem in Santa Isabel passieren kann. Winziges Städtchen. Sehr hübsch. Sehr ruhig, wie schon gesagt. Friedlich. Meilenweit weg vom Kampfgeschehen.«

Soviel zu Ritas Theorie, Melissa könnte vor irgendeiner unbekannten Gefahr dort unten davongelaufen sein.

Ich sagte: »Könnten Sie mir die Adressen der drei Leute geben, die sie begleitet haben?«

»Bob und Terry sind zur Zeit in Guatemala.« Er grinste. »Den beiden kann's gar nicht strapaziös genug zugehen. Aber Beatrice müßte in der Stadt sein. Ich geb Ihnen die Adresse, wenn Sie wollen.«

»Ich wäre Ihnen sehr verbunden.«

»Jetzt gleich? Das war's? Sind wir fertig?«

»Vorher«, sagte ich, »könnten Sie mir noch erklären, was genau Sanctuary eigentlich macht.«

Er zuckte die Schultern. »Alles mögliche. Werbung für

unser Anliegen. Juristische Unterstützung für die Leute in den Lagern. Kautionen bereitstellen, Sponsoren finden –«

»In was für Lagern?« unterbrach ich ihn.

»Die INS, die Immigrations- und Einbürgerungsbehörde, bezeichnet sie offiziell als Übergangseinrichtungen. Dabei könnte man eher von Konzentrationslagern sprechen. Hier in Kalifornien gibt es zwei davon. Eins für Männer in El Centro, eins für Frauen in Pasadena. Die drei- bis vierhundert Männer in El Centro werden behandelt wie Tiere. Total überfüllt, ungenießbares Essen. Die Hälfte von ihnen sind NMs –«

»NMs?«

»Entschuldigung. Grenzerjargon.« Seine Pfeife war wieder ausgegangen. »Nicht-Mexikaner. Also aus Salvador, Guatemala, Honduras.« Er schnippte das Feuerzeug an, sog die Flamme ein. »Mit den Mexikanern gibt's keine Probleme. Die Grenzwachen bewegen sie zur FR – soll heißen, zur freiwilligen Rückkehr.« Er paffte und wedelte den Rauch beiseite. »Man überredet sie, ein I-274 zu unterschreiben, womit sie auf das Recht verzichten, sich bei der Einwanderungsbehörde zu melden, und verfrachtet sie zurück über die Grenze. Die reinste Farce. Die meisten klettern eine Stunde später schon wieder über den Zaun. Das weiß die Grenzwache natürlich auch.«

»Und was ist mit den anderen? Die nicht aus Mexiko kommen?«

»Da gibt's mehr Schwierigkeiten. Die *wollen* nicht zurück. Wer könnte ihnen das vorwerfen? Salvador, um mal ein Beispiel zu nennen, springt mit zurückgeschickten Auswanderern ziemlich übel um. Manche dieser armen Leute werden verhaftet. Verschwinden auf Nimmerwiedersehen. Manche werden bei der Ankunft kurzerhand erschossen. Das vereinfacht die Sache. Und zeigt den anderen, was sie erwartet.«

»Der INS ist das bekannt?«

»Selbstverständlich. Nur, die INS nennt diese Leute illegale Einwanderer. Aber das sind sie nicht. Die Genfer Konvention von 1948 untersagt den Unterzeichnerstaaten – und die USA gehören auch dazu –, Flüchtlinge in ein Kriegsgebiet zurückzuschicken. Und wenn El Salvador kein Kriegsgebiet ist, dann weiß ich auch nicht. Aber die Regierung, die Regierung der Vereinigten Staaten, hat natürlich die dortige Regierung zu einer anständigen, friedfertigen Demokratie erklärt.«

Er zog an seiner Pfeife. »Das ist sie natürlich nicht. Es ist eine faschistische Oligarchie. Macht und Besitz verteilen sich auf vierzehn Familien, die auch Polizei und Armee unter Kontrolle haben. Die offizielle Regierungspolitik im Umgang mit aufmüpfigen Nachbarländern ist *Beschwichtigung*. Und das bedeutet dort dasselbe wie damals in Vietnam.«

Er qualmte. »Tatsache ist, daß alle diese Flüchtlinge nach internationalem Recht ein gesetzlich verbrieftes Recht darauf haben, hierherzukommen und hier zu bleiben, bis die Kampfhandlungen eingestellt sind. Wenn sich also hier jemand illegal verhält, dann nur die INS, indem sie ihnen dieses Recht nicht zugesteht.«

»Bietet Sanctuary solchen Flüchtlingen Schutz und Obdach an?«

Er lächelte. »Sie meinen sichere Häuser?«

Ich nickte.

»Wir halten uns peinlich genau an die Gesetze. Das ist unsere offizielle Politik. Wie gesagt, juristische Unterstützung, Patenschaften, Öffentlichkeitsarbeit. Was nicht ausschließt, daß einzelne Mitarbeiter der Organisation es mit den Gesetzen nicht so genau nehmen. Wir mißbilligen das natürlich, aber –« Er zuckte die Schultern. »Manche sehen es ganz einfach so: Sie wollen Leben retten.«

»Hatte Melissa Alonzo«, fragte ich, »jemals mit diesen sogenannten Illegalen zu tun?«

Seine Brauen sanken wieder hinab, seine Lippen schürzten sich unwillig um den Pfeifenstiel. »Wir haben wohl mit dem FBI geredet, wie?«

»Ja. Bei Ihnen waren die auch?«

Er nickte. »Der Mann hieß Stamworth. Sehr glatt, sehr höflich. Fast schon aalglatt. Er hat mich genau dasselbe gefragt.«

»Wann war er hier?«

»Ende September.«

»Und was haben Sie ihm erzählt?«

»Daß sie nichts damit zu tun hatte. Viel zu sehr im Blickpunkt. Als Frau eines Prominenten. Als Frau unseres Sprechers.« Er schüttelte den Kopf, die Pfeife im mißmutigen Mund. »Einfach unmöglich.«

»Kannte sie denn Leute in der Organisation, die illegale Einwanderer versteckt haben könnten?«

Er paffte nachdenklich. »Denkbar. Aber sie selbst hatte nichts damit zu tun. Das könnte ich beschwören.«

Ich nickte. »Hat Sanctuary ein Büro in Santa Fe?«

Er nickte. »Wollen Sie die Adresse?«

»Ja. Danke. Hat Melissa auch für das Büro in Santa Fe gearbeitet?«

»Nicht daß ich wüßte. Falls ja, dann inoffiziell. Nehme an, für sie war Santa Fe selbst so was wie Sanctuary, eine Zuflucht.« Er grinste. »Jedenfalls ging sie dorthin, um sich zu entspannen. Kräfte zu sammeln. Sie verstehen? Ich kann mir nicht denken, daß sie dort irgendwie für uns tätig geworden ist.«

»Hat Melissa Ihnen gegenüber mal eine Frau namens Deirdre Polk erwähnt?«

Er dachte kurz nach, dann schüttelte er den Kopf. »Nein, soweit ich weiß.«

»Oder eine gewisse Juanita?«

Wieder dachte er nach, wieder schüttelte er den Kopf. »Sagt mir nichts. Bedaure.«

»Kennen Sie Melissas Schwester? Cathryn?«

»Die ist ein paarmal vorbeigekommen, wenn Melissa hier war. Machte einen netten Eindruck. Unauffällig. Schüchtern. Schrecklich, wie sie gestorben ist. Da fragt man sich, was aus dieser Stadt noch werden soll.« Plötzlich sah er mich finster an. »Sie glauben doch nicht, daß ihr Tod irgendwas mit Melissa zu tun hat?«

»Ich weiß es nicht. Ich will's nicht hoffen.«

Er starrte in eine unerfreuliche Ferne. »Großer Gott«, sagte er. »Wie furchtbar.«

»Der Satz: ›Die Blume in der Wüste lebt.‹ Sagt Ihnen das irgend etwas?«

Er dachte kurz nach, dann schüttelte er wieder den Kopf. »Kann ich nicht behaupten.«

»Hat Cathryn irgendwann Verbindung mit Ihnen aufgenommen, Ihnen erzählt, daß sie von Melissa gehört hat?«

»Nein. Wozu sollte sie?«

»Sie haben keine Ahnung, wo Melissa sich aufhalten könnte?«

Er schüttelte den Kopf. »Nein«, sagte er. »Nicht die geringste. Leider.«

Von Hatfields Büro fuhr ich ins Hotel zurück. Ich rief Beatrice Wocynski an, eine von den dreien, die Melissa Alonzo nach El Salvador begleitet hatten. Sie war höflich und interessiert, konnte mir aber nichts sagen, was ich nicht schon wußte. Melissas Verschwinden aus Los Angeles hatte sie genauso überrascht wie ihr Verschwinden aus El Salvador. Auch sie hatte – wenngleich weniger intim als Hatfield, nahm ich an – Roy Alonzo gekannt. Und auch sie konnte sich ihn ohne weiteres als Kinderschänder vorstellen. Sie hatte Melissa gern, hielt sie für eine »wunderbare Frau«, aber auch sie hatte keine Ahnung, wo Melissa sich jetzt aufhalten könnte.

Ich aß unten im Hotelrestaurant – Fisch mit bunten Gemüsestücken, die zierlich auf einem großen weißen Porzellanteller arrangiert waren: sah aus wie kleine Kunstwerke am Rand einer Eisbahn –, dann ging ich auf mein Zimmer und packte.

TEIL II

XV

Rita nippte an ihrem Kaffee. »Wenn Stamworth kein FBI-Mann ist«, sagte sie, »wer oder was ist er deiner Meinung nach dann?«

»Keine Ahnung«, sagte ich. Ich saß am anderen Ende des Sofas und trank heißen Kakao. Ein helles Rechteck Morgensonne lag auf dem Perserteppich. Rita trug eine weiße Seidenbluse und einen schwarzen Faltenrock. Ihr volles schwarzes Haar, locker im Nacken zusammengebunden, schmiegte sich um ihre indianischen Wangenknochen. Neben ihr stand die chromglänzende Krücke.

»Mit illegalen Einwanderern«, sagte ich, »befaßt sich die INS, nicht das FBI. Aber wie von der INS kommt er mir auch nicht vor. Trotzdem, er muß bei irgendeiner Bundesbehörde sein. Das FBI bestätigt seine Geschichte, sonst hätte die Polizei in L.A. sie ihm nicht abgekauft. Er muß also für eine Bundesbehörde arbeiten.« Ich zuckte die Schultern. »Vielleicht ist er Briefträger.«

»Er ist schon vor dem Mord an Cathryn aktiv gewesen.«

»Ja. Und er sagt, es gibt keinen Zusammenhang zwischen ihrem Tod und Melissa.«

»Aber du siehst das anders.«

»Ich halte es nicht für ausgeschlossen.«

»Damit hast du sicher recht«, sagte sie. »Und du hattest auch recht, wegen des Telefons mißtrauisch zu sein«, sagte sie. »Ich werde Leroy bitten, die Leitung zu überprüfen.« Leroy, ein entfernter Verwandter von Rita, war

Elektronikfachmann. »Und wir beide werden uns eine Zeitlang zurückhalten. Und nichts am Telefon besprechen, was Stamworth besser nicht hören sollte.«

»Ich bin immer zurückhaltend, Rita.«

»Daß wir uns Chiffriergeräte anschaffen, hat wohl keinen Sinn.«

»Es sei denn, wir geben jedem eins, der uns anrufen könnte.«

»Vielleicht kann ich am Computer was über ihn herausfinden.«

Ich nahm einen Schluck Kakao. »Über Stamworth? Das geht? Du kannst dich in die Regierungsdateien einklinken?«

»*Ich* nicht, nein. Aber ich kenne jemand, der es möglicherweise kann.«

»Wer ist das? Captain Crunch?«

Sie lächelte. Und wie immer schnürte mir ihr Lächeln die Brust zusammen. »Ein junger Hacker bei CompuServe«, sagte sie. »Er hat mir schon öfter geholfen.«

Auch davon hatte sie mir nie etwas erzählt. Meine morgendlich gute Laune – meine Freude, wieder in New Mexico zu sein, meine Freude über den hellen, sonnigen Oktobertag und über Ritas anmutig geschwungenen Hals – das alles begann sich schon wieder aufzulösen.

Ich sagte: »Das klingt mir nicht gerade nach legalem Vorgehen.«

»Ist es auch nicht. Wir werden abwarten, ob Stamworth noch einmal auftaucht.« Sie schlürfte an ihrem Kaffee und lächelte wieder. »Ich weiß, ich werde die Frage bereuen, aber wie war's in Los Angeles?«

»Ich überlege, ob ich dort hinziehen soll«, sagte ich. »Ich kauf mir ein paar Seidenhemden, ein Bündel Bohnensprossen, laß mich von der Sonne bräunen und schreibe ein Drehbuch.«

Wieder lächelte sie. »Ich hoffe nur, daß du uns kleine Leute nicht vergessen wirst, wenn du mal berühmt bist.«

»Wie bitte?«

Sie lachte. Ein sehr erfreuliches Lachen. »Genug«, sagte sie. »Du hast mit Melissas Eltern gesprochen.«

»Ja.« Ohne den Vorfall mit Bigelows Bodyguards zu erwähnen, berichtete ich ihr, was ich erfahren hatte und was nicht.

»Die arme Frau«, sagte Rita. »Sie ist zwischen ihrem Mann und ihrer Tochter hin- und hergerissen.«

»Der Schwester ging es anscheinend auch so. Cathryn. Offenbar sollte sie sich nicht mit Melissa treffen. Daddy hatte was dagegen. Aber sie hat es trotzdem getan. Ich glaube, ich hätte doch länger bleiben und versuchen sollen, mehr über sie herauszufinden. Sie ist genauso rätselhaft wie Melissa. Noch rätselhafter.«

»Joshua, entweder steht ihr Tod in Zusammenhang mit Melissas Verschwinden oder nicht. Wenn nicht, hättest du wohl auch nichts über sie herausgefunden, was bei der Suche nach Melissa hätte weiterhelfen können. Wenn aber doch, wird die Polizei wohl auch allein dahinterkommen. Und die will sowieso nicht, daß du dich in die laufenden Ermittlungen einmischst.«

»Ich weiß.«

»Melissas letztes Lebenszeichen kam irgendwo hier aus dem Südwesten. Also solltest du dich jetzt erst einmal hier umsehen. Wenn es nötig wird, kannst du immer noch nach Los Angeles zurück.«

»Prima.«

Sie lächelte. »Erzähl mir von Elizabeth Drewer.«

Ich erzählte ihr von Elizabeth Drewer.

Sie sagte: »Ihr zwei seid ja anscheinend sehr gut miteinander ausgekommen.«

»Wie Pfirsich und Schlagsahne. Sie meint, überführte Kinderschänder müßten kastriert werden. Und wahrscheinlich hätte sie nichts dagegen, wenn man dieses Verfahren auch auf einen hohen Prozentsatz der übrigen männlichen Bevölkerung anwenden würde. Beziehungsweise auf die Gesamtheit.«

»Ihr Mitgefühl ist offenbar nur auf einen Punkt konzentriert.«

»Falls sie überhaupt welches hat.«

»Na, jedenfalls hat sie Mitgefühl genug, wenn es um Kinder geht.« Sie nahm einen Schluck Kaffee und setzte die Tasse wieder auf die Untertasse, die sie im Schoß hielt. »Aber sie scheint zu vergessen, daß ihrer eigenen Darstellung zufolge die Täter oft selbst Opfer gewesen sind.«

»Ich glaube nicht, daß sie bei der Beurteilung der Motive besonders subtil vorgeht.«

»Wozu auch? Bei einem so widerlichen Verbrechen. Aber es gibt natürlich andere Methoden.«

»Außer ›Schneidet ihm die Eier ab‹, meinst du?«

Sie lächelte matt. »Erinnerst du dich an Norma Hermann?«

»Die Therapeutin? Deren Schwager mit ihren Fallgeschichten durchgebrannt ist?«

»Ja. Ich habe gestern mit ihr gesprochen. Sie ist jetzt an der St. Vincent's Klinik, arbeitet mit mißbrauchten Kindern. Sie vertritt die Auffassung, und ich finde das ganz vernünftig, daß beim Vorwurf sexuellen Mißbrauchs die legalistische Aufklärungsmethode grundsätzlich falsch sei. Was die Leute brauchen, die Eltern und die Kinder, ist eine therapeutische Hilfe, die sich mit der ganzen Familie beschäftigt, die die einzelnen Familienmitglieder als Teile einer Einheit betrachtet. Und sie meint, das müsse auch dann so sein, wenn die Beschuldigung aus der Luft gegriffen ist.«

»Dazu dürfte es im vorliegenden Fall schon zu spät sein.«

»Mag sein. Aber ich mache mir trotzdem Sorgen um das Mädchen.«

»Ich mir auch.« Ich nahm einen Schluck Kakao. »Aber ich bin kein Psychiater, Rita. Ich kann sie bestenfalls aufspüren. Heilen kann ich sie nicht.«

»Sie zu finden wäre immerhin ein Anfang. Was hast du sonst noch erfahren? Hast du mit Charles Hatfield gesprochen?«

»Ja. Er ist einer von diesen Engländern, die es seit *Der Angriff der leichten Brigade* eigentlich gar nicht mehr gibt. Ich meine den Film, nicht das Gedicht. Tweedanzug, Pfeife, militärischer Schnauzbart. Ein tadelloser Gentleman. Hat mir gefallen. Aber zu Melissas Aufenthaltsort hat er mir nichts sagen können. Niemand weiß etwas. Ich bekomme sie einfach nicht zu fassen, ich meine, ich kann mir kein Bild von ihr machen. Einerseits engagiert sie sich freiwillig für eine Gruppe, die politischen Flüchtlingen hilft. Andererseits ist sie eine liebevolle Mutter. Und *noch* mal andererseits tummelt sie sich auf SM-Orgien. Ich sehe da lauter Widersprüche, Rita.«

»Eine Münze mit drei Seiten.« Sie lächelte.

»Ja. Wie soll man sich das vorstellen?«

»Joshua, nur Narren und Heilige leben ohne Widersprüche. Du mußt eben herausfinden, was diese Widersprüche gemeinsam haben.«

Ich zuckte die Schultern. »Wie gesagt, ich bin kein Psychiater. So allmählich mißfällt mir diese Frau.«

»Offenbar hat sie sich nie überlegt, wie sehr ihr Leben dir mißfallen muß.«

»Offenbar. Immerhin habe ich herausgefunden, wer Deirdre ist.«

»Und?«

»Eine Künstlerin. Deirdre Polk. Sie wohnt in Hartley. Ich wollte sie anrufen, hatte aber nur ihren Anrufbeantworter erreicht. Wenn ich nicht zu ihr durchkomme, und wenn ich Zeit habe, fahre ich nachher mal hin.«

»Ich wußte doch, daß du sie findest. Und was ist mit Juanita?«

»Fehlanzeige.«

»Die findest du auch noch. Hast du Hatfield nach Santa Isabel gefragt?«

»Ja. Da ist nichts vorgefallen.«

»In Santa Isabel? Natürlich nicht!«

Ich seufzte. »Rita, Rita. Jetzt wirst du's mir mal wieder zeigen, hm?«

»Etwa dreißig Meilen nordöstlich von Santa Isabel«, sagte sie, »liegt Cureiro, ein kleines Bauerndorf. Am 16. August wurden dort irgendwann in der Nacht der katholische Dorfpriester und eine mit ihm befreundete Frau ermordet. Er hieß Manuel Cisneros. Der Name der Frau war Maria Vasquez. Die beiden wurden offensichtlich aus dem Haus geschleppt und in ein Auto verfrachtet, das sie ein paar Meilen weit ins Landesinnere brachte. Dann mußten sie sich hinknien und wurden durch Kopfschüsse aus automatischen Waffen getötet. Die Leichen wurden erst eine Woche später gefunden.«

»Das hast du aus dem Computer?«

»Ja.«

Es sprach doch wohl einiges für Computerrecherchen. »Aber du sagst doch selbst, das Dorf ist dreißig Meilen von Santa Isabel entfernt.«

»Was sind schon dreißig Meilen? Und vor allem stimmt der Zeitraum. Sollte Melissa, als sie in Santa Isabel war, irgend etwas im Zusammenhang mit diesen Morden gehört oder gesehen haben, könnte dies erklären, warum sie so plötzlich das Land verlassen hat.«

Ich nahm einen Schluck Kakao. »Das scheint mir reichlich weit hergeholt, Rita.«

»Hast du irgendeinen anderen Grund für ihr Verschwinden ermittelt?«

»Nein, aber das bedeutet nicht, daß es keinen anderen gibt.«

»Immerhin wäre auch das möglich.«

»Aber nur entfernt.«

»Angenommen, Melissa habe vor ihrer Abreise nach El Salvador tatsächlich Kontakt zu Elizabeth Drewer gehabt. Angenommen, sie habe sich ernstlich überlegt, mit Hilfe der Underground Railroad abzutauchen und Winona mitzunehmen. Und angenommen, sie habe irgend etwas über diese Morde mitbekommen. Angenommen, sie *kannte* die Täter, und angenommen, daß sie selbst sich durch dieses Wissen gefährdet sah.« Sie nahm einen Schluck Kaffee.

Ich sagte: »Also fliegt sie nach L.A., schnappt sich Winona und rennt mit ihr zur Underground Railroad, die schon auf sie gewartet hat.«

Rita nickte.

»Ziemlich viele Annahmen«, sagte ich. »Und ich sehe immer noch nicht, was das alles uns nützen könnte. Hat die Polizei da unten irgendwelche Verdächtigen ermittelt?«

»Die Polizei da unten ist *selbst* verdächtig. Hast du mal mit Hector über dieses Thema gesprochen?« Unser Freund Hector Ramirez arbeitete in der Mordkommission der Polizei von Santa Fe.

Ich sagte: »Ich war doch im Wunderland. Schon vergessen?«

»Ich werde ihn anrufen und fragen, was er über sichere Häuser der Railroad hier in der Stadt weiß.«

»Hector weiß bestimmt nichts über sichere Häuser, Rita. Das sind FBI-Angelegenheiten. Und es gibt da noch eine andere Möglichkeit.«

»Sanctuary.«

»Ja. Die haben ein Büro in Santa Fe, und das heißt doch wohl, daß sie hier eine ganze Menge Mitglieder haben. Nach dem, was Charles Hatfield mir erzählt hat, könnten einige dieser Mitglieder dabei helfen, illegale Einwanderer zu verstecken.«

»Und einige könnten Melissa helfen.«

»Richtig.«

»Dein Freund Montoya. Könnte der informiert sein, was die Bewegungen illegaler Einwanderer betrifft?«

»Möglich. Aber ich will ihn da nicht reinziehen. Wozu sollte er mich als Vermittler brauchen, wenn er selbst sie aufspüren könnte?«

»Du traust ihm also nicht.«

»Doch, schon. Aber ich kann mich auch irren. Und ich will nichts unternehmen, das Melissa und Winona in Gefahr bringen könnte.«

Sie nickte. »Mit wem wirst du im Büro von Sanctuary reden?«

»Mit einer gewissen Rebecca Carlson. Den Namen habe ich von Hatfield. Sie ist der Boss. Ich habe schon mit ihr telefoniert und einen Termin für heute nachmittag verabredet.«

»Na schön, Joshua. Sag mir Bescheid.«

»Tu ich das nicht immer?«

Sie lächelte. »Manchmal neigst du dazu, die eine oder andere Tatsache zu verheimlichen.«

»Ich? Verheimlichen?«

»Zum Beispiel hast du mir nichts von den beiden Leibwächtern erzählt, die du in Bigelows Büro attackiert hast.«

»Hast du das etwa *auch* aus dem Computer?«

Sie lachte. »Bigelow hat mich gestern abend angerufen.« Ab fünf Uhr, also nach Büroschluß, werden Anrufer automatisch zu Ritas Privatnummer weitergeleitet. Ich hatte meine Visitenkarte mit der Büronummer auf

Bigelows Schreibtisch gelegt. »Er war ziemlich verstimmt«, sagte sie.

»Ach ja? Als ich ihn das letztemal sah, schien er mir recht glücklich zu sein.«

»Es ging darum, daß du dich hinter seinem Rücken an seine Frau rangemacht hast. Und natürlich um die Schlägerei in seinem Büro.«

»Das war keine Schlägerei. Nur ein kleiner Streit.«

»Verstehe. Nun, heute wäre es wohl das beste für dich, weiteren Streitigkeiten aus dem Weg zu gehen.«

»Gewiß, meine Liebe.«

»Und vergiß nicht, Arthurs Fax beim Faxservice abzuholen.«

»Gewiß, meine Liebe.«

»Und jetzt geh, Joshua.«

»Gewiß, meine Liebe.«

Ich fuhr in die Stadt. Gleich vor dem Eingang unseres Bürohauses gibt es ein Münztelefon, und von dort aus rief ich Deirdre Polk an. Sie war immer noch nicht zu Hause. Dann rief ich den Faxservice an und erfuhr, daß kein Fax von Arthur eingetroffen war. Ich ging ins Büro, schrieb bis zwölf Uhr Berichte, dann stieg ich die Treppe runter, überquerte den bepflanzten Innenhof und gelangte durch den Bogengang in die antikisierende Säulenhalle, die auf die Palace Avenue hinausführte. Ich rief noch einmal bei Deirdre Polk an, und diesmal war sie da. Sie erklärte mir mit einem Hauch von Schroffheit in der Stimme, daß sie keinerlei Informationen über Melissa Alonzo besitze, aber einverstanden sei, mich heute nachmittag um halb sechs in ihrem Haus in Hartley zu empfangen. Die Schroffheit störte mich nicht. So was bin ich gewohnt.

Ich ging zur Washington Plaza, kaufte mir an Rogue & Monas Imbißbude neben dem Museum eine Tortilla mit *carnitas* und ein Glas Limonade, trug die Sachen über die Straße, fand eine schattige Bank in der Nähe des Denkmals, setzte mich und aß zu Mittag.

Es war ein schöner Tag. Der Himmel war ein Baldachin aus kobaltblauer Seide. Der köstliche Duft frischgemähten Grases wehte über den Platz. Hell und klar schien die Sonne durch das gelbe Laub; hell und klar lachten Kinder auf dem Rasen.

Touristen waren nur noch wenige da. Ich sah ein einziges Pärchen von außerhalb. Die beiden standen an der Ecke San Francisco und Old Santa Fe Trail: Sie spähte mit übertriebenem Blinzeln auf einen Stadtplan, während er unbewegt dastand und mit einem klobigen VHS-Camcorder die unbewegte Fassade des La Fonda Hotels für die Ewigkeit festhielt. An der niedrigen Mauer, die das Denkmal einfaßte, sonnten sich zwei langhaarige junge Burschen und ein langhaariges Mädchen; mit geschlossenen Augen und nach oben gewandten Gesichtern saßen sie an den grünen schmiedeeisernen Zaun gelehnt und sahen ganz so aus, als habe ein Zeitsprung sie aus dem Haight-Ashbury von 1968 direkt hierherversetzt. Neben ihnen kauerte eine junge Rothaarige, deren übergroßes schwarzes Männerhemd ihr locker auf die schwarze Stretchhose hing, und las in einem Taschenbuch. Zwei kleine Kinder, ein Junge und ein Mädchen, liefen einander kichernd um den Stamm einer Eiche nach. Auf den laubbestreuten Bürgersteigen gingen zwei Latino-Großmütter, ein feister Geschäftsmann, dem sein grauer Kammgarnanzug sichtlich zu eng war, zwei schlanke Geschäftsfrauen, die eine in schwarzem Minirock und rotkariertem Blazer, die andere konventioneller in grauem Tweedkostüm. Hier und da, in kleinen Gruppen, zu fünft, zu zehnt, stolzierten Tauben mit einer Selbstgefälligkeit über den Platz, als führten sie Smokings vor. Gelegentlich fuhr ein jauchzendes Kind dazwischen, und sie stoben ängstlich auseinander.

Ich trank meine Limonade und beobachtete eine junge Frau, die mit ihrer Tochter aus östlicher Richtung, vom Trail kommend, den Platz betrat. Die Frau, groß und schlank, Ende Zwanzig, trug hohe braune Westernstiefel über hautengen Jeans und einen übergroßen weißen Rollkragenpullover, der ihr bis auf die Schenkel hing. Ihre langen braunen Haare glänzten in der Sonne. Das Mädchen, etwa in Winonas Alter, trug ein zitronengelbes Trägerkleid, einen dünnen weißen Baumwollsweater, weiße Söckchen und schwarze Lackschuhe. Ihr loses blondes Haar glänzte wie das ihrer Mutter, an deren rechter Hand sie einhermarschierte. Sie bewegte sich mit einwärts gerichteten Fußspitzen, schwenkte den rechten Arm und trat entschlossen auf, wie nur Kinder es können.

Als sie an mir vorbeikamen und ich den schwachen Geruch ihrer Seifen und Shampoos wahrnahm, sagte das Mädchen etwas. Die Mutter warf lachend den Kopf zurück, daß die Sonne auf ihrem Haar aufleuchtete. Es war ein schönes, kräftiges Lachen, frei und natürlich, unbefangen, es bekundete eine Fröhlichkeit, die ein jähes Licht auf den Augenblick, den Tag, ihr ganzes Leben zu werfen schien.

Ich fragte mich, ob Melissa Alonzo, wo auch immer sie sein mochte, auch noch zu einem solchen Lachen fähig war.

Ich fragte mich, ob ich, wann auch immer das sein mochte, noch einmal so würde lachen können.

Ich blieb sitzen, sah der Frau und ihrer Tochter nach, und fühlte mich plötzlich alt und einsam und kaputt.

Ich hatte mit Kindern nie etwas zu tun gehabt. Ich selbst hatte keine und mich auch nie mit anderen Kindern beschäftigt. Hatte nie ein Verhältnis, in dem Kinder oder

Kinderkriegen als selbstverständlicher Teil des Ganzen hätten betrachtet werden können.

Vielleicht lag es an meiner Feigheit. Kinder stellten Ansprüche, sie brauchten Essen und Kleidung und ein Dach überm Kopf, sie brauchten Liebe und Zeit. Und sie brauchten Schutz. Sie waren von allen Seiten verletzlich. Die Welt war voller scharfer Kanten, jäher Stürze und Explosionen, überall lauerten Tücken und Bosheit und sehr reale Ungeheuer, Dinge, die zartes Fleisch prügelten und zerfetzten, zierliche Knochen zerschlugen, kleine Herzen vergifteten, ein knospendes Universum aus Gedanken und Gefühlen zerschmetterten. Vielleicht war Winona in diesem Augenblick solchen Dingen ausgesetzt.

Natürlich war es Feigheit. Ich hatte einfach nie den Mut besessen, den man braucht, um für das Leben eines anderen dazusein. Weder für das Leben eines anderen Erwachsenen noch das eines Kindes. Und jetzt fragte ich mich, ob mein Unbehagen mit Rita in letzter Zeit nicht auch etwas mit dieser Feigheit zu tun haben mochte. Rita war nicht mehr an den Rollstuhl gefesselt. Bald würde sie gehen können. Bald würde die Beziehung zwischen uns, die ich mir jahrelang erträumt hatte, von der ich mir eingeredet hatte, daß ich sie erstrebte – bald würde sie Realität werden können. Die Idee, Kinder zu bekommen, war dabei nur eine von vielen, der wir uns dann zu stellen hätten.

Der ich mich zu stellen hätte. Vielleicht hatte ich gar nicht Angst, daß Rita aus meinem Leben fortgehen könnte. Vielleicht hatte ich Angst, daß ich aus ihrem fortgehen würde. Vielleicht erschien mir Rita als Bedrohung, jetzt, da sie plötzlich erreichbar war.

Ich unterbrach mich. Moment mal, Mann. Wer sagt denn, daß sie jetzt erreichbar ist? Bist du da nicht etwas voreilig? Die Frau hat nie etwas von Kindern gesagt, hat nie von einer Beziehung gesprochen, hat sich nie mit dir in der Eisdiele verabredet. Deine Panik ist vielleicht ein bißchen verfrüht.

Genug, wie Rita jetzt sagen würde. Vergiß deine Ängste. Nächste Woche kannst du in eine Männergruppe gehen, mit einem Haufen Buchhalter in die Berge wandern, auf Trommeln schlagen und jodeln und dich im Schlamm wälzen. Aber bis dahin kannst du deinen Auftrag erledigen. Benutz deine alten, einsamen, kaputten Fähigkeiten, ein vermißtes Kind und seine vermißte Mutter zu finden: Grab sie aus, wo auch immer sie sich verkrochen haben mögen, und bring sie in den Sonnenschein zurück. Gib den beiden eine Chance, wieder lachen zu können.

Du kannst es. Das ist dein Job. Du stellst Fragen, du bekommst Antworten, du spürst Menschen auf.

Also fang an. Jetzt.

XVI

»Ist er nicht ein wunderbarer Mensch?« fragte mich Rebecca Carlson.

»Doch, das finde ich auch«, sagte ich. »Und ein großartiger Schauspieler.«

»Ich habe alle Folgen von ›Valdez!‹. Auf Video, bei mir zu Hause. Ich finde ihn so ... *distinguiert*. Können Sie das nachvollziehen?«

»Durchaus.«

»Und dabei ist er, wenn man ihn kennenlernt, eigentlich ein ganz normaler Mensch. So real.«

»Ja, wirklich erstaunlich.«

»Und Sie sagen, Sie arbeiten für ihn?«

»Für seine Familie. Man macht sich Sorgen wegen Winona, seiner Tochter.«

»Wie *geht* es Roy?«

»Das Ganze hat ihn natürlich mitgenommen. Aber Sie kennen ihn ja. Die Show muß weitergehen, wie er sich auszudrücken pflegt.«

Sie lächelte und schüttelte bewundernd den Kopf. »Genau, das ist so typisch für ihn.«

»Er läßt sich nicht unterkriegen.«

Rebecca Carlson, eine kleine Frau Mitte Fünfzig, trug ein geblümtes Kleid und eine graue Betonfrisur, die aussah, als würde man sich blutige Finger holen, falls man den Mut besaß, sie anzurühren. Sie hatte fleischige Lippen, eine etwas unförmige Nase und kleine, glänzende, blaßblaue Augen, die bei jeder Erwähnung Roy Alonzos aufgeregt, vielleicht auch sehnsüchtig hinter den dicken Brillengläsern aufleuchteten.

Ihr Büro lag in der Marcy Street, nicht weit von meinem, in einem Gebäude, das wie viele in der Innenstadt vor fünf Jahren noch nicht dagewesen war. Insgesamt nur zwei Zimmer, das größere für sie, das Vorzimmer für ihre Sekretärin, eine junge Frau aus Lateinamerika. Es war ein funktionales, nichtssagendes Büro, das ebensogut einer Versicherungsgesellschaft oder einem Finanzberater gehören konnte. Einziger Hinweis darauf, daß man sich hier mit illegalen oder anderen Einwanderern beschäftigte, war ein gerahmtes Gemälde an der Wand hinter Rebecca Carlsons Schreibtisch. Es zeigte einen beeindruckend gutaussehenden mexikanischen Bauern: Er stand vor der aufgehenden Sonne, hatte die braunen Fäuste in die schmalen Hüften gestützt und den Umhang über die breiten männlichen Schultern nach hinten geworfen; sein Kinn war entschlossen, seine Augen stählern. Der Anblick machte Mut.

»Ich finde es einfach furchtbar«, sagte sie, »was diese schreckliche Frau ihm angetan hat.«

»Da haben Sie recht«, sagte ich. »Aber wenigstens die Gerichte haben ihn freigesprochen.«

»Ja, aber erst nachdem sie alle diese schrecklichen Sachen gesagt und seinen guten Namen durch den Schmutz gezogen hatte. Erst nachdem er seinen Job verloren hatte und die Serie eingestellt wurde. Und dann entführt sie auch noch seine Tochter! Die Frau ist doch nicht ganz dicht!«

»Sie kannten beide persönlich?« fragte ich. »Roy Alonzo und seine Frau?«

»Ja, sicher«, sagte sie hinter ihrem Schreibtisch. »Er war doch unser Sprecher. Wußten Sie das nicht?«

Ich nickte. »Ich glaube, ich habe in *People* davon gelesen.«

»Ja, da gab's vor einigen Jahren einen großen Artikel. Über uns, über unsere kleine Gruppe hier in Santa Fe hat nicht viel dringestanden, dafür eine Menge über Roy und sein Engagement für uns.« Sie schüttelte den Kopf. »Er tut mir so leid. Der arme Mann. Da hat er soviel erreicht, und dann muß dieses gemeine Weibsstück kommen und ihm alles wegnehmen. Die reinste Tragödie. Unter uns gesagt, es wäre viel besser für ihn gewesen, wenn er dieser Frau nie begegnet wäre. Aber ich habe es ja gleich kommen sehen. Ich weiß noch, wie ich damals zu einer Freundin gesagt habe: Silvia, hab ich gesagt, denk an meine Worte, aber Roy Alonzo wird noch den Tag bereuen, an dem er diese schreckliche Frau geheiratet hat.« Sie lächelte verschwörerisch. »Natürlich habe ich mich damals *wesentlich* drastischer ausgedrückt. Sie wissen ja, wie das ist, wenn Frauen untereinander über andere herziehen.«

Bei ihr konnte ich es mir tatsächlich lebhaft vorstellen. »Wann war das, Mrs. Carlson?«

»Ach, schon vor Jahren. Lange vor der Scheidung. Wie gesagt, ich habe das alles kommen sehen. Das konnte jeder sehen, der noch Augen im Kopf hatte.«

»Wie kamen Sie darauf, daß es in dieser Ehe Probleme gab?«

Sie lächelte behaglich. »Manche von uns sehen so was eben.«

»Wohl wahr. Ich beneide Sie. Das würde ich auch gern können. Aber gab es irgendeinen besonderen Vorfall, irgend etwas, das auf Probleme schließen ließ?«

»Aber ja. Mehr als einen. Einmal haben sie eine große Party gegeben, draußen in ihrem Haus in La Tierra. Ich war natürlich eingeladen. Das muß vor drei oder vier Jahren gewesen sein. Eine reizende Party, alles war da, was in der Stadt Rang und Namen hat, der Bürgermeister, einfach alle. Sogar ein paar Schauspieler, Freunde von Roy. Zum Beispiel Skip Peterson.«

»Skip Peterson?«

»Sie kennen doch ›Aloha‹, die Serie? Da spielt er einen ausgedienten Spion, der ständig in irre Abenteuer gerät. Auf Hawaii.«

»Ich habe in letzter Zeit nicht so viel fernsehen können, wie ich's gern täte.«

Sie zog ein enttäuschtes Gesicht. Jetzt war ich bei ihr untendurch. »Die Serie läuft schon seit drei Jahren.«

Ich hob lächelnd die Schultern. »Da sehen Sie, wie zeitraubend die Arbeit eines Detektivs sein kann.«

Sie sah mich neugierig an. »Auch gefährlich?«

Ich lächelte. Bescheiden und furchtlos wie ein Ritter, der Jungfrauen befreit und Drachen tötet. Irre Abenteuer. »Nicht immer«, sagte ich. »Sie wollten von einer Party erzählen?«

»Ach ja. Roys Party«, sagte sie und kam wieder in Fahrt. »Eine reizende Party. Das Essen, die Getränke, das Ganze muß *Tausende* gekostet haben. Und dann diese sensationelle Umgebung. Waren Sie schon mal in La Tierra? Dann wissen Sie ja, wie schön die Gegend da ist, diese Hügel, die herrliche Aussicht und alles. Die Party war draußen auf der Veranda, und alle hatten großen Spaß – natürlich auf sehr kultivierte Weise. Alles hochanständig – und doch kein bißchen spießig. Vornehm. Die Leute waren alle sehr nett, sehr distinguiert. Sie verstehen?«

»Gewiß.«

»Alle, *bis* auf Melissa Alonzo. *Die* hat gesoffen wie ein Loch. Am Anfang saß sie irgendwo schmollend in einer Ecke. Der arme Roy hat die Gäste ganz allein bewirten müssen. Aber später, als sie ein paar Drinks mehr intus hatte, wurde sie immer aufdringlicher. Hat gelacht, oder eher gekreischt wie eine Irre. Und aus vollem Hals die *unflätigsten* Ausdrücke von sich gegeben. Man hätte sie meilenweit hören können. Ich bin ja nicht prüde, ganz bestimmt nicht, aber das war *vor allen Leuten*. So was Peinliches. Roy hat mir so leid getan. Und als Roy dann etwas später mit irgendeinem armen Mädchen spricht, stürmt Melissa auf die beiden los und schmeißt ihr Glas nach Roy. Das volle Glas. Und stolziert dann ins Haus. Der arme Roy war triefnaß. Er versuchte mit Lachen und Scherzen darüber hinwegzugehen, kultiviert wie er nun mal ist. Aber man sah ihm an, wie gedemütigt er war. Und die Party war natürlich ruiniert. Kurz danach sind alle gegangen.«

»Wo war Winona, als das passierte?«

»Im Schlafzimmer, mit ihrem Kindermädchen. Gott sei Dank.«

»Sie würden also sagen, Melissa Alonzo neige zur Eifersucht?«

»Bis zum *Wahnsinn*. Sie ist die reinste *Hexe*. Einmal hat sie ihn hier, in meinem Büro, voll ins Gesicht geschlagen, nur weil er mit meiner Sekretärin gesprochen hat. Ich habe hier gesessen, als sie reinkam; die Tür stand offen, ich habe alles gesehen. Roy und ich waren gerade mit unserer Besprechung fertig, und er sprach noch mit

Patty über irgendeine Sanctuary-Angelegenheit, als diese Frau da reinkommt. Als erstes wirft sie ihm vollkommen grundlos eine ungeheuerliche Beschimpfung an den Kopf, einfach so aus heiterem Himmel, und dann schlägt sie ihn. Mitten ins Gesicht. Und dann stürmt sie wieder davon.«

»Wann war das, Mrs. Carlson?«

»Vor ungefähr drei Jahren. Sechs Monate später war die Scheidung. Damals habe ich gedacht, das ist das Beste, was Roy passieren kann. Die Scheidung, meine ich. Aber das war, bevor dieses Weibsstück damit anfing, diese schrecklichen Lügen über ihn zu verbreiten. Ich sage Ihnen, Roy Alonzo würde seiner Tochter *niemals* so etwas Widerliches antun. Er ist ein perfekter Gentleman, und er hat die Kleine geliebt und gehütet wie seinen Augapfel.«

Ich nickte. »Was glauben Sie, warum hat sie diesen Vorwurf erhoben?«

»Aus Bosheit, schlicht und einfach. Roy hat sein Leben fortgeführt, und das konnte sie nicht ertragen. Sie ist eine böse Frau. Rachsüchtig.«

Ich nickte. »Hatte Mrs. Alonzo irgend etwas mit Ihrem Büro zu tun? Hat sie hier ehrenamtlich gearbeitet?«

»Nein. Leute wie wir waren ihr natürlich nicht fein genug. Sie hat sich nie hier blicken lassen, von ganz seltenen Ausnahmen abgesehen, wie das eine Mal, als sie durchgedreht und über den armen Roy hergefallen ist. Und damit Sie's nur wissen, mir ist das sehr recht so gewesen. Daß sie nicht hierherkam, meine ich. Ich bin nicht nachtragend, ich unterstelle keinem was Böses, aber Melissa Alonzo war einfach widerlich, und je weniger ich sie sehen mußte, desto besser. Ich fand es unerträglich, wie sie diesen armen Mann behandelt hat.«

»Hatte sie unter den Mitgliedern hier am Ort Freunde oder gute Bekannte?«

»Nein. Wie gesagt, solche wie wir waren ihr nicht fein

genug. Meine Sekretärin ist manchmal mit ihr essen gegangen. Melissa Alonzo war ihre Patin, und ich konnte Juanita wohl kaum *verbieten*, sich mit ihr zu treffen.«

»Juanita?«

»Juanita, ja. Patty, meine erste Sekretärin, hat uns vor einiger Zeit verlassen. Juanita hat fast zwei Jahre für uns gearbeitet. Und jetzt ist sie auch weg. Vorige Woche hat sie angerufen und mir erzählt, daß sie krank sei. *Krank.* Danach hat sie nicht mehr angerufen und ist auch nicht ans Telefon gegangen. Und als ich Bill Theodore, das ist einer unserer Freiwilligen, ein wundervoller Mensch, als ich den also zu ihr geschickt habe, damit er mal nach dem Rechten sieht, stellt er fest, daß sie gar nicht zu Hause ist.«

»Wann hat sie sich krank gemeldet?«

»Am Donnerstag.«

»Und sie ist nicht mehr zu Hause?«

»Wahrscheinlich mit irgendeinem Tankstellengehilfen zusammengezogen.« Stirnrunzeln, als mißbillige sie ihre eigenen Worte. »Ja, ich weiß, so etwas sollte man nicht sagen, aber da tut man für diese Leute, was man kann, da setzt man alle Hebel in Bewegung, um ihnen zu helfen, und dann gehen sie einfach weg und tun einem so was an. Die haben kein Gefühl für Dankbarkeit.«

»Sie sagten ›diese Leute‹, Mrs. Carlson. Wen meinen Sie damit?«

»Unsere Flüchtlinge. Manche sind natürlich sehr nett, sehr höflich. Aber viele sind der Meinung, die Welt sei ihnen etwas *schuldig*. Reicht man ihnen den kleinen Finger, packen sie gleich die ganze Hand.«

»Juanita war Flüchtling?«

»Aus El Salvador. Und eine von denen, die Glück hatten. Sie konnte Englisch, natürlich nicht perfekt, aber ganz ordentlich. Angeblich stammt sie aus guter Familie, aber das läßt sich natürlich von hier aus nicht beweisen. Und als Sekretärin war sie nicht unerfahren, das muß ich zugeben. Wir haben uns sehr für sie eingesetzt, wir haben ihr eine Patin besorgt, ihre Gerichtskosten übernommen und ihr einen sehr guten Job gegeben. Und so vergilt sie uns das jetzt. Verschwindet und sagt nicht einmal danke. Ich mußte den ganzen Donnerstag herumtelefonieren, um einen Ersatz für sie zu finden.« Sie seufzte schicksalsergeben. »Manchmal frag ich mich wirklich, ob sich das alles überhaupt lohnt. Die ganze Mühe, die ganze Arbeit.«

»Das muß sehr aufreibend für Sie sein.«

»Das ist es, Mr. Croft, das ist es. Und Sie wissen ja noch nicht mal die Hälfte.«

»Mrs. Carlson, ob Sie mir wohl Juanitas Nachnamen sagen könnten?«

»Carrera.« Stirnrunzeln. »Und ihre Adresse wollen Sie wie die andern bestimmt auch.«

»Die andern?«

»Zwei. Einer war vom FBI. Ein richtiger Gentleman, genau wie Sie. Sehr gepflegte Ausdrucksweise.«

»Hieß er zufällig Stamworth?«

»Ja, richtig. Kennen Sie ihn?«

»Einmal gesehen. Wann haben Sie mit ihm gesprochen?«

»Vor ein paar Wochen, und dann letzte Woche noch einmal. Donnerstag. Das weiß ich noch, weil ich da so verzweifelt nach einer Aushilfe gesucht habe, die Juanitas liegengebliebene Arbeit machen sollte.«

»Hat er gesagt, warum er mit Juanita reden wollte?«

»Er sagte, es sei eine Routineangelegenheit. Nichts Wichtiges. Er hat einen sehr netten Eindruck gemacht.«

Warum war Stamworth letzten Donnerstag in Santa Fe, warum hatte er sich nach Juanita erkundigt? Und warum war er diese Woche wieder in L.A.?

Ich fragte: »Hatten Sie vorher schon mal mit Stamworth gesprochen?«

»Nein. Da war noch ein anderer vom FBI, der nach

Melissa Alonzo gefragt hat; aber das war vor Monaten, als sie mit dem Kind durchgebrannt ist.«

»Hat dieser Agent mit Juanita gesprochen?«

»Also, ich glaube schon. Als ich Juanita damals danach gefragt habe, ist sie ganz konfus und nervös geworden und hat nur ausweichende Antworten gegeben. Und daraus habe ich geschlossen, daß er mit ihr gesprochen hatte. Auf alle Fälle war sie in den letzten zwei Monaten ziemlich gereizt. Die sind ja so empfindlich, diese Mädchen.«

Ich verzichtete auf die Frage, ob sie damit Sekretärinnen oder Lateinamerikanerinnen meinte. »Sie sprachen vorhin von einem zweiten Mann?«

Sie verzog das Gesicht. »Der war mir sehr unsympathisch. Schmieriger Typ mit zurückgekämmten Haaren, und seine kleinen dunklen Augen sahen aus wie tot. Sie verstehen?«

Ich nickte. »Wie hieß er?«

»Hab ich vergessen. Irgendwas Spanisches. Ich habe nicht drauf geachtet, weil er sowieso nur gelogen hat. Hat mir erzählt, er sei ein Vetter von Juanita, er müsse sie unbedingt finden. Dabei weiß ich genau, daß Juanita überhaupt keine Verwandten hat. Wahrscheinlich war er ein früherer Geliebter von ihr. Jedenfalls habe ich ihm gesagt, er soll mich nicht für dumm verkaufen und auf der Stelle verschwinden.«

»Und wie hat er darauf reagiert?«

»Gar nicht. Er hat mich nur böse angegrinst, und dann ist er gegangen.«

»Und wann war das?«

»Vorigen Freitag.«

»Wie sah er aus, Mrs. Carlson?«

»Wie gesagt, schmierig. Wie Rudolph Valentino. Mit so einem schmalen, dünnen Schnurrbart.«

»War er groß?«

»Mittel, würde ich sagen.«

»Schlank? Dick?«

»Mittel. Ich weiß es wirklich nicht mehr so genau, nur an die Augen und das fiese Grinsen kann ich mich erinnern. Und an den Schnurrbart.« Stirnrunzeln. »Warum ist Juanita eigentlich auf einmal so wichtig?« Ihre Stimme klang ein wenig gereizt: Verärgerung der Hauptdarstellerin über die Aufmerksamkeit, die ihrer Stellvertreterin gewidmet wird.

»Das ist auch mir noch nicht klar. Aber dürfte ich Sie um die Adresse und Telefonnummer bitten? Roy und seine Familie erwarten von mir, daß ich jedem Hinweis nachgehe.«

»Selbstverständlich«, sagte sie. »Wenn Ihnen das weiterhilft.« Sie blätterte in einem Karteikasten auf ihrem Schreibtisch herum, fand das Gesuchte und schrieb es auf einen Notizzettel, den sie abriß und mir überreichte.

»Ich danke Ihnen«, sagte ich.

»Die ist doch längst über alle Berge«, sagte sie. »Wie ich schon Mr. Stamworth gesagt habe. Diese Leute können sich buchstäblich in Luft auflösen.«

»Schon möglich«, sagte ich, »aber ich muß es versuchen. Mrs. Carlson, als ich in Los Angeles mit Charles Hatfield gesprochen habe, hat er mir erzählt, gelegentlich komme es vor, daß Mitglieder der Organisation den Flüchtlingen nicht nur legale Unterstützung anbieten, sondern auch Unterschlupf gewähren. In sicheren Häusern.«

Sie schüttelte den Kopf. »Nicht hier in Santa Fe, Mr. Croft. Bei uns tut das niemand. Kann sein, daß man das in Kalifornien etwas anders sieht – womit ich natürlich nichts gesagt haben will –, aber hier in Santa Fe halten wir uns strikt an die offiziellen Sanctuary-Richtlinien. Wir halten uns an die Gesetze.«

»Schön. Das freut mich zu hören. Nur noch eine Frage, Mrs. Carlson, dann sind Sie mich los.«

»Aber ich bitte Sie. Ich rede doch gern mit Ihnen.« Sie zwinkerte mir zu.

Ich lächelte. Es kostete mich einige Mühe. »Fällt Ihnen außer Juanita sonst noch jemand ein, innerhalb oder außerhalb von Sanctuary, der mit Melissa Alonzo in Verbindung stehen könnte?«

»Nein. Wie gesagt, sie war ziemlich ungesellig.«

»Na gut. Danke, daß Sie so geduldig mit mir waren.«

»Gern geschehen. Und sagen Sie Roy, wenn ich irgend etwas für ihn tun kann, braucht er mir nur Bescheid zu sagen.«

»Ich werd's ihm ausrichten«, sagte ich. »Und weiterhin viel Erfolg bei Ihrer Arbeit.«

Die Piñon-Court-Apartments lagen weit draußen an der Cerillos Road, hinter Siler, in der Nähe der Airport Road. Die miteinander verbundenen eingeschossigen Wohneinheiten waren L-förmig um einen trostlosen Parkplatz herum angeordnet, wobei das obere Ende des L zur Straße zeigte. Keine Bäume, kein Gras. Keins der Autos auf dem Platz war jünger als zehn Jahre. Die Betonmauern des Gebäudes waren verputzt und beige gestrichen, womit der Eindruck erweckt werden sollte, es sei aus Lehmziegeln gebaut. Der Putz war löchrig und voller Risse, an manchen Stellen waren größere Stücke herausgebrochen, die jetzt in der grellen Sonne am Fuß der Mauer vor sich hin bröckelten wie Träume und Hoffnungen. Einen solchen Ort konnten die Bewohner nur tolerieren, wenn sie entweder in der Hoffnung auf bessere Zeiten am Anfang oder ohne solche Hoffnungen am Ende ihres Lebens standen.

Apartment 14, Juanita Carreras Wohnung, lag am Ende der Basis des L. Es stand kein Auto davor. Ich parkte den Subaru, ging zur Eingangstür und drückte auf die Klingel. Die schwarze Farbe auf der Metallfassung des Knopfs war abgeblättert.

Es kam niemand. Das überraschte mich nicht; als ich angerufen hatte, hatte auch niemand abgenommen. Ich trat ans Fenster und versuchte hineinzuspähen. Die Vorhänge waren zugezogen. Ich ging über den Kiesweg zur Cerillos Road zurück; dort stand eine Reihe verblichener schwarzer Briefkästen mit aufgeklebten goldenen Ziffern. Cerillos Road ist eine der wichtigsten Ein- und Ausfallstraßen von Santa Fe, und entsprechend viele Autos zischten an mir vorüber, die meisten brachen mit ihrer Geschwindigkeit das Gesetz, einige die Schallmauer. Der Lärm dröhnte mir in den Ohren, der Fahrtwind schlug mir ins Gesicht. Ich öffnete den Kasten Nummer 14 und nahm einen Stapel Post heraus.

Das meiste war unbrauchbar, Prospekte und Reklamezettel. Eine Ausgabe von *Cosmopolitan*. Keine Postkarte von Melissa Alonzo. Überhaupt keine persönliche Post.

»Kann ich helfen, Freundchen?«

Ich drehte mich um. Er stand gut zwei Meter von mir entfernt, die Hände in die Hüften gestemmt. Er war groß, etwa so groß wie ich, aber schwerer. Ende Dreißig, Anfang Vierzig. Unrasiert, zerzauste schwarze Haare. Er trug eine offene Weste und darunter ein T-Shirt, das einmal weiß gewesen war, bevor jemand damit den Boden gewischt hatte. Es spannte sich über seinem breiten Brustkorb und dem dicken Bauch. Er trug eine fleckige grüne Arbeitshose, die vermutlich noch nie so etwas wie Arbeit erlebt hatte und von einem dünnen schwarzen Ledergürtel gehalten wurde, dessen Ende lose aus der Schnalle hing. Er trug abgenutzte Turnschuhe, die vermutlich noch nie so etwas wie Turnen erlebt hatten. Die Schuhe und der Verkehrslärm hatten verhindert, daß ich ihn über den Kies hatte kommen hören. Aber etwas anderes hätte mich aufmerksam machen müssen. Der Wind kam aus seiner Richtung, und jetzt roch ich das abgestandene Bier und die scharfe Ausdünstung von Kleidern, die verschwitzt, getrocknet und wieder vollgeschwitzt worden waren.

»Ich suche nach Juanita Carrera«, sagte ich. »Haben Sie sie in letzter Zeit gesehen?«

Er wies mit dem Kinn auf die Post in meiner Hand. »Du hast dich grade strafbar gemacht. Verletzung des Postgeheimnisses.«

»Verstehe, Sie sind mit dem Gesetz vertraut.«

»Kleiner Klugscheißer, wie?«

»Sie sind also der Hausmeister.«

»Ich weiß, wer *ich* bin, Freundchen. Fragt sich nur, wer zum Teufel *du* bist?«

»Mein Name ist Croft. Ich bin Privatdetektiv. Wir haben jetzt genau zwei Möglichkeiten. Ich kann die Post zurücklegen, und dann unterhalten wir beide uns in aller Ruhe. Vielleicht haben wir ja beide was davon. Ein Gespräch von Mann zu Mann. Oder wir prügeln uns wie die Kinder. Dabei könnte sich jemand verletzen. Und keiner hätte was davon. Die Entscheidung liegt bei Ihnen.«

Er musterte mich von oben bis unten. »Wieviel wiegst du?« fragte er. »Fünfundachtzig, neunzig Kilo?«

»So etwa.«

»Hältst dich fit, wie?«

»Ja, mit den Jane-Fonda-Videos.«

»Sie sind Privatdetektiv, sagten Sie?«

»Sagte ich.«

Er ließ schulterzuckend die Hände sinken. »Was soll's. Ich will keinen Ärger, okay?«

XVII

Wir saßen in seinem Apartment und tranken Budweiser aus der Dose, so, wie echte Männer es trinken. Das Apartment war vollgestellt mit Gebrauchtmöbeln, auf denen überall schmutzige Kleidungsstücke herumlagen – Hemden, Hosen, Socken, Unterwäsche. Ich wandte eine fernöstliche Atemtechnik an, bei der man nur ausatmet.

Der Hausmeister hieß Bill Arnstead. Er war ein Philosoph.

»Diese Chicitas«, meinte er, »sehen spitzenmäßig aus, solange sie jung sind. Prima Titten, schöner fester Hintern. Und auch gut im Bett, wenn man sie erst mal von ihren Mamas losgeeist hat. Aber mit dreißig sind sie im Eimer. Dann sind sie fette Kühe.« Er grinste. Sollte mal zum Zahnarzt. »Kommt wahrscheinlich von den vielen Tacos.«

Eine sonderbare Bemerkung aus dem Mund eines Mannes, der selbst so aussah, als stünde er bei den Weight Watchers auf der kritischen Liste.

»Wie alt war Juanita Carrera?« fragte ich.

»Keine Ahnung. Zwanzig bis dreißig. Sah nicht übel aus. Die hätte ich nicht von der Bettkante gestoßen, ganz bestimmt nicht. Astreine Titten. Schöne lange Beine. Das hat man bei Chicitas nicht oft, die meisten sind ja ziemlich pummelig. War aber ein arrogantes Luder. Hat mich nie gegrüßt. So sind sie nun mal. Bilden sich sonstwas auf sich ein und haben was gegen Weiße.«

Er erinnerte mich – auch wenn sie das mit Entsetzen vernommen hätte – an Rebecca Carlson. Beide hatten ähnlich verklemmte, verbitterte Ansichten, beide waren beschränkt und konnten sich nicht von ihren verklemmten Klischees losmachen. Manchmal glauben wir gern, daß solche Leute, egal wie widerwärtig sie uns sein mögen, im Grunde harmlos sind, weil die Ursache für ihren

Haß ja so klar auf der Hand liegt. Aber leider, und so unwahrscheinlich es scheinen mag, gelingt es manchen von ihnen, sich fortzupflanzen. Und so können sie ihr Gift und ihre geistige Armut durch die Generationen reproduzieren und vervielfältigen.

Er sagte: »Warum läuft eigentlich plötzlich alles hinter ihr her?«

»Wer hat sich denn sonst noch nach ihr erkundigt, Bill?« Ich saß in einem gelben Polstersessel. Arnstead lümmelte auf einem braunen Naugahyde-Sofa, die Füße hatte er auf eine dazu passende Ottomane gelegt. Zwischen seinen Füßen und der Ottomane lag ein kunstvoll zu einem Klumpen gefaltetes Jeanshemd.

Er lächelte verschlagen. »Haben Sie nicht gesagt, wir hätten beide was von dem Gespräch? Aber wenn Sie nur Fragen stellen und ich immer nur Antworten gebe, was springt dann für mich dabei raus? He, nichts für ungut, aber das Bier wächst hier auch nicht auf den Bäumen.«

Ich zog meine Börse aus der hinteren Hosentasche, klappte sie auf und zog einen Zwanziger heraus. Ich steckte die Börse wieder ein und legte den Schein neben eine leere Bierdose auf den Couchtisch.

»Bloß ein Zwanziger?« sagte er. »Sie können doch Ihre Spesen abrechnen, oder?«

»Betrachten Sie das als Anzahlung, Bill. Wer hat sonst noch nach ihr gefragt?«

»Zwei Männer. Der eine war vom FBI. Hat mir seine Karte gezeigt. So'n feiner Pinkel.« Er nahm einen Schluck Bier.

»Wie hieß er?«

»Stamford oder so. Irgendwo muß ich seine Karte noch rumliegen haben.«

»Hat er gesagt, warum er Sie sprechen wollte?«

»Routinesache, hat er gesagt. Die vom FBI sind genau wie die Bullen. Sagen einem nie etwas.«

»Wann war er hier?«

»Donnerstag. Einen Tag nachdem sie abgehauen ist.«

»Um wieviel Uhr am Donnerstag?«

»Nachmittag.«

»Und der andere?«

»So'ne schmierige Type. Sah echt gemeingefährlich aus. Angeblich ihr Vetter. Hab ich ihm nicht abgekauft, wegen dem FBI-Mann, der einen Tag vor ihm da war, aber ich hatte keine Lust, mich mit ihm anzulegen. Der sah vielleicht finster aus! Hat mich mit seinen kleinen Schlitzaugen angestarrt, als würd er mich löchern wollen. Und solche Typen haben meistens ein Messer dabei. Ich kann schon auf mich aufpassen, aber wer legt sich schon mit 'nem Messerstecher an?«

»Und wann war der hier?«

»Freitag. Auch am Nachmittag.«

»Und was haben Sie denen erzählt, Bill?«

Wieder das verschlagene Lächeln. »Alles was ich weiß. Dasselbe könnte ich Ihnen auch erzählen, wenn ich Lust hätte.«

Ich zückte die Börse, nahm einen weiteren Zwanziger heraus, legte ihn neben den ersten, steckte die Börse wieder ein, lehnte mich zurück und wartete.

Er grinste. »Hat doch gar nicht weh getan, stimmt's?«

Ich sagte: »Fangen wir doch mal damit an, wie lange sie hier gewohnt hat.«

»Fast zwei Jahre. Im Januar wären es zwei Jahre. Als sie hier eingezogen ist, hat sie praktisch nichts besessen, nur so einen billigen Plastikkoffer. Keine Möbel, nichts. Die Apartments hier sind ja alle möbliert.«

Und durchaus fürstlich, wenn sie alle so möbliert waren wie dieses hier. »Hatte sie häufig Besuch?«

»Überhaupt keinen. Eingebildet wie die war. Immer allein.« Er trank das Bier aus und zerknüllte die Dose mit der Faust. »Noch eins?«

»Hab noch.«

»Gleich wieder da.« Er schwang die Beine von der Ottomane, wälzte sich vom Sofa und trampelte zur Kochnische. Ich sah ihn über der Anrichte den Kühlschrank aufmachen und hineingreifen. Dann knallte er die Tür zu und kam mit zwei Dosen in der großen rechten Hand zurückgetrampelt. Er ließ sich grunzend auf das Sofa sinken, stellte ein Bier links von sich auf den Tisch und schwang die Füße wieder auf die Ottomane zurück. »Falls Sie doch noch eins wollen.« Er riß die andere Dose auf. »Was wollen Sie sonst noch wissen?«

»Sie sagten, sie hätte nie Besuch gehabt. Ist sie denn oft ausgegangen?«

Er zuckte die Schultern. »Zur Arbeit.« Er trank etwas Bier.

»Und sonst?«

»Ja, ab und zu mal. Sonntags ist sie in die Kirche. Das weiß ich deshalb, weil ich sie einmal sonntags gefragt habe, wo sie herkommt. Da hat sie gesagt, das geht mich gar nichts an, aber nur zu meiner Information, sie geht jeden Sonntag in die Kirche.« Schulterzucken. »Eingebildet. Wie gesagt.«

»Und ist sie sonst mal ausgegangen?«

»Manchmal. Am Wochenende. Abends. Aber immer nur für'n paar Stunden. Ich muß hier schließlich aufpassen, also seh ich mir auch die Autos an, die vor dem Haus parken. Manchmal geht sie samtags abends aus, so gegen sieben, und meistens kommt sie um zehn, halb elf wieder zurück. Geht wahrscheinlich ins Kino. Ich glaub nicht, daß die mal einen abgekriegt hat. Die sah nicht so aus wie eine, die regelmäßig aufs Kreuz gelegt wird.«

»Also keine Männerbekanntschaften?«

»Nein. Erstens sah sie nicht danach aus. Zweitens hab ich noch nie einen gesehen.«

»Frauenbekanntschaften?«

»N-n.«

»Ist sie täglich zur selben Zeit von der Arbeit gekommen?«

»N-n. Die anderen haben dieselbe Frage gestellt. Dienstag und Donnerstag ist sie später gekommen. Gegen zehn, halb elf. Spätschicht, nehm ich an.«

»Was für ein Auto hatte sie?« Das hätte ich auch von der Meldestelle erfahren können, aber so ging es schneller.

»Einen Honda Civic, mit Heckklappe.«

»Farbe?«

»Gelb. Uralter Klapperkasten.«

»Wissen Sie vielleicht das Baujahr?«

»Nein. Das kann man bei diesen Japanern nie sagen. Aber jedenfalls ziemlich alt.«

»Sie sagten, sie ist am Mittwoch verschwunden. Um welche Zeit?«

Er trank aus der Dose. »Mittwoch abend. Gegen zehn.«

»War jemand bei ihr?«

»N-n.«

»Hat sie einen Koffer mitgenommen?«

Er zuckte die Schultern. »Kann sein. Konnt ich nicht erkennen.«

»Haben Sie einen Schlüssel für ihre Wohnung, Bill?«

Er nahm noch einen Schluck. »Also«, sagte er und zeigte einmal mehr sein verschlagenes Lächeln. »Wenn ich Sie da reinlasse, mach ich mich strafbar, richtig? Und wenn Sie da was kaputtmachen, zieht man mich zur Verantwortung.«

»Sie haben jetzt schon vierzig Dollar verdient, Bill. In weniger als einer halben Stunde. Kein schlechter Durchschnittslohn.«

Er grinste. »Ja. Aber Sie wollen wissen, wie's in ihrer Wohnung aussieht, und ich hab den Schlüssel.«

»Das will ich gar nicht wissen.«

»Ach nee?« Breiteres Grinsen. »Was denn?«

»Mich interessiert, ob ich mir womöglich die Stiefel versaue, wenn ich Sie mit einem Tritt aus dem Fenster befördere.«

Er richtete sich auf. »He.« Das Grinsen war weg. Sein Mund stand offen.

»Mich interessiert, wie Ihre Nase aussehen wird, wenn sie Ihnen aus dem Hinterkopf kommt. Und was die Bullen denken werden, wenn sie rausfinden, daß Sie Juanita Carrera nicht als vermißt gemeldet haben.«

»He, dazu bin ich nicht verpflichtet –«

»Sie ist seit über einer Woche verschwunden. Zwei Leute waren hier und haben nach ihr gefragt. Keiner weiß, wo sie ist. Die Polizei würde das sicher interessieren. Und mich interessiert, was für Rechtsverstöße die Bullen hier feststellen werden, wenn sie sich dieses Drecksloch mal etwas genauer ansehen. Noch Fragen, Bill?«

»Hören Sie, Sie haben keinen Grund, so mit mir zu reden. Ich habe alle Ihre Fragen beantwortet. Ich hab mitgespielt.«

»Bill?«

Er nahm hastig einen großen Schluck Bier. »Ja?«

»Holen Sie den Hauptschlüssel.«

Er senkte kurz den Blick, dann sah er wieder zu mir auf. »Ich muß aber mitkommen. Vorschrift.«

Er verstieß schon gegen die Vorschriften, wenn er mich überhaupt in die Wohnung hineinließ, aber ich hatte ihn weich genug geklopft. »In Ordnung«, sagte ich.

Juanita Carreras Apartment war genauso geschnitten wie das von Arnstead. Ein kleines Wohnzimmer, eine noch kleinere Eßecke, eine Kochnische, ein winziges Bad, nach hinten raus ein Schlafzimmer. Aber während

Arnsteads Wohnung aussah, als hätten dort die drei kleinen Schweinchen gehaust, war bei Carrera alles tadellos aufgeräumt. Die billigen Möbel waren sauber und gepflegt, und nichts schien am falschen Platz, von einigen Büchern auf dem Eßtisch abgesehen. In der Luft hing ein schwacher Staubgeruch, und es roch süßlich nach Blumen.

Arnstead lehnte am Türrahmen, die Arme vor dem Bauch verschränkt. Ich fragte: »Hat der FBI-Agent die Wohnung untersucht?«

»Ja«, sagte er. Immer noch eingeschnappt.

»Und der andere?«

Schulterzucken. »Klar, der auch.«

»Sind Sie dabeigewesen?«

Er sah kurz weg, dann wieder in meine Richtung. »Sicher.«

»Bill. Wie war das mit den Rechtsverstößen?«

Er sah mich verständnislos an, dann zuckte er stirnrunzelnd die Schulter. »Ich war nur bei dem FBI-Typen dabei.«

»Der andere hat Ihnen was zugesteckt, stimmt's?«

Wieder runzelte er die Stirn, dann sagte er abwehrend: »Von irgendwas muß man ja leben.«

»Hat der FBI-Mann was gefunden?«

»N-n. Aber was soll das hier eigentlich?« Er lächelte zaghaft. »Wenn ich mir die Frage erlauben darf.«

»Das brauchen Sie nicht zu wissen, Bill.«

Er nickte und zog ein saures Gesicht. »Auch wieder wahr. Was geht mich das an?«

Ich fing an zu suchen. Stamworth hatte schon einmal einen Fehler begangen, als er das Band in Melissas Anrufbeantworter nicht überprüft hatte, und es war denkbar, daß er auch hier etwas übersehen hatte. Auch dem anderen konnte irgend etwas entgangen sein. Trotzdem rechnete ich kaum damit, in Juanita Carreras Wohnung etwas zu finden, das mich auf ihre Spur bringen würde, und so war es auch.

Ich kam aus dem Schlafzimmer ins Wohnzimmer zurück und trat an den Eßtisch. Die drei Bücher, die dort lagen, waren Lehrbücher, zwei zum Thema Psychologie, eins davon war aufgeschlagen; das dritte war ein Kompendium der amerikanischen Literatur. Jedes trug auf dem Vorsatzblatt in sauberer Schrift den Eintrag: *Eigentum von Juanita Carrera.* Darunter in derselben Schrift die Nummer ihres Apartments und die Adresse: Cerillos Road. Neben den Büchern stand aufrecht ein gelber Textmarker. Beim Durchblättern der Bücher sah ich dann, daß hier und da ein Absatz gelb angestrichen war.

Juanita war also irgendwo zur Schule gegangen. Das würde erklären, warum sie Dienstag und Donnerstag immer erst später nach Hause gekommen war.

Ich sah mich um. Juanita Carrera war eine ordentliche Frau. Die billigen Kleider in ihrem Schlafzimmerschrank waren konservativ und schlicht – die Kostüme und Röcke und Pullover einer Frau, die anständig, aber nicht unbedingt auffällig erscheinen wollte. Sie hatte *Cosmopolitan* abonniert, was immerhin darauf hinwies, daß ihr die moderne alleinstehende amerikanische Frau nicht ganz gleichgültig war und daß sie selbst vielleicht auch nach diesem Status strebte. Offenbar besuchte sie eine Art höherer Abendschule, wahrscheinlich wollte sie den Collegeabschluß nachholen. Ich kannte die Frau zwar nicht, aber was ich hier von ihrem Leben sah, wirkte durchaus sympathisch. Dazu kam mein Mitleid mit jedem, der sich mit Leuten wie Rebecca Carlson und Bill Arnstead arrangieren mußte.

Und jetzt war auch sie verschwunden, wie Melissa Alonzo.

Sie war letzten Mittwoch verschwunden, am 2. Oktober. Cathryn Bigelow war letzten Mittwoch ermordet worden, am 2. Oktober.

Zufall?

Das glaubte ich nicht. Cathryn Bigelow und Juanita Carrera hatten einen gemeinsamen Nenner: Melissa Alonzo.

»Hallo.« Die Männerstimme hatte einen leichten spanischen Akzent.

»Hallo. Ich möchte bitte Norman Montoya sprechen.«

»Wen darf ich melden?«

»Joshua Croft.«

»Sekunde bitte.«

Ich wartete. Ich stand im Vorsaal der Bibliothek an einem der beiden Münztelefone.

Dann hörte ich Montoyas Stimme: »Ja, Mr. Croft. Was kann ich für Sie tun?«

»Ist Ihre Leitung sauber?« fragte ich.

Nach kurzer Pause antwortete er: »Das will ich doch hoffen. Oder haben Sie ernstliche Bedenken?«

»Könnte sein. Die Sache wird langsam kompliziert.«

»Liegt das nicht in der Natur der Dinge, Mr. Croft?«

Wunderbar. Zen-Philosophie am Telefon. »Mr. Montoya, kennen Sie jemanden, der Verbindung zu Leuten hat, die illegale Einwanderer unterstützen?«

Wieder eine kurze Pause. »Darf ich wissen, warum Sie das fragen?«

»Es geht um eine vermißte Frau. Sie hat für eine Gruppe namens Sanctuary gearbeitet. Ist die Ihnen bekannt?«

»Ja, selbstverständlich.«

»Sie hat Melissa Alonzo gekannt. Melissa war ihre Patin. Vorige Woche ist sie verschwunden, am selben Tag, an dem Melissas Schwester Cathryn in Los Angeles ermordet wurde. Ich nehme an, sie ist in Panik geflohen. Ich muß sie finden und herausbekommen, wovor.«

Wieder eine Pause. »Sie sind überzeugt, daß der Tod ihrer Schwester etwas mit Melissas Flucht zu tun hat?«

»Ich bin zunehmend davon überzeugt, daß dies nicht unwahrscheinlich ist.«

»Diese Frau. Die vorige Woche verschwunden ist. Natürlich ist Ihnen klar, daß sie ganz aus der Gegend hier verschwunden sein könnte.«

»Ja, das wäre möglich. Aber sie hat für Sanctuary gearbeitet. Vielleicht kennt sie Leute, die sichere Häuser zur Verfügung stellen. Ihre Chefin bestreitet das, aber ich habe das Gefühl, daß sich hinter ihrem Rücken Dinge abspielen könnten, von denen sie gar nichts weiß. Und die Frau hat gewisse Verbindungen zu Santa Fe. Wahrscheinlich hat sie hier ein College besucht. Folglich besteht immerhin die Möglichkeit, daß sie noch hier ist.«

»Ist Ihnen klar, Mr. Croft, daß ich diese Frau mit dem, was Sie mir über sie erzählt haben, ohne weitere Hilfe Ihrerseits identifizieren kann?« Ich glaubte, ohne mir ganz sicher sein zu können, ein Lächeln in seiner Stimme zu hören. »Und ist Ihnen klar, daß ich sie, wenn ich sie identifiziert habe, und vorausgesetzt, sie hält sich noch hier in der Gegend auf, daß ich sie dann aufspüren und befragen könnte, ohne daß Sie selbst etwas davon mitbekommen?«

»Ja. Das ist mir klar. Aber wenn ich mich recht erinnere, haben Sie mir Ihr Wort gegeben, sich nicht einzumischen.«

Ich hörte ein leises Kichern. »Ach, Mr. Croft. Wenn Sie wirklich nicht an meinem Wort zweifeln würden, hätten Sie mich wohl kaum daran erinnert.«

»Aber«, sagte ich, »ich kann mir jetzt keinen Zeitverlust erlauben. Melissa und ihre Tochter könnten in ernsten Schwierigkeiten stecken. Es ist schon ein Clown von der Regierung hinter dieser Frau her. Und dann noch ein anderer, ein Latino. Der könnte gefährlich sein. Aber ich will damit nicht zur Polizei gehen, weil die Polizei diese Frau noch mehr in Panik bringen könnte. Sie ist ein Flüchtling, aus Salvador, und dürfte für Uniformierte nicht besonders viel übrig haben.«

»Dieser andere Mann, wer ist das?«

»Das weiß ich nicht. Aber nach allem, was ich gehört habe, scheint er kein guter Mensch zu sein.«

Wieder eine Pause. »Also schön, Mr. Croft. Beschreiben Sie mir die Frau genauer. Wenn sie noch hier in der Gegend ist, können meine Leute sie vielleicht aufspüren. Und wenn es ihnen gelingt, werden sie diskret an sie herantreten und ein Treffen zwischen ihr und Ihnen arrangieren. Ohne die Frau selbst zu befragen. Genügt Ihnen das?«

»Ja.« Mir blieb kaum etwas anderes übrig. Ich nannte ihm Juanita Carreras Namen und erzählte ihm alles, was ich zuvor durch einen Anruf bei der Meldestelle erfahren hatte. Alter: siebenundzwanzig. Größe: einszweiundsiebzig. Gewicht: 55 Kilo. Keine Brille. Und eine Beschreibung ihres Wagens, einschließlich Kennzeichen.

»Vermutlich ist sie ziemlich nervös«, sagte ich.

»Verstehe. Meine Leute werden behutsam vorgehen. Was ist mit diesem Regierungsagenten? Wieso ermittelt er in dieser Sache?«

»Das weiß ich noch nicht.«

»Für welche Stelle könnte er denn tätig sein?«

»Keine Ahnung. FBI, behauptet er, aber da habe ich einige Zweifel.«

»Aha. Kann ich Ihnen sonst noch irgendwie behilflich sein? Brauchen Sie Geld? Oder einen Assistenten?«

»Sie meinen einen Gorilla?«

Wieder hörte ich ihn kichern. »Was für eine blumige

Ausdrucksweise. Ja, einen Gorilla, Mr. Croft, wenn Sie so wollen.«

»Nein, danke. Aber ich werde das Angebot im Hinterkopf behalten.«

»Tun Sie das. Sie haben nach meiner Telefonleitung gefragt. Haben Sie Grund zu der Annahme, daß Ihre eigene abgehört werden könnte?«

»Auszuschließen ist es nicht. Ich werde es demnächst erfahren.« Leroy, Ritas Vetter, hatte einen Schlüssel fürs Büro, und inzwischen hatte ihm Rita auch einen Hausschlüssel gegeben. Wahrscheinlich hatte er bereits beide Leitungen mit Wanzendetektoren versehen.

»Ausgezeichnete Idee. Unterdessen sollten wir aber vielleicht überlegen, wie wir das Treffen zwischen Ihnen und dieser Frau arrangieren, falls meine Leute sie ausfindig machen können.« Norman Montoya war ein vorausschauender Mann.

»Okay. Wenn Sie sie finden, soll sie auf dem Parkplatz gegenüber dem Regierungsgebäude auf mich warten. Die Zeit erfahre ich dann von Ihnen.«

»In Ordnung. Und bitte, Sie können sich jederzeit an mich wenden, falls Sie weitere Hilfe benötigen.«

»Danke.«

»Auf Wiederhören, Mr. Croft.«

Als ich aufgelegt hatte, sah ich auf die Uhr. Viertel vor vier. Ich hatte noch eine halbe Stunde Zeit, bevor ich zu meinem Besuch bei Deirdre Polk nach Hartley aufbrechen mußte. Ich ging in die Bibliothek und stöberte in den Katalogen nach den drei Colleges, die es hier in der Stadt gab: St. John's, das Santa Fe Community College und das College of Santa Fe. Juanita hätte natürlich auch Kurse in Albuquerque besuchen können, an der Uni von New Mexico oder an einer der anderen dortigen Schulen; aber nach Alburquerque, hin und zurück, fuhr man drei Stunden. Also zu lange, als daß sie nach dem Unterricht um zehn schon zu Hause sein konnte.

Das College of Santa Fe war das einzige der drei, dessen Kurse thematisch und zeitlich zu meinen Beobachtungen paßten. Der Fortgeschrittenenkursus in Amerikanischer Literatur fand Dienstag abends statt, von sieben bis halb zehn. Psychopathologie gab es donnerstags zur gleichen Zeit. Falls also nicht einer der Männer, die seither in ihrer Wohnung herumgeschnüffelt hatten, sondern Juanita Carrera selbst am vorigen Mittwoch das Psychologiebuch offen auf dem Tisch hatte liegen lassen, paßte das schon mal genau. Ich notierte mir die Telefonnummer der Schule und die Namen der Professoren, die die Kurse leiteten, dann ging ich auf den Parkplatz und stieg in den Subaru.

Auf dem Weg aus der Stadt fuhr ich beim Faxservice vorbei. Das Fax von Chuck Arthur war eingetroffen.

Im Wagen sah ich mir die Auflistung der Ferngespräche an, die Melissa im Juli und August geführt hatte. Es waren nicht sehr viele, und nach dem 2. August gar keine mehr: An dem Tag war sie nach El Salvador abgereist. Vielleicht hatte sie bei ihrer Rückkehr nach L.A. am siebzehnten ihren Anrufbeantworter abgehört, aber Ferngespräche hatte sie danach keine mehr geführt, jedenfalls nicht von zu Hause aus.

Zwei Nummern auf der Liste kannte ich. Dreimal im Juli und einmal am 1. August, einen Tag vor ihrem Verschwinden, hatte sie mit Juanita Carrera telefoniert.

XVIII

Das Wetter änderte sich, als ich nach Norden fuhr. Weiter vorn verdrängten schwarze Wolken das Blau. Von Westen stachen mächtige Sonnenstrahlen schräg unter den wogenden Formationen hervor.

Ein beeindruckendes Schauspiel, doch genießen konnte ich es nicht. Ich machte mir Sorgen. Wie ich Norman Montoya gesagt hatte, schien mir von dem Latino, der Rebecca Carlson und Bill Arnstead gesprochen hatte, eine Gefahr auszugehen. Und ich wußte weder, wer er war, noch was er wollte.

Oder was Stamworth wollte. Auch er hatte die beiden vorige Woche befragt.

Juanita Carrera war offenbar der Schlüssel zu diesen Fragen. Sie wußte etwas, etwas, das mit Melissa Alonzo zu tun hatte.

Es konnte nicht anders sein. Die Telefonrechnungen und die Nachricht auf Melissas Anrufbeantworter hatten ergeben, daß Melissa und Juanita Carrera in irgendeiner Beziehung zueinander standen. Cathryn Bigelow, Melissas Schwester, war am Vormittag des vergangenen Mittwochs ermordet worden. Am Mittwoch abend war Juanita Carrera verschwunden. Plötzlich, als habe sie etwas in Angst versetzt. Am Donnerstag hatte Stamworth, auf der Suche nach Juanita, mit Carlson und Arnstead gesprochen. Am Freitag hatte der Latino das gleiche getan.

Am Dienstag abend, also vor zwei Tagen, war Stamworth in Los Angeles gewesen. Warum? Die Geschichte mit dem Leuchtenden Pfad hatte ich ihm schon da nicht geglaubt, und auch jetzt glaubte ich sie ihm nicht. Wer war dieser Mann?

Und wer war dieser Latino?

Was hatten die beiden mit Juanita Carrera vor? Und was hatten sie mit Melissa Alonzo vor?

Und wie hatte Stamworth von mir erfahren? Woher wußte er, daß ich in Los Angeles war und Melissa suchte?

Wer auch immer Stamworth und der Latino sein mochten, sie waren mir eine Woche voraus. Lange bevor ich überhaupt wußte, daß es eine Juanita Carrera gab, hatten sie von ihr gewußt und sie zu finden versucht.

Wo *war* Juanita Carrera?

Und wo waren Melissa und Winona Alonzo?

Ich machte mir Sorgen. Die Landschaft ringsum, diese hochgelegene Wüste, rauh und zerfurcht, braun mit einzelnen Pinien und Lärchen, schien mir öder und kahler und gewaltiger, als sie mir jemals erschienen war. Wilder, leerer, labyrinthischer. Die schwarzen Wolken vor mir wirkten unheilvoll und bedrohlich.

Erbärmliches Hirngespinst. Pure Projektion.

So versuchte ich mich zu beschwichtigen. Aber nachdem ich unten im Tal bei Velarde am grellen Orange der Pappeln vorbeigefahren war, nachdem ich in den Canyon des Rio Grande eingebogen und die Sonne endgültig erloschen war, als zu beiden Seiten die verwitterten schwarzen Felshänge aufragten, über mir das graue Dach des Himmels und links der finster schweigende Fluß, da packte mich ein jähes Grausen.

Als ich in Hartley ankam, einem kleinen Bergdorf aus Holzhäusern zwischen Eichen und Ulmen, war das Gewitter kurz vor dem Ausbruch. Das Licht in den Häusern verhieß eine Wärme und Geborgenheit, die man, jedenfalls in meinem Beruf, häufiger aus der Erinnerung als aus der Realität kennt. Am Himmel türmten sich riesige schwarze Wolken mit kränklich grauen Streifen an den geschwollenen Bäuchen. Ab und zu flammte ein Blitz auf, grell gezackte Adern vom Himmel zum Horizont. Und immer nur Sekunden später krachte der Donner auf die Erde, ohrenbetäubende Schläge, die prasselnd in ein langgezogenes, wütendes Knurren ausliefen. Es mußte jeden Augenblick zu regnen anfangen.

Deirdre Polk hatte mir den Weg beschrieben. Ich bog nach links, fuhr an dem kleinen Supermarkt vorbei, folgte einem von Bäumen gesäumten Feldweg den Berg hinunter und gelangte über eine schmale Betonbrücke in einen Tunnel aus schwarzen Ästen. Der Weg wand sich zwischen den Bäumen hindurch. Vom Wind herabgewehte Blätter flatterten wie blasse verschreckte Fledermäuse durch die Lichtbalken meiner Scheinwerfer. Ich kam an einer kleinen, zitternden Wiese vorbei, das hohe graue Gras wurde von Windstößen hin und her geworfen. Ich passierte einige Häuser, ein paar rechts, ein paar links, dazwischen standen schwarze Dickichte aus bebenden Sträuchern und wie betrunken schwankenden Bäumen.

Ihr Haus war das letzte an diesem Weg, ein kleines, mit Schindeln gedecktes Gebäude zwischen zitternden Eichen, ein wenig nach hinten versetzt und mit überdachter Veranda. Das Außenlicht war eingeschaltet. Ich parkte den Subaru in der Einfahrt, hinter einem alten Volvo-Kombi. Als ich aus dem Wagen stieg, packte mich der Wind. Die Bäume zischten und ächzten. Mit hochgezogenen Schultern lief ich die Stufen zur Haustür hoch. Keine Klingel. Ich wollte gerade klopfen, als die Tür plötzlich aufging.

»Mr. Croft?« sagte sie. »Ich habe Ihr Auto gehört. Kommen Sie herein.«

Ich trat ein, und als sie die Tür hinter mir schloß, heulte der Wind nur noch gedämpft.

Sie war groß, mindestens einsachtzig. Ihr glänzendes schwarzes Haar war kurzgeschnitten, fast wie bei einem Mann; es hing ihr locker über die Ohren und war links gescheitelt. Irgendwie paßte das gut zu ihren kräftigen Wangenknochen, ihrer Adlernase, ihren großen braunen

Augen und ihrem breiten Mund. Sie trug einen blaßblauen Rollkragenpullover, eine verwaschene Jeans, braune Cowboystiefel aus Eidechsleder. Sie hatte kantige Schultern und große, feste Brüste. Kräftig gebaut und wohlproportioniert, schämte sie sich ihrer Körpergröße nicht und ging betont aufrecht, mit lässigen, anmutigen Bewegungen – diese Frau fühlte sich wohl, mit sich, mit ihrem Körper und ihrem Leben. Sie war eher imposant als schön, aber sehr imposant.

Sie lächelte. »Gleich wird es da draußen losschütten. Nehmen Sie Platz.« Eine leise, melodische Stimme; vermutlich hatte sie an der Ostküste studiert.

Ich drehte mich um und vernahm ein Knurren.

Links von mir auf dem Holzboden hockte ein ungeheuer großer Schäferhundrüde. Mit gesenktem Kopf und flach an den riesigen Schädel angelegten Ohren musterte er mich wie ein verdächtiges Schweineschnitzel.

»*Freund*«, sagte Deirdre Polk, worauf seine Ohren sofort erschlafften. Er stand auf und trabte glücklich kläffend und mit klickenden Tatzen auf mich zu. Ich hielt ihm meine Hand hin, damit er sie lecken konnte. Oder fressen. Das stand ihm frei. Er leckte sie, und ich ging vor ihm in die Knie und kraulte ihm die Ohren. Eine feuchte rauhe Zunge von der Größe eines Badetuchs fuhr ihm aus dem Mund und schlug mir ins Gesicht.

»Genug, Marcel«, sagte sie; der Hund sah sie an und versuchte herauszufinden, ob sie da auch ganz sicher sei.

»Genug«, sagte sie.

Der Hund drehte seufzend ab, trottete in eine Ecke und ließ sich neben einem schwarzen Kanonenofen nieder, von wo aus er mit gefurchter Stirn zu mir herübersah.

Ich stand grinsend auf. »Marcel?«

»Duchamp.« Sie lächelte.

Ich grinste noch einmal. »Natürlich.«

»Bitte. Nehmen Sie Platz.«

Nach dem Wind, nach der Kälte und Dunkelheit draußen wirkte das bescheidene Wohnzimmer schier unglaublich anheimelnd. An den schlichten Holzwänden hingen einige kleine, sorgfältig gearbeitete Gemälde der gleichen Art, die ich in Melissa Alonzos Haus gesehen hatte. Unter zweien davon stand, an der Wand zu meiner Linken, ein niedriges Eichenregal voller übergroßer Leinenbände. Die Vorhänge an den Fenstern waren festlich rot. Das Mobiliar war frühamerikanisch, um einen buntgemusterten roten Navajo-Läufer standen ein Sofa mit Eichenrahmen und bestickten weißen Polstern und zwei ebensolche Schaukelstühle. Die Beleuchtung kam von zwei Petroleumlampen aus Messing, eine stand auf dem Tisch neben dem Sofa, die andere zwischen den Schaukelstühlen auf einem antiken Kirschholztisch. Mit ihren elfenbeinfarbenen Schirmen verbreiteten sie ein klares, weißes, sanftes Licht. Es war warm in dem Raum und roch nach brennenden Pinienscheiten und Äpfeln und Zimt.

Ich setzte mich auf das Sofa. Deirdre Polk blieb stehen; die Hände in den hinteren Hosentaschen, sagte sie: »Ich habe noch etwas heißen Cidre auf dem Herd. Und Calvados habe ich auch noch. Den könnte ich in den Cidre tun. Wär Ihnen das recht?«

Sie war viel freundlicher, als sie am Telefon geklungen hatte. »Das«, sagte ich, »wäre mir sehr recht.«

Sie zog lächelnd los. Ich beobachtete Marcel. Kaum war Deirdre Polk um die Ecke verschwunden, rappelte er sich hoch, tappte durch den Raum, hockte sich neben mich und legte mir den Kopf aufs Knie. Er wog etwa soviel wie eine Bowlingkugel. Ich kraulte ihm die Ohren. Er sah mit traurig schimmernden Augen zu mir auf. Wir unterhielten uns.

Deirdre Polk kam mit zwei weißen Keramikbechern

aus der Küche zurück. »Er ist wie ein kleines Kind. Wenn er Sie stört, sagen Sie ihm einfach, er soll sich hinlegen.« Sie reichte mir einen der Becher. Draußen krachte ein Donnerschlag.

Der Hund sah mich an, als erwarte er, daß ich etwas gegen diesen Lärm unternehmen würde. »Ist schon in Ordnung«, sagte ich.

Sie ging über den Navajo-Läufer, setzte sich in einen der Schaukelstühle und schlug die langen Beine übereinander, das rechte über das linke. Ehe ich etwas sagen konnte, erklärte sie: »Ich möchte mich entschuldigen, ich muß am Telefon einen unmöglichen Eindruck gemacht haben. Seit Monaten werde ich von irgendwelchen Leuten mit Fragen nach Mel belästigt. Nach Ihrem Anruf habe ich mit einigen Bekannten in Santa Fe telefoniert. Unter anderem mit Bonita DeMarco, einer Freundin von mir. Die kennt Sie.«

Bonita DeMarco besaß eine Galerie in der Canyon Road. Ich hatte ihr einmal bei einer Sache geholfen; im Grunde nur eine Kleinigkeit, aber seitdem schickte sie mir regelmäßig Einladungen zu ihren Vernissagen. Sie war eine korpulente, falstaffmäßige Frau mit derbem Humor und lautem, ansteckenden Lachen. Darüber hinaus war sie lesbisch. Daß Deirdre Polk mit ihr befreundet war, mußte nicht unbedingt heißen, daß auch sie lesbisch war; aber es lag nahe. Ich empfand ein leises Bedauern.

Typisch chauvinistische Reaktion. Weil ich damit implizierte, daß Deirdre Polk, wäre sie normal, vor meiner imposanten Erscheinung wie Wachs in der Sonne dahingeschmolzen wäre.

»Eine sympathische Frau«, sagte ich.

Sie lächelte. »Sie hat Sie sehr gern. Sie sagt, daß Sie nicht lügen können.«

Ich lächelte. »Dafür übertreibe ich manchmal.«

»Arbeiten Sie für Roy Alonzo?«

»Nein. Ich arbeite für seinen Onkel.« Wieder einmal erklärte ich meine Vereinbarung mit Norman Montoya.

»Und es ist ihm wirklich ernst?« sagte sie. »Er ist wirklich besorgt um Melissas und Winonas Sicherheit?«

»Ja, ich glaube schon.«

Ihre dunklen Augenbrauen rückten näher zusammen. »Aber sicher sind Sie sich nicht?«

»Ich bin mir ziemlich sicher. Aber jeder kann sich irren.« Ich zuckte die Schultern. »Gedanken lesen kann ich nicht. Leider.«

Stirnrunzelnd nahm sie einen Schluck.

Auch ich trank etwas. Schmeckte gut. Äpfel und Gewürze und die Reife des Calvados. Es ging warm runter und blieb warm, als es unten ankam. Ich sagte dasselbe, das ich zu Melissas Mutter gesagt hatte: »Melissa hat sich bei Ihnen gemeldet, stimmt's?«

Sie ließ den Becher auf den Schoß sinken und hob leicht den Kopf. »Ja.«

»Eine Postkarte?«

Sie schüttelte den Kopf. »Sie war hier. Vorigen Monat.«

Deirdre Polk erzählte mir vom 23. September. Sie war in Taos einkaufen gewesen, kam zurück, parkte den Wagen und trug die Sachen ins Haus. Eine Viertelstunde später klopfte es an ihrer Haustür. Es war Melissa. Auf den ersten Blick hatte Deirdre sie nicht erkannt: Melissa trug eine Sonnenbrille, ihre langen blonden Haare hatte sie abgeschnitten, der Rest war braun gefärbt und in Locken gelegt.

»Und wie sah sie sonst noch aus?« fragte ich. Plötzlich kam mir das alles irgendwie unwirklich vor. Natürlich wollte ich Melissa Alonzo finden, aber jetzt ging mir auf, daß ich sie eigentlich nur noch als Phantom betrachtete, als eine Gestalt am fernen Horizont, die immer unerreichbar blieb. Wahrscheinlich, weil ich mit so vielen Leuten gesprochen hatte, die sie so lange nicht mehr gesehen hatten. Und hier war nun jemand, der sie vor wenigen Wochen tatsächlich gesehen und mit ihr gesprochen hatte.

»Müde«, sagte Deirdre Polk. »Sie sah müde aus. Sie hatte ein wenig abgenommen. Aber sie war glücklich, jedenfalls schien es mir so. Wir haben viel gelacht. Ich habe mich über ihre Frisur lustig gemacht.« Sie lächelte. »Es war schon seltsam, sie mit dieser Frisur zu sehen. Ich kannte sie nur mit langen Haaren. Mit langen, glatten, blonden Haaren. Ich habe sie immer Alice genannt. Alice im Wunderland.« Sie sah lächelnd in die Ferne, dachte an alte Zeiten. »Es war wunderbar, sie wiederzusehen. Wirklich wunderbar. Ich hatte seit Anfang August nichts mehr von ihr gehört.«

»War Winona auch dabei?«

»Nein. Winona war in Santa Fe, im Haus der Leute, bei denen sie wohnten. Ein junges Pärchen. Die Namen wollte sie mir nicht sagen. Die beiden engagieren sich für eine Gruppe, die Frauen und Kindern wie Melissa und Winona Unterstützung anbieten.«

»Die Underground Railroad.«

Sie nickte. »Sie hat gesagt, das seien wirklich ganz besondere Menschen. Sie hätten selbst eine Tochter in Winonas Alter, und die beiden Kleinen kämen gut miteinander aus. Aber sie hat auch von Schwierigkeiten gesprochen. Die Leute hätten ihr gesagt, sie könnten sie nicht mehr in ihrem Haus verstecken. Ihre Tochter sei gerade in den Kindergarten gekommen, und sie wollten dem Kind diese Heimlichtuerei, all diese Vorsichtsmaßnahmen nicht zumuten. Es hätte ihnen sehr leid getan, hat Mel gesagt. Sie zu bitten, das Haus zu verlassen. Sie hätten Schuldgefühle. Aber dafür hatte Mel Verständnis. Wahrscheinlich hatte sie selbst noch größere Schuldgefühle als die beiden. Jedenfalls hatte sie bereits Vorkehrungen getroffen, Winona woanders unterzubringen.«

»Wo?«

»Das hat sie nicht gesagt. Sie wollte es mir nicht sagen. Aber irgendwo in der Nähe. Hier in New Mexico. Sie hat mir gesagt, sie würde sich demnächst mit mir in Verbindung setzen.«

»Und? Hat sie es getan?«

»Nein. Deswegen erzähle ich Ihnen das alles ja. Nach meinem Gespräch mit Bonita habe ich stundenlang darüber nachgedacht. Sie sagt, ich darf Ihnen trauen. Also traue ich Ihnen, Mr. Croft. Was bleibt mir auch anderes übrig? Ich mache mir Sorgen. Ich mache mir wirklich große Sorgen. Das sieht Mel nicht ähnlich. Wenn sie sagt, ich tue dies oder jenes, dann tut sie es auch. Sie hätte sich bestimmt irgendwie bei mir gemeldet, es sei denn ...« Mit finsterer Miene ließ sie die Möglichkeiten an sich vorüberziehen, dann schien es ihr besser, sie mit einer vagen Formulierung zusammenzufassen. »Es sei denn, irgend etwas stimmt nicht.«

Passenderweise begann es draußen zu regnen; die Tropfen raschelten im Laub und trommelten aufs Dach.

»Dieses neue Versteck«, sagte ich. »Sind Sie sicher, daß das irgendwo in New Mexico sein sollte?«

Sie nickte. »Soviel wollte sie mir verraten. Und daß es gut für Winona sei. Daß es dort viele Kinder gebe. Jungen und Mädchen in Winonas Alter. Winona sei das alles nicht gut bekommen. Die Versteckspielerei, die vielen Ortswechsel. Sie habe schreckliche Gewissensbisse deswegen. Ich nehme an, am Anfang war ihr gar nicht klar, was sie Winona damit zumuten würde. Rein verstandesmäßig natürlich schon, aber wenn man es dann tatsächlich *erlebt*, sieht die Sache immer ganz anders aus.«

»Hat sie erzählt, wo sie sich sonst noch aufgehalten hat?«

»Nein. Von der Railroad hat sie mir gar nichts sagen wollen.«

Wieder krachte und rumpelte draußen der Donner. Der große Schäferhund hob den Kopf von meinem Knie und sah mich enttäuscht an. Ich kraulte ihm die Ohren. Er legte den Kopf zurück und schloß die Augen.

Ich sagte: »Sie sprachen vorhin von Leuten, die Sie monatelang mit Fragen nach Mel belästigt hätten. Was für Leute waren das?«

»Im August, gegen Ende des Monats, sind zwei Männer vom FBI hiergewesen. Wollten wissen, ob ich sie gesehen oder etwas von ihr gehört hätte.«

»Aber das hatten Sie nicht.«

Sie schüttelte den Kopf. »Sie hat mich angerufen, bevor sie nach El Salvador geflogen ist. Das war das letzte, was ich von ihr gehört hatte, bis sie dann hier aufgetaucht ist.«

»Und die anderen Fragesteller?«

»Noch jemand vom FBI. Der war zweimal hier, erst im September und dann letzte Woche noch einmal. Angeblich, um die frühere Ermittlung zu vervollständigen.«

»Wie hieß er?«

»Stamworth. Jim Stamworth.«

Ich nahm einen Schluck Cidre. »Wann genau letzte Woche war er hier?«

»Donnerstag abend.«

»Haben Sie ihm erzählt, daß Sie Melissa gesehen haben?«

»Nein. Als sie hier war, hat Mel mich angefleht, niemandem zu sagen, daß ich sie gesehen habe. Es war ihr todernst damit. Ich mußte ihr mein Ehrenwort geben.« Sie runzelte die Stirn. »Ich zweifle immer noch, ob es richtig ist, daß ich Ihnen das alles erzähle.«

»Doch, das ist bestimmt richtig. Hat sonst noch jemand mit Ihnen über Melissa gesprochen?«

»Vor einiger Zeit bekam ich einen Anruf aus Los Angeles. Von einem Privatdetektiv, der behauptet hat, für Roy Alonzo zu arbeiten. Das war im August. Er hat mich dasselbe gefragt wie die anderen: Ob ich irgendwas von ihr gehört habe. Aber das hatte ich damals nicht.«

Dem Latino, wer auch immer das sein mochte, war Deirdre Polk offenbar unbekannt. Noch. »Als Stamworth hier war, hat er da Melissas Schwester Cathryn erwähnt?«

Stirnrunzeln. »Cathryn? Warum hätte er Cathryn erwähnen sollen?«

Anscheinend wußte sie noch nicht, daß Cathryn tot war. »Hatten Melissa und Cathryn eine gute Beziehung?«

Wieder Stirnrunzeln. »Gute Beziehung? Nun ja, sie waren Schwestern. Natürlich hat Mel sie gern, aber auf eine eher distanzierte Weise. Ich hatte immer den Eindruck, daß Mel sie mag, daß sie ihr aber auch irgendwie leid tut. Immer wenn sie von ihr sprach, sagte sie ›die arme Cathryn‹, als ob Cathryn ...« Schulterzucken. »Ich weiß nicht. Als ob Cathryn ihre Möglichkeiten nicht voll ausgeschöpft hätte oder so.«

Meine Miene mußte etwas verraten haben, denn jetzt sah sie mich kritisch an. »Ist was?« fragte sie. »Ist was passiert?«

»Cathryn ist tot«, sagte ich. »Sie ist letzte Woche ermordet worden.«

Es dauerte einen Moment, ehe sie verstanden hatte. Dann wurden ihre Züge vor Entsetzen schlaff. »Ermordet? Umgebracht? Aber ... mein Gott. Das ist ja furchtbar. *Furchtbar.* Weiß Melissa es schon?«

»Das weiß ich nicht.«

»Aber *warum*? Wer hat sie umgebracht?«

»Das weiß ich nicht. Die Polizei in Los Angeles weiß es auch nicht.«

»Aber ...« Ihre Augen weiteten sich alarmiert. »Das hat doch wohl nichts mit Melissa zu tun, oder?«

»Die Polizei glaubt nicht daran.«

»Und was glauben *Sie*?«

»Ich weiß es wirklich nicht. Ich weiß nur, daß ich Melissa finden will.«

»Aber *ermordet*? Wie denn?«

»Sie wurde erwürgt.« Es gab keinen Grund, darum herumzureden.

Deirdre Polk zuckte zusammen und hob schützend eine Hand an den Hals, mit gespreizten Fingern. »Wie schrecklich!«

»Miss Polk. Sie sagten vorhin, Melissa habe Verständnis für Schuldgefühle. Wie haben Sie das gemeint?«

Sie hatte den Blick abgewandt. Jetzt sah sie mich wieder an. »Entschuldigung. Wie bitte?«

Ich wiederholte die Frage.

Sie runzelte die Stirn, nahm die Hand vom Hals, legte sie auf die Lehne des Schaukelstuhls und bewegte nervös die Finger. Dann holte sie Luft. »Damit meine ich, daß sie ihr Leben lang damit zu tun hatte. Ihr Vater ist eine dominante Person. Schon immer gewesen. Alles muß nach *seiner* Vorstellung laufen, oder gar nicht. So wie Mel ihn mir geschildert hat, hat er ihr wahrscheinlich niemals gesagt, daß er stolz auf sie sei, er hat ihr nie so etwas wie Selbstwertgefühl vermittelt. Das Gefühl, nützlich zu sein. Daß sie selbst, sie als Melissa, ein wertvoller Mensch sei. Und ihre Mutter, sagt Mel, sei praktisch nicht existent. Mag sein, daß sie gute Absichten hat, aber die kann sie nicht durchsetzen, weil sie ihrem Mann, also Mels Vater, nicht gewachsen ist. Ich glaube, Mel ist mit Schuldgefühlen aufgewachsen, mit dem Gefühl, die an sie gestellten Ansprüche nicht erfüllt zu haben, versagt zu haben.«

Ich sagte: »Entschuldigen Sie bitte, daß ich so persönliche Fragen stelle. Aber ich muß soviel wie möglich über

Melissa wissen. Ihre Beziehung zu ihr? Waren Sie eng miteinander befreundet?«

Sie lächelte freudlos. »Eng, ja. Befreundet, ja. Aber kein Liebespaar.«

»Ich will nicht allzu neugierig sein«, sagte ich. »Aber, nun ja, ich muß neugierig sein. Es geht nicht anders.«

Sie nickte. »Ich schäme mich meiner Veranlagung nicht. Ich bin lesbisch. Das gehört zu mir. Es ist ein wichtiger Teil von mir, aber es definiert mich ebensowenig wie meine Frisur oder meine Kleider oder was ich esse. Melissa ist nicht lesbisch, und auch sie wird nicht davon definiert, daß sie hetero ist. Sie sind doch nicht etwa einer dieser bedauernswerten Männer, die einfach nicht wahrhaben wollen, daß auch zwischen Lesben und Hetero-Frauen gute freundschaftliche Beziehungen möglich sind?«

»Nein, ich bin keiner von denen.« Ich lächelte. »Aber einige meiner Freunde sind solche bedauernswerten Kreaturen.«

Sie nippte an ihrem Cidre. »Sie hat mir erzählt, sie habe es im College einmal ausprobiert. Mit einer Stubengenossin. Aber es habe sich nichts bei ihr getan, hat sie gesagt.«

»Wann haben Sie sie kennengelernt?«

»Vor zwei Jahren ungefähr. Kurz nach ihrer Scheidung. Ich hatte eine Ausstellung in Santa Fe, zusammen mit zwei anderen Frauen, und Mel war auf der Vernissage. Wir haben uns unterhalten, und nachher hat sie mich gefragt, ob ich Lust hätte, am nächsten Tag mit ihr essen zu gehen. Wir haben uns angefreundet. Ihr gefiel meine Arbeit, aber ich nehme an, am meisten hat ihr an mir gefallen, daß ich wußte, was ich wollte, und daß ich es machte. Mel versuchte gewissermaßen immer noch herauszufinden, wer sie war. Und was sie wollte. Manchmal kam es mir vor, als ob sie ihr Leben nur spielen würde. Daß sie nicht lebte, sondern nur eine Rolle verkörperte.«

»Als ich in Los Angeles war«, sagte ich, »habe ich eine Geschichte über Melissa gehört. Demzufolge sind Melissa und Roy gelegentlich auf SM-Partys gesehen worden. Können Sie mir dazu etwas sagen?«

Stirnrunzeln. »Ist das wichtig?«

»Ich kann zur Zeit noch nicht beurteilen, was wichtig ist. Ich kann nur so viele Informationen wie möglich zusammentragen. Und hoffen, daß irgend etwas davon mich früher oder später zu Melissa führt.«

Sie nippte an ihrem Cidre. »Sie hat mir erzählt, daß sie und Roy gelegentlich bei so was mitgemacht hätten. Inszenierungen. Meistens in Los Angeles, aber auch hier in New Mexico. Anscheinend gibt es in Albuquerque so eine Gruppe. Da sind die beiden ein paarmal hingefahren.«

Es verblüffte mich, daß es in Albuquerque eine SM-Gruppe geben sollte. Diese Stadt war mir nie als Brutstätte von Perversitäten erschienen. »Hat sie Ihnen gegenüber mal Namen von Leuten aus dieser Gruppe in Albuquerque erwähnt?«

»Nein. Aber ich habe auch nicht danach gefragt. Das Ganze hat mich nicht sonderlich interessiert. Es kam mir so . . . traurig und erbärmlich vor.« Ihr Lächeln bekundete jetzt Mitleid und Ironie zugleich. »Mel hat mich oft damit aufgezogen, wie normal ich sei. Lesbisch sei doch gar nichts.«

»Okay. Noch mal ein Stück zurück. Sie sagten, sie hat Sie vor dem Flug nach El Salvador angerufen. In was für einer Stimmung war sie da?«

Stirnrunzeln. »Das war komisch. Seltsam und komisch. Ich hatte erwartet, daß sie verzweifelt wäre. Ein paar Wochen vorher, als der Richter seine Entscheidung bekanntgegeben hatte, war sie *sehr* verzweifelt gewesen.

Und wütend war sie immer noch. Aber sie wirkte geradezu aufgekratzt, daß sie jetzt da runterfliegen sollte. Eigentlich hat sie nur in Rätseln gesprochen, als ob sie einen geheimen Auftrag zu erfüllen habe. Wahrscheinlich hat sie auch damit wieder eine Rolle verkörpert. Jedenfalls sagte sie, daß sie da unten etwas für Juanita unternehmen werde.«

XIX

»Juanita«, sagte ich. »Juanita Carrera?«

Deirdre Polk nickte. »Ja. Kennen Sie sie?«

»Noch nicht. Und Sie?«

»Nein, aber Mel hat oft von ihr gesprochen. Mel war Juanitas Patin, bei einer Gruppe namens Sanctuary, und die beiden hatten sich angefreundet. Mel hat mir erzählt, sie wolle in El Salvador etwas für Juanita unternehmen.«

»Hat sie gesagt, was das sein könnte?«

»Nein.« Wieder das bedauernde Lächeln. »Mel kann furchtbar halsstarrig sein, wenn sie will. Wenn sie einem etwas nicht sagen will, dann sagt sie es auch nicht.«

»Die Sache, die sie da für Juanita unternehmen wollte. Hatten Sie den Eindruck, daß es sich dabei um etwas Wichtiges handelte?«

»Wichtig für Juanita, ja. Es war bestimmt etwas Wichtiges. Als Mel vor drei Wochen bei mir war, hat sie mir nämlich erzählt, daß sie nur nach Santa Fe zurückgekommen sei, um mit Juanita zu sprechen. Sie habe ihr einiges mitzuteilen.«

»Was das war, hat sie nicht gesagt?«

»Nein. Es hatte irgendwas mit El Salvador zu tun. Irgendwas war da unten passiert. Aber sie wollte es mir nicht erzählen.«

Rita hatte also recht gehabt. Wie üblich. »Und warum nicht?« fragte ich.

»Sie hat gesagt, es wäre besser, wenn ich es nicht wüßte. Ich habe das zunächst wieder für Schauspielerei gehalten.» Sie schüttelte stirnrunzelnd den Kopf. »Vielleicht gebe ich Ihnen einen ganz falschen Eindruck von Mel.« Sie nahm einen Schluck Cidre. »Nun ja«, sagte sie, »sie spielt einem eben manchmal was vor. Inszeniert sich selbst, ihr Leben. In mancher Hinsicht ist sie noch ein kleines Mädchen, das nach Bestätigung heischt. Aber vielleicht sind ja die meisten von uns noch kleine Mädchen und Jungen, vielleicht tragen wir alle unsere heimlichen Wunden mit uns herum und heischen nach Bestätigung, einfach damit wir uns besser fühlen. Das heißt aber nicht, daß sie alltäglich ist. Im Gegenteil. Sie engagiert sich *wirklich* für die Leute, denen sie bei Sanctuary hilft. Sie hat Juanita wirklich gern, und sie würde alles tun, um ihr zu helfen. Warum sie so ist, dafür lassen sich eine Menge komplizierter psychologischer Begründungen finden. Zum Beispiel, daß sie ihr Leben lang vernachlässigt worden ist, oder daß sie einen gefühlskalten, unnahbaren Vater hat. Das mag alles zutreffen. Ich bin keine Psychologin, ich weiß es nicht. Aber es spielt im Grunde auch keine Rolle. Sie hat einfach ein gutes Herz, ein wirklich teilnehmendes Herz, und sie kennt keinerlei Angst, wenn sie Dinge und Menschen schützt, an denen ihr etwas liegt.«

Ich nickte. »Sie sagten, es sei keine Schauspielerei gewesen, als sie sich weigerte, Ihnen von den Ereignissen in El Salvador zu erzählen.«

»Nein. Nein, da hat sie mir richtig angst gemacht.« Sie atmete tief ein. »Ich habe immer noch Angst.«

»Hat sie vor dieser Reise nach El Salvador schon mal mit Ihnen über die Underground Railroad gesprochen?«

Sie nickte. »Wir haben uns einmal am Telefon darüber unterhalten. Kurz nachdem das Gericht gegen sie entschieden hatte. Sie erzählte, sie habe mit einer gewissen Elizabeth Drewer gesprochen. Das ist eine Anwältin in Los Angeles, die offenbar mit der Railroad in Verbindung steht. Mel hat erzählt, Drewer habe ihr die Arbeitsweise der Railroad erklärt, und was Mel tun müsse, falls sie deren Hilfe in Anspruch nehmen wolle.«

»Hatten Sie damals den Eindruck, daß sie sie in Anspruch nehmen wollte?«

Deirdre Polk runzelte die Stirn. »Sie war hin- und hergerissen, unentschlossen. Das war ein bedeutender Schritt, und das wußte sie. Eine sehr schwere Entscheidung. Sie würde alles aufgeben müssen. Ihr Haus, ihre Freunde, ihr ganzes Leben. Ständig auf der Flucht, für wer weiß wie lange. Womöglich für immer. Aber andererseits, wenn sie in Los Angeles blieb, konnte Roy sich Zugang zu Melissa erzwingen. Schließlich hatte er unbeschränktes Besuchsrecht. Und diese Vorstellung hat sie in Panik versetzt.«

»Was halten Sie von Roy Alonzo?«

Wieder zuckte sie die Schultern. »Ich bin ihm nie begegnet. Aber er braucht Hilfe, das steht fest. So etwas bringt man nur fertig, wenn man von Grund auf gestört ist.«

»Sie zweifeln demnach nicht daran, daß er Winona mißbraucht hat.«

Sie schüttelte den Kopf. »Melissa hätte sich, hätte Winona niemals diesem furchtbaren Prozeß ausgesetzt, wenn sie nicht hundertprozentig von Roys Schuld überzeugt gewesen wäre. Wir haben darüber gesprochen, bevor sie den Entschluß faßte, Roy vor Gericht zu bringen. Ich habe sie gefragt, ob sie sich absolut sicher sei, daß Roy das getan habe. Sie sagte, wenn er es nicht getan habe, dann müsse Winona ohne jeden Grund gelogen haben, dann müssen all diese Ärzte, all die Psychologen und Gynäkologen, die Winona untersucht hätten, alle ohne Ausnahme unrecht haben.«

»Hat sie mal von einer Frau namens Shana Eberle gesprochen?«

Stirnrunzeln. »Der Name ist mir bekannt.«

»Roy Alonzo hatte eine Affäre mit ihr, als die Sache mit dem Mißbrauch aufkam.«

Sie nickte. »Mel hat von ihr gesprochen. Sie sagte, die Frau sei bekannt dafür, mit jedem in Hollywood ins Bett zu steigen.« Wieder ein bedauerndes Lächeln. »Sie sagte, jetzt habe Roy endlich genau das, was er verdient.«

»War Melissa eifersüchtig auf sie?«

»Eifersüchtig? Warum sollte sie?«

Ich zuckte die Schultern. »Ich habe gehört, Melissa sei ein eifersüchtiger Typ.«

»Solange sie und Roy verheiratet waren, ja, kann sein. Ich glaube, Eifersucht hat viel mit dem Bedürfnis nach Bestätigung zu tun. Aber Roy hat sie dazu angestachelt. Vorsätzlich. Er war ein schrecklicher Schürzenjäger, ständig hat er vor Mels Augen mit anderen Frauen geflirtet. Er hat das absichtlich getan. Sie sagt, er habe darüber gelacht. Er habe mit seinen Eroberungen geprahlt. Aber nach der Scheidung, als sie aus dem Ganzen heraus war, war es ihr ziemlich gleichgültig, was Roy getrieben hat.« Sie lächelte matt. »Und mit wem.«

»Diese Veränderung kam ganz plötzlich?«

»Nein, nicht plötzlich. Sie hat ein Jahr gebraucht, um über die Scheidung hinwegzukommen, und es gab da einige schlimme Phasen. Es war ihre zweite Scheidung, und diesmal war auch noch ein Kind zu berücksichtigen. Aber als Roy die Sache mit Shana Eberle hatte, hatte Mel das Schlimmste hinter sich.«

»Gab es irgendwelche anderen Männer in ihrem Leben?«

»Nicht daß ich wüßte. Sie hat mir erzählt, ihr Anwalt –

der Mann, der sie bei den Scheidungs- und Sorgerechtsverhandlungen vertreten hat –, also ihr Anwalt sei wohl ein wenig verknallt in sie gewesen. Den Namen habe ich vergessen.«

»Chuck Arthur.«

»Richtig. Sie hatte ihn gern. Und es gefiel ihr, daß jemand wie er sie attraktiv finden konnte. Er war jünger als sie, ein kluger Mann, der gute Arbeit leistete. Aber soweit ich weiß, ist da nie was Ernstes draus geworden.«

»Okay«, sagte ich. »Der Satz: ›Die Blume in der Wüste lebt‹. Sagt Ihnen das was?«

Stirnrunzeln. »Nein. Was soll das sein?«

»Ich weiß es nicht. Es stand auf einigen Postkarten, die Melissa verschickt hat.«

Sie schüttelte den Kopf. »Habe ich nie aus ihrem Mund gehört.«

Ich trank meinen Cidre aus und stellte das Glas auf den Couchtisch. »Na schön. Ich danke Ihnen. Ich weiß Ihre Offenheit sehr zu schätzen.«

Sie beugte sich leicht nach vorn, über ihren Becher. »Glauben Sie, daß Sie sie finden werden?«

»Ich werde sie finden.« Ich hatte das schon oft gesagt, aber noch nie mit so tiefer Überzeugung. Ich wußte jetzt definitiv, daß Melissa von der Underground Railroad versteckt wurde. Sie war vor weniger als drei Wochen hier in diesem Haus gewesen. Sie war in Santa Fe gewesen, und sie hatte irgendwo hier in der Gegend untertauchen wollen. Früher oder später würde ich sie finden.

Ich kraulte den Hund ein letztes Mal am Kopf, dann stand ich auf. Der Hund gähnte, legte sich zu meinen Füßen nieder und schlief sofort ein. Offenbar hatte ich starken Eindruck auf ihn gemacht.

Deirdre Polk stellte den Becher ab und erhob sich; sie schob die Hände in die vorderen Hosentaschen und machte ein besorgtes Gesicht. »Die Sache mit Cathryn. Der Mord. Das macht mir richtig angst.«

»Mir auch«, sagte ich. »Aber vielleicht hat es gar nichts mit Melissa zu tun. Die Polizei sieht keinen Zusammenhang, und normalerweise kann man sich auf die Polizei verlassen.«

Ihre Miene war immer noch besorgt.

Ich sagte: »Ich würde Ihnen auch gern etwas Tröstlicheres sagen können. Vielleicht bin ich schon bald dazu in der Lage. Sobald ich irgend etwas Genaues weiß, werde ich mich mit Ihnen in Verbindung setzen.«

Sie nickte, ihr Lächeln sah traurig aus. »Danke.«

Ich wechselte das Thema, wies auf die Bilder an der Wand. »Übrigens, Ihre Bilder gefallen mir. Melissa hat einige Ihrer Gemälde bei sich im Schlafzimmer hängen, in Kalifornien.«

Sie lächelte traurig. »Eins hat sie bei der Vernissage gekauft, auf der wir uns kennengelernt haben. Das andere habe ich ihr voriges Jahr zum Geburtstag geschenkt.« Sie machte eine Kopfbewegung zu den Bildern hin. »Die hier sind schon alt. Meine ersten Versuche. Ich lasse sie dort hängen, als Erinnerung, wie weit ich gekommen bin. Und wieviel weiter ich noch kommen muß.«

Ich trat näher heran und besah mir die Bilder genauer. Eins zeigte das Wohnzimmer, in dem wir gerade standen, gemalt von dem Flur aus, der zur Küche führte. Auf dem anderen sah man durch eine Tür auf ein ungemachtes Bett, ein Fenster mit biederen Vorhängen, ein Stück glänzenden Holzboden. Beide waren so detailverliebt und sinnlich gemalt wie die zwei Bilder in Malibu, und beide wirkten auf eigenartige, fast geisterhafte Weise besitzergreifend. Auf dem Schlafzimmerbild war das Licht gedämpfter, die Farben dunkler; es wirkte eher melancholisch, als lauerten einsame, mißgestimmte Geister in den Ecken.

»Ich finde beide sehr schön«, sagte ich. »Aber ich glaube, das hier gefällt mir besser.« Ich zeigte auf das Schlafzimmerbild.

Inzwischen stand sie neben mir. Sie nickte. »Das ist ein trauriges Bild. Als ich es gemalt habe, ging es mir ziemlich schlecht.«

»Es gefällt mir.«

Sie trat einen Schritt vor, nahm das Bild vom Haken und hielt es mir hin. »Hier.«

»Das kann ich doch nicht annehmen.«

»Dinge sollten den Leuten gehören, die am meisten damit anfangen können. Bitte. Nehmen Sie es. Ich möchte wirklich, daß Sie es mitnehmen.«

»Das geht doch nicht. Verschenken Sie Ihre Bilder an jeden, dem sie gefallen?«

»Nicht an jeden. Aber ich möchte, daß Sie das mitnehmen. Bitte, Mr. Croft.«

Ich lächelte verlegen. »Wenn Sie mich mit Geschenken überhäufen, müssen Sie mich Joshua nennen.«

Sie lächelte. »Also gut, Joshua.«

»Wie wär's, wenn Sie es behalten, bis ich Melissa gefunden habe? Dann hole ich's mir ab.«

»Nehmen Sie's jetzt. Bitte.«

Jede weitere Ziererei wäre unhöflich gewesen. Ich nahm es. »Na schön. Danke sehr.«

»Es freut mich, daß es Ihnen gefällt.«

Ich sah es mir an. »Danke. Wirklich ein schönes Bild.« Dann fiel mir etwas ein, und ich hob den Blick. »Eins noch. Es gibt da noch einen anderen Mann, der in diesen Fall verwickelt ist. Er stellt Fragen, sucht alle möglichen Leute. Ein Latino. Ich weiß nicht, wer er ist und was er will. Aber ich habe ein ungutes Gefühl. Wenn er Kontakt mit Ihnen aufnimmt, sagen Sie mir bitte Bescheid.« Ich zog eine Karte aus der Tasche und gab sie ihr.

Jetzt war sie wieder besorgt. »Was könnte er denn mit Melissa zu tun haben?«

»Ich weiß es nicht«, sagte ich. »Vielleicht gar nichts.« Das glaubte ich zwar nicht, aber ich wollte sie nicht beunruhigen. »Jedenfalls, wenn er auftaucht, sagen Sie mir Bescheid?«

Sie nickte. »Und Sie sagen mir Bescheid, wenn Sie irgend etwas von ihr hören?«

»Ja, mach ich«, sagte ich.

Um halb acht verließ ich Deirdre Polks Haus. Auf der Rückfahrt nach Santa Fe erlebte ich das erste richtige Unwetter dieses Herbstes, der Regen wurde zu Schnee, und der Schnee auf der Windschutzscheibe, zusammengefegt von den Wischern, wurde zu Matsch. Durch die Scheinwerferstrahlen schossen in grellweißen Streifen dicke große Flocken auf mich zu. Der Wind rüttelte an meinem Kombi. Ich stellte auf Vierradantrieb um und fuhr nur noch siebzig.

Als ich gegen zehn die Stadt erreichte, hatte der Wind sich gelegt. Der Schnee fiel immer noch, aber still und leise. Etwa zehn Zentimeter hoch bedeckte das Zeug den Boden.

In meinem Haus fand ich eine Nachricht von Leroy, Ritas entferntem Verwandten; der Zettel lag auf einem kleinen schwarzen Plastikkasten, den er an mein Telefon angeschlossen hatte.

»Bei grünem Licht ist die Leitung in Ordnung«, stand auf dem Zettel. *»Leuchtet kein Licht auf, ist eine Wanze drin. Leroy.«*

Ich nahm den Hörer ab. Das grüne Licht ging an.

Es war lästig, sich wegen einer Wanze in der Leitung Sorgen machen zu müssen. Zumal die Sorgen wahrscheinlich paranoid waren. Allerdings habe ich oft festgestellt, daß Paranoia eine nützliche soziale Eigenschaft sein kann.

Ich machte Feuer im Kamin, schenkte mir einen Drink ein, setzte mich aufs Sofa und nahm mir die Namen der zwei Professoren vom College of Santa Fe vor, die ich aus dem Bibliothekskatalog herausgeschrieben hatte. Raymond Gallegos lehrte Psychopathologie, Paul Cavanaugh lehrte amerikanische Literatur.

Ich kannte jemanden an dem College – Larry Morgan, er war Professor für Anthropologie. Ich nahm den Hörer ab. Grünes Licht. Ich rief Morgan an und fragte ihn nach den beiden Kollegen. Er sagte, Gallegos sei ein Verrückter. Ich sagte, das seien die meisten Psychologen. Er sagte, Cavanaugh kenne er nicht so gut, aber dem Vernehmen nach sei er ein fähiger Mann. Er wollte wissen, warum ich ihn danach fragte, und ich erzählte ihm, es habe mit einem Auftrag zu tun. Er erklärte sich einverstanden, die beiden anzurufen; er werde sie über meine Person aufklären und sie bitten, sich bei mir zu melden.

Im Lauf der nächsten Stunden riefen sie beide an, Cavanaugh als erster. Beide bestätigten, daß Juanita Carrera ihre Vorlesungen besucht hatte. Beide beschrieben sie als ruhig, zurückhaltend und intelligent. Soweit sie wußten, hatte sie keine Freunde unter den anderen Studenten. Beide erzählten mir, daß Stamworth vorigen Freitag im College mit ihnen gesprochen habe. Beide waren neugierig und wollten wissen, was dieses plötzliche allseitige Interesse an Juanita Carrera zu bedeuten habe. Das wisse ich selbst nicht, sagte ich beiden. Cavanaugh war von Freitag bis Mittwoch, also gestern, nicht in der Stadt und hatte den Latino nicht gesehen.

Gallegos hatte ihn am Montag gesehen. Der Mann hatte sich wieder einmal als Juanitas Vetter ausgegeben.

»Er könnte natürlich die Wahrheit gesagt haben«, meinte Gallegos.

»Wie kommen Sie darauf?« fragte ich.

»Na ja, wir haben uns auf spanisch unterhalten, und

sein Akzent und gewisse Formulierungen weisen darauf hin, daß er in El Salvador geboren ist. Also wie Juanita. Aber er könnte auch gelogen haben. Er hat einen ziemlich unangenehmen Eindruck auf mich gemacht. Einem Typen wie ihm würde ich nicht gern im Dunkeln begegnen.«

»Was haben Sie ihm gesagt?«

»Es gab nichts, was ich ihm hätte sagen *können*. Wie gesagt, Juanita hatte keine Kontakte, weder mit ihren Kommilitonen, und mit mir schon gar nicht. Ist sie in Schwierigkeiten?«

»Das weiß ich nicht. Ich will's nicht hoffen.«

»Geht es um was Politisches?«

»Wie meinen Sie?«

»Es gibt in El Salvador eine paramilitärische Organisation; nennt sich ORDEN. Ziemlich brutaler Verein, rechtsextreme Mörderbande. Wohlgemerkt, ich sage nicht, daß dieser Kerl dazugehört. Das kann ich nicht beurteilen. Aber er hatte den toten Gestapoblick dieser Leute. Hat Juanita sich in El Salvador politisch betätigt?«

»Das weiß ich nicht.«

»Könnten Sie mich über die Ermittlungen auf dem laufenden halten? Ich habe Juanita gern. Schrecklicher Gedanke, daß sie womöglich irgendwie in diesen Sumpf da unten geraten sein könnte.«

Ich dankte ihm für seine Hilfe.

Wahrscheinlich eine Sackgasse. Nur daß ich jetzt noch mehr Anlaß hatte als vorher, mir um Juanita Carrera Sorgen zu machen.

Ich rief Norman Montoya an. Er berichtete, bis jetzt hätten seine Leute »den fraglichen Gegenstand nicht ausfindig machen können«. Ich dankte ihm.

Schlag dir Juanita Carrera erst einmal aus dem Kopf, sagte ich mir. Mehr kannst du vorläufig nicht für sie tun. Konzentriere dich auf Melissa und Roy Alonzo.

Ich nahm mir die Presseausschnitte vor, die Ed Norman mir in Los Angeles gegeben hatte. Bis jetzt hatte ich nur darin herumgeblättert. In den meisten ging es um das Mißbrauchsverfahren. Die Reporter berichteten darüber wie über ein Fußballspiel. Melissa Alonzos Gutachter sagen aus: Tor für Melissa. Roy Alonzos Gutachter sagen aus: Tor für Roy.

Am Ende hatte Roy Alonzo dieses Match gegen Melissa gewonnen. Ihm wurde das Recht zugesprochen, seine Tochter am Wochenende ohne weitere Aufsicht in Empfang nehmen zu dürfen. Für die Gerichtsreporter war der Fall damit offenbar erledigt. Da nur die Guten gewinnen können, ist der Gewinner definitionsgemäß ein Guter.

Ich war mir da nicht so sicher. Zugegeben, die meisten, mit denen ich gesprochen hatte, waren Freunde von Melissa. Zugegeben, die medizinische Beweislage war nicht eindeutig, wie üblich in solchen Fällen. Aber die widersprüchlichen Aussagen ergaben auch ein Bild: Melissas Gutachter wirkten menschlich und engagiert und erschüttert von dem Entsetzlichen, das Winona ihrer Ansicht nach durchgemacht hatte; Roy Alonzos Gutachter hingegen wirkten aalglatt, aufgeblasen und desinteressiert.

Vielleicht ließ ich mich selbst schon beeinflussen. Während der Unterhaltung mit Deirdre Polk hatte ich mir zum ersten Mal ein Bild von Melissa machen können, sie mir als lebendigen Menschen vorstellen können, und jetzt spürte ich, daß ich ihre Darstellung der Ereignisse vor Gericht zu glauben begann. Hätte Norman Montoya mich an diesem Abend um einen Rat gebeten, dann hätte ich ihm geraten, Roy Alonzo von Winona fernzuhalten.

Als ich zu Ende gelesen hatte, stand ich auf, machte mir noch einen Drink, holte das Bild, das Deirdre Polk mir geschenkt hatte, und setzte mich damit aufs Sofa zurück.

Für mich war das wirklich ein bemerkenswertes Werk. Heiter und unendlich traurig zugleich. Die Oberflächen der dargestellten Dinge hatten etwas erdrückend Leeres und Trostloses. Beim Betrachten des Bildes stellte ich mir plötzlich vor, daß Melissa Alonzo und ihre Tochter sich irgendwo in diesem präzise gemalten Schlafzimmer versteckt hielten, eng aneinandergeschmiegt und zitternd vor Angst.

Deirdre Polk war wirklich begabt. Sie gefiel mir. Ich bewunderte ihr Talent, ihre Aufrichtigkeit, ihre Zuneigung zu Melissa. Sie machte einen in sich geschlossenen Eindruck. Mir schien, sie hatte sich im Alleinsein eingerichtet, und das ist vielleicht das Wichtigste und sicher das Schwierigste, das wir tun können.

Um halb zwölf kam die Polizei und unterrichtete mich von ihrem Tod.

XX

Im Türspion sah ich zwei Männer unter der Lampe im rieselnden Schnee. Auf keinen von ihnen paßte die Beschreibung des Latinos, der hinter Juanita Carrera her war. Der eine war etwas kleiner als der andere, aber beide waren groß und trugen dunkle Mäntel, bei der Kälte natürlich zugeknöpft. Unterm Kinn zeigten sich Krawattenknoten. Ihre Mienen waren ausdruckslos wie bei jedem, der zu lange zuviel gehört und gesehen hat. Sie brauchten sich nicht auszuweisen, ich wußte auch so, daß es Polizisten waren.

»Wer ist da?« rief ich durch die Tür.

»Polizei, Mr. Croft«, sagte der größere. »Wir müssen Ihnen ein paar Fragen stellen.«

Ich machte auf, und sie stampften mit den Füßen,

wischten sich mit den Handschuhen den Schnee von den Schultern und traten ein, der größere voran. Ich schloß die Tür. Der größere sagte: »Ich bin Agent Hernandez. Das ist Agent Green.«

Hernandez war um die dreißig. Schwarzer Bürstenschnitt, eckiges rotes Gesicht, breite Schultern. Green war vermutlich jünger, sah aber mit seinem schütteren Haar älter aus. Breite Stirn, rundes Gesicht, graue Wangen, unergründliche braune Augen, die beiläufig durch mein Wohnzimmer schweiften. Er würde noch in zwanzig Jahren das Indianerpüppchen auf meinem Bücherregal beschreiben können.

Während sie die Handschuhe abstreiften, sagte ich: »Könnten Sie sich ausweisen?«

Noch immer ausdruckslos, griffen sie in ihre Rocktaschen. Ich sah mir die Ausweise an. »Danke«, sagte ich und wies auf das Sofa. »Nehmen Sie Platz.«

Ich setzte mich ihnen gegenüber auf den Ledersessel. Sie saßen weit vorn, das Gewicht auf die Füße gestützt. Green zog ein kleines Spiralnotizbuch und einen Stift aus der Manteltasche.

Ich sagte: »Was kann ich für Sie tun?«

»Sie sind heute abend in Hartley gewesen und haben mit einer Frau namens Deirdre Polk gesprochen.«

»Was ist passiert?« fragte ich. Ich glaube, ich wußte es bereits. In meiner Brust breitete sich plötzlich Kälte aus.

»Sie ist tot«, sagte Hernandez. Green sagte nichts. Beide beobachteten mich.

»O Gott«, sagte ich. Ich sank nach hinten und schloß die Augen. Im Dunkeln sah ich Deirdre Polks Gesicht. Es war besorgt, unruhig, die Stirn gefurcht, die breite Unterlippe leicht zwischen den weißen Zähnen eingeklemmt. »O Gott«, sagte ich.

Hernandez sagte: »Wie gut haben Sie sie gekannt, Mr. Croft?«

Ich machte die Augen auf. »Wie wurde sie ermordet?«

Greens dunkelbraune Augen sahen rasch zu Hernandez hinüber, dann wieder zu mir. Hernandez sagte: »Würden Sie bitte meine Frage beantworten, Mr. Croft.«

Ich holte Luft. »Ja. Natürlich. Ich werde Ihnen in jeder Weise behilflich sein. Aber ich muß das erst mal verarbeiten. Das habe ich nicht erwartet. Ich habe diese Frau gern gehabt. Wie wurde sie ermordet?«

Hernandez sah mich durchdringend an. »Sie wurde erwürgt«, sagte er.

»Scheiße.« Ich holte noch einmal Luft. Die Luft im Zimmer war plötzlich zu dünn. »Wurde sie gefoltert?« Meine Stimme schien von jemand anderem zu kommen. Ich wünschte, es wäre so gewesen.

Wieder sah Green zu Hernandez hinüber. Hernandez legte die Stirn in Falten. »Vielleicht sollten Sie jetzt mal unsere Fragen beantworten, Mr. Croft.«

Ich rieb mir die Stirn. Sie war kalt und feucht. Ich sagte: »Sie werden mit einem Sergeant Bradley in Los Angeles reden müssen. Von der Mordkommission. Er bearbeitet gerade einen ähnlichen Fall. Derselbe Tathergang. Ich bin mir nicht sicher, aber es könnte sich bei dem Mann, den Sie suchen, um einen Latino handeln, vermutlich aus El Salvador. Durchschnittliche Größe, durchschnittliche Figur. Er hat einen schmalen dünnen Schnurrbart. Schwarze Haare, nach hinten gekämmt. Alter über dreißig.«

Green schnaubte leise und setzte ein fast unmerkliches Grinsen auf, als säße seine Verachtung so tief, daß er gar nicht genug Energie aufbringen konnte, sie deutlicher zum Ausdruck zu bringen. Er sah Hernandez an und nahm zum ersten Mal das Wort. »Dann können wir ja jetzt nach Hause gehen, wie?«

Hernandez ließ mich nicht aus den Augen. Er sagte: »Wie gut haben Sie Deirdre Polk gekannt, Mr. Croft?«

»Ich habe sie heute zum ersten Mal gesehen. Sie haben meine Karte in ihrem Haus gefunden?«

Hernandez sagte: »Wie war Ihre Beziehung zu ihr?«

»Es gab keine Beziehung. Ich habe ihr einige Fragen gestellt. Es ging um einen Fall, an dem ich arbeite.«

»Was für ein Fall ist das?« fragte Hernandez.

Ich erzählte es ihnen. Alles. Erzählte ihnen von Roy Alonzo, Melissa, Cathryn Bigelow und ihrer Ermordung, von all den Leuten, mit denen ich in Los Angeles gesprochen hatte, von all den Leuten, mit denen ich seit der Rückkehr nach Santa Fe gesprochen hatte. Ich erzählte ihnen von Juanita Carrera. Falls der Latino Deirdre Polk ermordet hatte, war Juanita in Gefahr. Jemand mußte sie finden, bevor er es tat. Die Polizei verfügte, wie ich schon Chuck Arthur gesagt hatte, über weitaus mehr Mittel als ich.

Der einzige, den ich ausließ, war Norman Montoya.

Als ich fertig war, sagte Hernandez: »Sie glauben also, es gibt einen Zusammenhang zwischen dieser Carrera, Melissa Alonzo und Deirdre Polk?«

»Davon bin ich überzeugt«, sagte ich. »Ich weiß nur nicht, wie dieser Zusammenhang aussieht. Hören Sie. Deirdre Polk hatte einen Hund. Einen großen Schäferhund. Ist mit dem alles in Ordnung?« Ich wußte schon während ich fragte, was für eine dumme Frage das war.

»Der Hund ist tot«, sagte Hernandez. »Erschossen.«

Er hatte den Hund töten müssen, um an Deirdre heranzukommen.

Ich holte noch einmal tief Luft. Ich sehnte mich nach einer Zigarette.

»Okay«, sagte Hernandez. »Noch mal von vorne.«

»Ist der Todeszeitpunkt schon ermittelt?« fragte ich.

Hernandez runzelte die Stirn. Er sollte hier die Fragen stellen. Aber ich hatte mich kooperativ verhalten und er gab nach. »Die Leiche war noch warm, soweit wir wissen. Wir waren nicht selbst am Tatort. Wir sind von der Wache Santa Fe. Für Hartley ist Unterabteilung Española zuständig. Dort hat um elf Uhr der Sheriff von Taos County angerufen. Española konnte niemanden hierherschicken, also hat man uns benachrichtigt. Polk wurde gegen halb elf von einer Freundin gefunden. Ihnen zufolge war sie um halb acht noch am Leben.«

»Um halb elf war ich hier und habe telefoniert.«

Hernandez nickte. »Mit Gallegos und ...« Er warf Green einen Blick zu. Der ließ mich nicht aus den Augen und sagte, ohne in sein Notizbuch zu sehen: »Cavanaugh.«

»Cavanaugh, richtig«, sagte Hernandez. »Bei dem Wetter braucht man zwei Stunden von dort nach hier.« Er hob die Schultern. »Demnach könnten Sie ein Alibi haben. Hängt davon ab, was die Autopsie ergibt.«

Vor mir blitzte ein Bild auf: Deirdre Polks langer Körper, nackt auf einem Tisch aus rostfreiem Stahl. Ich sagte: »Es war ganz schön schlau von mir, meine Visitenkarte dazulassen, nachdem ich sie ermordet habe.«

Hernandez hob schon wieder die Schultern. »Tja, manche Leute sind schon komisch.«

»Ich hätte die Karte vor einer Woche dalassen können. Vor einem Monat.«

»Ein Nachbar hat kurz vor dem Gewitter einen dunklen Subaru-Kombi in Polks Einfahrt einbiegen sehen. Sie besitzen einen dunklen Subaru-Kombi. Nun, wie sieht's aus? Wollen Sie immer noch behaupten, daß Sie heute abend nicht dort waren?«

»Ich bin dort gewesen.«

Hernandez nickte. »Beginnen wir von vorn. Roy Alonzo ist in Ihr Büro gekommen.«

Um Viertel vor zwei verließen sie das Haus. Ich ging in die Küche und holte mir noch einen Drink. Ich ging ins

Wohnzimmer zurück und starrte lange Zeit das Bild an, das Deirdre Polk mir geschenkt hatte. Es lehnte an der Lampe auf dem Sofatisch. Ich nahm einen Schluck Bourbon, aus meiner Kehle kam ein leises Knurren, das ich nur wie aus weiter Ferne hörte, und dann schmiß ich das Glas an die Wand. Es zog einen Kometenschweif aus Whiskey hinter sich her und zerschellte krachend auf dem Putz.

Wie hatte er Deirdre Polk gefunden? Wenn er Zugang zu Melissas Telefonrechnungen hatte, mußte er sie schon vor Monaten aufgespürt haben. Wie das FBI.

Wie hatte er sie gefunden?

Ich blieb noch ein paar Minuten stehen. Dann ging ich in die Küche zurück, riß die Rolle mit den Papiertüchern aus der Plastikhalterung und trug sie ins Wohnzimmer. Als ich die Sauerei beseitigte, bemerkte ich, daß etwas von dem Whiskey auf Deirdre Polks Gemälde gespritzt war. Ein paar Tropfen liefen sehr langsam die glatte Fläche hinab, wie Tränen auf einem Gesicht.

Eine dieser Zufallsberührungen von Phrase und Wirklichkeit, die uns bedeutungsvoll erscheinen. Wir suchen ständig nach Sinn, fahnden nach Zeichen und Vorahnungen. Und wir finden sie. Der einsame Rabe über dem Friedhof. Das »Geschlossen«-Schild neben der Ladenkasse, nachdem irgendein hektischer Irrer in einem Augenblick rasender Erregung einen harmlosen Verkäufer umgenietet hat. Wie ein schlechter Film drängt uns das Leben genüßlich Symbole auf, die, wenn auch kurz, auf einen Sinn hinweisen. In Wahrheit aber sind sie leer, billig und kitschig, falsch und aufgesetzt, und am Ende beweisen sie nichts anderes als den willkürlichen Zusammenhang lebloser Gegenstände in einem mit all seinen beiläufigen Grausamkeiten willkürlichen Universum.

Dies ungefähr empfand ich, ohne bewußt zu denken.

Und wieder stieg die Wut in mir hoch. Um ein Haar hätte ich auch noch das Bild an die Wand geschleudert.

Aber ich holte nur Luft und tupfte dann das Bild behutsam und sorgfältig trocken. Wenn wir keinen Sinn sehen, können wir immerhin einen konstruieren.

Nach dem Putzen holte ich mir noch einen Drink, ging damit ins Schlafzimmer und stellte ihn auf den Nachttisch. Ich zog mich aus und stieg ins Bett.

Ich schlief nicht gut in dieser Nacht.

Leroys Laden in der Cerrillos Road machte erst um halb neun auf, aber ich war schon um sieben fertig angezogen: feste Stiefel mit Stahlkappen, hellbraune Kordhose, Jeanshemd, Pullover mit rundem Ausschnitt. Ich hätte richtig frühstücken sollen, hatte aber keinen Hunger und würgte nur etwas Toast und Kaffee hinunter. Ich reinigte die Smith & Wesson. Dann saß ich eine Weile vor dem Fernseher und sah lächelnden Leuten zu, die schnippische Bemerkungen austauschten. Ich reinigte die Smith noch einmal und lud sie neu. Um acht zog ich die Schaffelljacke an, nahm die 38er, schob sie in die rechte Jackentasche, streifte mir Handschuhe über und ging.

Ich trat in eine grelle Welt hinaus. Sonne, blauer Himmel, strahlend weißer Schnee. Die Häuser nebenan sahen aus wie uralte Pueblos, menschenleer unter Schneewehen. Schnee fiel in weichen Klumpen von den Bäumen und wehte wie Rauch, wie glitzernder Goldstaub von den Dächern. Ein wunderbarer Morgen. Deirdre Polk erlebte ihn nicht mehr.

Im Kombi öffnete ich das Handschuhfach, nahm die Sonnenbrille heraus und setzte sie auf. Ich fuhr mit Vierradantrieb zur Acequia Madre, bog links ab, folgte der schmalen Straße bis zum Paseo de Peralta, bog wieder links ab, wechselte auf Zweiradantrieb und fuhr zur Cerrillos. Von den Hauptstraßen war der Schnee bereits verschwunden, sie waren naß und schwarz und mußten schon vor Stunden gestreut worden sein.

Auf der Cerrillos Road war wie üblich viel Verkehr, die Autos rasten durch den sandigen Matsch, als gäbe es ihn gar nicht.

Leroy war nicht im Laden, als ich kam. Ich wartete im Wagen.

Um fünf nach halb neun tauchte er auf. Ich erklärte ihm mein Anliegen. Dann fuhr ich den Subaru nach hinten in seine Garage, zog den Zündschlüssel und stieg aus.

Leroy war klein und untersetzt und hatte einen krummen Rücken. Seine behaarten Arme waren zu lang, seine schwere Stirn zu niedrig. Er war ein Genie. Rita hatte einmal gesagt, ein Mensch wie er könnte einen dazu bringen, seinen Platz in der Evolution neu zu überdenken, welcher Platz auch immer das sein mochte. Aber an diesem Morgen war er nicht Genie genug, um zu erkennen, daß ich nicht zum Plaudern aufgelegt war.

Während er mit einem kleinen schwarzen Kasten, der aussah wie ein Oszilloskop, langsam um den Subaru herumschlich, konnte er nicht eine Sekunde den Mund halten.

»Also, ich treff mich mit einem Mädchen, Wahnsinnsfigur, unglaubliche Beine, echt *bonita*, wir wollen erst was essen gehen, danach noch irgendwo was trinken, vielleicht im Vanessie oder in diesem neuen Laden an der Palace, wie heißt er noch gleich, Armand, genau, neben dieser Galerie, und ich frage sie, was würdst du denn gerne essen, und sie sagt Tofu. Tofu sagt sie. *Tofu*? frag ich. Ja, Tofu, sagt sie, das wird aus Sojabohnen gemacht. Und ich sage, ja sicher, ich weiß, woraus das gemacht wird, ich hab das Zeug mal gegessen, schmeckt wie Spucke, nur daß es fest ist. Ist aber sehr gesund, sagt sie, ein *Naturprodukt*, sagt sie. Ich sage, ein *Naturprodukt*? Das Zeug wächst auf Bäumen oder was? Hast du vielleicht mal ein Feld gesehen, auf dem Tofu wächst? *Natürlich* ist ganz was anderes. Paß auf, ich erklär dir das mal. Weißt du, was die Leute im Regenwald essen, sage ich, diese Zwerge mit den Blasrohren und den schmalen Lederhöschen, die dauernd auf den Bäumen rumklettern, weißt du, was die essen? Weißt du, was für diese Leute natürlich ist? Erst mal, wenn sie nichts anderes finden, essen sie natürlich Kräuter und so was, auch Steine und Erde, was weiß ich, alles mögliche halt, aber ihr Lieblingsessen, wo sie voll drauf abfahren, ist ein leckerer frischer Affe. Das schmeckt ihnen am besten. Wenn sie mit ihren Pfeilen einen schönen Affen vom Baum geschossen haben, sag ich, dann sind sie richtig glücklich. Okay«, sagte er und drückte einen Knopf an dem Gerät. »Nichts.«

»Und was bedeutet das?« fragte ich.

»Daß wir den zweiten String ausschließen können. Jetzt sehen wir uns mal den ersten an.« Er stelzte mit schwingenden Armen zu einem verschlossenen Metallschrank. »Jedenfalls sage ich zu ihr, wenn du also was Natürliches essen willst, sollten wir vielleicht wo hingehen, wo's Affen gibt . . .«

Ich blendete seine Stimme aus und sah mich in der Garage um. Kassettenrecorder und CB-Funkgeräte, einige gebraucht, andere noch verpackt, stapelten sich auf den Sperrholzregalen. Auch Lautsprecher, Verstärker und grafische Equalizer und jede Menge komplizierter Apparate, von denen ich vermutlich nie erfahren würde, wie sie hießen.

». . . solut *widerlich*, sagt sie.« Er schritt wieder um den Wagen, diesmal mit einem roten Metallkasten, der größer war als der vorige. »Das kann unmöglich dein Ernst sein, sagt sie. Bist du etwa – Moment mal. Was haben wir denn *hier*?« Den Kasten wie eine Schatztruhe vor sich hertragend, näherte er sich aufgeregt dem hinteren Ende des Kombi.

»Ist da was?« sagte ich.

»*Was*? Mannomann, Sie haben da ein absolutes Spitzenteil im Wagen.« Er stand an der Hecktür. »Haben Sie die Schlüssel dabei?«

Ich nahm sie aus der Tasche, ging rüber und gab sie ihm. Er schloß die obere Hälfte auf, klappte sie hoch und hielt den Kasten hinein. »Donnerwetter, das ist ja nicht zu fassen.« Ich rückte näher heran. Er drehte sich um und stellte den Metallkasten auf den Boden. Dann zog er eine kleine Taschenlampe aus der Tasche, klappte die untere Hälfte der Tür nach unten und beugte sich in den Laderaum. Er legte den Teppich nach hinten um und zerrte die steife Plastikabdeckung von der Ersatzreifenmulde. »*Hab* ich dich«, sagte er mit gedämpfter Stimme. »Mannomann, das ist ja wirklich vom Allerfeinsten.« Er sah mich über die Schulter an. »Hier, das müssen Sie sehen.«

Ich fuhr auf der St. Francis nach Norden, am Old Taos Highway vorbei und bog nach links in die Camino La Tierra. Früher war das die Buckman Road, aber dann wurde hier La Tierra gebaut, eine Siedlung kostspieliger Lehmziegelhäuser auf riesigen Grundstücken, mit Kiefern und Lärchen dazwischen. Die Straße war gepflastert, und es waren an diesem Morgen schon einige Autos hier entlanggefahren – der Schnee war grau und mit Reifenspuren bedeckt. Roy Alonzos Haus lag auch hier irgendwo in diesen Hügeln, aber ich hatte nicht vor, ihn zu besuchen.

Nach zwei bis drei Meilen endete der gepflasterte Teil, unter dem Schnee war nur noch Erde. Der Kombi geriet ins Schlingern. Ich fuhr langsamer und stellte auf Vierradantrieb um. Hier waren schon weniger Reifenspuren, und nach einer weiteren Meile sah ich gar keine mehr. Ich fuhr noch eine halbe Meile weiter, fand einen Platz zum Wenden, stellte den Wagen quer auf die Straße, schaltete in den Leerlauf, ließ den Motor laufen und stieg aus. Dann lehnte ich mich mit verschränkten Armen an den rechten Kotflügel und wartete. Wieder einmal.

Es war kalt, aber die Sonne schien. Der Schnee schmolz von den Krüppelkiefern, und in der gewaltigen Stille des leeren Raums hörte ich das Schmelzwasser auf die Schneewehen tropfen, und gelegentlich lösten sich ganze Klumpen von den Ästen und versanken lautlos in den glatten weißen Hängen.

Fünfzig Meter vor mir, in Richtung Stadt, stieg der Weg leicht an und bog nach rechts. Hinter mir verlor er sich als schmaler unberührter Streifen Schnee zwischen den Bäumen. Weiter hinten, ein paar Meilen jenseits der Hügel, waren der Fluß und der Diablo Canyon.

Es vergingen etwa fünfzehn Minuten. Außer dem schmelzenden Schnee rührte sich nichts. Falls es hier draußen irgendwelche Tiere gab, hatten sie sich versteckt.

Die Kälte drang mir in die Stiefel. Ich trat von einem Fuß auf den anderen.

Ich hörte das Auto, ehe ich es sah. Ein starker Motor, der leise aufbrummte, als der Gang gewechselt wurde. Mindestens sechs Zylinder, wahrscheinlich acht. Ich zog die Smith aus der Jackentasche, beugte mich über den Kotflügel, nahm den höchsten Punkt der Straße ins Visier und wartete weiter.

Das Auto kam schneller, als ich gedacht habe. Plötzlich tauchte über der Anhöhe ein großer schwarzer Bronco auf, besetzt mit zwei Männern. Ich hatte nur mit einem gerechnet, und erst hielt ich die zwei für Cowboys, die ein bißchen in den Schnee rausfahren wollten; aber dann kurbelte der Mann auf dem Beifahrersitz das Fenster herunter, zog eine Pistole und begann auf mich zu schießen.

Natürlich traf er nicht, niemand traf etwas aus solcher Entfernung und aus einem fahrenden Auto heraus, das jetzt schlitternd zum Stehen kam. Dann wurde der Rückwärtsgang eingelegt, und die Reifen drehten durch und spritzten Schnee und Sand. Das gab mir etwas Zeit zum Nachdenken. Und dann bot mir der Bronco die Breitseite, nur für eine Sekunde, die ich nutzte, um einen Schuß abzugeben, aber das kümmerte den Mann auf dem Beifahrersitz überhaupt nicht, zumal seine Waffe offenbar über ein großes Magazin verfügte. Er schoß einfach weiter. Mit lautem, spröden Knall ging einer meiner Scheinwerfer zu Bruch, dann pfiff ein Geschoß an meinem Ohr vorbei. Und dann sah ich nur noch das schlingernde Heck des großen Ford den Hügel hochrasen und dahinter verschwinden.

Ich sprang in den Subaru, schlug die Tür zu, warf den ersten Gang ein und trat das Gaspedal durch. Der Wagen jagte mit quietschenden Reifen los.

XXI

»Das war reichlich dumm von Ihnen, Josh«, sagte Hector Ramirez.

»Ich weiß, Hector.«

»Was hatten Sie eigentlich vor? Wollten Sie ihn festnehmen?«

»Kann sein, daß ich mir das vorgenommen hatte. So was in der Richtung. Ich habe nicht genug darüber nachgedacht.«

»Sie haben gar nicht nachgedacht.«

»Ja. Stimmt.«

Wir waren in Hectors Zimmer auf der Polizeiwache Santa Fe in der Airport Road. Hector saß mit aufgekrempelten Ärmeln und gelockerter Krawatte hinter seinem Schreibtisch. Die maulwurfgraue Krawatte war aus

Seide. Das ordentlich gebügelte Hemd war aus Baumwolle, weiß mit senkrechten dünnen grauen Streifen. Hector war stets gut gekleidet, aber es mußte ihn einiges Geld gekostet haben, Hemden zu finden, die neunzehn Zoll Kragenweite hatten und auch seinem 25-Zoll-Bizeps genügend Spielraum ließen.

»Die beiden sind Ihnen also entwischt«, sagte er.

»Allerdings. Waren zu schnell. Als ich auf die St. Francis kam, waren sie weg.«

»Haben Sie das Kennzeichen erkannt?«

»War völlig verschmutzt. Aber der Bronco war entweder gestohlen oder gemietet. Den haben die nicht von El Salvador hierhergefahren.«

»Woher wollen Sie wissen, daß sie aus El Salvador gekommen sind?«

»Das finde ich logisch.«

»Sie finden eine Menge dumme Sachen logisch.«

»Zum Beispiel, hierherzukommen und mit Ihnen zu reden.«

Hector sagte nichts. Er beugte sich vor und nahm den Gegenstand auf seinem Schreibtisch in die Hand. Das Ding war mit glänzendem gelben Epoxidharz bedeckt, etwa so lang wie eine Zigarre und etwa so breit wie zwei aufeinandergelegte Flachbatterien. Er drehte es müßig in den Fingern herum. »Was soll ich damit?«

»Was kommt einem wohl als erstes in den Sinn?«

Unter seinem Banditenschnauzbart zeigte sich ein düsteres Lächeln. »Fünfzehn Jahre Polizist, und dann muß ich mir von einem Cowboyschnüffler Beleidigungen gefallen lassen.«

»Sie könnten es jemanden zum Überprüfen geben. Sie haben doch sicher Experten hier, oder Zugang zu welchen. Leroy zufolge ist das ein hochmodernes Ding. Es läuft mit Lithiumbatterien, die drei Monate halten, und hat eine Reichweite von über fünf Meilen. Mit einem

Standardhochfrequenzdetektor hat er es nicht finden können. Erst mit einem Breitbandreceiver. Es ist ein Frequenzwechsler – springt auf dem ganzen Band herum, von 160 bis 500 Megahertz. Er sagt, es gibt nur noch *ein* besseres Gerät, aber darüber verfügt nur die Regierung, irgendso ein hypermoderner Transponder, der Satellitensignale weiterleiten kann.«

»Sie glauben also nicht, daß ein Regierungsagent Ihnen das eingebaut hat?«

»Nein. Der einzige Regierungsmann in dieser ganzen Sache, das heißt, der einzige, von dem ich weiß, ist Stamworth. Kann sein, daß da noch irgendwelche anderen Supermänner zugange sind, aber davon hab ich nichts mitbekommen. Und Stamworth hatte bereits mit Deirdre Polk gesprochen. Wahrscheinlich hatte er ihren Namen von Melissas Telefonrechnung, genau wie die FBI-Leute, die im August mit ihr gesprochen haben. Wenn er sie hätte umbringen wollen, hätte er's schon vor einem Monat tun können. Und was für ein Motiv sollte er haben?«

»Was für ein Motiv sollte Ihr Salvadorianer haben?«

»Wie gesagt. Er sucht Melissa Alonzo. Wenn er Fragen stellt, geht er nicht zimperlich vor. Hinterher muß er nur noch aufräumen.«

»Er sucht Alonzo wegen irgendeiner Sache, die in El Salvador vorgefallen ist.«

»Richtig.«

Er zuckte die Schultern. »Ziemlich weit hergeholt.«

»Das dachte ich auch. Aber Deirdre Polk hat mir erzählt, Melissa habe da unten etwas gesehen. Vorige Woche wurde Melissas Schwester ermordet. Gestern abend wurde Deirdre ermordet, auf dieselbe Weise.«

»Alonzo ist im August verschwunden. Warum hätte dieser Kerl so lange warten sollen, die Leute umzulegen?«

»Keine Ahnung. Und ich weiß auch nicht, warum Stamworth letzte Woche hier aufgekreuzt ist.«

»Sie wissen offenbar vieles nicht.«

»Kann man wohl sagen.«

Er drehte das längliche Ding in der Hand herum. »Warum geben Sie das nicht der Staatspolizei? Die ist für Deirdre Polk zuständig.«

»Wenn ich das denen gebe, seh ich es nie wieder. Für die zähle ich schließlich immer noch zu den Verdächtigen.«

»Zurückhaltung eines Beweisstücks.«

»Ich halte nichts zurück. Ich gebe es Ihnen. Und wer sagt denn, daß dieses Ding was mit Deirdre Polk zu tun hat?«

»Sie sagen das.«

»Aber ich kann es nicht beweisen.«

Hector klopfte mit dem Gerät leise auf die Schreibtischplatte. Er sah zu mir hoch. »Schnüffler dürfen in New Mexico keine verdeckten Waffen tragen.«

»Das ist mir bekannt, Hector. Vielleicht habe ich die Pistole im Handschuhfach gehabt.«

»Ach ja?«

»Nein, ich habe sie an der Uhrkette getragen, neben meinem Verdienstorden.«

»Das finde ich gar nicht witzig, Josh. Sie hätten sich gleich an uns wenden müssen. Oder an die Staatspolizei. Wir hätten denen eine Falle stellen können.«

»Hören Sie, Hector –«

»Nein, *Sie* hören jetzt. Ich weiß, Sie sind sauer, weil Ihnen jemand dieses Ding hier eingebaut hat, diesen Peilsender. Und vielleicht haben Sie recht, vielleicht hat er diese Leute zu Deirdre Polk geführt. Und jetzt machen Sie sich Vorwürfe, fühlen sich schuldig. Das kann ich verstehen. Aber das gibt Ihnen nicht das Recht, sich plötzlich wie Dirty Harry aufzuführen. Wie ein dummer

Dirty Harry. Wären Sie gleich zu uns gekommen, hätten wir uns was ausgedacht. Ein paar Wagen zur Unterstützung bereitgestellt. Dann würden diese zwei Arschlöcher jetzt nicht mehr die Straßen unsicher machen.«

»Hector, ich weiß. Deswegen bin ich ja jetzt hier. Was Sie mir da sagen, habe ich mir alles schon selbst gesagt.«

»Nur ein bißchen zu spät, wie?«

»Ja.«

»Die hätten auch *Sie* erwischen können.«

»Haben sie aber nicht.«

Er nickte. Düster. »So 'ne Beerdigung hätte mir den ganzen Monat versaut.«

»Gut, daß sie mich nicht erwischt haben.«

Er lächelte matt. »Das habe ich nicht gesagt.«

Auch ich lächelte matt. »Also, wollen Sie das Ding überprüfen lassen?« Ich wies auf den Transponder.

Er zuckte die Schultern. »Ich kann's nur den Regierungsleuten geben. Nur die sind für so was ausgerüstet.«

»Dann geben Sie's ihnen.«

»Und was ist, wenn das Ding von denen stammt?«

»Dann werden sie versuchen, Sie einzuseifen, und dann wissen Sie, daß es von ihnen stammt. Aber wie gesagt, ich glaube nicht daran. Die haben bessere Sachen, sagt Leroy. Aber er sagt auch, daß die Regierung in Washington eine Menge zweitklassiger Technologie an Länder der Dritten Welt geliefert haben soll. Vielleicht erklärt das, wie das Ding nach El Salvador geraten ist.«

»Ich weiß nicht, warum Sie dauernd auf El Salvador herumreiten.«

»Weil es paßt.«

»Für Sie vielleicht.«

»Okay. Für mich vielleicht. Was ist mit Juanita Carrera?« Wenn die Staatspolizei meine Geschichte glaubte, würde man bereits nach ihr suchen. Wahrscheinlich hatte Juanita Carrera Angst vor der Polizei, aber im Augenblick schien es mir, je mehr Leute nach ihr suchten, desto besser.

Er nickte. »Ich werde mit der Vermißtenabteilung reden.«

»Lassen Sie auch die Mietwagenfirmen überprüfen?«

»Erstaunlicher Zufall.«

»Wie bitte?«

»Eben saß ich noch hier und hoffte, Sie würden hier reinkommen und mir ein paar Besorgungen auftragen.«

»Diese Männer haben gegen das Gesetz verstoßen, Hector. Versuchter Mord.«

»Die Ermordung eines Schnüfflers wird in manchen Kreisen als Dienst an der Allgemeinheit betrachtet. Zum Beispiel in meinen Kreisen, gelegentlich.«

»Verwendung einer Feuerwaffe innerhalb der Stadtgrenzen. Zahlreiche Schüsse. Aus einer Neun-Millimeter-Pistole. Vierzehn Schuß im Magazin.«

»Sie sind der einzige Zeuge.«

»Und ein zerschossener Scheinwerfer an meinem Wagen.«

»Sie sollten sich sowieso mal 'ne neue Kiste zulegen.«

»Na schön. Dann mach ich mich eben allein auf die Suche.«

»Das würde ich Ihnen nicht raten. Sie haben schon genug Cowboy und Indianer gespielt. Sie dürften müde sein.«

»Das heißt also: Ja?«

Er seufzte. »Ja. Ja. Wird ein paar Tage dauern. Nur daß sie den Bronco wahrscheinlich längst irgendwo abgestellt haben.«

»Wahrscheinlich. Aber wenn sie ihn mit Plastikgeld gemietet haben, kommt man ihnen vielleicht damit auf die Spur. Jedenfalls danke ich Ihnen, Hector.«

»Es ist mir eine Ehre.«

»Sie sind großartig.«

»Und Sie sind ein Arschloch.« Er warf den Sender auf den Schreibtisch. »Hören Sie jetzt genau zu: Machen Sie nicht noch einmal so einen Scheiß!«

»In Ordnung.«

Auf dem Weg zum Büro holte ich mir die örtliche Tageszeitung. Deirdre Polk hatte es auf die Titelseite geschafft. Mein Name wurde in dem Artikel nicht erwähnt.

Im Büro waren mehrere Nachrichten auf dem Anrufbeantworter. Die Anrufe eins, drei, sechs und sieben stammten von Roy Alonzo. Offenbar hatte er mir etwas Dringendes zu sagen. Der zweite Anruf war von Norman Montoya, der vierte von Rita: der fünfte von Bob Neiman, einem Reporter, den ich kannte und der für die Zeitung arbeitete, die ich gerade in den Papierkorb geworfen hatte.

Ich nahm den Hörer von der Gabel, und sofort ging das grüne Licht an Leroys Kasten an. Ich rief Norman Montoya an.

Er war selbst am Apparat. Vielleicht verhandelte seine Aushilfskraft soeben wegen einer Fusion mit General Motors.

»Hier ist Croft«, sagte ich.

»Ah, Mr. Croft. Gut, daß Sie zurückrufen. Wie ich höre, hatten Sie gestern abend Besuch.«

Norman Montoya hatte außer der Zeitung offenbar noch andere Informationsquellen.

»Die Staatspolizei«, sagte ich. »Sie wissen, was mit Deirdre Polk passiert ist?«

»Ihre Leitung wird nicht abgehört?«

»Davon gehe ich aus.«

»Ich weiß, daß Sie sie angeblich am Abend ihres Todes besucht haben. Ich nehme an, es gibt irgendeine Verbindung zwischen ihr und Melissa und Winona.«

»Sie war mit Melissa befreundet.«

»Ich finde das sehr beunruhigend.«

»Ich auch.«

»Was glauben Sie, wer dahintersteckt?«

»Vermutlich dieser Mann aus Salvador.«

»Ja. Wie ich höre, fahndet die Staatspolizei bereits nach ihm.«

Gut. Das bedeutete unter anderem, daß Hernandez und Green meine Geschichte geglaubt hatten. Jedenfalls vorläufig. »Die Staatspolizei hält Sie über ihre Fortschritte auf dem laufenden, richtig?«

»Ich erfahre alles, was ich erfahren will. Mr. Croft, ich will Ihnen noch einmal meine Unterstützung anbieten. Vielleicht wären Sie besser beraten, dieses Projekt nicht mehr allein zu verfolgen.«

»Danke. Wenn ich jemanden nötig haben sollte, rufe ich Sie an.«

»Ich hoffe sehr, Mr. Croft, Ihr Hochmut bringt Sie nicht zu Fall.«

»Das hoffe ich auch. Übrigens ist der Salvadorianer nicht allein. Er hat einen Freund dabei.«

»Mr. Croft, bitte. Erlauben Sie mir, Ihnen meinen Neffen George zu schicken, zur Unterstützung. Sie kennen ihn, und ich versichere Ihnen, er ist äußerst zuverlässig.«

»Ich habe den anderen nur erwähnt, damit Sie und Ihre Leute wissen, womit Sie es zu tun haben. Ich komme gut zurecht. Und ich rufe Sie an, wenn die Lage sich verfinstert.«

»Tun Sie das, Mr. Croft.«

»Noch mal zu Juanita Carrera. Haben Sie was herausgefunden?«

»Ja, gute Neuigkeiten, nehme ich an. Es scheint, daß sie noch irgendwo hier in der Nähe ist. Im Lauf des Tages werde ich noch Genaueres erfahren, und dann sage ich Ihnen natürlich sofort Bescheid. Aber nach den jüngsten Ereignissen, und Ihr Einverständnis vorausgesetzt, würde ich an unserer Vereinbarung gern einige kleine Änderungen vornehmen.«

»Und welche?«

»Wenn es meinen Leuten gelingt, die Frau zu finden, möchte ich, daß sie sie hierher, zu mir nach Hause bringen, wo ich für ihre Sicherheit garantieren kann. Der Rest unserer Vereinbarung bleibt davon unberührt. Ich werde nicht versuchen, von ihr zu erfahren, wo sich meine Großnichte und ihre Mutter aufhalten.«

In Norman Montoyas Haus wäre Juanita nicht viel sicherer als irgendwo anders. Vielleicht hielt Montoya sein Wort, vielleicht auch nicht; aber in letzter Zeit war soviel passiert, daß es auf sein Wort wohl auch nicht mehr ankam. Montoya war keine Gefahr; der Salvadorianer war eine. Selbst wenn Montoya lügen sollte, glaubte ich nicht, daß er Juanita Carrera und Melissa Alonzo umbringen wollte. Ich glaubte, daß der Salvadorianer es tun würde.

»In Ordnung«, sagte ich. »Aber nur wenn sie einverstanden ist. Und wenn Ihre Leute sie finden, sollen sie behutsam mit ihr umgehen. Wahrscheinlich ist sie in Panik.«

»Ja, Mr. Croft. Meine Leute sind bereits instruiert.« Ein sanfter Hinweis darauf, daß wir darüber bereits gesprochen hatten.

»Na schön«, sagte ich. »Danke.«

»Ach, noch eins.«

»Ja?«

»Wie ich höre, sind Sie bei Ihrer Aussage gestern abend so freundlich gewesen, meinen Namen aus dem Spiel zu lassen. Ich weiß Ihre Diskretion aufrichtig zu schätzen, möchte Ihnen aber sagen, daß das in diesem Fall nicht notwendig war. Bitte haben Sie keine Bedenken, meinen Namen zu nennen, wenn Sie danach gefragt werden.«

»In Ordnung.«

»Ich bin mir sicher, jede Überprüfung durch die Staatspolizei aushalten zu können.«

Warum nicht. Das und Schlimmeres hatte er fast sein ganzes Leben lang ausgehalten.

Als nächstes rief ich Rita an.

»Na schön, Joshua, dieses idiotische Lämpchen von Leroy ist an, das heißt also, wir können reden. Als ich die Zeitung gelesen hatte, wollte ich dich gleich anrufen, aber du warst schon weg. Was ist da eigentlich los, möchte ich wissen.«

Ich berichtete ihr von meinem Gespräch mit Deirdre Polk, und was Deirdre mir über Juanita Carrera erzählt hatte. »Sieht so aus, als ob du recht hattest«, sagte ich. »Irgend etwas ist da unten vorgefallen, in El Salvador. Wahrscheinlich etwas, in das Carrera auf irgendeine Weise verwickelt ist.«

»Was hast du unternommen, um sie zu finden?«

Ich erzählte ihr, daß die Staatspolizei, die Vermißtenabteilung und Norman Montoyas Leute alle hinter ihr her seien.

Sie sagte: »Erzähl mir von der Staatspolizei.«

Das tat ich, und dann erzählte ich ihr von dem Transponder in meinem Subaru.

»Und du meinst, den hat dir der Salvadorianer eingebaut«, sagte sie. »Und du meinst, auf diese Weise habe er Deirdre Polk gefunden.«

»Ich weiß, daß der Salvadorianer ihn eingebaut hat. Aber es gibt mehr als einen. Ich habe die beiden heute vormittag gesehen. Wir haben unsere Schießeisen verglichen. Ihre waren besser.«

Ein kurzes Schweigen. Dann sagte Rita: »Muß ich das wirklich wissen?«

»Ich glaube nicht.«

»Erzähl's mir trotzdem.«

Als ich fertig war, sagte sie: »Und mit dir ist alles in Ordnung?«

»Ja, bestens. Die haben mir einen Scheinwerfer zerschossen. Ich habe den Wagen zu Ernie an der St. Francis gebracht. Jetzt fahre ich einen Mietwagen, einen Jeep.«

»Joshua, es interessiert mich nicht, was du fährst.«

»Der Wagen ist nicht übel, Rita.«

»Es war dumm von dir, die zwei Männer da rauszulokken.«

»Ja, ich weiß. Hector hat es mir bereits klargemacht.«

Wieder Schweigen. »Du bist nicht schuld, daß Deirdre Polk getötet wurde, Joshua.«

»Das weiß ich, Rita. Mir geht's schon wieder besser.«

»Dir geht's besser, weil du jemanden auf dich hast schießen lassen. Wenn er getroffen hätte, würde's dir wahrscheinlich noch viel bessergehen.«

»Stimmt, Rita.« Was sie da sagte, hatte tatsächlich einen wahren Kern.

Sie schwieg einen Augenblick, dann sagte sie: »Was hast du mit dem Transponder gemacht?«

»Hector gegeben.«

»Du mußt dich vorsehen, Joshua. Die wissen jetzt, daß du von ihnen weißt. Und sie wissen, daß du dasselbe suchst wie sie. Sie könnten zu dem Schluß kommen, daß du ihnen lästig bist.«

»O ja, ich werde ihnen sehr lästig werden.«

»Das ist kein Spiel, Joshua. Konzentrier dich lieber auf Melissa Alonzo.«

»Gewiß, meine Liebe.«

»Laß das.«

»Eins könnten wir noch versuchen. Deirdre Polk hat mir erzählt, daß Melissa gelegentlich auf Partys einer SM-Gruppe in Albuquerque war. Wenn wir diese Gruppe lokalisieren könnten, kann uns vielleicht einer von denen was über Melissa sagen.«

»Die habe ich bereits lokalisiert. Die Gruppe nennt sich New Mexico Power Exchange.«

»Wie hast du das geschafft? Doch nicht mit dem Computer?«

»Doch, mit dem Computer. Als du mir gesagt hast, Melissa habe in Los Angeles mit SM zu tun gehabt, dachte ich mir, daß sie auch hier bei uns damit zu tun haben könnte. Ich habe mich über das CompuServe-Chatboard nach SM-Gruppen im Südwesten erkundigt. Gestern abend kam eine Antwort, einschließlich Telefonnummer. Ich habe angerufen und mit der Leiterin der Gruppe gesprochen.«

»Und? Kennt sie Melissa Alonzo?«

»Ja, aber sie wollte nicht am Telefon darüber sprechen.«

»Dann fahre ich also nach Albuquerque.«

»Das brauchst du nicht. Sie kommt heute nach Santa Fe. Um drei Uhr heute nachmittag besucht sie mich in meinem Haus.«

»Ich werde pünktlich sein.«

»Gut. Ruf mich an, wenn was passiert. Und sei vorsichtig.«

»Gewiß, meine Liebe.«

Sie legte auf.

Ich wollte gerade die Nummer der örtlichen Tageszeitung wählen, als das Telefon läutete. Ich nahm ab.

»Croft, wo zum Teufel stecken Sie? Was haben Sie den ganzen Vormittag getrieben?«

Roy Alonzo.

»Rosen gepflückt. Bleiben Sie mir vom Hals, Alonzo. Sie wissen, ich arbeite nicht für Sie. Ich arbeite für Ihren Onkel.« Meine Stimme klang wütender, als mir normalerweise lieb ist.

Er zögerte kurz, dann sagte er: »Also gut. Ich bitte um

Entschuldigung. Aber ich bin völlig außer mir. Heute morgen hatte ich Besuch von der Staatspolizei. Ich war noch nicht mal mit dem Kaffee fertig.« Zu mir kommen sie mitten in der Nacht. Bei Roy Alonzo warten sie bis zum nächsten Morgen. Ruhm hat doch seine Vorteile. Er sagte: »Diese Frau, die da ermordet wurde, Deirdre Polk, war das eine Freundin von Melissa?«

»Ja. Dem Schnüffler, den Sie im August angeheuert haben, war das bekannt. Er hat mit ihr gesprochen.«

»Er hat ihren Namen erwähnt. Ich hatte den Eindruck, das sei nur eine weitläufige Bekannte, eine Künstlerin, deren Bilder Melissa gefielen. Und jetzt erzählt mir die Polizei, daß sie tot ist, auf dieselbe Weise ermordet wie Cathryn. Was geht da vor, Croft? Ist Melissa in Gefahr?«

»Kümmert Sie das wirklich?«

»Natürlich kümmert mich das. Melissa tickt nicht ganz richtig, sie hat alles kaputtgemacht, und ich habe wahrlich Grund genug, wütend auf sie zu sein, aber natürlich will ich nicht, daß ihr was passiert. Und meine Tochter ist schließlich auch bei ihr, ist Ihnen das klar?«

»Ist mir klar.«

»Also, was ist los? Wer hat Deirdre Polk umgebracht?«

»Ich weiß es nicht. Die Polizei arbeitet an dem Fall.«

»Könnten wir uns heute nicht mal treffen? Ich habe um eins einen geschäftlichen Termin, aber ab halb drei hätte ich Zeit. Ich wäre Ihnen wirklich sehr dankbar, Croft. Es würde auch nicht lange dauern.«

Ich wollte mich nicht mit ihm treffen. Wahrscheinlich weil ich inzwischen glaubte, daß das Berufungsgericht einen Fehler begangen hatte. Ich war ziemlich überzeugt, daß Alonzo seine Tochter mißbraucht hatte. Aber ich wußte auch, daß ich mich täuschen konnte. Und seine Verzweiflung klang vollkommen echt.

Ich sagte: »Kennen Sie den Ford-Marcy-Komplex? Mager's Field?«

»In der Nähe der Washington Plaza? Gegenüber der Ski Basin Road?«

»Genau. Dort warte ich, gegen halb sechs.«

»Großartig. Danke. Ich werde kommen.«

»Ich warte am Pool.«

»Ausgezeichnet. Bis dann. Und nochmals danke, Croft.«

Als ich den Hörer auf die Gabel legte, klingelte er in meiner Hand. Ich nahm ihn wieder hoch.

»Detektei Mondragón«, sagte ich.

»Mr. Croft? Erkennen Sie meine Stimme?« Ich erkannte sie, und ich vernahm sie mit Erstaunen. Es war Elizabeth Drewer, die Railroad-Anwältin in Los Angeles.

»Ja«, sagte ich.

»Haben Sie mal kurz Zeit? Es ist sehr wichtig.«

»Ich habe Zeit.«

»Was zeigt Ihre Uhr jetzt an?«

Ich sah nach. »Zwölf Uhr vierundvierzig. Und dreißig Sekunden.«

»Ich rufe in zwei Minuten zurück.« Sie legte auf.

Während ich wartete, rätselte ich, was das nun wieder sollte. Hatte sie beschlossen, mir Melissa Alonzos Aufenthaltsort zu nennen? Und wenn ja: warum? Hatte sie von dem Mord an Deirdre Polk gehört?

Exakt zwei Minuten später läutete das Telefon. Ich riß den Hörer ans Ohr. »Hallo?«

»Mr. Croft, verlassen Sie Ihr Büro, sobald Sie aufgelegt haben. Gehen Sie zum Gebäudeeingang an der Palace Avenue. Sie werden dort erwartet.«

»Was soll das?«

»Legen Sie jetzt auf, Mr. Croft. Eingang Palace Avenue.«

Ich legte auf.

XXII

Es war ein Ford Taurus Kombi, mattblau; die Beifahrertür schwang auf, als er neben mir am Bordstein hielt. Ich stieg ein und zog die Tür zu. Der Wagen fuhr los, nicht schnell, aber auch nicht langsam.

Der Fahrer war knapp dreißig. Er hatte braunes Haar, das ihm in Fransen in die Stirn hing. Braune Augen, kräftige Nase, kleiner Mund; das Kinn war im Profil etwas weniger kräftig als die Nase. Er trug eine offene dunkelblaue Daunenjacke, ein rotes Chamois-Hemd, Jeans und teure Mokassinstiefeletten. Der Yuppie-Holzfäller-Look. Er sah zu mir rüber. »Mr. Croft?«

»Ja.«

»Larry Cooper.« Er bog auf die Washington Plaza ein. »Ich will nur sichergehen, daß uns niemand folgt, dann bringe ich Sie direkt ans Ziel.«

»In Ordnung.«

Er sah in den Rückspiegel.

Wir fuhren zum Paseo, in den wir rechts einbogen, und folgten der Straße an Marcy und Palace vorbei, weiter am PERA-Gebäude und an der Regierung vorbei und beschrieben einen weiten Bogen um die Innenstadt. Ab und zu warf Cooper einen Blick in den Rückspiegel.

Die Luft erwärmte sich, die Welt taute auf. Silber tropfte von den Bäumen, die schwarzen Straßen gleißten. Autos kamen uns entgegen, ihre Dächer waren noch mit Schnee überkrustet. Kein Mensch in irgendeinem anderen Wagen schien das geringste Interesse an dem mattblauen Taurus zu haben.

An der St. Francis bog Cooper nach Norden ab. »Alles in Ordnung, schätze ich.«

»Prima«, sagte ich.

Das kam etwas schroffer heraus, als ich wollte.

Unvermutete geheimnisvolle Anrufe, unvermutete geheimnisvolle Autofahrten zum Abschütteln möglicher Verfolger – allmählich gewann ich einen kleinen, einen sehr kleinen Eindruck von dem Leben, das Melissa Alonzo und ihre Tochter in den letzten Monaten geführt hatten. Und es gefiel mir nicht.

Er sah mich an. »Entschuldigen Sie. Dieses Theater muß Ihnen albern vorkommen. Aber wir müssen vorsichtig sein.«

Ich wußte nicht, wen er mit *wir* meinte – ihn und mich, oder ihn und jemand anderen –, aber wen auch immer er meinte, er hatte wahrscheinlich recht. Schließlich hatte auch ich mir Wanzendetektoren an meine Telefone installieren lassen. »Schon gut«, sagte ich. »Meine Stimmung ist heute nicht die beste. Nehmen Sie keine Notiz von mir.«

»Wir sind bald da«, sagte er.

Ich nickte.

Wir blieben auf der St. Francis, die jetzt leicht anstieg, und fuhren am Picacho Hotel vorbei. Cooper ordnete sich rechts ein und bog auf den Old Taos Highway ab, der in die Stadt zurückführte. Ich sah über die Schulter nach hinten.

Keine Autos hinter uns.

Cooper hatte recht: Falls niemand einen Transponder in seinen Wagen eingebaut hatte, waren wir in Sicherheit.

Nach einer Viertelmeile bog er nach links in eine schmale, gewundene Straße ein, die bergab in ein kleines Tal mit den üblichen Lärchen und Kiefern führte. Die Straße war unbefestigt, mit Schnee bedeckt und ziemlich holprig. Einzelne Lehmziegelhäuser standen an den Hängen. Manche waren klein und bescheiden, freundlich und anheimelnd unter ihren dünnen schmelzenden Eismänteln. Andere waren groß und eindrucksvoll, mit mächtigen Pfeilern und riesigen doppelverglasten Fensterflächen, die prahlerisch zwischen den Bäumen blinkten.

Am Fuß des Hügels überquerten wir einen mit Schnee gefüllten Wasserlauf und bogen dann auf das schmale weiße Band einer von Bäumen umstandenen Zufahrt ein, auf der wir nach dreißig Metern zu einem Haus gelangten. Das Haus war groß und schlicht, aus Lehmziegeln gebaut und lebkuchenbraun. Rechts trennte ein Koyotenzaun einen kleinen Garten ab. Die Vorhänge an den zwei breiten Fenstern neben der Eingangstür waren zugezogen. Unter dem linken Fenster lag ein halbes Klafter Brennholz, abgedeckt mit einer schwarzen Plastikplane, von der Tauwasser tropfte. Vor dem Stapel stand ein grauer Dodge-Pickup, fünf bis sechs Jahre alt. Das Haus war von der Straße aus nicht zu sehen.

Wir stiegen aus dem Ford, ich folgte Cooper um den Dodge und die Eingangsstufen hinauf. Tauwasser rieselte glitzernd aus der Dachrinne auf einen braunen Fleck im Schnee.

Die Tür wurde aufgeschlossen, Cooper öffnete sie und winkte mich hinein.

Als ich eintrat, stand vor mir eine Frau von einem Sofa auf. Sie war klein und hübsch und trug dunkelbraune Stiefel und ein langes Jeanskleid von der gleichen Farbe wie ihre mattblauen Augen. Die langen blonden Haare hatte sie zu einem Pferdeschwanz gebunden.

»Sarah«, sagte Cooper, indem er seine Daunenjacke auszog, »das ist Mr. Croft. Mr. Croft, meine Frau Sarah.«

Sie kam auf mich zu und reichte mir die Hand. Ich schüttelte sie. Ihr Griff war fest, aber ihr Blick war unsicher. Sie hatte noch kein Wort gesagt. Sie war ein paar Jahre jünger als ihr Mann und sah beunruhigt aus.

»Darf ich Ihre Jacke nehmen?« fragte Cooper.

»Danke.« Ich schälte mich heraus, gab sie ihm, und er hängte sie neben seine an einen großen Holzständer.

»Nehmen Sie Platz, Mr. Croft«, sagte er und wies mit einer Kopfbewegung auf einen wuchtigen Polstersessel.

Ich setzte mich. Die beiden nahmen auf dem Sofa Platz.

Es war ein luftiger Raum mit hoher Decke, von einer hölzernen Anrichte aufgeteilt in eine geräumige Küche und den weitläufigen Wohnbereich, in dem wir saßen. Große gerahmte Schwarzweißfotos von kargen Wüstenlandschaften zierten die Wände. Ein paar Spielsachen – eine Puppe, ein rotes Plastikwägelchen – zierten den Fußboden. Die Möbel waren nicht alt, aber verwohnt. Milde Wärme strahlte von einem rechtwinkligen grauen Holzofen an der Ostwand; daneben war die Tür, die in die anderen Zimmer des Hauses führte. Aus der Stereoanlage zu meiner Linken kam klassische Musik, eins der Brandenburgischen Konzerte.

Sarah Cooper hatte mich beobachtet. Jetzt nahm sie endlich das Wort: »Zeichnen Sie dieses Gespräch auf, Mr. Croft?«

Ihr Mann sah sie leicht unwillig an. Mir schien, daß ihre Vorsicht, wie auch seine eigene, ihm unangenehm war. Er hätte lieber in einer Welt voller anständiger, aufrechter Menschen gelebt, denen man stets vertrauen konnte. Ihr Vertrauen hingegen war offenbar begrenzt. Und natürlich fuhr sie mit dieser Einstellung besser als er.

»Nein«, sagte ich.

Sie sagte: »Wenn Sie wahrheitswidrig behaupten würden, dies nicht aufzuzeichnen, und wenn wir zum Beispiel zugeben würden, gegen das Gesetz zu verstoßen, wäre das dann von Ihrer Seite nicht ein illegales Täuschungsmanöver?«

»Das gilt so nur für Vollstreckungsbeamte«, sagte ich. »Was meine Rechtsstellung angeht, unterscheide ich mich kaum von jedem anderen Bürger. Und einen normalen Bürger kann man nicht wegen illegaler Täuschungsmanöver belangen.«

Sie runzelte die Stirn.

»Aber ich zeichne dieses Gespräch nicht auf«, sagte ich. »Später, falls es ein Später gibt, wird Ihre Aussage gegen meine stehen. Zwei gegen einen. Sie sind das Paar, bei dem Melissa und Winona gewohnt haben, richtig?« Kein großer Geistesblitz. Nur ein Anruf von Elizabeth Drewer und ein junges Paar, das übertrieben argwöhnisch wirkte.

Sarah Cooper sah ihren Mann an. Er sagte: »Wir haben heute morgen von dieser Frau in Hartley gelesen. Deirdre Polk. Sie war mit Melissa befreundet.«

Eigentlich war das keine Frage, ich antwortete aber trotzdem. »Ja, das war sie. Und wenn Sie vermuten, daß ihr Tod irgendwie mit Melissa zusammenhängt, haben Sie höchstwahrscheinlich recht.«

Er sah seine Frau an, die mich nicht aus den Augen ließ.

»Hören Sie«, sagte ich. »Sie machen sich Sorgen. Auch ich mache mir Sorgen. Sonst wären wir nicht hier zusammengekommen. Was hat Elizabeth Drewer Ihnen von mir erzählt?«

»Daß Sie Privatermittler sind«, sagte Larry. »Daß Sie Melissa suchen. Daß sie mit einigen Leuten hier in der Stadt telefoniert hat. Und daß Sie zuverlässig sein sollen.«

»Sein sollen, ja, aber das gelingt mir nicht immer.«

Er lächelte. »Und sie hat gesagt, Sie sind ein Klugscheißer.«

Ich lächelte zurück. »Ja, das gelingt mir meist ganz gut.«

Seine Frau fragte: »Hat Melissas Ex-Mann irgend etwas mit dem Tod dieser Frau zu tun?«

Auf die Idee war ich noch gar nicht gekommen, und

ich dachte kurz darüber nach. Roy Alonzo heuert mich an, um Melissa aufzuspüren, beziehungsweise er versucht es, weil er sie umbringen will. Er schmuggelt mir den Transponder in den Wagen. Er folgt mir zu Deirdre Polks Haus, foltert sie, um an Informationen zu gelangen, und erwürgt sie.

Aber warum sollte er Melissa umbringen wollen? Aus Rache? Weil sie seine Karriere ruiniert hat?

Möglich. Aber wie hätte Roy an ein hochmodernes Gerät wie diesen Transponder kommen sollen?

Außerdem wurde Deirdre Polk wahrscheinlich von derselben Person getötet, die Cathryn Bigelow getötet hatte. Und als Cathryn getötet wurde, war Roy in New York.

Hatte er jedenfalls behauptet.

Ich nahm mir vor, Roy zu fragen, wo er letzte Nacht gewesen war.

Schließlich sagte ich: »Es ist möglich, aber ich bezweifle es.«

Sie sagte: »Nach Melissas Schilderung war er ein Ungeheuer.«

»Kann sein. Aber es gibt verschiedene Arten von Ungeheuern. Ich glaube nicht, daß er eins von dieser Art ist.« Nicht von der Art, die kaltblütig Frauen erwürgt. Das wäre schlecht für sein Image.

Sie runzelte die Stirn. »Wer hat sie dann umgebracht?«

»Ich bin mir nicht sicher. Aber ich glaube, daß derjenige auch hinter Melissa her ist. Ich will ihm zuvorkommen. Sie wollten mit jemandem darüber reden. Ich würde gerne hören, was Sie zu sagen haben. Ich werde nichts von dem, was Sie mir sagen, an die Polizei weitergeben, es sei denn, ich habe den Eindruck, die Informationen könnten dazu dienen, Melissa und ihre Tochter vor Gefahren zu schützen. Und Ihre Namen werde ich in keinem Fall verraten.«

Larry Cooper warf seiner Frau einen Blick zu und sagte dann: »Wir machen uns Sorgen um Melissa, seit sie von uns weggegangen ist; Sorgen um sie und ihre Tochter.«

»Warum?« fragte ich.

»Weil sie danach nicht dort angekommen ist, wo sie hinwollte.«

Jetzt sprach wieder seine Frau. »Wir wissen das nicht genau. Aber sie hat uns anrufen sollen. Sie hat uns per R-Gespräch anrufen und nach Linda fragen sollen. Und wir sollten dann sagen: Falsch verbunden, und wieder auflegen. Und das sollte bedeuten, daß sie in Sicherheit war.« Sie verschränkte die Arme. »Aber sie hat nicht angerufen.« Sie hob schmerzlich die Schultern.

Ich sagte: »Wir sollten am Anfang beginnen. Sie arbeiten für die Underground Railroad.«

Er sagte: »Ja.« Sie nickte.

»Ich verstehe nicht ganz, wie die Sache funktioniert«, sagte ich. »Wäre das die übliche Vorgehensweise, daß sie anruft und Ihnen signalisiert, daß sie in Sicherheit ist?«

»Nein«, sagte Larry Cooper. »Wenn die Leute von hier weggehen, sollen sie überhaupt keine Verbindung mit uns aufnehmen. Das ist sicherer, nehmen wir jedenfalls an.«

»Es war meine Schuld«, sagte Sarah. »Ich habe sie darum gebeten. Melissa und Winona waren mir sehr ans Herz gewachsen. Andere, die früher bei uns waren, sind mir nie so sympathisch gewesen. Aber bei Melissa war es ganz anders.«

Ihr Mann sagte: »Seit wir das mit Deirdre Polk gelesen haben, haben wir stundenlang herumtelefoniert. Wir haben mit ... jemandem in Kalifornien gesprochen, dann hat Elizabeth Drewer uns angerufen. So ging das den ganzen Vormittag.«

Ich fragte: »Wann ist Melissa hierhergekommen?«

»Vorigen Monat«, sagte Larry Cooper. »Am zwanzigsten.«

»Und wie lange war sie hier?«

Sarah sagte: »Sie sollte bis zum 1. Oktober bleiben. Aber wir mußten auch an Julia denken, unsere Tochter. Sie ist dieses Jahr auf die Schule gekommen. Ein sehr intelligentes Mädchen, sehr offen und freundlich, und wir mußten befürchten, daß sie irgend etwas ausplaudern könnte, natürlich ohne es zu wollen. Wir haben versucht, ihr zu erklären, daß Melissa und Winona ein Geheimnis seien, daß sie niemandem etwas von den beiden sagen dürfe. Aber Kinder können mit Geheimnissen schlecht umgehen. Und sie sollten sowieso nicht mit so etwas belastet werden.«

Ihr Mann sagte: »Die beiden sollten die letzten sein, denen wir helfen wollten. Melissa und Winona. Natürlich hätten wir unsere Hilfe gern weiter angeboten. Diese Menschen verdienen jede Hilfe, die sie bekommen können. Nicht nur Melissa und Winona, sondern alle. Aber es war schon schlimm. Auch schon bevor Julia auf die Schule gekommen ist.«

»Es war ziemlich nervenaufreibend«, sagte Sarah Cooper. »Die Sache vor den Nachbarn zu verheimlichen, immer aufzuspringen, wenn das Telefon klingelte. Und dann Julia. Als ich einmal mit ihr bei Kaune einkaufen war, habe ich dort eine Freundin getroffen, und Julia, ganz ohne böse Absicht natürlich, sagte etwas von den Leuten, die damals gerade bei uns wohnten. Ich mußte es wieder vertuschen und etwas von einer Kusine erzählen, die bei uns zu Besuch sei. Und hinterher mußte ich Julia erklären, warum ich gelogen hatte.« Sie runzelte die Stirn. »Das war das Schlimmste dabei.« Sie sah Larry an, dann wieder mich. »Es war meine Schuld. Ich habe uns beide in diese Situation gebracht.«

»Das stimmt nicht, Schatz«, sagte Larry. »Wir waren beide einverstanden.«

»Aber ich hatte die Idee«, sagte sie düster und resigniert.

Ich fragte: »Wie *sind* Sie denn in diese Situation geraten?«

Larry fuhr sich mit den Fingern durch die Haare, schob sie aus der Stirn zurück. »Müssen Sie das wirklich wissen?«

»Nein«, sagte ich. »Reine Neugier. Verzeihen Sie.«

Sarah wollte noch immer die Schuld auf sich nehmen. Sie sagte: »Jemand aus meiner Inzest-Gruppe hat einmal die Underground Railroad erwähnt. Ich hatte davon gelesen, und ich fand, daß sie gute Arbeit leistete, wichtige Arbeit, und das sagte ich auch. In der Gruppe, vor allen anderen. Hinterher kam sie zu mir und fragte, ob ich wirklich mithelfen wolle. Als ich ja sagte, bat sie mich, mit Larry darüber zu sprechen und mich dann wieder an sie zu wenden. Wir haben die Sache besprochen und waren uns einig, daß wir etwas tun wollten.«

»Wir waren uns beide einig«, sagte er zu ihr.

Sie lächelte ihn traurig an und wandte sich wieder an mich. »Ich bin als Kind sexuell mißbraucht worden. Von meinem Adoptivvater. Ich hatte immer gedacht, das sei mir zugestoßen, weil ich ein Waisenkind war, Ausschußware. Daß es meine Schuld war. Daß es nicht geschehen wäre, wenn ich bei meinen richtigen Eltern aufgewachsen wäre.« Sie zuckte die Schultern. »In der Gruppe habe ich erfahren, daß das alles nicht stimmt. Daß es jedem passieren kann.«

Larry legte ihr schützend den Arm um die Schulter. Sie lehnte sich an ihn und legte ihm die Hand auf den Oberschenkel.

Die beiden waren mir sympathisch, ich empfand Bewunderung, vielleicht sogar Neid angesichts der Zuneigung, die sie füreinander hatten, trotzdem mußte ich mehr über Melissa erfahren. »Sie sagten, Melissa habe Deirdre Polk besucht, als sie hier war. Hat sie sonst noch jemanden besucht?«

»Eine Frau namens Juanita«, sagte sie. »Melissa wollte nicht darüber reden – immer wenn ich sie danach gefragt habe, hat sie sehr geheimnisvoll getan. Ich habe ja nur gefragt, weil es gefährlich war, sich in der Stadt sehen zu lassen. Jemand hätte sie erkennen können. Sie meinte, das sei einfach ausgeschlossen. Sicher, sie sah wirklich anders aus als auf den Bildern, die ich von ihr kannte – während des Gerichtsverfahrens war sie ja oft genug in der Zeitung gewesen –, aber ich fand es trotzdem riskant. Aber Melissa war fest entschlossen, sich mit ihr zu treffen. Manchmal konnte sie verdammt hartnäckig sein.«

»Wann hat sie sich mit ihr getroffen?« fragte ich.

»Am 23. September«, sagte sie. »Am selben Tag, an dem sie Deirdre besucht hat. Ich erinnere mich so genau, weil Herbstbeginn war, ein wunderschöner Tag, eher wie ein Tag im Juni.«

Der dreiundzwanzigste war auch der Tag, an dem Melissa die Postkarte an ihre Schwester Cathryn abgeschickt hatte. Und möglicherweise auch die Karte an ihre Mutter. »Wie lange war sie fort?«

»Fast den ganzen Tag. Sie ist um neun gegangen und gegen sechs zurückgekommen. Als sie zurückkam, wirkte sie weniger angespannt, weniger beunruhigt.«

»Vorher wirkte sie also unruhig?«

Sie runzelte die Stirn. »Nicht direkt unruhig. Eher, als habe sie eine furchtbare Last zu tragen. Etwas wirklich Quälendes, Bedrückendes. Etwas, das nichts mit ihrer eigenen Lage zu tun hatte, will ich damit sagen. Und weiß der Himmel, die war schon bedrückend genug. Aber als sie von Juanita zurückkam, schien es ihr wesentlich besserzugehen.«

»Hat sie mal El Salvador erwähnt?« fragte ich.

Sie schüttelte den Kopf und sah ihren Mann an. »Nein«, sagte er. »Aber ich habe auch selten mit ihr gesprochen. Ich hatte in den letzten Monaten viel zu tun.«

»Larry ist Fotograf«, erklärte Sarah.

»Ich hatte einen Auftrag und war fast den ganzen September in der Dunkelkammer beschäftigt«, sagte er. »Ich hatte kaum eine Gelegenheit, mit ihr zu sprechen.«

Ich zeigte auf die Fotos an der Wand. »Ihre?«

»Ja.«

Ich nickte. »Okay«, sagte ich. »›Die Blume in der Wüste lebt‹. Haben Sie eine Ahnung, was das bedeutet?«

Die beiden sahen sich an. Sie zuckte die Schultern. Er sagte: »Nein.«

Ich fragte: »Hat Melissa von hier aus irgendwelche Telefonate geführt?«

»Nein«, sagte Sarah. »Sie hat überhaupt nur mit Juanita telefoniert, und dazu ist sie mit dem Wagen in die Stadt gefahren, zu einer Telefonzelle.«

»Sie hatte ein Auto?«

»Sie hat eins gekauft, als sie hierherkam. Das war auch so etwas, das mir ziemlich riskant erschien. Aber Melissa hatte es satt, immer mit dem Bus zu fahren. Sie wollte ein Auto haben, wenn auch nur für kurze Zeit, für ein paar Wochen. Ich habe sie dann zum Händler gefahren. Sie hat einen kleinen Honda genommen. Bar bezahlt. Neunhundert Dollar.«

»Welche Farbe hatte der Wagen? Welches Baujahr?«

»Weiß. Ein kleiner Zweitürer. Das Baujahr weiß ich nicht.« Sie wandte sich an Larry. »Zweiundachtzig?«

Er zuckte die Schultern. »Zweiundachtzig, dreiundachtzig«, sagte er. »Irgendwas in der Richtung.«

Das konnte mir auch der Händler sagen. »Wo hat sie ihn gekauft?«

Sie nannte mir den Namen eines Gebrauchtwagenhändlers an der Cerrillos.

Ich sagte: »Um den Wagen zu bekommen, mußte sie ihren Führerschein vorlegen.«

Sarah sagte: »Sie hatte einen kalifornischen Führerschein, der auf einen anderen Namen ausgestellt war. Aber mit ihrem Foto drin.«

»Wie lautete dieser Name?«

Sie sah ihren Mann an. Er nickte.

»Linda Lattimore«, sagte sie. »Deswegen hatten wir uns auch auf *Linda* geeinigt, für diesen Anruf, mit dem sie uns mitteilen sollte, daß sie in Sicherheit war.«

»Hat sie das Auto angemeldet? Kennzeichen dafür bekommen?«

»Nein. Es hatte vorläufige Kennzeichen, die dreißig Tage gültig waren. Sie hat gesagt, länger würde sie den Wagen sowieso nicht brauchen.« Zum erstenmal lächelte sie. Traurig und matt. »Sie nannte das Auto ihren ›Wegwerftraum‹. Das gehöre zu ihrer letzten Extravaganz, hat sie gesagt. Ich weiß noch, wie sie laut auflachte, als sie sich ans Steuer setzte. Wie ein kleines Mädchen. Sie war wirklich ungeheuer glücklich.«

Melissa war Kalifornierin. Ohne Auto war sie sich wahrscheinlich wie ohne Beine vorgekommen. »Okay«, sagte ich. »Erzählen Sie mir, wie sie von hier fortgegangen ist.«

»Na ja«, sagte Sarah, »sie wußte, wie problematisch das alles für uns war. Besonders das mit Julia. Eigentlich war es ihre Idee, von hier wegzugehen. In einer Hinsicht waren wir natürlich erleichtert, aber wir hatten auch schreckliche Schuldgefühle. Wir kamen uns vor, als würden wir sie auf die Straße schmeißen. Aber Melissa meinte, sie müsse gehen, und es sei schon richtig so. Man könnte sagen, sie hat *uns* überredet. Jedenfalls haben wir, habe *ich* dann eine Nummer in Kalifornien angerufen –

von einem Münztelefon aus – und die Situation erklärt. Melissa wollte noch bis zum 1. Oktober in der Stadt bleiben –«

»Warum?«

»Das wollte sie nicht sagen.« Sarah runzelte die Stirn. »Manchmal war sie so. Nicht direkt wortkarg, aber irgendwie ... heimlichtuerisch. Geheimnisvoll. Wie ein Spion oder so was.« Sie dachte kurz nach. »Als ob sie sich irgendwie wichtig machen wollte, verstehen Sie?«

Ich nickte.

»Aber das hatte sie nur manchmal«, sagte sie. »Keine große Sache. Nicht weiter störend oder so. Zumal sie fünf Minuten später schon selbst darüber gelacht hat, sich über sich selbst lustig gemacht hat. Und sie wird schon ihre Gründe gehabt haben, warum sie nicht darüber sprechen wollte, was auch immer das sein mochte. Die Leute in Kalifornien waren jedenfalls nicht gerade begeistert, daß sie noch hier in der Stadt bleiben wollte. Das heißt, sie waren schon nicht begeistert, daß sie überhaupt hierhergekommen war.«

»Weil jemand sie hätte erkennen können«, sagte ich.

»Richtig. Aber sie haben etwas hier in der Nähe organisiert, wo sie bis zum 1. Oktober untertauchen konnte.«

»Wo?«

Sie zögerte.

Larry sagte: »Die Leute in Kalifornien wollen, daß Sie etwas versprechen.«

Der Form halber fragte ich: »Was?« Aber ich kannte die Antwort schon.

Larry nickte. »Wir sollen das selbst beurteilen. Wenn wir es für richtig halten, sollen wir es Ihnen sagen. Aber sie wollen Ihr Wort haben, daß Sie nicht damit zur Polizei gehen.«

»Das kann ich nicht versprechen. Für mich zählt zunächst einmal nur, Melissa und ihre Tochter zu finden, mich zu vergewissern, daß sie nicht in Gefahr sind, und dann dafür zu sorgen, daß das auch so bleibt. Der Schutz der Underground Railroad muß da zurückstehen. Mir ist es wichtiger, Melissas Leben zu schützen, als sie davor zu bewahren, wegen Kindesentführung belangt zu werden. Die Polizei hat einen mächtigen Apparat. Ich bin ganz auf mich allein gestellt. Es kann sein, daß ich mich an sie wenden muß. Ich kann nur versprechen, daß ich, was auch immer passiert, keine Namen nennen werde.«

Er holte tief Luft und stieß einen langen Seufzer aus.

»Elizabeth Drewer ist nicht sehr glücklich über das alles. Aber ich habe ihr heute morgen gesagt, daß ich mit jemandem reden müsse. Als ich das mit Deirdre Polk gelesen habe, wäre ich beinahe selbst zur Polizei gegangen. Ich meine, Melissa verschwindet, und ein paar Wochen später wird eine ihrer besten Freundinnen ermordet. Da muß es doch einen Zusammenhang geben.«

Offensichtlich wußten sie nichts über den Mord an Melissas Schwester. Ich sagte ihnen nichts davon. Sie hatten schon genug Sorgen.

»Es gibt einen Zusammenhang«, sagte ich. »Also, wo ist Melissa hingegangen?«

Er sah seine Frau an. Sie nickte.

Er sagte es mir.

Ich sagte: »Und wann ist sie von hier weg?«

Sarah sagte: »Am siebenundzwanzigsten. Aber sie wollte nicht direkt dorthin. Sie hat gesagt, sie wolle eine Pause machen. Sie wollte irgendwo in ein Motel, um mal mit Winona allein zu sein. Für einen oder zwei Tage, hat sie gesagt. Nur um mit ihrer Tochter mal ein bißchen vor dem Fernseher zu sitzen. Einfach mal ausspannen, hat sie gesagt. Das gehöre auch zu dieser letzten Extravaganz, die sie sich leisten wolle.«

»Hat sie gesagt, welches Motel?«

»Nein. Das wußte sie selbst noch nicht. Aber sehr

wahrscheinlich eins in Taos. Dort wollte sie nämlich hin. Sie hat gesagt, sie sei nur ein einziges Mal dagewesen, auf der Durchreise. Und Winona habe es noch nie gesehen. Und niemand da oben kennt die beiden.«

Ich sagte: »Wann haben Sie erfahren, daß sie an diesem anderen Ort nie aufgetaucht ist?«

»Erst heute«, sagte Larry verbittert. »Heute morgen. Als wir mit Kalifornien telefoniert haben.« Der Zorn machte seine Stimme heiser. »Eine unglaubliche Schweinerei.«

Sarah sagte: »Wir haben uns nie bei denen erkundigt. Wegen Melissa. Man hatte uns davon abgeraten. Wir sollten uns mit keinem unserer Schützlinge später noch in Verbindung setzen. Wir sollten nicht einmal nach ihnen fragen. Vielleicht hätten wir es doch tun sollen. Jetzt meine ich jedenfalls, wir hätten es tun sollen, aber wir haben es nicht getan. Wir haben uns Sorgen gemacht, als wir nichts von ihr hörten, aber wir dachten, wir könnten sowieso nichts unternehmen. Wir haben gedacht, vielleicht hat sie einfach nicht telefonieren können. Da oben gibt es kein Telefon, und wir dachten, vielleicht hatte sie keine Gelegenheit, da mal wegzukommen.«

»Über welche Kanäle läuft die Kommunikation mit den Leuten in Kalifornien?«

»Das weiß ich nicht«, sagte sie. »Wahrscheinlich über Münztelefone.« Sie runzelte die Stirn und sagte: »Diese Frau in Hartley. Deirdre Polk. Warum wurde sie getötet?«

»Das weiß ich nicht genau«, sagte ich.

»Werden Sie Melissa finden?« fragte sie mich.

»Ich werde sie finden«, sagte ich.

XXIII

Erst kurz vor drei war ich mit den Coopers fertig. Larry Cooper fuhr mich in die Stadt und setzte mich an der Palace ab, und ich ging ins Büro zurück. Keine Nachrichten auf dem Anrufbeantworter. Ich nahm den Hörer ab, sah das grüne Licht angehen und rief Hector an. Ich sagte ihm, was ich über Melissa erfahren hatte: den Namen auf ihrem Führerschein, eine Beschreibung ihres Autos, den Namen des Händlers, bei dem sie es gekauft hatte. Er fragte mich, wie ich an diese Informationen gelangt sei. Ich antwortete, das könne ich ihm nicht sagen. Er sagte, das sei aber edel von mir.

Ich nannte ihm auch nicht das Ziel der Reise, auf der sie verschwunden war. Das wollte ich mir selbst ansehen.

Ich rief Rita an und sagte ihr, daß ich eine Spur von Melissa habe, und daß ich nicht um drei zu ihr kommen könne. Sie werde die Frau aus Albuquerque allein befragen müssen. Sie sagte, das werde sie schon schaffen.

Bei Roy Alonzo meldete sich der Anrufbeantworter. Ich sprach ihm aufs Band, daß ich mich nicht mit ihm am Fort-Marcy-Komplex treffen könne und ihn später noch einmal anrufen werde.

Dann verließ ich das Büro und ging zum Parkplatz, wo ich den Miet-Jeep abgestellt hatte. Er stand neben dem Holzkabuff des Wächters, und Gerry, der Wächter, berichtete mir, niemand sei dem Wagen zu nahe gekommen, den ganzen Tag nicht.

Auf der Fahrt nach Norden dachte ich über die Aussagen der Coopers nach. Die Informationen mochten ja alle recht nützlich sein. Aber Melissa Alonzo hatte ich immer noch nicht.

Den Coopers zufolge war sie vermutlich aus irgendeinem Motel in Taos verschwunden. Das beunruhigte mich. Warum hatte sie nicht die nächste Station der Underground Railroad aufgesucht? Hatte sie irgendwas von dem Salvadorianer mitbekommen? Hatte sie von Cathryns Tod erfahren?

Aber Cathryn war erst am 2. Oktober ermordet worden. Melissa hatte die Coopers am 27. September verlassen und nur einen oder zwei Tage in Taos bleiben wollen. Angenommen also, sie habe sich an ihren Plan gehalten, dann konnte der Tod ihrer Schwester nicht der Auslöser dafür sein, daß sie es sich anders überlegt hatte.

Was dann?

Hatte irgendein mir nicht bekannter Umstand sie veranlaßt, New Mexico zu verlassen und irgendwo hinzugehen, wo niemand sie kannte?

Wenn ja, endete die Spur in Taos in einer Sackgasse.

Ich hatte den Coopers wie allen anderen gesagt, daß ich Melissa finden würde. Aber je näher ich ihr zu kommen schien, desto weniger greifbar wurde sie.

Wieder einmal machte ich mir Sorgen. Und Sorgen machte ich mir jetzt schon ziemlich lange.

Südlich von Española, wenige hundert Meter vor der Abzweigung nach Los Alamos, bog ich rechts ab in Richtung der High Road nach Taos. Niemand folgte mir.

Die High Road war leer, als ich sie erreichte. Keine Autos kamen mir entgegen, keine fuhren hinter mir. Nur der blaue Himmel und die gleißende Sonne, die brutale, vollkommene Klarheit des Lichts. Bergspitzen, Felsen und Täler zogen zu beiden Seiten an mir vorüber, die schartigen Ränder nur leicht von der Schneedecke gerundet. Trotz aller Schönheit war es ein wüstes, ein einsames Land.

Ich schob eine Tina-Turner-Kassette in den Recorder. Tina fragte mich, was Liebe damit zu tun habe.

Keine Ahnung, antwortete ich. Aber es war eine verdammt gute Frage.

Ich kam durch Las Mujeras, den winzigen spanischen Gebirgsort, in dem Norman Montoya wohnte, und überlegte schon, ob ich haltmachen und mit ihm reden sollte. Aber Palo Verde, mein eigentliches Ziel, war nur noch zwanzig Meilen entfernt, und dort wollte ich mich erst einmal umhören. Dann wollte ich weiter nach Taos und mich in den Motels nach Melissa erkundigen; und auf dem Rückweg nach Süden, nach Santa Fe, konnte ich, wenn noch Zeit war, Norman Montoya besuchen.

Palo Verde war noch kleiner als Las Mujeras. Eine Tankstelle, ein Laden, eine Post, zwei, drei staubige Häuser, alles schneebedeckt am Grund einer verschneiten, etwa fünf Meilen weiten Senke, die von weißen Hügeln umstanden war. Als ich den Laden passiert hatte, fuhr ich noch zwei Meilen weiter. An der von den Coopers beschriebenen Abzweigung gab es kein Schild, aber Reifenspuren im Schnee. Ich hielt den Jeep an und zog die Handbremse.

Der Weg führte an einigen mit Stacheldraht umzäunten Feldern vorbei und schlängelte sich dann in die waldigen Hügel. Die Bäume da oben, Ponderosakiefern, waren noch dick verschneit und sahen aus wie alte Männer, gebeugt und müde und in zerfetzte Decken gehüllt.

Nachdem ich eine Zeitlang ziellos links und rechts zwischen den turmhohen Bäumen herumgefahren war, senkte sich der Weg und lief an der Nordflanke eines weiten weißen Tals entlang. Weiter vorn, rechts von mir, erblickte ich das Ziel meiner Fahrt, eine Handvoll Holzgebäude, unter Kiefern versteckt, am Fuß der südlichen Hügel. Davor bewegten sich kleine schwarze Gestalten im Schnee.

Der Weg überquerte einen schmalen Bach, der dunkel um schneebedeckte Steine rieselte, führte dann hundert Meter zwischen zwei weiteren Stacheldrahtzäunen dahin und endete schließlich vor einem der größeren Gebäude. Es war ein baufälliges zweigeschossiges Holzhaus in Ostwestrichtung gebaut und außen stumpfgrau verwittert. Davor parkten vier Autos: ein verbeulter schwarzer VW-Käfer, ein alter zitronengelber Ford-Pikkup, ein vierschrötiger Dodge-Lieferwagen, vor langer Zeit einmal mit psychedelischen Blumen bemalt, und ein ziemlich neuer schwarzer Suzuki mit Vierradantrieb. Die Reifenspuren, denen ich gefolgt war, hörten unter dem Suzuki auf, und auf seiner glänzenden Motorhaube lag kein Schnee. Die anderen Autos waren noch zugedeckt.

Ich parkte den Jeep und stieg aus. Hier war es kälter als in Santa Fe.

Die kleinen schwarzen Gestalten, die ich von weitem gesehen hatte, waren Kinder. Sie spielten links in einer Art Hof, der von drei neuer aussehenden, eingeschossigen Häusern gebildet wurde. Obwohl in heiterem Gelb gestrichen, hatten diese Häuser die düstere Ausstrahlung von Baracken. Aber das schien die Kinder nicht zu stören. Es waren sechs; zwei von ihnen beobachteten mich argwöhnisch, aber die anderen setzten ihre Schneeballschlacht lautstark und unbekümmert fort. Das Zeug war zu trocken, und die Bälle zerstoben schon im Flug zu weißen Staubfahnen.

Noch weiter links, hinter den Baracken, stand ein ausgedehntes, unfertiges Bauwerk, dessen grober Holzrahmen wie ein Rippenkasten aussah. Drinnen arbeiteten Männer, sie trugen Balken, hämmerten Nägel, sägten Bretter. Keinen von ihnen schien meine Ankunft im geringsten zu interessieren.

Rechts stand eine große Scheune; sie war ebenso verwittert wie das Haus und ihr Dach von jahrzehntelangen Schnee- und Eislasten eingesunken. Davor, auf einer mit hohem Hühnerdraht eingezäunten Fläche, standen drei braune Ziegen, zwei Weibchen und ein Bock, die mich mit unendlicher Geduld und, wie die Arbeiter, ohne jede Neugier betrachteten.

Ebenfalls, aber neugierig, beobachteten mich zwei kleine Jungen, die an dem Zaun standen. Sie waren etwa sechs bis sieben Jahre alt und trugen unförmige Wintermäntel, Jeans und schwarze Gummistiefel mit Reißverschlüssen. Der größere der beiden hatte einen langen Holzpflock in der Hand; der andere hielt verlegen einen Stoffpanda im Arm.

Plötzlich mußte ich an die Menagerie von Stofftieren in Winona Alonzos Zimmer denken, in dem Haus in Malibu. Und wieder einmal fragte ich mich, wo Winona jetzt wohl spielen mochte und wie sie dieses Flüchtlingsleben ertragen mochte.

Ein langhaariger Mann in grauem Anorak kam aus den dunklen Schatten hinter der Scheunentür und rief: »Kinder?«

Die zwei Jungen drehten sich nach ihm um.

»Kommt mal her«, schrie er. »Ihr könnt mir helfen.«

Der größere Junge sah nach mir zurück, flüsterte dem anderen etwas zu, und dann stapften die beiden durch den Schnee auf das Zauntor zu.

Plötzlich kam ich mir wie ein Eindringling vor, ich hatte das Gefühl, der Mann habe die Kinder zu sich gerufen, um sie vor meiner Gegenwart zu schützen.

Vielleicht spürte er so etwas, denn als er sich dann mir zuwandte, klang seine Stimme betont freundlich. »Hi. Gehen Sie nur ins Haus. Man erwartet Sie bereits.«

»Danke«, rief ich zurück.

Schnee knirschte unter meinen Schuhen, als ich auf die weitläufige Porch zuschritt und dann die Holzstufen hochstieg. Ich klopfte an die Tür.

Wenige Augenblicke später wurde mir von einer kleinen Frau geöffnet; sie trug Holzschuhe, eine schwarze Strumpfhose, ein langes schwarzes Omakleid mit Pünktchen und einen schlabbrigen weißen Wollpullover mit Schalkragen und zu langen Ärmeln, die sie an den Handgelenken umgeschlagen hatte. Das dichte schwarze Haar fiel ihr in wilden Locken auf die Schultern und war mit grauen Strähnen durchsetzt. Sie mußte vorzeitig ergraut sein, denn ihr rundes, attraktives Gesicht war noch faltenlos, und überhaupt sah sie nicht älter als zwanzig aus. Sie war nicht geschminkt. Mit ihren funkelnden braunen Augen und ihren rosigen Wangen machte sie einen sehr lebendigen und sehr gesunden Eindruck.

Sie grinste mich an. »Hi. Sind Sie der Privatdetektiv?«

Ihr Grinsen brachte mich zum Lächeln. »Ja, einer von denen«, sagte ich.

Sie lachte. »He, prima. Ich bin Freddy.« In ihrer Stimme schwang etwas Texanisches mit. Sie hielt mir eine kleine warme Hand hin, und ich schüttelte sie.

»Joshua Croft«, sagte ich.

»Kommen Sie rein.«

Ich trat in das große Wohnzimmer. Ein fadenscheiniger roter Orientteppich. Vorhänge à la William Morris offen neben den Schiebefenstern. Viktorianische Möbel, klobig und verschnörkelt, wahrscheinlich so alt wie das Haus, und ebenso verwohnt wie die Möbel bei den Coopers. Aber diese Sachen hier begannen zurückzuschlagen. Ein Stuhlkissen hing schief nach links. Die Polsterung der Sofalehne war aus dem Überzug gequollen. Trotzdem wirkte das Zimmer gemütlich. Es war hell, denn von draußen leuchtete der Schnee herein, und es war makellos sauber. In dem aus Feldstein gebauten Kamin loderte ein Feuer, und es wehten Küchendüfte durch den Raum. Aber es roch auch nach Patchouliöl, das mir seit den frühen Siebzigern nicht mehr in die Nase gekommen war. Die Frau hatte sich damit eingerieben.

Sie sagte: »Ich habe Bilbo losgeschickt, um Sam zu holen. Er müßte gleich kommen.«

»Bilbo?«

Sie grinste. »Ja, ist das nicht verrückt? Der Ärmste hat sich nie von Tolkien erholt. Kommen Sie in die Küche. Ich habe da noch einiges zu tun.«

Ich folgte ihr durch einen schmalen Gang in eine riesige Küche. Rechts führte eine Tür, mit Spitzenvorhang am Fenster, nach draußen. Ein langer, auf Böcken ruhender Tisch nahm die Mitte des Raumes ein, und es standen genug Stühle herum, daß vierzehn Leute daran essen konnten. An einem Ende des Tischs wartete ein Berg Salatgemüse, daneben ein großes, dickes Schneidebrett, eine riesige hölzerne Salatschüssel und ein Küchenmesser. Es gab hektarweise Arbeitsflächen und unzählige Schränke, die alle rot lackiert waren. An einer Wand hing eine Sammlung Kochtöpfe, Kasserollen, Bratpfannen und Backbleche. Der Linoleumboden war rotweiß kariert. Auf dem gewaltigen Gasherd standen zwei große Töpfe, einer aus verbeultem Aluminium, der andere aus schwarzem Gußeisen. Hier drinnen waren die Küchendüfte kräftiger, und mir fiel ein, daß ich nichts zu Mittag gegessen hatte.

Freddy wuselte zum Herd und hob den Deckel des gußeisernen Topfs. Eine Dampfwolke wallte bis an die hohe Decke. Ohne den Deckel loszulassen, wiegte sie sich behaglich in den Hüften, nahm einen Holzlöffel, senkte ihn in den Topf und rührte um. Sie sah mich grinsend über die Schulter an. »He, entschuldigen Sie, ich bin heut etwas durcheinander. Wie üblich. Wie war noch mal Ihr Name?«

»Joshua. Joshua Croft.«

»Also, Joshua Croft, haben Sie Hunger? Der Reis ist noch nicht fertig, aber das hier.« Sie spähte in den Topf. »Das ist so ne Art Suppe, glaub ich. Oder Eintopf.« Sie sah wieder mich an. »Sind Sie Fleischfresser?«

»Ja, leider.«

»Ich auch«, vertraute sie mir an. »Aber nur heimlich. Mein heimliches Laster. Alle anderen hier sind Pflanzenfresser. Ich muß mich alle paar Wochen zum Burger King nach Taos schleichen, sonst werd ich noch zum Wiederkäuer.« Sie wies auf den Topf. »Aber das hier ist ziemlich gut. Da sind alle möglichen Sachen drin. Tomaten, Möhren, Kartoffeln, Sellerie, Zwiebeln. Sogar Pastinaken.« Sie grinste. »Ist Privatdetektiven der Verzehr von Pastinaken gestattet?«

»Die sind unser heimliches Laster.«

Sie lachte. »Also möchten Sie was? He, nun tun Sie mal nicht so höflich. Wenn Sie Hunger haben, essen Sie. Davon wird Ihnen warm.«

»Klar«, sagte ich. »Danke.«

»Na also.« Sie öffnete ein Schränkchen, stellte sich auf Zehenspitzen und nahm einen schweren Suppenteller heraus. Sie öffnete eine Schublade und entnahm ihr einen Suppenlöffel aus rostfreiem Stahl. Rechts von ihr, neben einigen langen Metall-Löffeln und Spateln, hing eine Kelle an der Wand; die nahm sie und schöpfte damit behutsam etwas von dem Eintopf in den Teller. Sie legte die Kelle neben den Holzlöffel, öffnete eine andere Schublade und zog eine gefaltete Stoffserviette heraus. Dann trug sie die Sachen zum Tisch.

»Setzen Sie sich doch«, sagte sie. »Es stört Sie hoffentlich nicht, daß ich noch den Salat fertig machen muß.« Sie sah nach der Tür, die nach draußen führte. »Wird Zeit, daß Bilbo kommt und den Tisch deckt. Bald fallen hier die Wölfe ein. Wollen Sie ein Bier?«

»Nein, danke«, sagte ich. Ich setzte mich vor den Teller, und sie setzte sich ans Tischende vor den Gemüsehaufen. »Essen Sie«, sagte sie und nahm einen Kopfsalat in Angriff.

Ich kostete den Eintopf.

Sie beugte sich ein wenig vor. »Na, wie schmeckt's?«

»Gut«, sagte ich. Und es war wirklich gut. »Sehr gut. Ist auch etwas Oregano drin.«

»Nicht zuviel?«

»Genau richtig.«

»Gut«, sagte sie. »Ein Hauch von Mittelmeer«, sagte sie und begann den Salat zu rupfen. »Sie sehen gar nicht aus wie ein Privatdetektiv.«

»Wie sehen Privatdetektive denn aus?«

»Hm, weiß nicht.« Sie riß die Blätter mitten durch und warf die Hälften lässig in die Schüssel. »Irgendwie schäbig und traurig. Außer im Fernsehen, da sind sie alle die perfekten Traummänner.«

»Kennen Sie viele Privatdetektive?«

Sie sah grinsend zu mir rüber. »He. Cool. Werde ich jetzt verhört?«

»Nein. Wir Privatdetektive nennen das ein Gespräch.«

Sie grinste. »Ein Fachausdruck, wie? He, Sie essen viel zu schnell. Sie sollten die Sachen länger kauen. Sam sagt, Sie suchen nach dieser Alonzo?«

»Cool«, sagte ich. »Werde ich jetzt verhört?«

Sie lachte wieder, dann sah sie mich bedenklich an.

»Nein, im Ernst. Ist sie verschwunden?«

»Ich weiß nicht, was mit ihr passiert ist. Ich weiß nur, daß sie hier hätte auftauchen sollen.«

Sie nickte. »Ja. Ist sie aber nicht. Wir dachten, sie hat es sich eben anders überlegt oder so was.«

»Kommt so etwas öfter mal vor?«

Sie schüttelte den Kopf, nicht verneinend, sondern ablehnend. »Bedaure. Sam sagt, wir sollen nicht darüber reden.« Und dann, als wollte sie die Ablehnung wiedergutmachen: »Wollen Sie wirklich kein Bier, oder was anderes? Ich könnte uns Tee aufsetzen?«

»Nein, ich –«

Die Tür ging auf, zwei Männer traten ein. Der erste war etwa vierzig bis fünfzig, größer und kräftiger gebaut als ich; er trug ein graukariertes Flanellhemd, einen Jeans-Overall und darüber eine offene rote Jacke. Sein glattrasiertes Gesicht war vom Wetter gegerbt. Breite Stirn, struppige schwarze Brauen, hellblaue Augen, Hakennase, breiter, freundlicher Mund. Die langen grauen Haare lagen ihm, zu einem Pferdeschwanz gebunden, zwischen den Schulterblättern.

Der zweite war kleiner und jünger, Ende Zwanzig; er trug Arbeitsstiefel, Jeans, einen schwarzen Rollkragenpullover und eine lederne Bomberjacke. Kurzgelocktes schwarzes Haar, zwei bis drei Wochen alter schwarzer Vollbart. Seine Augen lagen tief in den Höhlen, sie wirkten finster und angespannt.

»Das ist Joshua«, sagte Freddy. »Der große ist Sam, der andere ist Bilbo.«

Sam kam lächelnd, die rechte Hand ausgestreckt, auf mich zu und bedeutete mir mit der Linken, sitzenzubleiben. »Nicht aufstehen, Mann«, sagte er. »Essen Sie ruhig weiter.«

Ich gab ihm die Hand. Bilbo behielt die Hände in den Taschen und beobachtete mich stumm.

»Er hat schon aufgegessen«, sagte Freddy. »Er ist fast so verfressen wie ihr. Und ihr macht mit eurem Schnee den ganzen Boden naß. Am besten, ihr beide verschwindet hier, damit Bilbo den Tisch decken kann. Bilbo, was stehst du da rum wie Rasputin. Hol die Teller.«

Sam grinste mich an. »O Mann, ich hab was gegen Frauen, die einen herumkommandieren. Kommen Sie. Ich zeig Ihnen mal unser Anwesen.«

Ich stand auf und wandte mich an Freddy. »Danke für das Essen.«

Sie grinste. »He. Freut mich, daß es Ihnen geschmeckt hat. Bilbo, die Teller.«

Bilbo hatte den Reißverschluß seiner Jacke aufgezogen. Jetzt zog er sie aus und hängte sie an einen Haken neben der Tür. Etwas Schweres in der Tasche pochte an die Wand.

Es mußte nicht unbedingt eine Waffe sein. Und selbst wenn es eine war, ging es mich nichts an, solange er sie nicht auf mich richtete.

Aber schon die Möglichkeit, daß es eine Waffe war, ließ die Küche plötzlich weniger gemütlich und anheimelnd erscheinen, und auf einmal fühlte ich mich wieder als das, was ich war: ein Außenseiter.

»Kommen Sie«, sagte Sam, immer noch grinsend.

Ich folgte ihm und nickte Bilbo zu, dessen bohrender Blick mir auswich, als ich ihn ansah.

Draußen stieß Sam die Tür zu, drehte sich um und schob die Hände in die Jackentaschen. »Hier entlang«, sagte er und wies mit dem Kinn nach Osten. Wir stapften knirschend durch den Schnee, einmal um das Haus herum.

»Bilbo ist ein bißchen seltsam«, sagte er. »Früher war er Junkie, und er ist immer noch nicht ganz stubenrein. Aber kein schlechter Mensch.«

Wir schritten an der Ostseite des Hauses entlang. Die Kinder waren nicht mehr da, und von ihren Spuren im Schnee einmal abgesehen, schien es, als seien sie niemals dagewesen. Sam wies auf die gelben Flachbauten. »In dem rechten schlafen die Kinder. Auf der einen Seite die Jungen, auf der anderen die Mädchen. Das in der Mitte ist die Schule. Wir haben einen richtigen Lehrer hier, Bennett heißt er, so daß wir mit den Behörden keine Probleme haben. Das dritte Haus ist für die Leute, die wir in dem großen nicht mehr unterbringen können.«

»Die Kinder werden gemeinschaftlich erzogen?«

Er grinste mich an. »Richtig, Mann, so läuft das in einer Kommune nun mal. Die Kernfamilie bringt's einfach nicht. Die Eltern hängen den Sprößlingen alle ihre kleinen Macken an. Schuldgefühle. Neurosen. Sexuelle Probleme. Und wie sollen überhaupt zwei Leute alle Bedürfnisse eines Kindes befriedigen können? Hier bei uns halten sich die Erwachsenen gegenseitig im Gleichgewicht. Und die Kinder können aus einem gemeinsamen Vorrat emotionaler und psychischer Quellen schöpfen.« Er nahm die Hände aus den Taschen und bewegte sie, als knete er einen Teig. »Die Kinder entwikkeln Gemeinschaftsgefühl. Sie sind Teil einer großen, zusammenhängenden Gruppe. Das ist ein organisches Ganzes.« Er verschränkte die Finger ineinander, um mir zu zeigen, was ich mir unter *organisch* vorzustellen habe.

Er steckte die Hände in die Taschen zurück, und wir gingen weiter, auf das noch unfertige Holzhaus zu, von wo uns sechs oder sieben Leute entgegenkamen. Ich hatte gedacht, daß nur Männer an den Bauarbeiten mitwirkten, nun aber sah ich, daß auch zwei Frauen dabei waren, eine etwa dreißigjährige Blondine und eine junge Brünette, die noch wie ein Teenager aussah. Wie die Männer trugen sie Jeans und unförmige Wintermäntel. Die Männer waren alle Ende Zwanzig, Anfang Dreißig, die meisten hatten lange Haare und Bärte und schienen, ähnlich wie die jungen Leute auf der Plaza in Santa Fe, aus einer früheren, weniger komplizierten Epoche hierhinversetzt worden zu sein. Aber sie alle sahen genauso gesund aus wie Freddy, und die meisten nickten mir im Vorbeigehen lächelnd zu. Nur ein oder zwei – darunter die junge Brünette – bedachten den Eindringling mit argwöhnischen Blicken.

»Wie viele Kinder haben Sie hier?« fragte ich Sam.

»Zur Zeit fünfzehn«, sagte er. »Und zehn Erwachsene.«

»Sind die Kinder schon lange hier?«

»Manche wurden hier geboren. Aber die Leute kommen und gehen. Das gehört auch dazu, Mann. Veränderung, Bewegung. Es gibt keinen Stillstand. Ruth – das ist Freddys Tochter –, sie und Freddy sind erst letztes Jahr hierhergekommen.«

»Freddy ist verheiratet?«

Er lächelte mich an. »Sieht sie so aus? Nein, Mann, Freddy ist unabhängig.« Das Lächeln wurde zu einem Grinsen. »Sehen Sie sich vor. Das ist eine ganz Scharfe. Ein echter Hammer.«

»Und was ist mit Ihnen? Sind Kinder von Ihnen hier?«

Er schüttelte den Kopf. »Ich habe einen Sohn, inzwischen fast erwachsen, aber der wohnt in Portland bei seiner Mom.« Wieder schüttelte er grinsend den Kopf, als habe er versagt und es sei ihm peinlich. »Wie gesagt, Mann. Die Kernfamilie bringt's nicht.«

Wir waren an dem unfertigen Neubau angekommen. Zwei Holzstufen führten auf einen Bretterboden, der von einem halbmeterhohen Fundament aus Schlackensteinen getragen wurde. Sam blieb stehen und blickte an dem Bauwerk hoch. »Das ist unser neuestes Projekt. Ein Meditationssaal. Der soll an Gruppen aus Santa Fe und Taos vermietet werden. Für Tage der Einkehr.« Er drehte sich zu mir um. »Das fördert die Atmosphäre, Mann, wenn die Leute hier meditieren. Das strahlt Energie aus.« Er grinste. »Und die zusätzlichen Einnahmen können auch nicht schaden.« Er wies mit der Hand auf das Fundament. »Setzen wir uns.«

Ich ging über den Schnee und ließ mich auf dem Holzboden nieder. Sam hockte sich neben mich.

»Was können Sie mir«, fragte ich, »über Melissa Alonzo erzählen?«

Er schüttelte den Kopf. »Überhaupt nichts, Mann. Ende September hätte sie hier sein sollen. Aber sie ist nicht aufgetaucht.«

»Das hat Sie nicht beunruhigt?«

Er zuckte die Schultern. »Wir bieten hier Platz zum Wohnen an, Mann. Wenn einer nicht will, ist das *seine* Entscheidung.«

»Sie haben nirgendwo Bescheid gesagt, daß sie nicht aufgetaucht ist?«

Er nickte. »Ja, sicher, das war wohl ein Fehler, ich geb's zu. Aber ich hab noch nie viel davon gehalten, daß wir bei dieser Underground Railroad mitmachen. Ich hatte immer Schiß, daß wir deswegen mal Ärger mit den Bullen kriegen könnten. Manche von diesen Leuten werden vom FBI gesucht, Mann. So was könnte ins Auge gehen. Wozu haben wir das nötig? Zur Zeit stehen wir uns mit den Bullen hier ziemlich gut. Theoretisch jedenfalls. Wir sind jetzt fast zwanzig Jahre hier, Mann. Jedenfalls weiß der Sheriff, daß wir keine Ausreißer aufnehmen – Minderjährige, mein ich natürlich –, daß wir hier keinen Scheiß bauen. Keine Drogen, kein Alkohol, von einem Bier hier und da mal abgesehen. Ich wollte das alles nicht in Gefahr bringen.«

»Und warum haben Sie's doch getan?«

Er hob grinsend die Schultern. »Man hat mich überstimmt, Mann. Bei uns geht's demokratisch zu. Alle anderen waren ganz scharf darauf. Man muß sich der Mehrheit fügen. Jedenfalls, als die Frau und ihr Kind hier nicht aufgetaucht sind, hab ich eben angenommen, sie hat es sich anders überlegt. So was kommt vor. Aber anscheinend war das ein Fehler von mir. Ich hätte die Leute in Kalifornien doch anrufen sollen.«

»Ist das vorher schon mal passiert, daß jemand nicht gekommen ist?«

Sein Blick schweifte kurz ab, dann sah er mich wieder an. »Scheiße, Mann, Sie bringen mich in Verlegenheit. Die Leute in Kalifornien, die, mit denen ich heute vormittag gesprochen habe, die haben mir gesagt, ich soll mit Ihnen über diese vermißte Frau reden. Aber sonst soll ich

Ihnen nichts erzählen. Daran muß ich mich halten.« Er zuckte die Schultern. »Aber wie's aussieht, sind wir jetzt sowieso aus dem Spiel.«

»Weil ich davon weiß?«

»Genau. Die können kein Risiko eingehen.« Wieder zuckte er die Schultern. »Vielleicht ist es auch besser so.«

»Für Melissa Alonzo offenbar nicht.«

Er senkte finster den Blick. »Nein, Mann, da haben Sie recht.« Er sah mich an. »Was meinen Sie, ist sie in Sicherheit?«

»Nein. Ich meine, sie ist in Schwierigkeiten.«

»Scheiße«, sagte er traurig. »So ein Mist. Wenn ich Ihnen irgendwie helfen kann, Mann, brauchen Sie's nur zu sagen.«

»Wann hätte sie hier auftauchen sollen?«

»Am dreißigsten September.«

»Wie lange sollte sie bleiben?«

»Eine Woche. Dann sollte sie weiter zur nächsten Station. Welche, kann ich Ihnen nicht sagen, Mann. Tut mir leid, aber ich kann's nicht, weil ich's selber nicht weiß. Aber dort ist sie auch nicht angekommen. Die Leute in Kalifornien haben mir gesagt, das soll ich Ihnen sagen. Dort ist sie auch nicht angekommen.«

»Ich verstehe immer noch nicht, warum Sie denen nicht gesagt haben, daß sie hier nicht eingetroffen ist.«

»Okay, Mann, ich hab's vermasselt. Keine Frage. Aber, Scheiße, verstehen Sie denn nicht, daß ich auch noch andere Sachen im Kopf habe? Jetzt zum Beispiel hab ich das erste Mal seit Sonnenaufgang Zeit, mich hinzusetzen und ein paar Takte zu reden. Ich bin hier bei uns der Klempner, ich teile die Arbeiten hier am Bau ein, ich bin für die Beschaffung der Lebensmittel zuständig. Und wir haben einen Kranken drüben in Taos, im Krankenhaus. Dauernd kommt irgendwas dazwischen. Mann, wir sind hier fünfundzwanzig Leute.«

»Ich werde das alles Melissa Alonzo erklären, wenn ich sie gefunden habe.«

»He, Mann, nicht doch. Ich hab ihr nicht gesagt, daß sie nicht herkommen soll. Das war ihre freie Entscheidung.«

»Hoffentlich.«

Wieder sah er mich düster an. »Was soll das heißen?«

»Das heißt, daß ich nicht weiß, ob es ihre freie Entscheidung war. Wissen werde ich überhaupt erst was, wenn ich sie gefunden habe.«

»Scheiße, Mann, das sind noch nicht mal zwei Wochen. Sie wird schon noch auftauchen. Wahrscheinlich hat sie sich einen kleinen Urlaub genehmigt. Vielleicht war ihr das alles zuviel, die ewige Versteckspielerei und das alles.«

»Kann sein«, sagte ich. »Hoffentlich haben Sie recht. Bilbo trägt eine Waffe, stimmt's?«

»Hä? Ah. Ja. Dachte ich mir, daß Sie das spitzgekriegt haben. Die ist ungeladen, Mann. Die Patronen habe ich. Er trägt sie nur, weil er, wie gesagt, noch nicht stubenrein ist. Das Ding beruhigt ihn irgendwie, Mann. Er hat schlimme Zeiten durchgemacht. Ich könnt Ihnen da Sachen erzählen, da würden Ihnen die Haare zu Berge stehen. Aber er ist schon ein guter Mensch. Kann keiner Fliege was zuleide tun.«

Ich nickte. Ich zückte eine Visitenkarte und gab sie ihm. »Falls Melissa Alonzo sich bei Ihnen melden sollte, wäre ich dankbar, wenn Sie mir Bescheid sagen würden.«

»Alles klar. Mach ich, Mann.«

Ich verließ das verwitterte alte Haus und fuhr den Weg zurück. Ich war wütend. Hätte Sam damals, als Melissa nicht bei der Kommune aufgetaucht war, ein einziges Telefonat geführt, dann hätte vielleicht jemand von der Underground Railroad eine Suchaktion nach ihr in Gang gesetzt.

Möglich, daß sie gar nicht über die Mittel verfügten, vermißten Frauen nachzuspüren. Möglich aber auch, daß Elizabeth Drewer bei unserem Gespräch Anfang der Woche die Wahrheit gesagt hatte: dann wäre ich jetzt Melissa um einiges näher gewesen.

Als ich auf die Hauptstraße kam, war ich immer noch wütend. Ich fuhr zu dem kleinen Laden zurück und benutzte das Münztelefon, um Norman Montoya anzurufen. Wieder einmal war er gleich selbst am Apparat.

»Ah, Mr. Croft. Gut, daß Sie anrufen.« Er klang sehr entspannt.

»Wieso?«

»Ist die Leitung in Ordnung?«

Ein einsames Münztelefon in einem abgelegenen Kaff in New Mexico? Wahrscheinlich, aber nicht sicher, und das sagte ich ihm.

»Aha«, sagte er. »Na schön. Das Päckchen, nach dem Sie gefragt haben. Es ist eingetroffen.«

XXIV

»Sie ist im Gästehaus«, sagte Norman Montoya. »Sie ist vor knapp zwei Stunden angekommen.«

»Unversehrt?«

Er nickte. »Ja, aber sie ist ziemlich erschöpft. Hat jede Menge Stress gehabt.«

Wir beide saßen bei ihm im Wohnzimmer, ich an einem Ende eines langen Anbausofas, er, sehr aufrecht, in einem weißen Sessel. Die Glaswand rechts von mir gewährte eine spektakuläre Aussicht auf ein tiefes Flußtal und schneebedeckte Kiefern, die, während das letzte

Sonnenlicht vom Himmel sank, allmählich dunkler wurden.

Montoya trug auch diesmal Straßenschuhe – vielleicht trug er immer Straßenschuhe –, dazu vorbildlich gebügelte schwarze Hosen und ein weißes Frackhemd. Das Hemd stand am Hals offen, aber die Ärmel waren zugeknöpft. Ein formbewußter Mann.

Ich sagte: »Aber sie ist wach.«

»O ja. Sie will unbedingt mit Ihnen reden.«

»Haben Sie selbst schon mit ihr gesprochen?«

»Nur ganz allgemein. Um festzustellen, daß ihr nichts fehlt, um ihr zu versichern, daß sie hier einigermaßen sicher ist.«

Was ihre Sicherheit betraf, übertrieb er nicht. Als ich den Waldweg oberhalb von Las Mujeras hinauffuhr, hatte ich auf Nebenwegen zwischen den Bäumen zwei Autos bemerkt. In beiden saßen Männer, die mich beobachteten und dabei telefonierten. Niemand hatte versucht, mich anzuhalten. Als ich Montoya von Palo Verde aus angerufen hatte, hatte ich ihm gesagt, wann und mit was für einem Fahrzeug ich kommen würde.

Montoya sagte: »Nach dem, was sie mir erzählt hat, weiß sie auch nicht, wo Melissa und Winona sich aufhalten könnten.«

Ich nickte. »Abwarten.«

Ein weiterer Wachposten, ein kurzer, stämmiger Mann in schwarzen Stiefeln, schwarzer Hose, schwarzem Ledermantel und schwarzem Cowboyhut, stand vor dem Eingang des Gästehauses. Als ich näherkam, sagte er etwas in sein Walkie-talkie, schob das Gerät dann in die Manteltasche und nickte mir steinern zu.

Ich klopfte an die Tür des Gästehauses. Einen Augenblick später machte Juanita Carrera auf. Sie zog hastig an ihrer Zigarette und sagte, Rauch ausstoßend: »Sie sind Croft?«

»Ja.«

»Kommen Sie rein.«

Das Gästehaus bestand innen aus einem einzigen geräumigen Zimmer. Hinter einer Anrichte, links in einer Ecke, befand sich eine kleine Kochnische. Im Wohnbereich, diesseits der Anrichte, standen ein weißer Ledersessel, ein kleines weißes Ledersofa und ein Couchtisch mit Glasplatte, darauf ein paar Hochglanzmagazine und ein tragbarer Fernseher. Rechts prangte ein riesiges Bett mit Eichenrahmen, daneben eine Eichenkommode. Noch weiter rechts führte eine Tür ins Bad. Die Vorhänge waren zugezogen, das Licht im Raum kam von hinter einer weißen Leiste, die unterhalb der Decke an den weißen Wänden entlanglief.

Eine Sekunde lang standen wir nur da und starrten uns an.

Bis dahin hatte ich, seit ich die Bergstraße von Las Mujeras hierher heraufgefahren war, in einem dumpfen, fast traumartigen Zustand verbracht, mit einem ähnlich unwirklichen Gefühl wie im Haus von Deirdre Polk. Genaugenommen hatte ich dieses leicht unwirkliche Gefühl schon seit Beginn meiner Ermittlungen in diesem Fall; und alles, was ich mühsam in Erfahrung gebracht hatte, alles, was mir begegnet war, schien dieses Gefühl nur verstärkt zu haben. Roy Alonzos zungenfertige Aufrichtigkeit in meinem Büro, der Prunk und Humbug in Los Angeles, die ebenso banale wie brutale Bigotterie von Bill Arnstead und Rebecca Carlson. Die immer neuen Schleier, in die sich Melissa Alonzos Leben zu hüllen schien. Killer aus El Salvador, brutale Morde an zwei harmlosen Frauen, ergebnislose Schießereien in der weiten, weißen Wildnis. Alternde Hippies, die so cool waren, daß sie nicht mal einen simplen Anruf tätigen konnten.

Muskelmänner, die mit Autotelefonen und Walkie-talkies hantierten. Und nun schließlich die melodramatische Begegnung mit einer verängstigten Frau, die mich womöglich zu Melissa Alonzo führen konnte.

Juanita Carrera war *wirklich* verängstigt, bis zur Verzweiflung, und das unwirkliche Gefühl fiel von mir ab wie Spinnweben.

Sie trug schwarze Pumps, einen schwarzen Rock und eine knittrige weiße Kunstseidenbluse; sie stand vor mir und musterte mich; die Schultern hochgezogen, hielt sie sich selbst umklammert, einen Arm unter ihren Brüsten, den anderen mit der Zigarette senkrecht nach oben. Die Zigarette zitterte ein wenig, als sei ihr kalt. Ihr ganzer Körper war starr, bereit zur Flucht.

Sie war aber auch – trotz ihrer steifen Haltung und der Spannung, die sich an ihren Mundwinkeln zeigte, trotz der dunklen Ringe unter ihren Augen und der eingefallenen Wangen – eine bemerkenswert schöne Frau. Ihr Haar war dicht und lang und schwarz, ihr Gesicht vollendet ebenmäßig mit vollendet geformten Zügen: der volle rote Mund, die schmale aristokratische Nase, die großen dunklen Augen unter den zierlichen, leicht schrägstehenden, fast orientalischen Lidern.

Ich sagte: »Darf ich mich setzen?«

»Jaja, natürlich.« Sie nahm einen hastigen Zug. »Bitte«, sagte sie und zeigte mit der Zigarette aufs Sofa. Das *Bitte* war etwas zu spät gekommen, automatisch, eine höfliche Floskel aus besseren Zeiten.

Ich setzte mich. Sie ließ sich mit fahrigen Bewegungen auf dem Sessel links von mir nieder, dann beugte sie sich vor, Füße und Knie aneinandergepreßt. Ich bemerkte eine lange Laufmasche in ihrem hauchdünnen Nylonstrumpf.

Sie streckte eine Hand aus, nahm ein Päckchen Kools vom Couchtisch und hielt es mir hin. »Rauchen Sie?«

»Nein. Danke.«

Sie warf das Päckchen auf den Tisch zurück. »Fünf Jahre«, sagte sie. »Seit fünf Jahren keine einzige Zigarette mehr. Und jetzt bin ich wieder bei drei Päckchen am Tag.« Sie besah die Zigarette in ihrer Hand, beugte sich vor und drückte sie in einem runden gläsernen Aschenbecher aus, der schon fast bis zum Rand mit halbgerauchten Kippen angefüllt war.

Mit der Zigarette schien sie auch, zumindest vorübergehend, die glimmenden Nervenenden erstickt zu haben, von denen sie bis jetzt gezehrt hatte. Mit einem leisen, erschöpften Seufzer stützte sie die Arme auf die Oberschenkel, legte die schlaffen Hände aufeinander und senkte den Kopf, wobei ihr das dichte schwarze Haar von den schmächtigen Schultern nach vorne rutschte.

Ich sagte nichts.

Endlich hob sie den Kopf, langsam, und sah mich über ihre verschränkten Hände hin an. Ihr schönes Gesicht war vollkommen ausdruckslos. »Kann sein«, sagte sie, »daß ich gefahrlos mit Ihnen sprechen kann, wie dieser Mr. Montoya behauptet. Kann aber auch sein, daß nicht. Ich weiß es nicht. Aber inzwischen ist es mir fast egal.« Sie lehnte sich in ihrem Sessel zurück.

»Sie sind hier in Sicherheit«, sagte ich. »Hier kommt niemand an Sie heran.«

Sie zuckte die Schultern. Resignation war das nicht. Was auch immer sie empfinden mochte, es existierte in den eisigen Ödnissen weit jenseits der Resignation und Lichtjahre jenseits aller Hoffnung. »Vorläufig, kann sein«, sagte sie.

»Mr. Montoya wird für Ihren Schutz sorgen. Er kann das. Er besitzt große Macht.«

»Er ist ein Gangster«, sagte sie emotionslos. »Die Leute, bei denen ich gewohnt habe, waren sehr beeindruckt, daß er mir helfen wollte. Das sind Salvadorianer, und die haben natürlich sehr viel Respekt vor der Macht.«

»Er hat Ihnen gesagt, daß ich versuche, Melissa und ihre Tochter zu finden?«

Sie nickte.

»Irgend etwas ist in El Salvador passiert«, sagte ich. »Als Melissa dort war. Was war das?«

Sie nahm die Packung Kools vom Tisch, klopfte eine Zigarette heraus, schob sie sich zwischen die Lippen und machte sie mit einem Bic-Feuerzeug an. Dann lehnte sie sich zurück, umfaßte sich wieder mit dem linken Arm unter den Brüsten und krampfte die Linke um den rechten Oberarm. Sie nahm die Zigarette aus dem Mund, spitzte die Lippen und blies den Rauch nach unten. »Meine Schwester und der Priester, für den sie gearbeitet hat, wurden ermordet. Melissa war dabei. Sie hat gesehen, wie sie weggebracht wurden, meine Schwester und der Priester. Sie hat die Täter gesehen.«

Rita hatte eine solche Vermutung schon vor einigen Tagen geäußert, auch ich selbst war zunehmend geneigt gewesen, so etwas anzunehmen, und dennoch überraschte es mich, als diese Vermutung nun auf so trockene, so nüchterne Weise zur Tatsache wurde. Ich sagte: »Ihre Schwester hieß Maria ...« An den Nachnamen der Frau konnte ich mich nicht erinnern, und in mir regte sich ein schlechtes Gewissen.

Juanita Carrera schien das nicht zu kümmern. »Vasquez. Mein Mädchenname. Sie hatte bei dem Priester gewohnt, Pater Cisneros, und ihm geholfen.«

»Warum war Melissa da? Im Haus von Pater Cisneros.«

»Sie hatte Maria ein Flugticket besorgt. Und Papiere. Falsche Papiere, verstehen Sie? Einen amerikanischen Paß mit Ausreisestempel aus diesem Land. Den hatte sie von Bekannten aus Los Angeles, von Leuten, die Frauen und ihren Kindern helfen.«

»Sie reden jetzt von der Underground Railroad.«

»Ja, genau. Jemand vom Zoll, ein Freund von Maria, hatte ein salvadorianisches Einreisevisum dort reingestempelt, als Melissa in der Hauptstadt war. Außerdem hatte er Marias falschen Namen auf die Liste der Besucher des Landes gesetzt. Bei ihrer Ausreise hätte niemand Fragen gestellt.«

»Melissa hat Ihnen erzählt, was passiert ist?«

»Ja.« Sie saugte an der Zigarette und atmete aus.

»Können Sie davon sprechen?«

Wieder dieses hoffnungslose Schulterzucken. »Das ist auch nur ein Gewaltakt mehr, eine Greueltat mehr. Nach einer gewissen Zeit stumpft man völlig ab.« Noch ein Zug an der Zigarette. »Aber wenn Sie es genau wissen wollen.«

»Bitte.«

Sie erzählte es mir.

Am Abend des 16. August, nach Einbruch der Dunkelheit, war Melissa in Cureiro eingetroffen. Anweisungsgemäß war sie allein gekommen und hatte ihren Mietwagen hinter einem Palmenhain außerhalb des winzigen Dörfchens abgestellt. Dann hatte sie sich zum Haus des Priesters geschlichen, wo Pater Cisneros und Maria sie erwarteten.

Ich fragte Juanita: »Hatte sie Maria davor schon einmal gesehen?«

»Ja. Ein Jahr zuvor, bei einem früheren Besuch. Seit damals hatten die beiden das Ganze geplant. Sie hatten sich Briefe geschrieben. Melissa schickte ihre Briefe, verschlüsselte Briefe, an eine Bekannte in Santa Isabel, und die hat sie an Maria weitergeleitet. Santa Isabel liegt nicht weit von Cureiro entfernt.«

Ich nickte.

Juanita erzählte weiter. Als Melissa im Haus des Priesters ankam, fiel Maria ihr lachend um den Hals. Die beiden Frauen setzten sich zu einem letzten Glas Wein mit dem Priester zusammen. Sie feierten noch, als sie den Lastwagen vorfahren hörten.

»Es war eine Todesschwadron«, sagte Juanita. »Die Esquadron de la Muerte. Sie haben davon gehört?« Sie beugte sich vor und drückte ihre Zigarette aus, ohne mich aus den Augen zu lassen.

»Ich habe davon gelesen.«

Sie lehnte sich zurück und nickte. »Ja, natürlich. Davon gelesen.« Kein Sarkasmus schwang in diesen Worten mit, keine Verbitterung. Nur die nüchterne Anerkennung des ungeheuren Abgrunds, der zwischen ihrer Erfahrung und meiner lag.

»Warum sind sie gerade an diesem Abend gekommen?« fragte ich.

»Jemand muß geredet haben. Absichtlich oder nicht, irgend jemand hatte verraten, daß Maria das Land verlassen wollte.« Sie zuckte die Schultern. »Vielleicht hat Maria irgendeinem Falschen davon erzählt.«

»Hatte Maria mit Politik zu tun?«

Jetzt lächelte Juanita zum ersten Mal. Es war ein knappes, hartes, mitleidiges Lächeln. »Wer in El Salvador lebt«, sagte sie, »hat zwangsläufig mit Politik zu tun. Täglich und immerzu hat man unter Terror und Grausamkeiten zu leiden. Mein Vater war Arzt, ein liberaler Mann. Er hat dagegen protestiert, wie mit den Bauern umgesprungen wurde. 1984 sind er und meine Mutter verschwunden. Sie wurden natürlich ermordet. 1985 wurde mein Bruder ermordet, im Bett umgebracht und verstümmelt, weil er es gewagt hatte, einen Offizier der Nationalgarde öffentlich ein Schwein zu nennen. 1989 bin ich geflohen, mußte aber meinen Mann zurücklassen. Er starb im November dieses Jahres, als die FMLN versuchte, San Salvador einzunehmen. Am Ende war nur noch Maria übrig.«

Sie langte nach der nächsten Zigarette, zündete sie an und lehnte sich ausatmend zurück. »War sie politisch aktiv? O ja, sie war was ganz Gefährliches, eine Liberale nämlich. Keine Aktivistin, keine Kommunistin, keine Rebellin. Nur eine *Liberale*. Sie war ausgebildete Krankenschwester. Sie hat Menschen betreut. Sie hat versucht, ihre Schmerzen zu lindern. Eine sehr gefährliche Frau.«

Sie zog an der Kool und blies Rauch nach unten. »Eine Liberale. Das ist nicht nur in den Vereinigten Staaten ein böses Schimpfwort. Sondern auch in El Salvador.«

»Warum hätte man sie umbringen sollen?«

»Weil sie fortgehen wollte. Wer fortgeht, deutet damit an, daß El Salvador nicht das Paradies ist, für das die Regierung es ausgibt. Aus diesem Grund darf man das Land nicht verlassen. Versucht es jemand und wird dabei erwischt, statuiert man ein Exempel an ihm.«

Ich nickte. »Erzählen Sie weiter«, sagte ich. »Der Lastwagen ist also an Pater Cisneros' Haus vorgefahren.«

Maria wußte, beziehungsweise ahnte sofort, was los war, als der Wagen in die staubige Einfahrt einbog, erzählte Juanita. Hastig entfernte sie das dritte Glas vom Tisch und brachte Melissa ins Schlafzimmer. Das Licht im Schlafzimmer war an, wahrscheinlich wagte Maria nicht, es jetzt auszumachen. Sie schob Melissa in einen Schrank, drückte sie nach unten, riß einige Priestergewänder von den Bügeln und warf sie über die Frau. Sie flüsterte ihr hektisch zu, sie solle den Mund halten, sich nicht verraten, egal was sie hörte, egal was passierte. Sonst würde es ihr, Melissa, ans Leben gehen, sagte Maria. Dann schlug sie die Schranktür zu, die aber einen Spaltbreit offenblieb, was sie in der Hektik nicht bemerkte.

Als Melissa den Kopf aus den abgetragenen Gewändern und Stolas des Priesters hervorstreckte, konnte sie einen schmalen Ausschnitt des Schlafzimmers überblikken: eine Ecke des Betts, einen dünnen Streifen der weißgetünchten Wand. Sie habe zuviel Angst gehabt, die Tür noch einmal zuzuziehen, sagte Juanita. Sie habe nur die Augen zumachen können.

Sie hörte sie durch die Haustür kommen, hörte Pater Cisneros protestieren, hörte den Aufprall der Gewehrkolben auf seinem Körper, als sie ihn zusammenschlugen. Sie hörte ein Handgemenge, ein lautes Fluchen Marias, eine harte Ohrfeige, dann Gelächter und wirres Poltern, Scharren und Trampeln von Stiefeln.

Und dann waren die Soldaten, jedenfalls einige von ihnen, mit Maria im Schlafzimmer. Bis dahin hatte Melissa die Augen fest zugedrückt – vielleicht in dem atavistischen Glauben, daß sie, wenn sie selbst nichts sehe, nicht gesehen werden könne. Jetzt aber gingen ihr die Augen von selbst auf. Sie sah Marias langen schwarzen Rock zwischen Khakihosen und schwarzen Springerstiefeln umherflattern. Hörte Maria fluchen und zetern, hörte das rohe Lachen der Männer. Hörte das Bett quietschen, weibliches Stöhnen und männliches Grunzen, Fäuste auf Fleisch einprügeln. Sah aus kaum zwei Metern Entfernung eine Khakihose von blassen, haarigen Beinen rutschen. Andere Khakihosen kamen dazu. Maria fluchte und schimpfte. Die Männer lachten. Dann das rhythmische Knarren der Bettfedern, ein Schnaufen wie von einem alten Asthmatiker. Lautes Anfeuerungsgebrüll und noch mehr Gelächter. Und dann fügten sie Maria etwas zu, etwas Schmerzhaftes, und plötzlich fluchte sie nicht mehr und stieß nur noch einen langen, schrillen, zittrigen Schrei aus.

»Das ging ziemlich lange so weiter«, sagte Juanita. »Vielleicht eine halbe Stunde. Melissa hat gesagt, sie hat sich in die Hose gemacht. Um nicht zu schreien, hat sie sich fast die Lippe durchgebissen. Eine kleine Narbe hat sie immer noch.«

Ich nickte, hörte ihren nüchternen, emotionslosen Bericht und sah Melissa in diesem Schrank kauern. Es mußte heiß darin sein – August in El Salvador, ja, erstikkend heiß. Es roch nach Kampfer, der die fetten Motten fernhalten sollte, es roch nach dem Körperpuder des Priesters und dem Weihrauch seiner Messen. Auch sie selbst roch, ihr Körper verströmte den Geruch von Angst, und ihr Körper machte schrecklichen Lärm, das Herz polterte, die Lungen tobten bei jedem Atemzug. Und dazu die unerträgliche, jeden Gedanken versengende Panik vor dem Entdecktwerden.

»Irgendwann«, sagte Juanita, »kam dann ein Offizier ins Zimmer, und die Männer hörten auf. Der Offizier stand an der Wand gegenüber, und sie konnte ihn deutlich sehen. Sie hat ihn erkannt. Es war ein Oberst des Atlactl-Bataillons. Kennen Sie diese Gruppe?«

»Nein.« Meine Stimme war rauh. Ich räusperte mich.

»Eine Eliteeinheit. Ein Soldat dieses Bataillons hat Erzbischof Romero erschossen. Ausgebildet werden diese Leute natürlich von Beratern aus den Vereinigten Staaten.«

Ich nickte. Natürlich. Und diese Berater waren tapfere Männer, ja, ehrenwerte Männer, die aber – wie ich mir einzureden versuchte – offenbar nichts von den Menschen wußten, denen sie ihre coolen effektiven Techniken beibrachten.

»Er hat die Männer nach draußen geschickt«, sagte Juanita. »Sie haben Maria aus dem Zimmer getragen – inzwischen war sie bewußtlos. Melissa ist im Schrank geblieben und hat gewartet.«

Sie wartete noch stundenlang, als die Soldaten längst das Haus verlassen hatten und allmählich wieder Stille in das Haus einzog. Sie konnte sich nicht bewegen. Aber schließlich zwang sie sich aufzustehen. Mit langsamen Bewegungen, wie unter Wasser, ging sie aus dem Haus und zum Auto zurück. Es war kurz vor zwei Uhr morgens, als sie sich auf den Rückweg nach Santa Isabel machte. Auf halber Strecke wurde sie von zwei jungen Nationalgardisten an einer Straßensperre angehalten. Es gelang ihr, sich irgendwie herauszureden, aber die Gardisten notierten ihren Namen.

Sie wußte, daß man ihr nachstellen würde. Die Behörden hatten ihren Namen, und die Behörden deckten die Todesschwadronen. Sie wußten von ihrer Mitarbeit bei Sanctuary, es war klar, daß sie zur Bedrohung werden konnte. Mit Sicherheit würden sie ihr wegen des Überfalls auf Maria und Pater Cisneros Fragen stellen wollen. Und sie wußte, einem Verhör konnte sie nicht standhalten – früher oder später würde sie zugeben, daß sie einen hochrangigen Atlactl-Offizier dabei gesehen hatte. Und dann würde sich ein »bedauerlicher Unfall« ereignen.

Im Hotel packte sie die Koffer; dann hinterlegte sie eine Nachricht für die anderen Sanctuary-Mitarbeiter, fuhr nach San Salvador und nahm den ersten Flug in die Staaten, Zielort Houston. Von dort flog sie nach Los Angeles weiter. Ihr Auto stand noch am Flughafen, aber sie ließ es stehen und fuhr mit dem Taxi zu ihrem Haus, wo sie frische Kleider einpackte; dann fuhr sie mit einem anderen Taxi zu ihrer Schwester und holte ihre Tochter ab. Und von da an verlor sich ihre Spur in der Underground Railroad.

»Warum hat sie sich an niemanden gewendet?« fragte ich. »Sie hätte das alles doch jemandem erzählen können. Der Polizei. Irgendwem von der Regierung.«

Wieder zeigte Juanita ihr mitleidiges Lächeln. »Die Regierung? Ihre Regierung hält an der Lüge fest, daß die Regierung von El Salvador friedfertig und demokratisch ist. In den letzten zehn Jahren hat Ihre Regierung militärisches Gerät im Wert von vier Milliarden Dollar an dieses Regime geliefert. Das FBI arbeitet routinemäßig mit Agenten der salvadorianischen Streitkräfte zusammen. Melissa hatte keinen Anlaß, Ihrer Regierung zu trauen.«

»Dann eben die Polizei.«

»Die Polizei hätte sie einfach an die Regierung weitergeleitet.« Sie nahm einen Zug und atmete aus. »Und vergessen Sie nicht, daß Melissa vor Gericht bereits als Lügnerin bezeichnet worden war. Für viele Leute war sie bloß ein hysterisches Weibsstück, eine Frau, die ihren ehemaligen Mann zu Unrecht eines schrecklichen Verbrechens bezichtigt hatte. Sie hatte das Gefühl, daß niemand ihr glauben würde. Aber vor allem war sie wohl um ihre Tochter besorgt. Wenn die Regierung von Salvador ihr jemanden nachschickte, der sie zum Schweigen bringen sollte, dann würde er auch Winona zum Schweigen bringen.«

»Aber wenn niemand ihr glauben würde, hätte die Regierung von Salvador keinen Grund, sie zum Schweigen zu bringen.«

»*Melissa* hatte das Gefühl, daß niemand ihr glauben würde. Die Regierung in Salvador hatte dieses Gefühl keineswegs. Die *hat* ihr nämlich jemanden nachgeschickt. Er hat ihre Schwester umgebracht.«

XXV

Ich fragte: »Wie haben Sie von Cathryn Bigelows Tod erfahren?«

Wieder saugte sie gierig an ihrer Zigarette und atmete aus. Das Zimmer war schon ganz vernebelt, und mir begannen die Augen zu brennen.

»Von einer Freundin in Los Angeles«, sagte sie. »Aus

Salvador. Sie wußte von meiner Verbindung mit Melissa. Fernsehen und Zeitungen in Los Angeles haben eine Riesensache daraus gemacht, aus Cathryns Tod. Sie war Melissas Schwester, und Melissa war immer noch verschwunden.«

Ich hatte die Zeitungssausschnitte über Cathryns Tod durchgesehen, sie gehörten zu dem Material, das Ed Norman mir gegeben hatte. Die Zeitungen hatten deshalb so massiv über den Fall berichtet, weil Calvin Bigelow einer der dicksten Geldsäcke von Los Angeles war und weil er und seine Frau nur wenige Monate zuvor durch das rätselhafte Verschwinden ihrer anderen Tochter ins Interesse der Öffentlichkeit geraten waren. Wie die Polizei von L. A. hatten auch die Zeitungen die Möglichkeit irgendeines Zusammenhangs zwischen den beiden Ereignissen heruntergespielt oder ganz ignoriert.

Juanita Carrera sagte: »Meine Freundin hat mich angerufen, weil sie Angst hatte, daß ich in Gefahr sein könnte.«

»Wann war das?« fragte ich.

»Letzten Mittwoch. Abends.« Sie nahm einen Zug, beugte sich vor, drückte die Zigarette aus und lehnte sich, Rauch ausstoßend, wieder zurück.

»Und Sie sind noch am selben Abend geflohen.«

»Ja. Ich kannte ein paar Leute, bei denen ich mich sicher fühlen konnte. Hier in Santa Fe. Dorthin bin ich gegangen.«

»Sie waren überzeugt davon, daß Cathryn auf Befehl aus El Salvador getötet worden war.«

Sie bewegte sich leicht in den Schultern. »Natürlich.«

»Aber warum hätte man sie erst Anfang Oktober umbringen sollen? Melissa ist im August verschwunden.«

»Als wir uns getroffen haben, hat Melissa mir erzählt, sie habe ihrer Schwester geschrieben, ihr mitgeteilt, daß sie in Sicherheit sei. Cathryn muß das irgendwem gegenüber erwähnt haben. Und dieser jemand hat es einem anderen weitergesagt. Und dann hat jemand in El Salvador einen Killer losgeschickt, der von Cathryn erfahren sollte, wo Melissa war.«

»Wem hätte Cathryn das denn sagen können?«

Sie schüttelte den Kopf. »Das weiß ich nicht. Ich habe Cathryn nie kennengelernt. Aber es kann nicht anders gewesen sein.«

»Sie haben Melissa am 23. September getroffen?«

»Ja. An einem Montag.«

Melissas Postkarte war am selben Tag in Santa Fe gestempelt worden. Am 2. Oktober wurde Cathryn ermordet. Manchmal brauchte die Post von Santa Fe nach L. A. eine ganze Woche. Der zeitliche Ablauf stimmte.

Ich fragte: »Was sagt Ihnen der Satz: ›Die Blume in der Wüste lebt‹?«

Sie setzte eine überraschte Miene auf. »Wo haben Sie das gehört?«

»Es stand auf der Postkarte, die Melissa an ihre Schwester geschickt hat.«

»Ach.« Sie holte tief Luft und machte ein trauriges Gesicht. »Da hat Melissa sozusagen einen Witz gemacht.«

»Wie das?«

Sie beugte sich vor, ließ die nächste Kool aus dem Päckchen rutschen, zündete sie an und lehnte sich zurück. »Die Todesschwadronen. Manchmal warnen sie einen, bevor sie einen holen kommen. Manchmal auch nicht. Und manchmal lassen sie es bei der Warnung und kommen nie. Für viele Leute ist es schon genug, wenn sie die Warnung bekommen. Die Warnung besteht aus einem Brief; der Text lautet immer: ›Die Blume in der Wüste stirbt.‹ Unterschrieben mit E. M.«

»Also Esquadron de la Muerte.«

»Richtig.« Sie inhalierte und stieß eine Rauchwolke aus.

»Und Melissa hat das gewußt?«

»Ja. Ich hatte ihr davon erzählt. Bevor ich aus Salvador fortgegangen bin, habe ich selbst so einen Brief bekommen. Deswegen bin ich ja gegangen.«

»Wer könnte sonst wissen, was dieser Satz bedeutet?«

Leichtes Schulterzucken. »Jeder Mensch in Salvador. Das ist allgemein bekannt. Es gibt Salvadorianer, die haben solche Briefe sogar bekommen, als sie längst in Los Angeles lebten.«

»Erklären Sie mir, warum eine Todesschwadron sich mit Ihnen befassen sollte.«

»Mein Mann hat bei der FMNL gekämpft. Das ist die nationale Befreiungsfront. Aber eigentlich brauchen diese Leute gar keinen Grund.« Sie unterbrach sich, runzelte die Stirn und schüttelte schließlich den Kopf. »Das verstehen Sie ja doch nicht.«

»Wer weiß«, sagte ich.

Sie inhalierte tief, atmete aus, beugte sich vor, strich die Asche von der Kool und lehnte sich zurück. Sie nickte. »Ich will Ihnen eine Geschichte erzählen. Vor drei Jahren, bevor ich Salvador verlassen habe, habe ich dort eine Freundin auf dem Land besucht. Sie heißt Constancia. Ich kannte sie von der Schule in der Hauptstadt. Ihre Eltern waren verschwunden, als sie auf der Schule war, und sie wohnte jetzt wieder in ihrem Dorf, bei ihrer Tante. Ich hatte sie seit der Schule nur zweimal gesehen, als sie mit ihrem Onkel nach San Salvador gekommen war.«

Wieder ein Zug an der Zigarette. »An diesem Tag habe ich ihre Familie kennengelernt. Ihre Tante Tomasina und ihre zwei Kusinen – junge Mädchen, noch nicht einmal sechzehn. Constancia hatte einen Sohn, Gilberto, gerade achtzehn Monate alt. Ihren Onkel kannte ich natürlich schon von früher. Juan hieß er. Ein guter Mensch. Carlos, der Mann von Constancia, war in den Bergen bei der Nationalen Front. Die anderen, alle sieben, wohnten in einem Haus, das nicht viel größer war als dieses Zimmer.«

Noch ein Zug. Sie beugte sich vor, tippte die Asche ab, lehnte sich zurück. »Es gab einiges zu tun, aber Tomasina und Juan haben uns fortgeschickt, damit wir miteinander reden konnten. Und wir haben lange geredet, mehrere Stunden lang. Nicht weit vom Dorf gab es einen kleinen Fluß, dort haben wir uns unter Bäumen auf die Felsen gesetzt und miteinander gesprochen. Nur wenig über den Krieg. Mehr über Kleinigkeiten, unwichtige Dinge. Über die Mädchen, die wir von der Schule her kannten. Was für Kleider die Frauen jetzt in der Hauptstadt trugen. Constancia hatte immer eine Schwäche für schicke Kleider. Seit sie aus der Hauptstadt weg war, hatte sie keine mehr gehabt.«

Noch ein Zug. »Als wir zurückkamen, war das Dorf ganz still. Es gab noch ein paar Tiere auf den Straßen, ein paar Hühner und einen alten Hund, aber die Menschen waren weg. Die Kinder, die alten Leute. Wir sind ins Haus von Juan und Tomasina gegangen. Ich konnte das Blut schon riechen, noch bevor wir hineingegangen sind. Und ich habe die Fliegen gehört.

Constancias Familie saß um einen kleinen Tisch in der Mitte des Zimmers. Man hatte ihnen die Köpfe abgeschnitten, und man hatte jedem seinen Kopf vor ihn auf den Tisch gelegt, und dann hatte man die Hände auf den Kopf gelegt. Verstehen Sie, es sollte so aussehen, als ob sie ihn streicheln würden. Aber mit den Händen des Jungen, Gilberto, war das nicht gegangen. Seine Ärmchen waren zu kurz. Und deshalb hatten sie ihm die Hände festgenagelt. Der Hammer lag noch auf dem Tisch. Neben einer Plastikschüssel, einer großen Plastikschüssel, und die Schüssel war voller Blut.«

Ich holte tief Luft. Meine Brust hatte sich zusammengezogen. »Warum?« fragte ich. Und schon als ich fragte, wußte ich, daß es letztlich dieselbe Frage war, die Melissa Alonzos Mutter mir in Kalifornien gestellt hatte, und ich wußte auch, daß es letztlich keine Antwort darauf gab.

Wieder hob sie hilflos die Schultern. »Um Angst zu verbreiten. Als Machtdemonstration. Alle Macht in meinem Land ist in den Händen der Landbesitzer, und einen kleinen Teil davon überlassen sie der Regierung. Die wiederum überläßt ihnen dafür einen kleinen Teil der Streitkräfte. Die Nationalgarde, die Steuerpolizei. Wissen Sie, wie die Streitkräfte neue Mitglieder rekrutieren?«

Ich schüttelte den Kopf.

Sie beugte sich vor, zog eine neue Zigarette aus der Pakkung, zündete sie an der an, die sie noch rauchte, und drückte die alte im Aschenbecher aus. Sie lehnte sich zurück. »Niemand, kein Sohn eines Bauern oder Arbeiters, würde freiwillig zu ihnen gehen. Also entführen sie kleine Jungen, fünfzehn-, sechzehnjährige Jungen, und vergewaltigen sie. Manchen dieser tapferen Soldaten macht das natürlich Spaß. Sie sind sexuell eben so orientiert. Andere machen es kaltblütig, vorsätzlich, es gehört eben zu ihrem Job. Manchmal benutzen sie dabei hölzerne Werkzeuge. Ich weiß, das klingt grotesk. Es klingt unmöglich. Aber in Salvador ist alles grotesk und alles unmöglich.«

Sie saugte an der Zigarette. »Wenn sie das machen, rauben sie den Jungen ihr Selbstgefühl, ihre Menschlichkeit, und geben ihnen dafür ein Gefühl der Beschämung. Und das können die Jungen nur loswerden, indem sie anderen das antun, was ihnen selbst angetan wurde. Und man trichtert ihnen ein, daß diese Brutalität etwas Patriotisches und Edles sei. Erst zeigt man den Jungen, wie machtlos sie sind, dann gibt man ihnen ein kleines bißchen Macht und treibt sie an, Rache zu nehmen. Nicht an den Leuten, die sie geschändet haben, sondern an ihren eigenen Leuten.«

Noch ein Zug an der Zigarette. »Hinter dieser kleinen

Macht können sie ihre Scham über sich selbst verstecken. Aber diese Macht ist etwas Heimtückisches. Sie muß ausgeübt werden, sonst empfindet man sie nicht, und je brutaler man damit andere Menschen behandelt, desto brutaler wird man selbst. Am Ende sind sie innerlich vollkommen leer. Sie werden zu Ungeheuern.« Sie schüttelte den Kopf. »Das ist ekelhaft. Irrsinnig.«

Ich stimmte ihr zu. Es war irrsinnig. Aber wie bei fast jedem Irrsinn auf der Welt konnte ich im Augenblick nur wenig dagegen ausrichten. Im Augenblick hatte ich mich um etwas anderes zu kümmern.

»Zu Melissa«, sagte ich. »Als Sie sie am dreiundzwanzigsten gesehen haben, hat sie Ihnen da gesagt, wo sie sich aufhält?«

»Bei einem jungen Paar, hat sie gesagt. Hier in Santa Fe. Nach den Namen habe ich nicht gefragt, und sie hat mir auch keine genannt.«

»Sie ist nach Santa Fe zurückgekommen, um Sie zu besuchen.«

»Ja. Sie wollte mit mir über Maria reden. Mir erzählen, was passiert war.«

»Hat sie nach dem dreiundzwanzigsten noch mit Ihnen gesprochen?«

»Sie hat mich einmal angerufen. Um mir zu sagen, daß sie nicht mehr bei dem Paar wohnt und bald an einen anderen sicheren Ort in der Nähe zieht. Wo das war, hat sie nicht gesagt.«

»Wann war dieser Anruf?«

»Am siebenundzwanzigsten. Ein Freitag.«

»Hat sie gesagt, von wo sie angerufen hat?«

»Nein. Wir sind am Telefon immer vorsichtig gewesen.«

»Melissa hat Sie besucht, hat Ihnen gesagt, was sie zu sagen hatte. Warum hat sie dann nicht die Gegend verlassen?«

Juanita Carrera sah düster drein. »Inzwischen glaube ich auch, daß das besser gewesen wäre. Vielleicht ist es meine Schuld, daß sie's nicht getan hat.«

»Wieso?«

»Ich kenne einen Reporter. Ein guter Mensch, glaube ich. Er arbeitet in Los Angeles, wir haben miteinander gesprochen, vor einiger Zeit, als ich aus Salvador hierher gekommen bin. Er hat damals an einem Artikel über Flüchtlinge aus meinem Land gearbeitet. Melissa wußte, daß ich mit diesem Mann befreundet bin, und wollte, daß ich Kontakt mit ihm aufnehme. Sie wollte einen schriftlichen Bericht bei ihm abgeben, über das, was sie in Cureiro gesehen hatte. Sie dachte, er könnte das veröffentlichen, damit endlich die Wahrheit ans Licht käme. Ich fand das richtig. Damals habe ich das für eine gute Idee gehalten. Aber der Mann war gerade in Mittelamerika, in Honduras, und er sollte erst in der ersten Oktoberwoche nach Kalifornien zurückkommen.«

»Hat Melissa Ihnen den Bericht gegeben?«

»Nein. Sie wollte mich Ende September anrufen, am dreißigsten. Das hat sie nicht getan. Ich habe mir natürlich Sorgen gemacht. Und dann, am 2. Oktober, habe ich vom Tod ihrer Schwester erfahren.« Sie hob die Schultern. »Jetzt glaube ich, daß Melissa auch tot ist.« Sie sagte das so tonlos wie alles andere, und dann nahm sie einen tiefen Zug.

»Ich glaube das nicht«, sagte ich. »Der Mann, der Cathryn getötet hat, sucht sie immer noch.«

»Wenn sie noch am Leben wäre«, sagte sie, Rauch ausstoßend, »hätte sie sich irgendwie bei mir gemeldet.«

»Wie hätte sie das tun sollen? Sie sind seit einer Woche untergetaucht. Gibt es andere Leute, bei denen sie sich melden könnte?«

Noch ein Zug. »Sie hat mal eine Freundin erwähnt. Eine Künstlerin. Den Namen weiß ich nicht mehr.«

»Deirdre Polk. Sie ist tot. Auf dieselbe Weise ermordet wie Cathryn.«

Sie schloß die Augen. Und blieb einige Sekunden lang reglos sitzen.

Ich sagte: »Gestern. Gestern abend.« Unfaßbar, daß sie erst vor weniger als vierundzwanzig Stunden gestorben war.

Juanita Carrera schlug die Augen wieder auf. »Diese Leute hören niemals auf«, sagte sie.

Wir sprachen noch eine Zeitlang weiter, aber sie wußte nichts, was mich auf Melissas Spur bringen konnte. Kurz bevor ich ging, fragte ich noch: »Ihre Freundin, Constancia. Was ist aus ihr geworden?«

Sie nahm einen Zug. »Sie war es, die mich aus Los Angeles angerufen hat.«

»Sie ist mit Ihnen gekommen, als Sie aus Salvador geflohen sind?«

»Ja.«

»Gut«, sagte ich.

Sie hob die Schultern. Trostlos. »Viele andere«, sagte sie, »haben nicht fliehen können.«

Ich sprach mit Norman Montoya, berichtete, was ich erfahren hatte, und sagte ihm, ich sei auf dem Weg nach Taos, um dort vielleicht Melissas Spur aufzunehmen. Ich fragte ihn, ob Juanita noch eine Zeitlang in seinem Gästehaus bleiben könne. Er sagte, sie könne so lange bleiben wie sie wolle. Danach rief ich Rita an und sagte ihr, sie habe recht gehabt mit ihrer Vermutung, was Melissa Alonzo und El Salvador betreffe. Sie war so freundlich, nicht darauf hinzuweisen, daß sie meistens recht habe. Sie sagte, Roy Alonzo habe mehrmals angerufen und gebeten, ich solle ihn zurückrufen.

Kurz nach acht fuhr ich in Las Mujeras ab, und kurz vor neun kam ich in Taos an. Taos ist kleiner als Santa Fe und hat nicht so viele Motels. Schon nach dem dritten fand ich einen Nachtportier, der Melissa auf dem Bild, das ich ihm zeigte, wiederzuerkennen glaubte.

Er hatte eine Frau gesehen, die so ähnlich aussah, nur daß die Haare kürzer und dunkler gewesen waren. Sie hatte ein kleines Mädchen dabei, und sie hatte ungefähr zur fraglichen Zeit in dem Motel übernachtet. Zwanzig Dollar kostete mich die Information, daß die Frau am 27. September gekommen und am 30. September abgereist war. Sie hatte bar bezahlt und war unter dem Namen Linda Lattimore aufgetreten. Sie hatte einen Honda Civic gefahren.

Melissa.

Mit weiteren zwanzig Dollar erkaufte ich mir die Auskunft, daß sie von ihrem Zimmer aus keine Telefonate geführt hatte. Falls sie Juanita Carrera aus Taos angerufen hatte, dann jedenfalls nicht aus dem Motel.

Der Mann vermutete, An- und Abmeldung der Frau müsse seine Kollegin von der Tagesschicht entgegengenommen haben. Die sei aber erst am nächsten Morgen zu erreichen; aber er wollte mir weder ihre Privatnummer noch ihre Adresse sagen, egal wieviel ich ihm dafür anbot. Offenbar hatte er Angst vor ihr. Ich nahm ein Zimmer, parkte den Jeep davor und ging rein. Als ich geduscht hatte, war es kurz vor halb elf. Ich rief Rita an und sagte ihr, wo ich war und was ich vorhatte. Dann rief ich Roy Alonzo an.

»Croft«, sagte er, und dann hörte ich über die Leitung ein langes, zischendes Geräusch, als er Atem holte. »Können Sie mir verraten, was da eigentlich vorgeht?« Er hörte sich an wie jemand, der sich große Mühe gibt, seine Gefühle unter Kontrolle zu halten, oder wie jemand, der sich große Mühe gibt, eben diesen Eindruck zu erwekken. Ich wurde nicht schlau daraus, und es interessierte mich jetzt auch nicht sonderlich.

»Ich habe sie noch nicht gefunden«, sagte ich.

»Herrgott, Mann. Erst Cathryn und jetzt diese Polk in Hartley. Was ist da los?«

»Das weiß ich nicht genau. Anscheinend ist noch jemand anders hinter Melissa her.«

»Und warum?«

»Es könnte sein, daß sie in El Salvador etwas gesehen hat.«

»Ja was denn, um Gottes willen?«

»Einen Mord.«

»O Gott! Was soll das alles?«

»Wo waren Sie gestern abend zwischen halb acht und halb elf?«

»*Was*?«

»Ich denke, die Frage war deutlich genug.«

»Dieselbe Frage hat mir die Staatspolizei auch gestellt. Und das geht Sie einen feuchten Kehricht an.«

»Na schön. Wiederhören.«

»Moment, Moment mal. Sie glauben doch nicht im Ernst, daß ich diese Frau umgebracht habe?«

»Ich bin müde«, sagte ich. »Im Augenblick kann ich gar nichts mehr glauben. Wenn Sie die Frage nicht beantworten wollen, dann lassen Sie's. Aber tun Sie mir den Gefallen und legen den Hörer auf, damit ich endlich schlafen gehen kann.«

»Ich war gestern abend im Palace, zum Essen. Mit Shana. Shana Eberle. Ich habe Ihnen von ihr erzählt.«

»Ach, Shana ist in der Stadt?«

»Ihr Tonfall gefällt mir nicht, Croft.«

»Das geht vielen Leuten so. Manchmal bleibe ich lange auf und versuch was dran zu ändern. Wann genau waren Sie im Palace?«

»So ungefähr von sieben bis zehn. Hören Sie, Croft, was reiten Sie so auf dieser Sache herum? Ich will doch nur wissen, was mit Melissa und Winona los ist. Verdammt, ich mache mir Sorgen. Muß ich mich deswegen vielleicht als Ekel beschimpfen lassen?«

»Nein«, gab ich zu. »Natürlich nicht. Sobald ich etwas erfahre, sage ich Ihrem Onkel Bescheid. Bis dahin –«

»Aber wer bringt diese Leute um?«

»Jemand aus Salvador, nehme ich an. Aber zur Zeit weiß ich noch nichts Genaues. Ich –«

»Kann denn da keiner was unternehmen? Ist die Polizei schon unterrichtet?«

»Ja.«

»Kann ich selbst irgendwas tun?«

»Nein. Leider nicht.« Mir war nicht wohl dabei, Alonzo so etwas Versöhnliches zu sagen: als signalisierte ich ihm damit Verzeihung für alles, was er, wie ich inzwischen glaubte, getan hatte. Aber wenn seine Besorgnis jetzt gespielt war, dann war er ein besserer Schauspieler, als »Valdez!« je hatte ahnen lassen.

»Vielleicht könnte ich mit irgendwelchen Leuten reden«, sagte er. »Ich kenne einige in dieser Stadt. Einflußreiche Leute.«

»Ich weiß. Aber das sind wohl in diesem Fall nicht die richtigen Leute. Wie gesagt, sobald ich etwas weiß, werde ich Ihren Onkel benachrichtigen. Ihnen wird nichts anderes übrigbleiben als zu warten.«

Wieder hörte ich ihn tief Luft holen. »Na schön. Na schön. Aber wenn ich etwas tun *kann*, lassen Sie's mich wissen.«

»In Ordnung. Gute Nacht.«

Ich war fix und fertig, glaubte aber nicht, daß ich Schlaf finden würde. Doch kaum hatte ich das Licht ausgemacht, fiel der lange Tag über mich her, und ich war weg.

Ich träumte von Leuten, die sich auf einem staubigen Dorfpfad auf der Lichtung eines Dschungels bewegten.

Winzige weiße strohgedeckte Hütten lehnten schief aneinander. Die Leute, Männer und Frauen jeden Alters, Kinder aller Größen, trugen die Lumpen verarmter Bauern – billige Huaraches, ausgefranste Umhänge. Sie alle gingen ihrer Arbeit nach – Hühner füttern, Ziegen in den Stall bringen, Getreide mahlen –, als sei alles in Ordnung, als gehe alles seinen gewöhnlichen Gang. Aber aus den Augen dieser Menschen sprach Entsetzen, und ihre Münder standen weit offen wie in einem verzweifelten, aber vollkommen stummen Schrei.

Der Traum ließ mich aufwachen, und danach konnte ich lange Zeit nicht mehr einschlafen.

XXVI

»Warum suchen Sie nach ihr?« fragte die Frau hinter der Rezeption und sah mich durchdringend an.

»Weil sie in Schwierigkeiten ist und ich sie finden will, bevor sie noch größere Schwierigkeiten bekommt.«

»Ich habe damit nichts zu tun.«

»Natürlich nicht. Ich bitte ja nur um eine Auskunft.«

Nur von wenigen Frauen auf der Welt läßt sich mit einigem Recht behaupten, daß sie einen athletischen Brustkorb haben, aber Margery Helms, die Empfangschefin des Motels, war eine solche Frau. Sie trug einen grauen Blazer und darunter ein schwarzes Oberteil, das ihre schweren Brüste und den eingeschnürten Bauch umspannte. Auf dem straffen Stoff lag eine Kette aus Kunstperlen, die sich mit jedem Atemzug wie Golfbälle auf einem schwarzen Trampolin langsam auf und nieder bewegten. Ihr Blazer war überflüssigerweise an den Schultern gepolstert. Das runde Gesicht unter der blaugetönten Frisur war dick geschminkt und glänzte wie Speck.

Sie war mindestens fünfzig und hätte ohne weiteres die Schwester von J. Edgar Hoover sein können, nur daß sie J. Edgar vermutlich schon als kleinen Jungen umgebracht hätte. Mit bloßen Händen. Jetzt verstand ich, warum der Nachtportier Angst vor ihr hatte. Mir machte sie auch angst.

Ihre grauen Augen funkelten mich wütend an, als sie sagte: »Von mir erfahren Sie nichts.«

»Haben Sie von der Frau in Hartley gelesen?« fragte ich. »Die vor zwei Tagen ermordet wurde? Sie war befreundet mit der Frau, nach der ich suche.«

Ich stand auf der Gästeseite der Rezeption. Mit einem kurzen Blick nach links stellte ich fest, daß das Latino-Mädchen, das eben noch den Postkartenständer geordnet hatte, mich jetzt beobachtete. Ich senkte die Stimme. »Hören Sie, Mrs. Helms, die Frau ist in Schwierigkeiten. Ich will sie nur finden. Und ihr helfen.«

»Bedaure«, sagte sie. »Aber ich gebe keinerlei Auskünfte über irgendeinen unserer Gäste. Das wäre gegen unsere Geschäftsphilosophie. Und Sie wollen heute vormittag abreisen?«

Daß sie wirklich Bedauern empfand, glaubte ich ihr nicht. Eher schien sie mir sehr zufrieden. Als würde sie, wie Juanita Carrera gesagt haben würde, ihren kleinen Teil der Macht an mir ausüben.

»Bald«, sagte ich. »Kann ich den Geschäftsführer sprechen?«

Sie lächelte. Es war ein triumphierendes Lächeln. »Mr. O'Hara ist in Albuquerque, zu einer Versammlung.«

»Wann kommt er zurück?«

Noch ein Lächeln. »Das kann ich nicht sagen.«

Ich nickte. »Sind Sie vielleicht mal in der Wehrmacht gewesen?« fragte ich.

Sie furchte verblüfft die Stirn. »Wo soll das sein?«

»Außerhalb von Cleveland.«

»In Cleveland bin ich nie gewesen«, sagte sie wegwerfend.

Dann wird's aber Zeit, hätte ich fast gesagt. *Nichts wie hin.*

Aber ich ließ es sein. Schließlich machte sie nur ihre Arbeit. Statt dessen dankte ich ihr – leicht säuerlich – und ging mit dem Wegwerfrasierer, der Zahnpasta und der Zahnbürste, die ich in dem kleinen Geschenkladen gekauft hatte, über den Parkplatz zu meinem Zimmer zurück. Meinen Notvorrat an Toilettenartikeln hatte ich in dem Subaru gelassen, als ich den Jeep gemietet hatte. Eigentlich hatte ich den Wagen schon gestern nachmittag wieder abholen wollen.

Ich war gerade mit Rasieren fertig, als es an die Tür klopfte. Ich trocknete mir das Gesicht, sah, daß ich mich am Kinn geschnitten hatte, betupfte die Wunde mit dem Handtuch und ging aufmachen.

Es war das Zimmermädchen von vorhin aus der Rezeption. »Sprechen Sie Spanisch?« fragte sie.

»*Poquito*«, sagte ich.

Sie sah sich hastig um, dann fragte sie auf spanisch: »Darf ich reinkommen?«

»Selbstverständlich.«

Um die vierzig Jahre alt. Ein breites, dunkles Gesicht, das schlechtes Wetter und schlechte Zeiten erlebt hatte. Schwarzes Haar, das wie gefärbt aussah, es aber vermutlich nicht war, straff hinter den kleinen Ohren zusammengebunden; darauf ein gestärktes weißes Häubchen. Untersetzter, muskulöser Körper in grünweißer Arbeitskleidung.

Beim Eintreten sah sie sich unruhig um. Wahrscheinlich war es ihr peinlich, das Zimmer eines Gastes, eines Mannes obendrein, zu betreten. Ich schloß die Tür und fragte: »Möchten Sie sich setzen?«

Sie stand jetzt mitten im Raum und drehte sich zu mir

um. »Nein. Ich stehe lieber. Danke.« Sie steckte die Hände in die Taschen. »Señora Linda. Sie ist in Schwierigkeiten?«

»Allerdings«, sagte ich. Ich warf mir das Handtuch über die Schulter, lehnte mich an die Tür und verschränkte die Arme. »Ja, das ist sehr anzunehmen. Sie haben mich an der Rezeption gehört?«

»Ich wollte nicht lauschen«, sagte sie. »Aber, ja, ich habe gehört. Ich spreche nicht gut Englisch, aber ich verstehe es ganz gut.«

»Mein Name ist Croft«, sagte ich. »Joshua Croft. Und wie heißen Sie?«

»Rodriquez.« Sie nahm den Kopf ein wenig höher. »Señora Rodriquez.«

»Señora Rodriquez, ich danke Ihnen, daß Sie zu mir gekommen sind. Sie kennen Señora Linda?«

»Ja. Sie und die Kleine. Mary.«

Winona hatte also auch einen neuen Namen, und den kannte ich jetzt. Ich fragte mich, ob Melissa ihr absichtlich die englische Version des Namens von Juanitas Schwester gegeben haben mochte. »Haben Sie oft mit ihr gesprochen, als sie hier war?«

»Nicht oft, nein. Aber ein paarmal. Sie hat mir gefallen, und sie hat mir leid getan. Ich glaube, sie war sehr in Sorge.«

»Wie kommen Sie darauf, Señora?«

»Sie ist nie ausgegangen. Sie und die Kleine waren immer auf ihrem Zimmer, nur manchmal haben sie kleine Spaziergänge gemacht. Gegessen haben sie meistens hier. Tag und Nacht haben sie vor dem Fernseher gesessen.«

»Aber Sie haben mit ihr gesprochen.«

»Ja, wenn ich gekommen bin, um das Zimmer sauberzumachen. Immer nur ganz kurz. Sie und die Kleine sind dann gegangen, und sie hat ihr Buch mitgenommen, aber sie waren immer bald zurück, manchmal bevor ich fertig war.«

»Ihr Buch?«

»Sie hat erzählt, sie ist Schriftstellerin. Sie hat sehr gut Spanisch gesprochen. Mexikanisches Spanisch, nicht wie die in Spanien. Sie hat gesagt, deswegen sitzt sie immer in ihrem Zimmer, wegen ihrem Buch. Aber den ganzen Tag in so einem engen Zimmer, das ist nicht gut für ein kleines Kind.«

»Was für einen Eindruck hat das Kind auf Sie gemacht?«

»Es war still. Sehr still. Das alles war bestimmt nicht gut für die Kleine.«

»Das Buch der Señora, wie hat es ausgesehen?«

»Klein, aber dick. Rot. Wie ein Kalender.«

»Haben Sie mal gesehen, daß sie darin geschrieben hat?«

»Nein. Aber manchmal, wenn ich zum Saubermachen gekommen bin, lag es neben ihr auf dem Bett, zugeklappt, und darauf lag ein Stift. Es sah aus, als ob sie gerade darin geschrieben hätte.«

»Und sie hat das Buch immer mitgenommen, wenn sie aus dem Zimmer gegangen ist?«

»Ja.«

»Hat die Señora Ihnen erzählt, wohin sie gehen wollte, wenn sie aus Taos abreisen würde?«

»Nein.«

»Waren Sie dabei, als sie dann abgereist ist?«

»Ja. Ich ging gerade über den Hof, als sie abfuhr. Sie hat mir zugewinkt. Die Kleine auch.«

»In welche Richtung ist sie gefahren? Norden oder Süden?« Nach Süden hätte Melissa fahren müssen, wäre ihr Ziel die Kommune in Palo Verde gewesen.

»Norden«, sagte sie. »Aber sie sind oft zum Frühstück zu McDonald's gefahren. Und das liegt nördlich von hier.

Und sie hatten an diesem Tag noch nichts gegessen. Vielleicht sind sie dorthin gefahren.«

Ich nickte. »Haben Sie mir sonst noch irgend etwas zu sagen, Señora Rodriquez?« Immerhin war Mrs. Rodriquez bis jetzt die letzte Zeugin, die Melissa und Winona vor ihrem Verschwinden gesehen hatte.

Sie schüttelte den Kopf. »Nein. Den beiden geht es doch gut? Ihr und der Kleinen?«

»Das hoffe ich. Ich danke Ihnen sehr.« Ich griff nach hinten und zückte meine Börse. »Darf ich mich für Ihre Hilfe erkenntlich zeigen?«

Sie zog die Hände aus den Taschen und winkte ab. »Nein, nein. Ich will kein Geld.«

»Señora, bitte. Sie haben mir wirklich sehr geholfen.«

»Nein, nein. Ich habe der Señora nur helfen wollen. Und der Kleinen. Ich danke Ihnen sehr, aber, nein.«

Ich nickte. »Wie Sie wollen. Möchten Sie jetzt hier saubermachen?«

»Sie reisen bald ab?«

»Ja.«

»Dann komme ich später. Ich muß vorher noch woanders saubermachen.«

»Auch gut. Und nochmals danke, Señora.«

»Gern geschehen. Ich hoffe auch, daß es der Señora und Mary gutgeht.«

Als sie gegangen war, legte ich zwei Zwanziger auf die Kommode.

»Das Buch«, sagte Rita. »Dieser Kalender. Melissa hat darin aufgeschrieben, was sich in Cureiro abgespielt hat.«

Ich zuckte die Schultern. »Sie hat Juanita erzählt, daß sie einen Bericht schreiben wolle. Ja, durchaus möglich.«

»Und du hast bei diesem McDonald's nachgefragt?«

»Ja. Eins der Mädchen dort hat sie auf dem Bild wiedererkannt; demnach ist sie ein paarmal zum Frühstükken dagewesen. Aber an welchen Tagen, wußte das Mädchen nicht mehr. Und es hat natürlich nicht darauf geachtet, in welcher Richtung Melissa dann weitergefahren ist. Hatte zuviel zu tun.«

»Was sicher der Hauptgrund dafür ist, daß Melissa dort gegessen hat.«

Ich nickte.

Wir saßen wieder einmal auf dem Sofa. An diesem Vormittag trug Rita eine weiße Bluse und einen blauen Rock, der ihr, wie die anderen, bis auf die Knöchel fiel. Wir tranken Tee.

Ich sagte: »Diese Frau aus Albuquerque. Die SM-Dompteuse. Die hat nichts Brauchbares sagen können?«

Rita schüttelte den Kopf. »Sie hat Melissa seit drei Jahren nicht mehr gesehen, und damals, vor der Scheidung, sind Roy und Melissa auch nur ein paarmal zu den Versammlungen gekommen.«

»Versammlungen?«

Sie lächelte. »Keine Orgien. Diese Gruppe ist eher so was wie eine Diskussionsgruppe. Anscheinend ziemlich gesetzte Leute. Treffen sich einmal im Monat zum Eintopfessen.«

»Und was schmeißen sie da rein? Kartoffeln in Ketten? Gulasch à la Gulag?«

»Joshua. Wo ist deine Toleranz geblieben?«

»Ich bin stinksauer. Ich weiß nicht mehr, wo ich noch suchen und wen ich noch fragen soll. Ich blick nicht mehr durch, Rita. Stamworth, der Salvadorianer, Todesschwadronen. Und Melissa und Winona haben sich einfach in Luft aufgelöst.« Ich nahm einen Schluck Tee.

»Lassen wir Melissa und Winona fürs erste mal beiseite«, sagte sie, »und nehmen wir uns die anderen vor, einen nach dem anderen. Fangen wir mit Stamworth an.

Was wissen wir über ihn? Wann ist er zum ersten Mal aufgetaucht?«

»Irgendwann Ende September. In L.A.«

»Vor Cathryns Ermordung.«

»Richtig.«

»Wir nehmen nicht an, daß er Cathryn ermordet hat.«

»Ich jedenfalls nicht, nein. Ich nehme an, es war der Salvadorianer.«

»Und wir nehmen an, daß Stamworth nicht fürs FBI arbeitet.«

»Richtig.«

»Aber für wen er wirklich arbeitet, wissen wir nicht.«

»Richtig.«

»Als nächstes ist er hier in Santa Fe aufgetaucht, vorige Woche, kurz nach Cathryns Ermordung. Er hat mit Deirdre Polk gesprochen, mit Rebecca Carlson und in Juanita Carreras Wohnung mit deinem Freund Arnstead.«

»Richtig.«

»Wir gehen davon aus, daß er die Namen von Polk und Carrera aus Melissas Telefonrechnung erfahren hat.«

»Richtig.«

Sie nippte an ihrem Tee. »Als nächstes ist er in Los Angeles und redet mit dir.«

»Richtig. Am Dienstagabend.«

»Wie er von dir erfahren hat, wissen wir nicht.«

Ich zuckte die Schultern. »Jemand muß ihm von mir erzählt haben.«

»Möglich. Oder einer von denen, mit denen du gesprochen hast, hat unter Beobachtung gestanden.«

»Überwachung durch die Polizei?« Möglich. »Und Stamworth oder jemand, der für ihn arbeitet, besorgt sich das Kennzeichen meines Mietwagens. Und damit besorgt er sich dann beim Mietwagenverleih meinen Namen.«

Sie nickte. »Jemand, der für ihn arbeitet, nehme ich an. Stamworth war vermutlich noch hier in Santa Fe, als du am Dienstag recherchiert hast.«

»Wieso?«

»Weil Melissa ihre Karte an Cathryn von hier aus abgeschickt hat. Von der Karte hatte er längst durch die Polizei in Los Angeles erfahren. Wozu hätte er nach Los Angeles zurückkehren sollen, es sei denn, daß du da plötzlich auftauchst und Fragen stellst?«

Ich nickte. »L.A. ist nur ein paar Stunden entfernt. Möglich, daß er Dienstag abend rübergeflogen ist. Aber wir wissen immer noch nicht, warum Stamworth hinter Melissa her ist.«

»Vielleicht aus demselben Grund wie der Salvadorianer.«

»Um sie umzubringen?« Ich trank den Tee aus.

»Nicht unbedingt, um sie umzubringen. Vielleicht, um sie einzuschüchtern. Vielleicht hat er erfahren, was Melissa in El Salvador erlebt hat. Vielleicht meint jemand in der Regierung, in unserer Regierung, Melissas Aussagen könnten zu Verwicklungen führen, vielleicht hat man ihr deshalb Stamworth hinterhergeschickt.«

»Aber er hat sie schon gesucht, *bevor* Cathryn ermordet wurde. Bevor irgend jemand wußte, wo Melissa sein könnte.«

Sie nippte an ihrem Tee. »Wir gehen davon aus, daß Cathryn mit irgendwem über Melissas Karte geredet hat. Wer das war, wissen wir nicht genau, und –«

»Ich habe da so eine Ahnung«, sagte ich. »Mit wem sie darüber geredet haben könnte.«

Sie nickte. »Charles Hatfield. Der Mann, mit dem du in Los Angeles gesprochen hast. Der von Sanctuary.«

Ich sah sie an. »Rita. Du bist mir richtig unheimlich.«

Sie lächelte. »Er hat Cathryn gekannt. Das hat er zugegeben.«

»Edie Carpenter hat sie auch gekannt. Und Chuck Arthur.«

»Aber beide haben sie nur ein einziges Mal gesehen, laut ihrer Aussage. Hatfield hat sie bei Sanctuary mehrmals gesehen, laut seiner Aussage. Und wenn Cathryn irgend jemandem von einer Postkarte von Melissa erzählen wollte, wer lag dann näher als Hatfield? Für ihn hatte Melissa gearbeitet. Für ihn war die Sache – behauptet er jedenfalls – genauso wichtig wie für Melissa.«

»Aber er hat auch gelogen«, sagte ich.

»Inwiefern?«

»Als es um diesen Satz auf Melissas Karte an Cathryn ging – ›Die Blume in der Wüste lebt‹. Angeblich hat er das nie gehört, angeblich wußte er nicht, was das bedeutet. Juanita Carrera hat mir gestern abend erzählt, dieser Satz sei die Abwandlung einer Art Standarddrohung bei den Todesschwadronen: ›Die Blume in der Wüste stirbt‹. Den hätten sie sogar in Briefen verwendet, die sie an Salvadorianer in Los Angeles geschickt hätten. Das hat Hatfield doch wissen müssen.«

»Wahrscheinlich hat er auch gelogen, als es um die Frage ging, ob Melissa sich bei ihm gemeldet hat. Wir wissen, daß sie Ende September mindestens zwei Postkarten abgeschickt hat, und zwar wahrscheinlich beide am selben Tag, dem dreiundzwanzigsten. Eine an Cathryn und eine an ihre Mutter.«

»Und wahrscheinlich eine an Edie Carpenter«, sagte ich. »Daß sie nichts von Melissa gehört hat, war doch gelogen.«

»Und wahrscheinlich eine an Hatfield.«

»Aber wenn Hatfield bereits eine Karte von Melissa hatte, wenn er schon wußte, daß sie in Santa Fe oder jedenfalls in New Mexico war, dann spielt es doch gar keine Rolle, ob Cathryn ihn angerufen hat.«

»O doch. Wenn auf der Karte nur stand ›Die Blume in

der Wüste lebt‹, wußte Hatfield immer noch nicht, wo Melissa nun eigentlich steckte. Er hat lediglich aus dem Poststempel schließen können, daß sie irgendwo in der Nähe von Santa Fe sein mußte.«

Ich nickte. »Und es war ja möglich, daß Cathryn noch mehr wußte. Als sie ihn daher angerufen und ihm gesagt hat, sie habe von Melissa gehört, hat sie sich selbst in Gefahr gebracht.«

Sie nickte, nahm einen Schluck Tee. »Und vergessen wir nicht, daß Maria Vasquez und Pater Cisneros getötet wurden, weil Maria offensichtlich denunziert worden ist. Irgendwer hat irgendwem in El Salvador mitgeteilt, daß Maria ausreisen wollte.«

»Aber wenn es Hatfield war, warum hat die Todesschwadron dann nicht auch Melissa aus Cisneros' Haus geholt? Warum haben die nicht das Haus durchsucht?«

»Vielleicht hat Hatfield Melissa aus dem Spiel gelassen. Vielleicht hat er nur gesagt, Maria Vasquez bereite sich zur Ausreise vor.«

Ich schüttelte skeptisch den Kopf. »Also ich weiß nicht, Rita.«

»Na schön. Ob Hatfield Melissa und Maria denunziert hat, können wir erst mal auf sich beruhen lassen. Aber du mußt zugeben, daß höchstwahrscheinlich er es war, der Cathryn denunziert hat.«

»Ja«, sagte ich. »Das sähe ihm ähnlich. Stellt sich nur die Frage nach dem Motiv.«

»Na ja. Geld vielleicht. Wir brauchen kein Motiv, Joshua. Wir sind nicht das Gericht. Nehmen wir an, es hat sich etwa so abgespielt: Irgendwann Ende September bekommt Hatfield eine Postkarte von Melissa. Dann ruft Cathryn ihn an und erzählt, sie habe von Melissa gehört. Hatfield benachrichtigt jemanden in El Salvador, und von dort werden die zwei Männer hergeschickt, die du gestern gesehen hast.«

Sie nippte an ihrem Tee. »Angenommen, jemand von der amerikanischen Regierung erfährt davon. Erfährt, daß Melissa irgendwo in der Nähe von Santa Fe geortet wurde und daß die salvadorianische Regierung ein Killerteam losschicken will. In El Salvador wimmelt es von Amerikanern. Militärberater. Geheimagenten. Möglich, daß jemand von der salvadorianischen Regierung einem dieser Leute den Plan gesteckt hat.«

»Aber wenn jemand von der amerikanischen Regierung Melissa aus dem Weg räumen wollte, warum hat er sich dann nicht die Arbeit von den Salvadorianern abnehmen lassen?«

»Wie gesagt, vielleicht sollte sie nur eingeschüchtert werden. Oder irgendwie neutralisiert werden. Vielleicht wollte man sie finden, bevor die Salvadorianer Gelegenheit hatten, sie umzubringen. Wenn zum Beispiel die Salvadorianer die Sache verpfuschen würden, käme die amerikanische Regierung in arge Verlegenheiten: dann hätte sie nicht nur Melissa am Hals, sondern auch noch einen ausländischen Killer, der auf amerikanischem Boden einen amerikanischen Staatsbürger zu töten versucht.«

»Also hat man, wer auch immer das sein mag, Stamworth nach L.A. geschickt. Und der trifft vor den Salvadorianern dort ein und beginnt seine Ermittlungen.«

»Und dann wird Cathryn ermordet, und die Polizei findet die Postkarte aus New Mexico, und Stamworth kommt hierher.«

»*Du* hältst mir ständig vor, ich würde zu sehr rumspekulieren, Rita. Und jetzt stellst du selbst nichts als Spekulationen an.«

»Wir versuchen einen Ablauf zu konstruieren, in den alle uns bekannten Fakten hineinpassen. Und dieser Ablauf« – sie lächelte – »haut hin, wie du vielleicht sagen würdest.«

»Kann sein. Eins stört mich noch. Warum haben die Salvadorianer die Postkarte aus Cathryns Haus nicht mitgenommen, nachdem sie sie getötet hatten? Die hätte sie doch auf Melissas Spur bringen können.«

»Für Hatfield, und wahrscheinlich auch für die Salvadorianer, war die Karte ohne Bedeutung. Wenn ich recht habe, hat Hatfield gewußt, daß es mindestens zwei Postkarten gab, nämlich die, die er selbst, und die, die Cathryn bekommen hatte. Wie viele Melissa insgesamt verschickt hatte, konnte er nicht wissen. Es hätten ja zwanzig oder dreißig sein können.«

»Warum sind die Salvadorianer nicht zu Melissas Mutter gegangen? Die hat auch eine Karte von Melissa bekommen.«

»Aber das konnten weder Hatfield noch die Salvadorianer wissen. Und Hatfield konnte sie nicht aufsuchen, ohne die Aufmerksamkeit auf sich selbst zu lenken. Ebensowenig die Salvadorianer. Melissas Mutter lebt mehr oder weniger in der Öffentlichkeit. Und sie hat Dienstboten. Cathryn hat allein gelebt.«

Ich lehnte mich zurück. »Okay«, sagte ich. »Das haut hin. Was fangen wir jetzt damit an?«

Rita hatte eine Idee.

XXVII

»Mr. Hatfield?«

»Ja?«

»Hier spricht Joshua Croft.«

»Pardon?«

»Joshua Croft. Aus Santa Fe. Ich habe versucht, Melissa Alonzo zu finden.« Ich beobachtete Leroys kleinen schwarzen Kasten neben dem Telefon. Das grüne Licht war nicht an. Die Leitung wurde abgehört. Aber das wußte ich bereits – ich hatte selbst dafür gesorgt.

»Ja, ja«, sagte Hatfield. »Natürlich. Croft. Schön, von Ihnen zu hören. Wie geht's Ihnen?«

»Bestens. Entschuldigen Sie, daß ich Sie am Wochenende belästigen muß.«

»Aber nicht doch, nicht doch. Kein Friede den Gottlosen, hm? Sie sind wieder in New Mexico? Erfolg bei der Suche gehabt?«

»Ja, allerdings. Ich habe Nachricht von Melissa bekommen.«

»Ach Gott. Tatsächlich? Geht es ihr gut?«

»Sieht so aus.«

»Na, Gott sei Dank.« Hatfield war nicht übel. Nur Freude und Erleichterung schwangen in seiner Stimme.

Aber vielleicht empfand er ja auch gar nichts anderes. Vielleicht waren Rita und ich auf dem Holzweg.

»Wo ist sie?« fragte Hatfield.

»Das wollte sie nicht sagen. Irgendwo in der Nähe, hier in Santa Fe, aber sie ist vorsichtig. Deswegen rufe ich Sie an. Sie will sich nur mit mir treffen, wenn ich beweisen kann, daß ich der bin, für den ich mich ausgebe. Ich brauche Ihre Mithilfe, irgendeine Information, irgendwas. Etwas, womit ich Melissa beweisen kann, daß ich Kontakt mit Ihnen hatte, daß Sie in dieser Sache mit mir zusammenarbeiten. Zu Ihnen hat sie Vertrauen. Um halb drei will sie mich zurückrufen.«

Kurze Pause. Dann: »Na ja, also wissen Sie, mein Lieber, nichts für ungut, aber ich bin mir nicht sicher, ob ich da mitmachen sollte. Ich kann schließlich auch nicht wissen, ob Sie wirklich der sind, für den Sie sich ausgeben.«

Er war gut. Oder Rita und ich hatten falsch getippt.

»Mr. Hatfield«, sagte ich, »ich kann Ihnen den Namen eines Anwalts hier in Santa Fe nennen, der Ihnen bestätigen wird, was ich in Los Angeles gesagt habe. Ich kann

Ihnen auch den Namen eines hochrangigen Polizeibeamten hier in Santa Fe nennen.«

»Passen Sie mal auf«, sagte er. »Warum halten wir's nicht so. Warum sagen Sie Melissa nicht einfach, daß sie mich anrufen soll. Dann können wir beide ein bißchen plaudern, und ich kann mir ein Bild von der Sache machen.«

»Das habe ich ihr auch vorgeschlagen. Aber sie will es nun einmal so und nicht anders. Warum, weiß ich nicht.«

»Hmmm. Das bringt mich nicht wenig in Verlegenheit.« Er schwieg einen Augenblick. »Na schön, Croft. Dann eben so. Müssen schließlich an Melissa denken. Also . . . Hmmm . . . Genau. Das ist es. Richten Sie ihr was von Jorge Mirandez aus. Sagen Sie ihr, daß Sophia, Jorge Mirandez' zweite Frau, sie grüßen läßt.«

»Und damit kann sie was anfangen?«

Er kicherte. »O ja. Ein Mexikaner. Ist mit Frau und Kindern rübergekommen und hat ein Aufenthaltsvisum beantragt. Eine Woche später taucht seine andere Frau auf, mit noch mehr Kindern im Schlepptau. Klarer Fall von Bigamie. Beide Frauen haben voneinander gewußt. Haben abwechselnd auf die Kinder aufgepaßt. Sehr merkwürdig. Melissa hat den Papierkram erledigt. Wir beide haben uns schiefgelacht. Und ob sie was damit anfangen kann.«

»Schön. Genau so etwas brauche ich. Ich bin Ihnen sehr dankbar, Mr. Hatfield.«

»Aber nicht doch. Gern geschehen. Wunderbare Neuigkeiten. Grüßen Sie Melissa bitte von mir. Wenn sie kann, soll sie sich bei mir melden.«

»Mach ich. Und nochmals danke.«

»Schon gut. Wiederhören.«

»Wiederhören.«

Ich legte auf und drehte mich zu Hector Ramirez um. »Er hat's geschluckt.«

Hector saß auf der anderen Seite des Zimmers auf meinem Sofa. Er nickte. »Ein hochrangiger Polizeibeamter? An wen haben Sie denn da gedacht?«

»Ich habe Sie befördert. Wann kommt der Rückruf von der Polizei in L.A.?«

Er hob die schweren Schultern. Er war wieder einmal in Hemdsärmeln: ein blaßgelbes Hemd mit zarten, grauen Nadelstreifen, passend zu der grauen Seidenkrawatte. »Sobald er irgend etwas unternimmt«, sagte er.

»Hoffentlich benutzt der Kerl kein Münztelefon.«

»Vielleicht ruft er die ja auch gar nicht an.«

»Recht so. Immer an das Gute glauben.«

»Wir können nur warten, Josh.«

»Ja, ich weiß, Hector.«

Ich sah auf die Uhr. Zehn nach eins.

Es war Sonntag. Gestern nachmittag hatte Rita Hector überredet, die Sache in die Hand zu nehmen. Er wiederum hatte fast den ganzen Abend gebraucht, Sergeant Bradley in Los Angeles zu überreden, dabei mitzumachen. Bradley hatte sich gesträubt; es gab keinen faktischen Beweis für eine Verbindung zwischen Hatfield und dem Mord an Cathryn Bigelow. Aber am Ende hatte er sich einverstanden erklärt, einen Gerichtsbeschluß zu besorgen, der uns gestattete, Hatfields Telefon einen Tag lang abzuhören. Heute morgen hatte er ihn bekommen.

Draußen schien die Sonne. Es war warm. Der Schnee war größtenteils geschmolzen, aber von dem Ölbaum vorm Fenster tropfte immer noch Wasser.

»Karten?« schlug Hector vor.

»Ja. Warum nicht.«

Ich erhob mich aus dem Ledersessel, ging zum Bücherregal, nahm das Kästchen mit den Karten und Chips und trug es zum Couchtisch. Hector zog die Karten heraus und fing an zu mischen, während ich den Ledersessel an den Tisch schob.

Er sagte. »Die Weißen zählen fünfzig, die Blauen hundert, die Roten fünfhundert.«

»Und Sie werden für Ihre Einsätze geradestehen.«

»Muß ich wohl«, sagte er lächelnd. »Ich bin Polizist.«

Das Telefon klingelte.

Ich ging rüber und nahm den Hörer ab. »Hallo?«

»Sergeant Ramirez.« Eine schroffe Stimme, die ich nicht kannte.

Ich brachte Hector das Telefon und setzte mich wieder.

»Ramirez«, meldete er sich. Er hörte kurz zu, dann sagte er: »Richtig . . . Gut. Sagen Sie mir Bescheid.«

Er legte auf, stellte das Telefon auf den Couchtisch neben die beiden Funkgeräte. »Hatfield hat eben sein Haus verlassen. Mit dem Auto. Telefoniert hat er nicht.«

Ich runzelte die Stirn. »Na prima.«

Hector hob die Schultern. »Jemand ist an ihm dran. Wir werden erfahren, wo er hinfährt.«

»Wenn er ein Münztelefon benutzt, werden wir ihn nicht festnageln können.«

»Den nageln wir fest«, sagte Hector. Er sprach mit der gleichen Gewißheit, die ich bei mir selbst bemerkt hatte, als ich allen möglichen Leuten erzählte, daß ich Melissa Alonzo finden würde. Bis jetzt hatte ich sie nicht gefunden.

Er knallte die Karten auf den Tisch. »Abheben.«

Wir spielten Stud. Nach zehn Minuten stand Hector mit 350 Dollar bei mir in der Kreide.

Das Telefon klingelte. Hector schob es mir hin. Ich nahm den Hörer ab. »Hallo.«

»Ramirez.« Dieselbe Stimme.

Ich gab Hector das Telefon. Wieder hörte er zu. »Okay«, sagte er. »Danke. Vergessen Sie diese Nummer. Wenn sich bei Ihnen was ergibt, rufen Sie die andere Nummer an. Das wird dann an mich weitergeleitet. Und sagen Sie Sergeant Bradford, daß ich danke gesagt habe. Sagen Sie ihm, daß ich mich später bei ihm melden werde.«

Er legte auf, stellte das Telefon auf den Couchtisch zurück und sah mich an. »Er hat von einer Bar aus telefoniert.«

»Wir sind also an ihm dran«, sagte ich.

Er nickte. Er nahm eins der Funkgeräte, betätigte einige Knöpfe und hielt es sich an den Mund. »Diego?« sagte er. »Sind Sie auf Posten?«

Aus dem Empfänger kam ein Knistern, dann eine verzerrte Stimme: »Jawohl, Sergeant.«

»Es geht los«, sagte Hector. »Alles klar?«

»Ja, sicher«, krächzte die Stimme. »Übrigens, Sergeant, warum machen wir das nicht auch so mit Alpha Eins und Charlie Zwei? Wie bei Schwarzeneggers?«

»Diego?«

»Schon gut. Bin ja schon still.«

»Besser so.«

»Sie haben keinen Sinn für Humor, Sergeant.«

»Halten Sie die Augen offen.«

»Was denn sonst.«

Hector drückte wieder an den Knöpfen herum. »Monahan?«

Knistern. Dann: »Alles mitgehört, Sergeant.«

»Alles?«

»Ja. Wir sind soweit.«

»Okay.«

»Mendez«, sagte Hector.

»Ja.« Die Stimme des Beamten von der Staatspolizei klang matt und gelangweilt.

»Sind Ihre Leute bereit?«

»Ja. Wenn bloß nichts schiefgeht.«

»Ich sag Ihnen Bescheid, wenn Croft loszieht.«

»Kann's kaum erwarten.«

Hector drückte ein paar Knöpfe und legte das Funkgerät auf den Tisch zurück.

Eine halbe Stunde später schuldete Hector mir 4300 Dollar. Er hatte eine Kreuz-Sechs und eine Herz-Drei. Ich hatte zwei Zehnen, meine verdeckte Karte war das Herz-As. »Ich setze fünfzig auf mein Pärchen«, sagte ich, warf einen Chip in die Mitte.

»Ich halte«, sagte Hector und warf einen Chip dazu.

»Hector«, sagte ich. »Sie sind doch schon geschlagen.«

»Und noch mal fünfzig«, sagte er und warf noch einen Chip.

»Ich könnte Ihnen günstig ein paar Zentner Falschgeld verkaufen. Na?«

»Geben Sie die nächsten Karten.«

Ich teilte aus. Pik-As für Hector, Pik-Drei für mich. Ich warf zwei Chips dazu. »Hundert«, sagte ich.

Hector nahm einen roten Chip und warf ihn in die Mitte. »Und noch mal vier.«

Ich nahm vier blaue Chips und legte sie auf die anderen. »Werden Sie immer ganz aufgeregt, wenn Sie Ihr Horoskop lesen?«

»Geben Sie.«

Hectors letzte Karte war das Herz-As. Er grinste. Meine letzte war die Karo-Vier.

»Einen Riesen auf die Asse«, sagte er und warf zwei rote Chips dazu.

»Gratuliere«, sagte ich.

Hector strich die Chips ein. »Der Herr läßt die Seinen nicht im Stich.«

»Sie und der Herr schulden mir vier Riesen.«

Er nahm die Karten und begann zu mischen. »Bereiten Sie sich auf eine schwere Niederlage vor.«

Plötzlich knackte das Funkgerät. »Sergeant?«

Die Karten in der linken Hand, nahm Hector das Gerät in die Rechte. »Was gibt's, Diego?«

»Wir haben hier einen Chevy Blazer, grau, ziemlich neu. Vermutlich zwei männliche Insassen, aber die Fenster sind getönt. Ist an unserem Wagen vorbei, dann gewendet und zurückgefahren. Parkt jetzt etwa fünfzig Meter von dem Haus entfernt.«

»Haben Sie die Kennzeichen überprüft?«

»Läuft gerade. Jedenfalls ist es kein Mietwagen.«

»Wenn die Männer aussteigen und sich dem Haus nähern, sagen Sie mir Bescheid.«

»Sicher.«

»Okay, Diego. Danke.«

Er legte das Funkgerät beiseite und die Karten auf den Tisch. »Abheben«, sagte er.

Drei Minuten später knackte das Funkgerät schon wieder. »Sergeant. Hier Alpha eins.«

Hector nahm das Ding ans Ohr. »Lassen Sie den Quatsch, Diego.«

»Eben kam die Rückmeldung wegen der Kennzeichen. Sie gehören nicht zu dem Blazer. Sondern zu einem neunundachtziger Oldsmobile, das auf einen gewissen Timothy Griegos eingetragen ist. Soll ich den beiden sagen, jemand hätte irrtümlicherweise die falschen Kennzeichen an ihrem Wagen angebracht?«

»Sind die zwei noch im Wagen?«

»Ja.«

»Nichts unternehmen. Monahan?«

»Ja, Sergeant.«

»Noch fünfzehn Minuten. Zwanzig.«

»Okay.«

Hector legte das Gerät weg. Er sah auf die Karten. »Sie eröffnen.«

Meine höchste offene Karte war ein As. Mein Herz-

Bube paßte zu dem verdeckten Kreuz-Buben. Ich warf einen Chip. »Fünfzig«, sagte ich.

Hector warf zwei Chips dazu. »Und noch mal fünfzig.«

»Faszinierend, Ihnen bei der Arbeit zuzusehen.«

Eine Viertelstunde später, als Hector mir weitere zweitausend Dollar schuldete, sah er auf die Uhr. Er warf die Karten auf den Tisch. »Es geht los«, sagte er.

»Ich will nur noch Rita anrufen.«

Er nickte.

Ich nahm das Telefon und wählte.

Sie nahm beim ersten Läuten ab. »Hallo.«

»Hi. Gleich beginnt meine Vorstellung.«

»Mach keine Dummheiten.«

»Du kennst mich doch.«

»Eben. Und ruf mich gleich danach an. Ich hab was rausgefunden, was dich interessieren wird.«

»Was denn?«

»Später. Ruf mich an. Und grüß Hector von mir.«

»Bis dann.«

»Sei vorsichtig, Joshua.«

»Gewiß, meine Liebe.«

Sie legte auf.

Ich stellte das Telefon weg, stand auf, ging um den Tisch herum und nahm die Schaffelljacke vom Sofa. »Rita läßt Sie grüßen«, sagte ich.

Er nickte, nahm eins der Funkgeräte und hielt es mir hin. Ich schob es mir in die rechte Jackentasche.

»Nicht improvisieren«, sagte er. »Immer genau nach Drehbuch.«

»In Ordnung.«

Er nahm das andere Funkgerät und sprach hinein. »Diego?«

»Ja.«

»Er zieht jetzt los.«

»Alles klar.«

»Monahan?«

»Ich höre, Sergeant.«

»Mendez?«

»Alles bereit.«

Er sah mich an. »Okay.«

Ich sagte: »Sie schulden mir sechstausend Dollar.«

»Wir spielen um alles. Höchste Karte gewinnt. Doppelt oder nichts.« Er nahm die Karten, mischte und legte sie auf den Tisch. Er hob ab, zeigte mir eine Herz-Zehn und schob die Karten wieder zusammen. Ich beugte mich runter, hob ab und erwischte eine Pik-Sieben.

Hector lächelte. »Nicht gerade Ihr Glückstag.«

Die zwei Männer in dem Blazer gaben sich keine Mühe, sich zu verstecken. Und als ich an ihnen vorbeifuhr, schenkten sie mir keinerlei Beachtung. Sie plauderten einfach in aller Ruhe weiter. Ich sah mich nicht nach ihnen um.

Neben mir auf dem Sitz knackte das Funkgerät. Diegos Stimme: »Sind losgefahren.«

Hectors Stimme: »Monahan?«

Monahan: »Bin dran.«

An der Acequia Madre hielt ich an und sah in den Rückspiegel. Der Blazer war etwa siebzig Meter hinter mir und kam näher.

Ich blinkte links und bog ab.

Monahan: »Sie halten an der Ampel und blinken links.«

Hector: »Diego, holen Sie mich hier ab.«

Diego: »Schon unterwegs.«

Im Rückspiegel sah ich den Blazer um die Ecke biegen.

Ich fuhr weiter.

Monahan: »Fahre die Acequia runter. Hab sie im Blick.«

Hector: »Nicht zu nah ran.«

Monahan: »Kinderspiel, Sergeant.«

Am Paseo de Peralto bog ich nach rechts.

Monahan: »Nähere mich dem Paseo. Sie biegen rechts ab.«

Ich hatte sie im Rückspiegel. Ich folgte dem Paseo um die Stadt, der Blazer immer im Abstand von sechzig, siebzig Metern hinter mir her.

Monahan: »Fahre den Paseo runter.«

Die Ampel an der Washington war rot. Ich blinkte rechts. Der Blazer stand drei Wagen hinter mir, hinter einem Ford-Kombi und einer Mercedes-Limousine.

Monahan: »Halte an der Ampel Washington. Sie sind zwei Wagen voraus.«

Ich bog ab.

Monahan: »Okay. Sie folgen Croft immer noch. Jetzt nach rechts in die Washington.«

Ich blinkte, um in die Ski Basin Road abzubiegen. Wenig später sagte Monahan: »Fahren jetzt Richtung Basin.«

Hector: »Ich habe Blickkontakt zu Ihnen, Monahan.«

Ich fuhr nach Osten in die Berge rauf. Ritas Haus lag rechts von mir, von der Straße aus durch die Bäume nicht zu sehen, aber ich wußte, wäre sie jetzt draußen auf der Veranda, hätte sie unsere Prozession bequem verfolgen können.

Der Gegenverkehr war ziemlich dünn. Die Touristensaison war vorbei, und die Skisaison begann erst nach Thanksgiving.

Hectors Stimme kam aus dem Funkgerät: »Okay, Monahan, lassen Sie sich zurückfallen. Wir übernehmen mit unserem Wagen.«

Ich fuhr an Ten Thousand Waves vorbei, einem japanischen Badehaus, in dem es Whirlpools und Massagen gab und das für einige Zeit so ziemlich das letzte Zeichen von Zivilisation war. Keine Häuser mehr, keine gewerblichen Bauten. Nur der Wald und ich und die zwei Männer in dem Chevy Blazer. Dahinter Hector und Diego in dem neutralen blauen Lieferwagen. Und dahinter Monahan und sein Partner.

Hector: »Mendez.«

Mendez: »Ja.«

Hector: »Wir sind etwa drei Meilen von Ihrem Standort entfernt.«

»Ich höre.«

Hector: »Josh, sobald Sie den Wagen anhalten, springen Sie raus und gehen in Deckung. Und bleiben in Deckung.«

Hier oben war es kälter, und unter den Bäumen lag noch Schnee auf dem Boden. Ich kam am Evergreen Restaurant vorbei, das oben am Hang zwischen den Kiefern hervorsah. Auf dem Parkplatz standen nur zwei Autos.

Hector: »Mendez.«

»Ja.«

»Eine Meile noch.«

»Wir sind bereit.«

Die Straße wurde kurvenreicher und ging in Serpentinen durch den Wald. Der Abhang links von mir gewährte weite Aussicht auf verschneite, mit Kiefern bewaldete Hügel, die sich in der Ferne verloren. Ich kam an einigen Espen vorbei, deren Blätter stumpfbraun angelaufen waren; ihre knotigen weißen Stämme wirkten vor dem Schnee wie Knochen auf einem Bettlaken. Nach der nächsten Kurve sah ich fünfzig Meter vor mir den Streifenwagen der Staatspolizei quer auf der Straße stehen. Ich hielt daneben an und sprang aus dem Jeep.

Mendez und Green standen bewaffnet hinter dem

Streifenwagen, und Mendez winkte mir hektisch. »*Los, schnell.*«

Ich rannte um den Wagen und sah mich um.

Der Blazer war gerade um die Kurve gebogen und bremste schon. Plötzlich tauchte hinter ihm der blaue Lieferwagen auf. Diego riß ihn herum und versperrte die Straße, und dann sprang Hector heraus und ging mit erhobener Waffe in Stellung.

»*Polizei!*« hörte ich ihn schreien. »*Aussteigen!*« Als Diego, mit einer Waffe in der Hand, um den Lieferwagen kam, erschien dahinter schon der nächste Zivilwagen – Monahans – und bremste ab. Zwei Männer sprangen heraus, beide bewaffnet.

Der Fahrer des Blazer zögerte keine Sekunde. Er legte den Rückwärtsgang ein, wendete quietschend und raste mit dem schweren Auto direkt auf Hector zu.

Hector gab zwei schnelle Feuerstöße ab, dann noch einen. Der Blazer fuhr weiter. Dann feuerten die anderen vier Polizisten, die Schüsse zerrissen die schöne Stille, und plötzlich schleuderte der Blazer hin und her und segelte dann sekundenlang durch die Luft, bis er wieder aufsetzte und sich einmal, zweimal seitwärts überschlug und dann mit voller Breitseite gegen zwei Kiefern krachte. Die Bäume zersplitterten wie Streichhölzer, und ihre grünen Äste begruben den Blazer unter sich, als wollten sie ihn liebevoll umarmen.

XXVIII

»Hi, Rita. Ich bin's. Die Sache ist gelaufen.«

»Alles in Ordnung mit dir?«

»Bestens.«

»Wo bist du?«

»Im Evergreen.«

»Und die Salvadorianer?«

»Haben versucht zu fliehen. Einer ist tot. Den anderen hat's ziemlich übel erwischt, aber er wird wohl durchkommen. Der Krankenwagen ist schon unterwegs.«

»Und Hector?«

»Ist wohlauf. Alle sind wohlauf. Nur die Bösen haben was abbekommen.«

Ich hörte, wie sie ausatmete. »Gut.«

»Was hast du mir sagen wollen?«

»Sam Davenport.«

»Wie bitte?«

»Sam Davenport. Der Anführer der Kommune in Palo Verde.«

»Was ist mit ihm?«

»Er hat eine interessante Vergangenheit. Weißt du, wo er vor ungefähr fünfundzwanzig Jahren gesteckt hat?«

»Heiße Information aus dem Computer?«

»Ja.«

»Na schön. Wo hat er gesteckt?«

Sie sagte es mir.

Ich sagte: »Das beweist gar nichts.«

»Sicher«, sagte sie. »Aber es legt doch einiges nahe.«

»Ja, das schon. Ich glaube, ich werde mal mit den Coopers reden.«

»Warum mit den Coopers?«

»Könnte sein, daß ich den Leuten das falsche Foto gezeigt habe.«

»Würdest du mir das bitte erklären?«

Ich erklärte es ihr.

»Ein Foto von Winona?« fragte Larry Cooper.

»Ja«, sagte ich. »Das einzige Bild, das ich von ihr kenne, zeigt sie als Baby. Ich habe keine Ahnung, wie sie jetzt aussieht, und schließlich suche ich sie genauso wie

Melissa. Ich dachte, Sie hätten vielleicht ein Foto von ihr.«

Er sah seine Frau an. Die beiden saßen mir gegenüber auf dem Sofa. Er sah wieder mich an. »Tut mir leid, aber solche Fotos mache ich nicht. Schnappschüsse. Familienbilder.«

»Aber ich mache so was«, sagte Sarah. »Und ich glaube, ich habe ein Bild von Winona. Ja, bestimmt habe ich eins.« Sie stand auf. »Ich geh's holen.« Sie ging durchs Zimmer und durch die Tür, die in die anderen Räumlichkeiten führte.

Larry Cooper fragte mich: »Sind Sie schon näher an Melissa herangekommen?«

»Ich weiß es nicht. Kann sein.«

»Das ist alles so furchtbar. Wenn wir bloß mehr für sie tun könnten.«

Den Wunsch hatte ich auch.

Sarah kam ins Wohnzimmer zurück und gab mir ein Farbfoto. Es zeigte zwei kleine Gestalten, und auf eine davon wies sie mit dem Finger. »Das ist Julia, unsere Tochter. Und das ist Winona.«

Beide Mädchen blickten mit breitem Grinsen in die Kamera. Sie standen im Sonnenschein vorm Haus, vor dem Holzstapel. Julia war etwas kleiner als Winona und hatte die schwarzen Haare zu Zöpfen geflochten. Winona war blond wie ihre Mutter. Sie hielt einen großen Stoffpanda unterm Arm.

Vor zwei Tagen hatte ich sie und den Panda gesehen. Die Haare kurzgeschnitten, bekleidet mit einer Jungenhose, nicht mit dem rosa Kleid, das sie auf dem Bild anhatte: Sie war eins der beiden Kinder, die ich vor der Scheune der Kommune in Palo Verde gesehen hatte.

Ich fragte die Coopers, ob ich ihr Telefon benutzen dürfe. Sarah sagte, wenn es ein Privatgespräch sei, könne ich den Apparat in ihrem Schlafzimmer nehmen.

»Joshua«, sagte Rita, »ich finde, du solltest nicht allein da rausfahren.«

»Hector ist dort nicht mehr zuständig, Rita. Er kann da überhaupt nichts tun.«

»Und was ist mit der Staatspolizei?«

»Was kann ich denen denn vorlegen? Ein Foto? Und wenn die bereit wären, da mitzumachen, müßten sie wahrscheinlich dem örtlichen Sheriff Bescheid sagen. Sam hat behauptet, er käme mit dem Sheriff sehr gut aus. Also könnte ihn von dort jemand warnen. Wenn Melissa und Winona bei ihm sind, könnten die beiden verschwunden sein, bevor ich dort auftauche.«

»Wenn Melissa dort ist, warum hat sie sich dann nicht bei dir gemeldet? Warum ist sie von der Underground Railroad abgesprungen?«

»Vielleicht aus Angst. Vielleicht hat sie was von den Salvadorianern mitbekommen und ist lieber in Deckung geblieben. Was weiß ich. Paß auf. Es ist jetzt vier Uhr. Bis ich dort bin, wird es dunkel sein. Ich seh mich da etwas um. Natürlich vorsichtig. Aber vielleicht komme ich dahinter, was sich da abspielt.«

»Das gefällt mir nicht«, sagte sie.

»Ich ruf dich an, wenn ich in Palo Verde bin.«

»Ruf mich an, *bevor* du da reingehst.«

»Abgemacht.«

»Hast du deine Pistole dabei?«

»Ja. Im Auto.«

»Gut.«

Um Viertel vor sechs war ich wieder in Palo Verde. Ich rief Rita von dem Münztelefon in dem menschenleeren Laden an und sagte ihr, es gehe jetzt los. Sie sagte, ich solle sie in einer Stunde zurückrufen.

Ich ließ die Scheinwerfer an, bis der Weg aus den Hügeln in das breite, mondhelle Tal hinabschwenkte. Als ich sie ausgemacht hatte, reflektierte der Schnee noch hinreichend Licht, daß die Fahrspuren der Wagen, die vor mir hier gefahren waren, ganz deutlich zu erkennen waren.

Rechts vom Weg, etwa fünfundsiebzig Meter von der Gebäudegruppe entfernt, gab es ein dunkles Kieferndikkicht. Ich bog ab, wendete und setzte den Wagen rückwärts zwischen die Bäume. Ich stellte den Motor ab, ließ aber für den Fall, daß ich nachher schnell von hier wegkommen wollte – oder mußte –, den Schlüssel stecken. Ich machte das Handschuhfach auf, nahm den Revolver heraus und schob ihn mir in die Jackentasche. Dann öffnete ich so leise wie möglich die Wagentür und trat in den Schnee hinaus.

In den drei Häusern war Licht – im Hauptgebäude und in zwei Baracken, unter anderem in der, wo Sam zufolge die Kinder schliefen.

Der direkte Weg hätte mich über freies Feld geführt. Jeder, der zufällig aus dem Fenster sah oder draußen mal frische Luft schnappen wollte, hätte mich sehen können. Ich duckte mich und rannte nach rechts auf den Fuß des Hügels zu, wo die hohen Kiefern schwarze Schatten warfen. Dabei kam ich mir wie auf einem Präsentierteller vor, aber niemand rief mich an, niemand gab Schüsse auf mich ab.

Ich trug weiche Justin-Stiefeletten – schöne Schuhe, aber nicht isoliert und daher denkbar ungeeignet für einen hastigen Marsch durch tiefen Schnee. Bald waren meine Füße feucht und kalt.

Als ich die Bäume erreichte und zwischen ihnen den Hügel zu ersteigen begann, rutschte ich immer wieder aus. Nach zehn Metern schwenkte ich um und bewegte mich am Hang entlang auf die Rückseite der Scheune und des Hauses zu. Der abfallende Boden war unter dem Schnee mit Steinen und versteckten Löchern bedeckt.

Zweimal sank ich bis an die Oberschenkel in den Wehen ein.

Hinter dem Haus konnte ich, immer noch zwischen den Bäumen, durch die Hintertür in die erleuchtete Küche sehen. Am Tisch saßen vier Leute. Drei von ihnen gehörten zu den Arbeitern, die ich am Freitag aus dem Meditationshaus hatte kommen sehen. Kein Sam. Kein Bilbo. Keine Freddy.

Erst hinter dem Schlafhaus der Kinder verließ ich den Schutz der Bäume. Laut knirschte der Schnee unter meinen Füßen, als ich mich der Baracke näherte. Hinter einem langen, schmalen Fenster in Augenhöhe brannte ein Licht. Vorsichtig spähte ich hinein.

Kinder hockten auf Kissen auf dem Boden und lauschten Freddy, die in einem alten Schaukelstuhl saß und ihnen aus einem dünnen Pappbändchen vorlas, das sie auf dem Schoß liegen hatte. An der hinteren Wand standen drei Etagenbetten mit Metallgestellen. Die Kinder – nur Mädchen – mochten drei bis zehn, vier bis elf Jahre alt sein und waren alle mit Baumwollschlafanzügen bekleidet. Eins von ihnen war Winona. Sie saß etwas abseits von den anderen im Schneidersitz und hatte den Stoffpanda auf den Knien.

Jetzt wußte ich, warum ich vor zwei Tagen nicht erkannt hatte, daß unter ihren Jungenkleidern ein Mädchen steckte. Ihr Gesicht, das im übrigen keineswegs unweiblich war, glich auffällig dem ihres Vaters – ihre Züge waren kräftiger als Melissas, ihre Kinnpartie etwas breiter und fester. Aus ihr würde einmal eine Schönheit werden.

Ich zog mich vom Fenster zurück und überlegte, wie ich mich nun verhalten sollte. Ich konnte weiter hier herumschleichen und erst einmal versuchen, Melissa zu finden. Ich konnte warten, bis Freddy gegangen war, und dann versuchen, Winona irgendwie von den anderen wegzulocken.

Aber vielleicht würde Freddy nicht gehen. Vielleicht schlief sie hier draußen bei den Kindern.

Und ich hatte kalte Füße.

Besser, die Sache hinter mich zu bringen.

Ich umkreiste die Baracke. Sie hatte zwei Eingänge, einen auf der anderen Seite, der vermutlich in den Jungentrakt führte, und den, neben dem ich jetzt stand. Ich schob die Hand in die Tasche und schlang die behandschuhten Finger um den beruhigenden Griff der Smith & Wesson. Der Revolver machte mir Mut, es mit einer Mutter und sechs kleinen Mädchen aufnehmen zu können. Ich ließ die Waffe in der Tasche und drehte mit der Linken den Türknauf um. Ich stieß die Tür auf und trat in den Raum.

Einen Herzschlag lang herrschte vollkommene Stille.

Dann schrie ein Mädchen.

Es war kein ängstlicher Schrei – eher ein wilder, theatralischer Schrei, wie junge Mädchen ihn hören lassen, wenn Jungen in eine Pyjamaparty platzen.

Dann kreischten und quietschten auch die anderen.

»Ruhe«, befahl Freddy. Gelassen klappte sie das Buch auf ihrem Schoß zu und fragte, an mich gewandt: »Was machen Sie denn hier?«

Ich sagte: »Sie haben mir nicht ganz die Wahrheit gesagt, Freddy. Ich bin sehr enttäuscht.«

Ein Mädchen kicherte. Ein anderes gab ihm einen Klaps.

»Sie sind auf Privatgelände eingedrungen«, sagte Freddy. Sie fuhr sich mit einer Hand durch das ungebändigte graue Haar. Ihre Kleidung war ähnlich schlabbrig wie vor zwei Tagen: ein langes Kleid und ein unförmiger brauner Männerpullover.

»Winona«, sagte ich. »Wo ist deine Mutter?«

Die Kleine hielt den Panda an die Brust gedrückt und klammerte sich mit den Händen in das schwarzweiße

Fell. Ihr Blick ging von mir zu Freddy, dann wieder zu mir.

Freddy sagte zu ihr: »Mary, du wirst nicht –«

Winona sagte zu mir: »Sie ist krank.«

An mehr kann ich mich nicht erinnern. Vielleicht hat Bilbo noch etwas gesagt, bevor er mich niederschlug, vielleicht hat er irgend etwas gerufen, aber ich bezweifle es.

Ich lag auf der Seite und begriff nicht, was mit meinen Händen los war. Die Handgelenke taten mir weh, aber ich bekam sie nicht nach vorne, konnte nicht nachsehen, was da nicht stimmte. Es roch beißend nach Ammoniak, nach Ziegen, und es war kalt.

Ich machte die Augen auf. Im flackernden gelben Licht einer Laterne konnte ich über den gestampften, mit Stroh und Ziegenkot übersäten Scheunenboden hin zwei Männer sehen, Bilbo und Sam, die auf Heuballen saßen.

Mein Kopf fühlte sich an, als habe ihn jemand eine Treppe hinuntergetreten. Als ich Luft holte, befiel mich heftiger Brechreiz. Ich übergab mich, dann wälzte ich mich hustend und würgend herum, weg von der Schweinerei. Ich versuchte mich aufzurichten und spürte rasende Schmerzen in den Handgelenken. Sie waren gefesselt. Ich tastete mit den Fingern danach. Nicht mit Seil gefesselt, sondern mit Draht.

Sam beobachtete mich über die Schulter, sein grauer Pferdeschwanz bewegte sich auf der roten Jacke hin und her. Dann erhob er sich von dem Heuballen, kam durch die Scheune auf mich zu und sah zu mir herunter. Er schüttelte traurig den Kopf. »Mann, warum sind Sie bloß wieder hier aufgetaucht?«

Bilbo blieb sitzen und musterte mich schweigend.

»Könnten Sie mir vielleicht hochhelfen«, bat ich Sam.

Er ging in die Hocke, nahm mich bei den Schultern

und lehnte mich behutsam an einen Heuballen. In dieser Haltung schnitt mir der Draht noch tiefer in die Handgelenke, aber das war immer noch besser, als im Dreck zu liegen.

Sam stand auf und schob die Hände in die Taschen.

»Das bringt doch nichts, Sam«, sagte ich. »Man weiß, daß ich hier bin.«

»Scheiße, warum sind Sie bloß wieder hier aufgetaucht?« Das Scheunentor stand weit offen und ließ die schwarze kalte Nacht hinein, und Sams Atem stand ihm als weißer Nebel vorm Gesicht.

»Wegen Winona«, sagte ich. »Und Melissa. Wo ist sie, wo ist Melissa, Sam?«

Er sagte nichts.

»Wir sollten ihn umlegen«, sagte Bilbo.

»Halt's Maul«, sagte Sam. »Wir warten.«

Bilbo zuckte die Schultern. »Du weißt, was der Mann sagen wird.«

Ich sagte: »Hat Bilbo mich niedergeschlagen?«

Sam nickte.

»Womit?«

»Mit einem Revolver.« Er lächelte, und es sah beinahe verlegen aus. »Ich glaube, er mag Sie nicht besonders.«

»Das ist aber schade. Mir war er richtig ans Herz gewachsen.«

Bilbo schien das zu überhören.

Ich fragte Sam: »Wie lange war ich bewußtlos?«

Sam zog eine Eisenbahneruhr aus der Latztasche seines Overalls. »Fast drei Stunden.«

»Drei Stunden? Von einem Schlag auf den Kopf?«

»Freddy hat Ihnen eine Spritze gegeben.«

»Und was war da drin?«

Er hob die Schultern. »Irgendein Beruhigungsmittel. Sie sagt, da kann nichts passieren.«

»Diese Freddy scheint mir ja eine zweite Mutter Teresa zu sein.«

Wieder hob er die Schultern. »Sie kennt sich mit Drogen aus.«

Ich nickte. »Sam, Sie sind doch viel zu klug für so was. Meine Partnerin weiß, daß ich hierhergefahren bin. Ich hätte sie vor zwei Stunden anrufen sollen. Inzwischen hat sie längst die Polizei benachrichtigt.«

Sam blickte sich um. »Ich seh keine Polizei.«

Aber ich hörte ein Auto kommen, und Sam hörte es jetzt auch: Durch das Scheunentor wehte das dünne Surren eines Motors herein. Er wandte sich an Bilbo. »Das wird er sein. Geh nachsehen.«

Bilbo erhob sich von seinem Heuballen, schob die Hände in die Taschen und schlenderte zur Tür. Ohne einen Blick zurückzuwerfen, verschwand er in die Nacht.

»Sam«, sagte ich. »Es ist vorbei. Bald wird es hier von Polizisten wimmeln.«

Er schüttelte den Kopf. »Wenn irgendsowas bevorstehen würde, hätte ich Nachricht vom Sheriff bekommen. Wir haben CB-Funk im Haus.«

Draußen hörte ich eine Autotür zuschlagen.

Ich sagte. »Hat er sie umgebracht, Sam? Sind Sie deswegen so seltsam?«

Sam sagte: »Sie hätten nicht mehr hierherkommen sollen, Mann.« Wieder schüttelte er den Kopf. »Das war ein großer Fehler.«

Bilbo kam durch das Scheunentor zurück; ihm folgte Roy Alonzo.

Alonzo trug einen knöchellangen schwarzen Ledermantel, um den hochgeschlagenen Kragen hatte er einen weißen Schal geschlungen. Gestapo-Nacht in der Oper. Die Hände in den Taschen, schritt er auf mich zu und sagte: »Sie sind ein Weltklasse-Trottel, Croft.«

Ich sagte nichts.

Ohne von mir wegzusehen, sagte Alonzo zu Sam: »Ist er bewaffnet?«

»Bilbo hat ihm den Revolver abgenommen.«

Ohne den Blick von mir abzuwenden, streckte er die Hand zur Seite und sagte: »Bilbo?« Bilbo trat hinter ihn und legte ihm meinen Revolver in die Hand. Saubere Bühnenarbeit. Ich glaube, so etwas habe ich mal in einer Folge von »Solo für O.N.C.E.L.« gesehen.

Grinsend betrachtete er die Waffe. »Eine Smith & Wesson. Nicht übel.«

Ich sagte: »Ich sage Ihnen dasselbe, was ich Sam gesagt habe. Meine Partnerin weiß, daß ich hier bin. Sie hat längst die Polizei benachrichtigt.«

Er grinste mich an, mit dem gleichen furchtlosen, unbekümmerten Grinsen, mit dem Rick Valdez jeder Gefahr ins Auge geblickt hatte. Tadellose Zähne, Grübchen in den Wangen. »Das hier wird in wenigen Minuten erledigt sein.«

Er knöpfte den Mantel auf und ging in die Hocke, so daß er mit mir auf gleicher Höhe war. Grinsend klopfte er mit dem Lauf der Pistole an den Knöchel seines schwarzen Lederstiefels. »Normalerweise befinde ja ich mich in Ihrer Lage. Gefesselt, umgeben von Feinden. Keine Hoffnung mehr, und nur noch eine Minute bis zur Pizzareklame. Ich muß zugeben, im wahren Leben ist es mir andersrum lieber.«

»Sie werden das nicht mehr lange genießen können.«

Wieder grinste er. »Länger als Sie.« Er klopfte mit der Waffe an seinen Stiefel. »Warum sind Sie wieder hier?«

»Ich habe herausgefunden, daß Sie und Sam alte Freunde sind. Haben in Oregon zusammen das College besucht. Sind sogar gemeinsam aufgetreten. In einer Pantomimengruppe.«

Er lächelte. »Einer meiner ersten Auftritte.« Er sah zu Sam hoch. »Schöne Zeit damals, stimmt's, Sam?«

»An einen schlimmeren Ort als den«, sagte ich, »hätte Melissa wohl kaum geraten können. Sam kennt Sie. Er brauchte Ihnen nur Bescheid zu sagen, daß Melissa und Winona hier aufgetaucht waren.« Ich wandte mich an Sam. »Warum, Sam? Wegen Geld? Weil Sie Geld für Ihren schicken Meditationssaal gebraucht haben?«

Sam sagte nichts. Ich drehte mich wieder zu Alonzo um. Er grinste immer noch, genoß immer noch den Ausgang des Dramas. »Und da sind Sie hergekommen«, sagte ich, »und haben Sie umgebracht.«

Sein Lächeln erstarb. »Es war ein Unfall. Sie ist hysterisch geworden. Ich habe nur versucht, sie zu beruhigen.«

Ich atmete aus. Ich hatte nicht gemerkt, daß ich die Luft angehalten hatte. Die langhaarige Frau, die in die Sonne von New Mexico blinzelte. Die Freundin von Deirdre Polk und Juanita Carrera. Die Mutter von Winona. Tot.

Ich sagte: »Und bei mir wird es auch ein Unfall sein.«

»Nein.« Er grinste. »Bei Ihnen wird es ein Vergnügen sein. Widerlicher Klugscheißer.«

»Die Polizei wird es rauskriegen.«

»Da bin ich längst weg. Winona und ich. Ich habe Geld beiseite gebracht, wir gehen nach Europa. Brasilien. Irgendwohin, wo wir noch mal von vorne anfangen können. Ich werde für sie sorgen.«

»Genau. Tun Sie das. Sie werden sie kaputtmachen.«

Seine Züge wurden hart. »Arschloch. Was wissen Sie denn schon. Ich liebe die Kleine, und sie liebt mich. Winona und ich, wir haben eine ganz besondere Beziehung, aber so was kann ein Stück Scheiße wie Sie ja doch nicht verstehen.«

»Da haben Sie recht.«

Er richtete sich auf und legte grinsend auf mich an. »Sagen Sie gute Nacht, Trottel.«

Sam sagte: »Roy, wart mal eben, Mann. Was ist mit den Bullen?«

Ohne ihn anzusehen, sagte Alonzo: »Der quatscht doch nur. Hier gibt's keine Bullen. Der hat mit niemandem telefoniert.«

Vom Eingang her sagte Rita: »Waffe fallen lassen.«

Alonzo tat es nicht, und sie schoß ihn nieder.

XXIX

Am nächsten Tag, am Montag, kamen zwei Besucher zu mir ins Büro. Der erste am Vormittag, um halb zwölf. Ich telefonierte gerade mit Hector, als der Mann die Tür aufmachte und eintrat.

»Ich rufe zurück, Hector.« Ich legte auf.

Unter einem sauber gebügelten hellbraunen Trenchcoat trug Jim Stamworth einen schön geschnittenen Anzug, diesmal aus Kaschmir. Er zeigte sein höfliches Lächeln. »Darf ich mich setzen?«

»Wir leben in einem freien Land.«

Wiederum lächelnd setzte er sich auf einen der Klientenstühle, nicht ohne an den Bügelfalten seiner Hose zu zupfen, und faltete die Hände auf dem Schoß. Seine Finger waren noch immer adrett manikürt. »Sie haben Melissa Alonzo also gefunden.«

»Ich habe ihre Leiche gefunden.«

Man hatte sie auf dem Gelände der Kommune begraben. Die Staatspolizei, von Hector losgeschickt, war kurz nach Rita eingetroffen und hatte nicht lange gebraucht, Sam zu einer umfassenden Aussage zu bewegen.

Stamworth sagte: »Sie sind recht fleißig gewesen, Mr. Croft.«

»Ja.«

»Wie ich höre, haben Sie auch bei der Festnahme von zwei Killern aus Salvador mitgewirkt.«

»Einer wurde festgenommen. Der andere getötet.«

»Die Polizei von Los Angeles hat Charles Hatfield verhaftet. Offenbar sind Sie auch daran nicht unbeteiligt gewesen.«

»Müßiggang ist des Teufels Ruhebank.«

Der zweite Salvadorianer hatte Hatfield belastet, dessen Motiv, wie von Rita vermutet, Geld gewesen war. Von der Polizei L.A. vernommen, war Hatfield praktisch sofort zusammengebrochen.

Er sagte: »Und Mrs. Mondragón hat Roy Alonzo niedergeschossen, wie ich höre.«

Ich nickte. »Rita, Mrs. Mondragón, ist eine gute Schützin. Alonzo wird den Arm eine Zeitlang nicht gebrauchen können.«

»Er behauptet, höre ich, daß er seine Ex-Frau versehentlich getötet habe.«

»Damit wird er nicht durchkommen. Er wird lange im Gefängnis sitzen. Und man wird ihn dort sehr liebhaben. Die Insassen haben ein großes Herz für Kinderschänder.«

Stamworth schüttelte den Kopf. »Eine furchtbare Geschichte«, sagte er. »Eine Tragödie.«

»Die Ihnen aber recht gelegen kommt, nehme ich an.«

Er hob eine Augenbraue. Die linke. »Wie das?«

»Weil Melissa Alonzo jetzt niemandem mehr sagen kann, was sie in El Salvador gesehen hat.«

»Und was soll das gewesen sein?«

»Sie hat gesehen, wie Soldaten des Atlactl-Bataillons eine Frau vergewaltigt haben. Sie hat gesehen, wie sie die Frau und einen Priester zur Exekution abtransportiert haben. Die Regierung der Vereinigten Staaten bezeichnet El Salvador immer noch als rechtsstaatliche Demokratie. Es waren von Amerikanern ausgebildete Mitglieder des

Atlactl-Bataillons, die vor einigen Jahren da unten fünf Priester umgebracht haben. Ein paar weitere Morde durch diese feine Truppe könnten unangenehme Fragen aufwerfen.«

Er zuckte die Schultern. »Wie kommen Sie darauf, daß ich an El Salvador interessiert sein könnte?«

»Das kann ich Ihnen genau sagen. Ich vermute, irgendein Agent in Salvador hat herausgefunden, daß die Salvadorianer zwei Killer hierherschicken wollten, mit dem Auftrag, Melissa Alonzo zu töten. Irgendein anderer Agent hat dann Sie hierhergeschickt, mit dem Auftrag, sie vor diesen Leuten zu finden. Warum, ist mir nicht ganz klar. Aber die Gründe sind auch gleichgültig. Auf jeden Fall glaube ich nicht, daß es Ihnen um Melissas Wohlergehen gegangen ist. Sie haben verdeckt gearbeitet. Sie haben die Polizei in L.A. belogen. Sie haben mich belogen. Ich vermute, Sie wollten sie aufspüren, um sie dann irgendwo verschwinden zu lassen. Sie kaltstellen, bevor sie auspacken konnte.«

Er lächelte. »Selbst wenn stimmen sollte, was Sie da sagen, könnte ich doch schlicht versucht haben, sie zu finden, weil ich sie schützen wollte. Ich hätte ihr und ihrem Kind Sicherheit gewähren können.«

»Möglich. Vorausgesetzt, sie hätte nicht ausgeplaudert, was sie da unten gesehen hat.«

Noch ein Schulterzucken. »Wie Sie selbst sagen, das ist jetzt alles graue Theorie.«

»Das habe ich nicht gesagt.« Ich zog die Schublade auf und entnahm ihr die Kopien. Ich warf sie vor ihn auf den Schreibtisch.

Er beugte sich vor, nahm sie, lehnte sich zurück und fing an zu lesen. Einmal sah er ausdruckslos zu mir rüber, dann las er weiter. Ich wartete. Er las sie vollständig durch, alle acht Seiten. Als er fertig war, klopfte er sie auf seinem Oberschenkel zusammen; dann beugte er sich vor und legte sie sorgfältig auf den Tisch. Er lehnte sich zurück. »Wo sind die Originale?« fragte er.

»In meinem Besitz.«

»Wie sind Sie daran gekommen?«

»Melissa hat das aufgeschrieben, in einem kleinen roten Notizbuch, etwa zehn mal fünfzehn Zentimeter. Gut zwei Zentimeter dick. Bevor sie zu der Kommune in Palo Verde gegangen ist, hat sie es im Spielzeugpanda ihrer Tochter versteckt. Gestern abend, als wir nach Santa Fe gekommen sind, hat Winona es mir gegeben.«

»Wer hat den Text gelesen?«

»Ich.«

Er lächelte höflich. »Sie überschreiten Ihre Befugnisse, Croft. Sie könnten ernstliche Schwierigkeiten bekommen.«

»Schon möglich.«

Er nickte. »Was wollen Sie?«

»Juanita Carrera.«

»Was ist mit ihr?«

»Ich nehme an, ihretwegen sind Sie jetzt hier. Die Frau macht Ihnen Kopfschmerzen. Und die wollen Sie loswerden, stimmt's?«

»Verschonen Sie mich mit diesem Zynismus. Was wollen Sie?«

»Ich will, daß ihr nichts passiert. Wenn sie mich einmal im Monat anruft und sagt, daß es ihr gutgeht, bleibt das hier unter Verschluß. Wenn ihr was zustößt, wenn ihr *irgend etwas* zustößt, übergebe ich dieses Material einem mir bekannten Reporter, und dann erfährt die ganze Welt, was Melissa in El Salvador gesehen hat, alles fein säuberlich in ihrer eigenen Handschrift. Und sollte mir was zustoßen, bekommt dieser Reporter es auch.«

Wieder gewährte er mir ein höfliches Lächeln. »Und was, wenn Carrera zufällig einen Unfall hat? Oder Sie?«

Ich gewährte ihm mein eigenes Lächeln. Vermutlich war es nicht besonders höflich. »Ich werde mir große Mühe geben, vorsichtig zu sein. Juanita werde ich das gleiche empfehlen.«

Er nickte. »Möglicherweise läßt sich da etwas arrangieren.«

»Sagen Sie mir Bescheid.«

Er nickte wieder, dann stand er auf und strich sich nicht vorhandene Falten aus der Hose. Noch einmal lächelte er höflich und sagte: »Vielleicht sehen wir uns noch mal.«

»Vielleicht.«

Ich ging nicht essen. Ich hatte keinen Hunger. Ich legte die Kopie von Melissas Bericht in die Schublade zurück, lehnte mich in den Bürosessel, legte die Füße auf die Fensterbank, sah zu den weißen Bergen hinaus und dachte an Melissa Alonzo und ihre Tochter.

Um halb zwei saß ich immer noch da, als Melissas Vater, Calvin Bigelow, das Büro betrat. Ich hatte ihn erwartet, aber nicht so früh.

Er trug einen schwarzen Zweireiher und einen langen schwarzen Wollmantel. Entweder war er in Trauer, oder er hatte vor, über eine Fusion zu verhandeln. Bei all dem Schwarz wirkte sein Haar noch weißer und sein Gesicht noch stärker gerötet, als ich in Erinnerung hatte.

»Ich habe soeben mit den Leuten gesprochen, die meine Enkelin haben«, erklärte er. »Diese Coopers. Sie bestehen darauf, daß ich mit Ihnen rede.«

»Nehmen Sie Platz«, sagte ich.

Er setzte sich, steif und aufgerichtet, die Arme auf den Lehnen. »Das ist ein Skandal«, sagte er. »Winona ist mein Fleisch und Blut. Diese Leute haben nicht das Recht, sie von mir fernzuhalten. Nach allem, was sie durchgemacht hat, braucht sie den Schutz ihrer Familie.

Ich weiß nicht, was Sie sich da ausgedacht haben, Croft, aber damit Sie es wissen, ich habe bereits meinen Anwalt informiert.«

Ich zog die Schublade auf, in der die Kopien von Melissas Aufzeichnungen lagen. Unter denen, die ich Stamworth gezeigt hatte, lagen noch vier weitere Bögen. Ich nahm sie heraus, beugte mich vor und legte sie vor Bigelow auf den Tisch. »Lesen Sie das«, sagte ich.

Er sah erst die Papiere an, dann mich, dann nahm er sie in die Hand.

Er las ein paar Absätze. Furchte die Stirn. Plötzlich sah er zu mir hoch. »Verleumdung! Abscheulich! Wie können Sie es wagen!« Sein Mund bewegte sich weiter, aber es kam nichts mehr heraus.

»Mr. Bigelow«, sagte ich.

Er stand auf, sein Gesicht hatte sich noch stärker gerötet, und die Papiere zitterten in seiner Hand. »Sie kleiner, mieser ... Sie billiger, elender Dreckskerl ...!« Ihm sprühte förmlich der Speichel aus dem Mund.

»Mr. Bigelow«, sagte ich. »Setzen Sie sich.«

Er stöhnte auf, seine Lippen bebten, dann sank er auf den Stuhl zurück und krallte die linke Hand vor der Brust zusammen. Die Hand zuckte. Vielleicht wollte er in meinem Büro tot umkippen.

Auch gut. Das würde mir ersparen, noch ein Geschäft mit noch einem Teufel zu machen.

»Mr. Bigelow«, sagte ich, »was Ihnen hier vorliegt, ist ein von Ihrer Tochter Melissa handschriftlich aufgezeichneter Bericht, in dem sie darlegt, wie Sie sie seit ihrem neunten und bis zu ihrem dreizehnten Lebensjahr systematisch sexuell mißbraucht haben. Wenn Sie das zu Ende lesen, werden Sie feststellen, daß es sehr anschaulich geschrieben ist. Sie nennt Einzelheiten. Sie erzählt auch, daß Sie ihre Schwester Cathryn mißbraucht haben. Das hier sind nur Kopien. Die Originale sind ebenfalls in meinem Besitz. Sie werden jetzt folgendes tun. Sie buchen einen Flug, Sie verschwinden aus New Mexico und gehen nach Los Angeles zurück. Heute noch. Wenn Ihnen in einigen Wochen die Adoptionspapiere der Coopers zugestellt werden, werden Sie die unterschreiben. Und wenn Sie gegen einen dieser Punkte verstoßen, schicke ich Kopien dieser Aufzeichnungen an sämtliche Zeitungen von Los Angeles, angefangen bei der *Times*.«

Er hatte den Mund zubekommen. Jetzt machte er ihn wieder auf: »Sie war ... Melissa war hysterisch, als sie das geschrieben hat ... Das hat sie alles ... frei erfunden.«

»Das ist nicht wahr. Und das wird Ihnen niemand abnehmen. Die Leute werden das anders sehen.«

»Mein Anwalt ...« Seine Stimme wurde unhörbar. Er starrte ins Leere, vielleicht in die Zukunft. Vielleicht hörte er schon, wie die Leute reden würden.

»Mr. Bigelow«, sagte ich, »kennen Sie Norman Montoya? Das ist der Onkel von Roy Alonzo, Winonas Großonkel. Er macht sich Sorgen um Winona. Er war es, der Roy Alonzo nach Cathryns Tod überredet hat, mich zu engagieren. Roy hat nur zugestimmt, um ihn zu beschwichtigen – Roy wußte längst, wo Melissa war. Nun mögen Sie ja in Kalifornien ziemlich einflußreich sein. Aber Norman Montoya besitzt eine andere Art von Einfluß, und er ist mehr als bereit, davon Gebrauch zu machen. Wenn Sie nicht tun, was ich Ihnen sage, wird er die Sache selbst in die Hand nehmen. Er mag Sie nicht. Er meint, wenn Sie Melissa nicht vergewaltigt hätten, wäre das alles nicht passiert. Ich weiß nicht, ob er recht hat. Vielleicht irrt er sich. Vielleicht wäre Melissa auch so nach El Salvador gegangen. Aber ich glaube, daß sie niemals einen wie Roy Alonzo geheiratet hätte, wenn Sie sie nicht angefaßt hätten. Und darüber sollten Sie auf dem Rückflug nach Los Angeles auch einmal nachdenken.«

Er sah mich an. »Ich . . .«

»Guten Tag, Mr. Bigelow.« Ich wollte ihn nicht mehr sehen. Ich wollte nicht, daß mir der Mann noch leid tat, und es fing schon an.

Er stand auf. Die Papiere rutschten unbemerkt auf den Fußboden. Er drehte sich um und ging, die breiten Schultern eingezogen.

»Glaubst du, Stamworth läßt sich auf den Handel ein?« fragte Rita.

»Ja«, sagte ich. »Wahrscheinlich. Das ist im Interesse der ›nationalen Sicherheit‹.«

Sie saß mit verschränkten Armen in ein kleines Sofa gelehnt und starrte aus dem Fenster. Es war Nacht, im Zimmer war es dunkel. Mondlicht ergoß sich durchs Fenster auf ihr schwarzes Haar, ihr schwarzes Nachtgewand.

»Und Bigelow?« fragte sie.

»Der auf jeden Fall. Er will nicht, daß irgendwer erfährt, wer er ist. Was er ist.«

»Die arme Melissa«, sagte sie, immer noch aus dem Fenster blickend. Sie holte tief Luft, und das fahle Licht bewegte sich auf der schwarzen Seide ihres Nachtgewands. »Mir gehen ihre Postkarten nicht aus dem Kopf. ›Die Blume in der Wüste lebt‹.«

»Sie hat ein wenig zur Theatralik geneigt.«

»Ja. Aber bei einer solchen Kindheit muß sie sich ihr ganzes Leben lang wie eine Blume in der Wüste vorgekommen sein.«

Und die Blume in der Wüste stirbt, dachte ich. »Wenigstens Winona ist in Sicherheit. Die Coopers werden gut für sie sorgen.«

Sie drehte sich lächelnd zu mir um. »Du hast gut ausgesehen mit ihr, gestern abend. Als du sie im Auto abgeholt hast.«

»Du hast gestern abend auch ziemlich gut ausgesehen, Rita.«

Sehr gut sogar, wie sie, auf eine Alukrücke gestützt, in der Tür gestanden hatte. Mit einem einzigen Schuß hatte sie Roy Alonzo ausgeschaltet, der sich dann, den getroffenen Arm umklammernd, im Ziegenkot wälzte und durch seine kostspieligen Zähne fauchte. Als Rita die Waffe auf Sam und Bilbo richtete und ihnen befahl, die Hände hochzunehmen, hatten die beiden ohne weiteres Folge geleistet.

Später, als alles vorbei war und wir endlich wieder in ihrem Haus saßen, erzählte sie mir, daß sie eigentlich schon vor Alonzo angekommen war. Sie hatte den Volkswagen neben meinem Miet-Jeep zwischen den Kiefern geparkt, und gerade als sie auf die Häuser der Kommune zugehen wollte, hatte sie Alonzos Auto gehört. Sie hatte zwischen den Bäumen gewartet, bis er die Scheune erreicht hatte, und war ihm dann gefolgt. War ihm mit der Krücke fünfundsiebzig Meter über Schnee und Eis nachgehumpelt.

»Du hättest Hector benachrichtigen sollen«, hatte ich ihr gesagt.

»Das habe ich getan«, hatte sie gesagt. »Und er hat mir gesagt, er werde versuchen, die Staatspolizei dorthin zu schicken, aber ich war mir nicht sicher, ob die rechtzeitig eintreffen würde. Die mußten noch einen Durchsuchungsbefehl einholen.«

Ich hatte gelächelt. »Es war gut, daß jemand rechtzeitig eingetroffen ist.«

Jetzt, im Mondlicht, sagte sie lächelnd: »Vielleicht solltest du mal darüber nachdenken, ob du nicht selbst Kinder haben möchtest.«

»Das macht viel Arbeit, habe ich gehört.«

Sie lächelte. »Übung macht den Meister.«

»Na schön«, sagte ich, »dann komm ins Bett zurück, und wir üben noch ein bißchen.«

Lächelnd schlug sie ihr Nachthemd auseinander, ließ es herabsinken, stand auf und kam im Mondlicht auf mich zu.

Danksagung

Dank an die Angestellten der Santa Fe Public Library für ihre Hilfe. Dank an J.W. Satterthwait und meinen Agenten Dominick Abel. Dank an Anita Battat für ihre Hilfe mit dem Computer und ihre wertvollen Ratschläge. Vielen Dank und noch eine Geburtstagskarte an Reagan Arthur vom St. Martin's College für die unendliche Geduld, mit der sie meine Fragen beantwortet und schlechte Scherze hingenommen hat. Für Informationen über elektronische Überwachungsgeräte danke ich Michael Peros und seiner Firma Privacy Electronics in Pinellas Park, Florida. Dank an Carol Mothrer für die leihweise Überlassung ihrer Gemälde. Dank an Ada Dryce für ihre Gastfreundschaft und die Erlaubnis, ihre Waschmaschine benutzen zu dürfen. Dank an Josiah Thompson, dessen vorzügliches Buch *Gumshoe* mir eine Quelle vieler unschätzbarer Einsichten gewesen ist. Dank an Miriam Davidson, deren nicht minder vorzügliches Buch *Convictions of the Heart* mir gleiche Dienste geleistet hat. Und noch einmal Dank an Hatlo Hat-tip, Jonathan Richards und Claudia Jessup, dir mir durch gelegentliche Phasen von Dick und lange Zeiten von Dünn freundschaftlich zur Seite gestanden haben.

Walter Satterthwait, geboren 1946 in Philadelphia; lebt in St. Petersburg/Florida. Im Haffmans Verlag erschienen die Joshua-Croft-Krimis *Wand aus Glas* und *Mit den Toten in Frieden* sowie die Romane *Miss Lizzie, Oscar Wilde im Wilden Westen* und *Eskapaden.*